Master of Temptation
by Nicole Jordan

# 愛の輝く楽園

ニコール・ジョーダン
水野 凜［訳］

ライムブックス

# 愛の輝く楽園

## 主要登場人物

カーロ・エヴァーズ……………………治療師。〈剣の騎士団〉のメンバー
マックスウェル（マックス）・レイトン……騎兵隊の元少佐
ジョン・イェイツ………………………マックスの元部下
アレンビー………………………………医師
イザベラ・ワイルド……………………カーロの親友
クリストファー・ソーン………………マックスの友人。〈剣の騎士団〉のメンバー
ガウェイン・オルウェン………………〈剣の騎士団〉の指導者
ホークハースト（ホーク）……………〈剣の騎士団〉のメンバー
サントス・ヴェラ………………………〈剣の騎士団〉のメンバー
アレックス・ライダー…………………〈剣の騎士団〉のメンバー
ダニエレ・ニューハム…………………イェイツが求婚している女性
サフル・イル・タイブ…………………ベルベル人の族長

古《いにしえ》の伝説か、あるいはとこしえの真実か？

はるか昔に終わりを告げた一時代の物語が、あまたの炉辺で語られている。それはロマンスと情熱と栄光の叙情詩であり、善のために剣をふるった名高い王をたたえる歌だ。伝説によれば、王が崩御されたあとも遺品である剣は存在し、魔法をかけられた島に隠され、今も民を守り続けているという。

この世は有力な指導者たちと強い軍隊に守られていると、たいがいの人は信じている。真実を察しているのはひと握りのえり抜きの者たちだけだ。この一〇〇〇年間、悪に立ち向かってきたのは〈剣の騎士団〉だ。彼らは道義を重んじ、正義を守るため、隠密《おんみつ》に行動し、権謀術数を駆使してきた。

# プロローグ

一八一三年八月
キュレネ島

月の光を浴びた遺跡は魔法をかけられたような美しさだった。宵闇《よいやみ》のなか、浴槽の水面がきらきらと銀色に光り、階段状になった御影石《みかげいし》の表面を温泉の湯が静かに流れ落ちている。ローマ浴場の跡だ。いつもならこの神秘的な光景を見ると心が癒《い》やされるが、今夜のカーロ・エヴァーズは違った。遺跡に近づくにつれ、緊張と不安が高まってくる。

石畳の手前で年老いた牝馬《ひんば》を停《と》め、背中からおりた。岸壁の東側には穏やかなきらめきを放つ地中海が広がり、空には満月が輝いている。妖《あや》しいまでに美しいと言われる島においても、この景色は特別だ。だが今夜はその静謐《せいひつ》さとは裏腹に、カーロの心は動揺していた。

これではまるで逢《あ》い引《び》きのためにやってきた少女だ。

なんてばかげたことを考えているのだろう。どんなに愚かな想像をたくましくしようが、少佐はわたしの恋人ではない。ここへ来てくれるかどうかさえわからないのだから。

カーロはそわそわと落ち着かず、身をかがめて華奢《きやしや》な白いランの花を手折った。馬は岩の割れ目に生えた草やシダを食《は》むに任せ、自分は浴槽へと向かった。心地よい潮風にモスリンのドレスの裾《すそ》が揺れ、遺跡に絡まるツタからはスイカズラの香りが、そして緑に覆われた山腹からはマツの香りが漂っている。日が暮れてだいぶ経《た》つが、一〇〇〇年以上もの昔から使用されてきた石段をのぼると、足裏に夏の太陽の熱が伝わってくる。

アーチ形の門をくぐったとたん、心臓が跳ねあがった。先方の胸壁に、月に照らされた広大な海を眺める人影が見える。

マックスウェル・レイトン少佐に違いない。

三日前に知りあったばかりの相手だが、カーロには確信があった。彼ほど背が高くて肩幅があり、威厳をかもしだしている男性は島にはほかにいない。それに、あれほど印象的な青い目をした人も。ちらりとこちらに目を向けられただけでどぎまぎしてしまう。

少佐が危篤の男性を連れて島へ来てからというもの、その患者の命を救おうと、ふたりは昼夜を問わず闘ってきた。

来てくれたのだと思うとほっとした。少佐は湯に入るつもりでいるらしく、すでに騎兵隊の制服である上着とブーツを脱ぎ、ズボンとシャツだけの姿になっている。

肩越しに振り返るレイトンを見て、カーロは急に自分のみすぼらしさが気になった。ドレスは着古したものだし、スカートの絡まる足元は裸足《はだし》だし、カールした茶色の髪はまとめもせず、いつもよりさらにだらしなく肩に垂れかかっている。カーロは顔が赤くなるのを抑えられなかった。

レイトンが低い声で訊《き》いた。「本当にきみの楽園にお邪魔してもよかったのかい?」

さあ、どうかしら。カーロは胸のうちでつぶやいた。激しいフェンシングの練習で疲れ果てて体が痛むとき、よくこの温泉につかりに来る。ひとりきりの時間を誰かに邪魔させたことはほとんどない。だが少佐は何日ものあいだ神経をすり減らしてきたのだから、この心休まる美しい遺跡で疲れを取る必要がある。疲労回復の効能がある柔らかい湯につかるべきなのだ。少佐だけではなく、わたしも。

「邪魔だなんて思っていないわ。わたしがお招きしたんですもの」カーロは正直に答えた。

階段をのぼりきり、崩れかけた石壁の脇《わき》にいるレイトンに近寄った。そばまで行くと、それだけで鼓動が速くなる。

われながら不思議だった。今まで誰に対しても、こんな本能に根差した感情は覚えたことがなかったのに。神話によればキュレネ島には人の心を惑わせる力があるというが、つい先日まで、自分にはその魔力が通じないのだと思っていた。たしかに少佐はその青い瞳といい、引きしまった体といい、つややかな黒髪といい、これまで出会った誰よりもハンサムだ。ただし、ハンサムな男性ならほかにも知っている。それどころか友人に何人もいる。キュレネ島には魅力的な男性が多いのだ。

だが、こんな感情を持った経験は一度もなかった。それなのにこの二、三日は、少佐に惹《ひ》かれる気持ちを抑えられず、柄にもなく若い娘のように取り澄ました態度を取りそうになるのを我慢するのが精いっぱいだった。

いちばん心をかき乱されるのは彼の目だ。こんなふうに見つめられると思いがつのり、息をするのさえ苦しくなる。

心を静めようと、カーロは月明かりに照らされた海に目をやった。繰り返し打ち寄せる静かな波の音が下のほうから聞こえてくる。

「イェイツはまだぐっすり眠っているの？」カーロは口を開いた。

「ああ、ありがたいことだ。何週間ぶりかで、やっと少し落ち着いてくれた」

ジョン・イェイツ中尉はスペインで行われたナポレオン軍との激しい戦いで片脚を失い、そのときの傷がいつまでも癒えずにいた。日ごとに体力が落ち、熱が高くなったため、部隊長であるレイトンに懇願して故郷の島へ連れ帰ってもらったのだが、その航海中に患部が化膿《かのう》した。

少佐は瀕死《ひんし》の部下を置き去りにできず、キュレネ島に残って先の見えない看護を続けた。そして今朝早く、奇跡的にイェイツの状態は安定した。熱がさがり、ようやく回復の兆しが見えてきたのだ。

「きみには心から感謝している。命の恩人だ」レイトンが低い声で礼を述べた。

「わたしだけの力じゃないわ。ドクター・アレンビーの腕がよかったからよ。わたしはただお手伝いをしただけ」

「いや、一生懸命つき添ってくれたのはきみだ」

アレンビーはほかの患者も診なければならなかったため、たしかにカーロがずっとイェイツの看護にあたった。だが、レイトンも大いに役立ってくれた。ときどき心配そうに部屋のなかを行ったり来たりはしたものの、夜は寝ずに看護し、カーロが痛々しい傷口に貼《は》り薬をあてるときや、まずい薬をのませるときや、高熱で焼けるように熱い体を冷やすときなど、意識が混濁しているイェイツの手足を押さえてくれた。

「イェイツが助かったのは、きみがけっしてあきらめなかったからだ。きみの強い意志が彼の命を救ったんだと思うよ」

レイトンから褒められて、カーロは体が熱くなった。「そうね、頑固者だとはよく言われるわ」

その言葉に、レイトンが笑みをもらした。初めて見る少佐の笑顔にカーロはどきりとした。だが、彼に惹かれているのは男性としての魅力が理由ではない。怪我《けが》をした部下を思いやる気持ちに心を打たれたからだ。

少佐とは長く苦しい試練のときをともに過ごすことで親しくなった。不安、絶望、そして希望、さらにはこみあげる喜びを共有し、もはや赤の他人とは思えなくなっている。イェイツが助かるとわかったときには、手で触れることができるのではないかと思うほどたしかな絆《きずな》を感じたものだ。

明日の朝、少佐が島を去るのかと考えると寂しくてしかたがない。

「でも、わたしを買いかぶりすぎよ。イェイツから聞いたわ。あなたが敵を撃退して、彼の命を助けたんですってね」

「ぼくをかばって突撃部隊の前へ飛びだしたばかりに、イェイツはあんな大怪我をしたんだ。彼には恩があるんだよ。もちろん、きみにもだけれどね」

真摯《しんし》な口調にカーロが顔をあげると、レイトンがじっとこちらを見おろしていた。黒いまつげに縁取られた目と目が合ったとたん、カーロは体がほてり、彼を独占したい思いに駆られた。

彼女は顔をそむけた。こんな気持ちを抱くなんてわたしは愚か者だ。レイトン少佐ほどの男性がわたしを魅力的だなんて思うわけがない。器量はそれほど悪くないかもしれないが、この二、三日のわたしを見て、さぞ女らしさに欠けていると思っただろう。

そう感じて当然だ。上流社会の女性は、わざわざ好んで血にまみれた瀕死の怪我人の看護をしたり、身内でもない患者の手術や治療を手伝ったりはしない。

ましてヨーロッパを股にかける危険な任務に従事したり、専制政治を根絶するという雄々しい大義を守るために武器を振りかざしたりするのは論外だ。

わたしは普通の女性とは違う。医術の才に恵まれたというだけでも同年代の女性たちとは距離ができたが、極秘の使命を帯びたことにより、さらにかけ離れた存在となった。わたしは〈剣の騎士団〉——伝説の王が掲げた古代の理想を守る秘密結社の一員だ。

だが、その特殊な職業のことを部外者にもらすわけにはいかない。明日には島を発《た》ち、二度と戻ってこないであろう少佐に対してはなおさらだ。

明日の別れを思うと悲しみがこみあげてくる。ひとつだけはっきりしているのは、わたしがけっして彼を忘れないに違いないことだ。忘れられたらどれほど楽だろうとは思うけれど。

少佐に出会ったことによって、これまでは求めてもいなかったし、その必要もないと自分に言い聞かせてきたものへの思いがつのった。二四歳という成熟した年齢にありながら、わたしはたいていの女性たちが大切だと思うもの——結婚、子供、夫、それに恋人——をあきらめて生きている。

恋人……その言葉を思うと胸が痛んだ。

彼に愛されたらどんな感じがするだろうと想像をふくらませたことはあるが、本当に恋人になれるとは考えていない。中尉の命を助けるべくともに闘った相手として、少佐はわたしのことを女性というよりは同志のように思っているのだろう。

「イェイツの看護を続けてやってくれるかな?」レイトンが心配そうな暗い声で訊いた。

「もちろんよ」カーロはため息をついた。「安心して。もう峠は越したわ。いずれ元気になるわよ」

「だが、障害は一生残る」レイトンは目をつぶり、かすかに身震いをした。

カーロにはその絶望的な気持ちがよく理解できた。イェイツが犠牲になったことに責任を感じているのだろう。それに少佐自身も戦場で激しい緊張にさらされたに違いない。

中尉のように体に傷を負ったわけではないが、八年間も騎兵士官を務めていれば、目には見えなくても生々しさではなんら変わりない傷を心に負うものだ。少佐のつらい思いはひしひしと伝わってくる。一緒に過ごした看護の重苦しい時間にも、少佐の目にはときおり、心のなかの悪魔と闘っていることをうかがわせる苦悩の表情が浮かんだ。戦いに疲れ果て、死や破壊行為にまみれた自分の魂に嫌気が差している兵士のまなざしだ。

彼女はぜひ少佐の力になりたい、なんとかして安らぎを感じさせてあげたいと思ったが、どうすればいいのかわからなかった。体の傷とは違い、心の傷はのみ薬や貼り薬で治せないからだ。

「あなたは英雄だとイェイツが言っていたわ」カーロは言った。

レイトンが自嘲《じちょう》気味に言った。「きみは本当のことを知らない」まだ血がべっとりとついているかのように両手を見る。「きみは怪我を治すが、ぼくは人の命を奪っている。それなのに、自分の指揮のもとで殺された大勢の兵士たちのことを思いだしもしない。亡くなった友人たちのこともだ」

「だけど、たくさんの命を救ってもいるわ」

レイトンはつらそうな口調で答えた。「そんなことはない。力が及ばなかったことばかりだよ」

カーロは胸が痛んだ。少佐の心中は察するに余りある。仲間を助けられなかったにもかかわらず自分が生き残っていることに、罪の意識を覚えているのだろう。

治療をする者として、わたしもまた死に神を相手に同じような闘いを続けている。敗れることもしばしばだ。

「自分を責めてはいけないわ。戦争というのは残酷なものよ。わたしたちにできるのは、ただあきらめないことだけ」カーロは静かに言い、レイトンの腕にそっと手を置いた。「あなたのように日々、死と向きあうのはとても勇気がいるわ。それでも戦い続けているあなたみたいな勇敢な兵士たちに、わたしだけじゃなく、同胞のすべてが心から感謝しているのよ」

しばらくのあいだレイトンはなにも言わず、ただカーロの顔を見つめていた。その目は暗く、夜の闇のごとく底知れなかった。

「慈悲の天使だな」彼はようやく口を開いた。「きみはいつもそんなに優しいのかい？」

カーロは頬が熱くなった。「そうありたいと思っているわ。あなたが言ったとおり、わたしは治療する立場だもの。誰であれ、つらそうにしている姿は見たくないの」

「ぼくがつらそうだと？」

「そうでしょう？」カーロは穏やかに訊き返した。

レイトンがかすれた声で笑った。「恐ろしい洞察力だな」

彼の胸のうちにどんなことが秘められているのか知りたいと思い、カーロはさらに言葉を続けた。「どうしても明日、出発しなくてはならないの？　しばらく島に滞在すればいいのに」

「心惹かれる誘いだな」レイトンは左側のフランスがある北の方角へ目を向けたあと、スペインのある西へ視線を移した。熾烈《しれつ》な半島戦争が行われている地だ。「また殺しあいの日々に戻るのは本意ではないし、部下が大砲の餌食《えじき》になるのを見るのもごめんだ」彼はかぶりを振った。「だが、兵士たちはぼくを必要としている。見捨てるわけにはいかない」

「せめて二、三日でいいの。イェイツの看護をしていて、ゆっくりする暇もなかったでしょう？　この島には魂を癒やす力があるのよ」

「それは魔法の一種かい？」

「そうじゃないけれど、海とすがすがしい空気が心を慰めてくれるのよ。神話によれば、アポロンはキュレネ島に呪文《じゅもん》をかけて、恋人たちの楽園に変えたらしいわ」

「そういうたぐいの話は信じないたちなんだ」

「わたしもよ」

呪文うんぬんの話は別にしても、キュレネ島は紺碧《こんぺき》の海と、太陽を浴びた山肌と、絶景の渓谷に恵まれたまさに楽園だ。すりきれた神経や、傷ついた魂や、ときには深い悲しみさえも癒やしてくれる。だからこそカーロは今宵《こよい》、少佐をここへ招いたのだ。

レイトンがちらりと振り返り、月の光を浴びてきらきらと輝く水面に目をやった。「たしかに神秘的だな」

そしてゆっくりとカーロの髪に手を差し入れて首筋にあて、優しい手つきながらもしっかりと自分のほうを向かせた。レイトンが自分の唇を見ているのに気づき、カーロはどきりとした。

心臓が早鐘を打ちはじめた。こんな目で誰かに見つめられるのは初めてだ。もしかしてわたしは求められているのだろうか？

「レイトン少佐……」

「マックスだ」

カーロはキスをされるのかと思ったが、マックスはもう一方の手で彼女の手を握りしめた。カーロが手にしていたランの花はいつのまにかつぶれてしまっている。

マックスはそれを受け取ってカーロの頰へ持っていき、柔らかい花びらで唇をなぞった。カーロは動くこともできず、ただマックスをじっと見あげていた。

「たしかにぼくの魂には癒やしが必要だ。きみに慰めてほしい」

その言葉にカーロの鼓動が跳ねあがった。マックスはただの慰め以上のものをわたしに求めている。そしてわたしは、それを彼に与えたいと思っている……。

ふいにマックスがはっとして、われに返ったというように小さく毒づきながら一歩さがった。「すまない、そんなつもりで来たわけじゃなかったんだ」

どういうわけかカーロは取り残された気分になった。だが、マックスが毒づいたことに希望も感じていた。たぶん、彼は本当はキスをしたかったのだ。けれども自分が士官であり、紳士であることを思いだしたのだろう。高潔な男性は女性とふたりきりになったからといって、その機会を都合よく利用しようとは思わないものだ。

だけど、わたしもキスを望んでいるとしたら？　こみあげる思いにカーロの警戒心が薄れた。

「ここへ来たのは間違いだった」マックスはそう言い、立ち去ろうとした。

カーロは慌てた。「待って、行かないで」今、マックスが去る姿を見るのは耐えられない。「まだ温泉に入っていないわ。それにマッサージをしてあげると約束したじゃない」

「そこまでしてもらうのは申し訳ないよ」

「たいしたことじゃないわ。でも、今のあなたには必要なことよ。自分でもわかっているでしょう？」

彼女の言葉に懇願を聞き取ったのか、マックスが躊躇《ちゅうちょ》した。「やめておいたほうがいい」

カーロは落ち着こうと努めながら、厳しい口調を装った。「医術に関してはわたしは専門家よ。おとなしく言うことを聞きなさい」

マックスは暗い表情を緩め、ちらりと楽しそうな顔を見せた。「もし抵抗したらどうなる？　イェイツのときと同様に、情け容赦なく従わせるのかい？」

「そうよ。強情な患者を扱うすべならいくらでも知っているんだから。必要とあれば、ためらわず実行に移すわ」

「なんだか恐ろしいことになりそうだ。わかったよ」

マックスがシャツを脱ぎ、石壁のほうへ放《ほう》り投げた。筋肉が盛りあがった上半身を目にして、カーロの鼓動が速くなった。

「どの風呂につかればいい？」

「真ん中がいちばん深くて温度が高いわ。今夜みたいな暑い夜でも心地よく感じるはずよ」

「きみも入るのか？」

一瞬、カーロは戸惑った。「ええ。お湯のなかだとマッサージの効果があがるから」

マックスが肩をすくめ、筋肉の凝りをほぐすように両肩をまわした。「この痛みが多少なりとも取れるなら、少しくらい寿命が短くなってもかまわない気分だ」

彼は中央の浴槽へ向かった。「たしかドクター・アレンビーは、この島でときどき東洋医学を実践しているんだったね。マッサージもそのひとつかい？　そういえば、きみはイェイツにも血行がよくなって痛みが取れると言って、よく手足をもんでいたな」

「ええ、マッサージには治癒力があると東洋医学では考えられているの」

マックスは黙ってズボンを脱いだ。

カーロは人体構造について学んでいた。男性の一糸まとわぬ姿を見たことも何度となくある。だが、それは遺体か患者だ。目の前にいる男性は病気も怪我もしていない。長い四肢と完璧《かんぺき》な肉体は、まるでギリシア神話に出てくる神だ。彼には野性味にあふれた原始的な美しさがある。銀色の明かりに浮かびあがる大きくてたくましい肩、力強い背中、贅肉《ぜいにく》のない腰、引きしまった臀部《でんぶ》、騎馬兵らしく鍛えられた腿……。

なんのためらいもなく服を脱ぐというマックスの大胆な態度に、カーロは息をのむと同時に戸惑いも覚えた。おそらく彼は、わたしが処女だとは思っていないのだろう。女性としては一風変わった職業からしても、きっと男性の肉体や性交渉については知識があると考えているに違いない。そもそも戦場に負傷兵の世話係として従軍している女性たちは、性的な要求にも応じることが多かった。

マックスは風呂に入った。浴槽の壁は長椅子の背もたれのように傾斜している。彼はそこに背中をもたせかけて、胸まで湯につかった。そして固く目をつぶり、流れる湯に身を任せて満足げな声をもらした。

「きみの言うとおりだな。天にものぼる心地だ」

会話が途切れ、カーロは地獄に堕《お》とされた気分になった。すさまじい勢いで緊張が戻ってくる。

この人に対して、ほかの患者に接するときのように淡々とした職業的な態度を取るのは不可能だわ。どうしてそんなことができると思ってしまったのだろう？

「来ないのかい？」マックスは待っていた。こちらを見ながら。

今さらながら気づいたが、わたしは自分を偽っていたらしい。今夜ここへ来るようマックスに勧めたのは、いたわりの気持ちからだと考えていた。マックスは傷ついているし、わたしは苦しんでいる人を放っておけない。

だけど、本当はなにか別のことを期待していたんじゃないの？

心臓の音が熱い夜のセミの低い鳴き声に負けないほど大きく聞こえる。顔にも動揺が表れているかもしれない。

これはひそかな望みがかなうチャンスなのかしら？　悩ましい想像が現実になるの？　結婚はしないと決め、何年ものあいだ女性としての幸せはあきらめてきた。けれども、もしかすると今夜、なにかが変わるかもしれない……。

「カーロ？」

もう一度声をかけられ、カーロは抗《あらが》えない力に引き寄せられるようにマックスへと近づいた。そして湯の手前で立ち止まり、一瞬ためらったのちドレスを肩から足元に落とした。

浴槽に身を沈めると、キャンブリック地のシュミーズが腰にまつわりついた。湯の心地よさを肌に感じながらマックスのほうへと進む。頬が紅潮しているのはマックスがこちらへ熱い視線を向けているからだ。彼に見つめられるとそれだけで体が震える。

そばへ行くと緊張で動きがぎこちなくなったが、口調は精いっぱい冷静なふりを装った。

「こちらへ背中を向けてくれる？」

マックスが浴槽の縁から離れ、うしろを向いた。カーロは膝をつき、彼の両肩をなでた。筋肉がひどくこわばっているのがわかる。

「目をつぶって」優しく声をかけた。

彼女は指先で軽く押しながら小さな円を描いた。肌の奥は材木のように硬く、首筋は弓のつるのように張っている。体全体がきつく締まった結び目のような状態になっていた。肉体を酷使し、暗い感情を胸の奥に閉じこめてきたのが原因に違いない。

「体の力を抜いて、マッサージの感覚を味わってちょうだい。お湯の温かさを楽しむのよ」

マックスは深く息を吐き、されるがままになっていた。カーロは本格的なマッサージに取りかかった。肩の凝りをもみほぐし、しこりを親指で強く押す。彼女がとくに痛みのありそうな部分に力をかけると、マックスは声こそ出さなかったものの反動で背中をそらした。

肩に充分な時間をかけたあと、カーロは湯に濡《ぬ》れたつややかな背中へ手を移動させた。右の肩甲骨の近くに筋状の盛りあがりがあるのに気づき、はっとする。「これは？」

「銃弾がかすった跡だよ」

軍人がいかに危険と隣りあわせの毎日を送っているかを思いだし、カーロは気が滅入《めい》った。だが口には出さず、今度は少し腰をかがめて手首を使って背中の下側を押した。

背中全体をマッサージしていると、戦いの傷跡がいくつもあるのに気づいた。それでもとにかく筋肉のこわばりはほぐれつつあった。ただ、体の力は思ったように抜けてくれない。それどころか困ったことに、カーロの体のほうが緊張で硬くなってきた。指先に触れているマックスの肌が急に熱く感じられる。

カーロは思わず手を離し、また首筋に戻った。ゆっくりとしこりを押すと、マックスの口から気持ちよさそうでもあり、痛そうでもある声がもれる。一瞬ためらったのち、彼女は今度は彼の黒髪に手を伸ばした。つやのある柔らかい髪に指を差し入れ、頭皮をマッサージする。今度は純粋に心地よさそうな声が聞こえ、カーロはうれしくなった。

ひとつ深く息を吸った。悩ましい感情がこみあげ、呼吸が震える。湯の温かさが肌に快く、銀の光がこぼれる夜のしじまは夢のように幻想的だ。

彼も少しぐらいはわたしと同じ気持ちになっているのかしら？

カーロはまたマックスの背中へと手を滑りおろしていき、温まった肌にてのひらをあてて均整の取れた筋肉をなぞった。彼もマッサージとは違うことに気づいたのだろう。そのさりげない愛撫《あいぶ》にはっと身をこわばらせた。

カーロは自分を止められなかった。いつのまにか親指が銃創を探っている。手が動くに任せ、筋状になった皮膚の盛りあがりに指をはわせた。できるものなら彼の痛みを取り去ってあげたかった。カーロは同情の声をもらし、唇で傷跡に触れた。

マックスは体を硬くしてしばらくためらったのち、彼女のほうを向いて浴槽の傾斜した壁にもたれかかった。

視線を向けられ、カーロの鼓動がいっきに速まった。もはや治療師ではなく、ただのひとりの女性になっていた。彼にじっと見つめられると、せつなさがこみあげてくる。

マックスが憂いを帯びた表情で片手を伸ばし、カーロの頬に触れた。「夢を見ているみたいだ……きみはぼくの想像が生みだした美しい幻想なのか？　もしそうなら、この夢から覚めたくない」

「わたしもよ」カーロの声はかすれていた。

マックスはカーロを引き寄せ、背中に腕をまわしながら自分に覆いかぶさらせた。ふたりの肌を隔てているのは薄いシュミーズだけだ。

カーロの心臓は激しく打った。

唇が触れそうだ。マックスはさらにカーロを抱き寄せ、自分の情熱の証《あかし》を彼女の下腹部に押しあてた。

動物の行為なら見たことがあるため、男女の営みの基本的な部分は知っている。それに大切な友人であるイザベラから、恋人たちとの奔放な経験談も聞かされていた。だが、それで男性から求められたときの覚悟ができるわけではない。それに、この耐えられないほど熱く生々しい感情をどう扱えばいいのかもわからなかった。

マックスの熱い息が唇にかかった。「きみが欲しい」

はっきりと言葉に出され、カーロはひるんだ。これまで誰からもそんなふうに言われたことはない。マックスがなにを望んでいるのかは明らかだった。それに男性の体がそういうものであるのは理解している。今、マックスは死よりも生を感じたいのだ。そして性欲はもっとも深遠なる生の表現だ。生身の女性を目のあたりにすれば、おそらく相手がわたしでなくてもそうすることを望むだろう。

それでも彼の言葉には心をかき乱される。

マックスが唇を重ねてきた。有無を言わせぬ、思いつめたような激しいキスだ。我慢できないとばかりに差しこまれた舌に、抑えきれない欲求が感じられる。彼女は息をするのさえままならなかった。

カーロは苦しげな声をもらし、思わず彼のたくましい肩にしがみついた。こんな荒々しいキスは初めてだ。

やがて小さなうなり声とともに唇が離れた。マックスは目を閉じ、自制心を取り戻そうとするように額を合わせた。

「暴走しないうちにぼくを止めてくれ」彼の声はかすれていた。

カーロは混乱し、震える声で答えた。「やめて……ほしくないわ」

マックスはしばらくじっとしていたが、やがて頭をあげてカーロの顔をのぞきこんだ。「どうしてほしいんだい？」両手で乳房を包みこみ、薄い布の下で硬くなっている乳首にてのひらを押しあてる。

衝撃的な感覚に全身を貫かれ、カーロは声がもれそうになるのを必死にこらえた。わたしが望んでいるのはスキャンダルになりかねないことだ。あなたが欲しい。女としての悦《よろこ》びを知りたい。

そんなにいけないことだろうか？　今夜を逃せば、マックスには二度と会えないだろう。いったん戦場へ戻れば、彼には島を訪れる理由がない。そして、もしかすると帰らぬ人となるかもしれない……。

これほど生命力に満ちあふれた強い男性が死ぬかもしれないと思うと、カーロは胸が張り裂けそうになった。だが、だからこそという気持ちもこみあげた。彼にとっては今夜が情熱をほとばしらせる最後のチャンスかもしれないのだから。

そして、わたしにとっても。

自分に嘘《うそ》はつけなかった。わたしは女になりたい。その思いは今や、胸のなかで炎のごとく燃え盛っていた。

一生に一度でいいから男性に愛されてみたい。そうすれば生涯、その記憶を胸にしまって生きていける。

それなのに、愚かにも望みを口に出す勇気がなかった。〈剣の騎士団〉の任務では数えきれないほど危険や陰謀に直面してきたというのに、今のわたしは滑稽《こっけい》なほど不器用な小心者だ。こうなったら遠まわしに伝えて、あとはマックスが理解してくれるのを祈るばかりだ。

「わたしは……あなたが思っているほど経験がないの」

マックスが動きを止めた。「男を知らないという意味か？」

「ええ……そうよ」

これまでとは違う沈黙の時間が流れた。マックスの彫りの深い顔が銀色の光に照らしだされている。カーロは彼の反応をうかがった。湯が乳房にひたひたとあたって、脚のまわりで渦を巻いている。その感触に肌が敏感になり、長く眠っていた女性としての欲求が頭をもたげ、体の奥がうずいた。

「だったら、帰ったほうが身のためだ」マックスが乱暴に聞こえるほど感情的な口調で言った。

「ここにいたいの」カーロは消え入りそうな声で言った。「知りたいのよ。お願い……教えてちょうだい」

永遠とも思える長い沈黙が続いた。「きみが言っているのは、男なら想像しただけで撃ち殺されかねないことだぞ」

「マックス、お願い」

マックスの表情が優しくなった。「本気なのか？」

人生でこれ以上本気だと思ったことはないくらいだわ。今夜、わたしはようやく男女の神秘を知るのだ。ひたすら押し殺してきた感情を素直に出し、思いを遂げられる。

彼となら息をのむ経験になるはずだ。どういう結末になっても、わたしは一生その思い出を大切にして生きていくだろう。

はっきり答える代わりに、カーロはマックスの頰に手を伸ばした。「痛みを伴うこともあると聞いているわ。だから……優しくして」

「言われるまでもないよ」

マックスは本当に優しかった。これ以上はないほどに。自分のことは後まわしにして、蝶《ちょう》の羽のように繊細なキスを唇から顎、そして喉へとはわせていった。そのままカーロの体を持ちあげ、自分の腿にまたがらせる。

長い指でシュミーズを引きさげ、震える乳房をあらわにした。

カーロは不安になった。わたしの体を見てがっかりしないかしら？　だが、濡れてつやつやとした肌を慈しむマックスの目に翳《かげ》りは見られなかった。熱い視線を向けられ、カーロは顔が赤くなった。胸を包みこんだ彼の手が湯よりも温かく感じられる。

マックスはゆっくりとふくらみを愛撫した。先ほどカーロがはからずもそうしてしまったように、時間をかけて気分を高めるつもりらしい。

けだるい手の動きは信じられないほどに官能的だった。マックスが身をかがめ、彼女の胸の先端を口に含んだ。カーロは思わずびくりとし、その唇の感触に息遣いが速くなった。体がほてり、下腹部に耐えがたいうずきが走る。

マックスはいつまでも唇と舌でじらすように乳首を刺激した。恍惚《こうこつ》感に全身がぞくぞくする。彼は両手をカーロの背中から腰のくびれへと物憂げに滑りおろし、ゆっくりと肌をなでながらうしろへまわした。

カーロは弓なりに体をそらし、甘い悦びにため息をもらした。マックスの唇が胸を離れ、喉元へのぼっていく。熱い息が耳にかかった。「どうだい？」

返事を待たず、マックスはシュミーズの裾に手をかけて頭から脱がせた。カーロの全身があらわになる。

マックスの目にさらに深い情熱が宿った。裸体に目を奪われ、魅了されているふうだ。

夜の魔法のせいだわ、とカーロは思った。ロマンティックな夜景に気分が高揚しているのだろう。だけど、それでもよかった。気持ちが高ぶっているのはわたしも同じだ。そんな目で見つめられると、自分が美しいような気がしてくる。

マックスの手が体を滑りおり、カーロはその感触に陶然と酔いしれた。てのひらが腿から下腹部へと移り、脚の合わせ目へとおりていく。もっとも繊細な部分を探られ、彼女は体を震わせた。

愛撫は続いた。指がゆっくりと分け入ってきたのを感じ、はっと声がもれる。

彼はその本能的な抵抗の声を無視し、さらに奥へと指を進めては引き抜いた。

規則的な動きにめまいを伴うほどの快感がこみあげ、はしたないと思いながらも興奮がつのった。肌を重ねたいあまり、カーロはうずく胸を突きだした。

「焦らないで」マックスがかすれた声で言ったが、口調は満足そうだった。

カーロは手を取られ、屹立《きつりつ》した彼のものへと導かれた。それは湯よりもまだ熱く感じられて、彼女が触れたことに反応した。

マックスは待っていた。カーロに最後の決断をさせてくれているのだ。だが、もう後戻りするつもりはなかった。それが賢明かどうかはわからないが、心は決まっている。わたしは彼が欲しい。

「ええ」カーロは無言の問いに答えた。

マックスは熱を帯びた目でカーロの腰を持ちあげ、張りつめたものの上にそっとおろした。ゆっくりと少しずつ体のなかに情熱の証が入ってくるのが感じられる。カーロは充分に潤っていた。それでも男性とひとつになる感覚に圧倒され、驚きに身動きさえできなかった。

耐えられないほどの痛みではなかったが、体の奥が裂けそうな気がした。

まぶたが小刻みに震え、息遣いがせわしなくなる。マックスはカーロのまぶたや頬や唇に優しくキスをしながら、彼女の呼吸が静まるのを待った。

「大丈夫かい?」

「ええ……」

鈍い痛みは遠のいたが、それでも体を動かすのは怖かった。だが、そのときマックスがカーロの腰に手をかけ、少しばかり位置をずらした。

その瞬間、衝撃が走り、全身が震えた。体の奥深くを満たしている彼の存在を自分の体が受け入れ、歓迎しはじめているのがわかった。

マックスの唇が耳たぶから喉元、そして鎖骨から胸へと滑りおりてきた。舌を使った巧みな刺激に、熱い衝動がわき起こる。

カーロはすすり泣きの声をもらしながらマックスにもたれかかり、彼の唇に身を預けた。体が震え、炎となって燃えあがってしまいそうな気がする。

マックスの手がふたたび秘所を探りはじめた。

「やめて……」カーロはかすれた声で抵抗し、怖いほど強烈な感覚から逃げようとした。

「だめだ」マックスは許さなかった。

片手で彼女の腰を押さえ、もう一方の手で敏感な部分を愛撫する。そして唇を重ね、舌を分け入らせてきた。

激しい喜悦の波が体の奥から突きあげ、苦しさは耐えがたいほどのうねりになった。カーロは荒々しい快感に身をくねらせた。

その直後、パニックに襲われたような苦悶《くもん》の声がもれた。燃えあがる炎にのみこまれ、マックスの筋張った腕に爪を立てる。

カーロは夜を切り裂く叫び声をあげて体を痙攣《けいれん》させた。気が遠くなりそうな煉獄《れんごく》の責め苦がいつまでも力強く続いた。

疲れ果ててめまいを起こしながら、カーロはマックスの胸にくずおれた。耳の奥で鼓動が大きく鳴り響いている。マックスが彼女を優しく抱きしめた。

「こんなふうだとは思ってもみなかったわ」カーロはようやく口を開き、かすれた声で言った。「だから〝昇天する〟と言われているのね」

「そうだよ」ほほえんでいるのが伝わってくる声だった。彼女の濡れてカールした髪がかかる額に、マックスが唇を押しあてた。「だが、まだまだこんなものじゃない」

「本当に？」カーロは信じられない思いで笑った。

「まだまだだ」マックスがわずかに腰を動かした。体の奥深くに彼の存在を強く感じる。

カーロは息をのみ、顔をあげてマックスの目をのぞきこんだ。「教えてほしいわ」

「光栄だよ。喜んで」

マックスが両手でカーロを支え、ゆっくりと体を動かしはじめた。

彼はきつく目を閉じ、そっと奥へ進んだ。カーロにとても気を遣っているのが感じられるが、それは自制心を最大限に発揮しているからだろう。顔をゆがめて歯を食いしばり、先ほどのカーロに負けないほど息遣いが苦しそうだ。

本当にわたしを求めてくれているのだ。彼が唇を求めてささやく。「癒やしてほしい」

その言葉に心を揺さぶられ、カーロの胸に優しい気持ちがこみあげてきた。戦争で傷ついた魂を慰めてあげたい。

彼女はマックスをきつく抱きしめ、生まれて初めて情熱的なキスを返した。

今夜だけは、わたしはこのすばらしい男性のものだ。彼が望むものはなんでも差しだそう。今、この人がなにをいちばん求めているのか、そして必要としているのかはもうわかっている。マックスは屈してしまいたいのだ。この銀の光に包まれた夜に。島のロマンティックな魅力に。

そして、わたしに。

# 1

一八一四年九月
ロンドン

マックス・レイトンは身を隠すようにヤシの植木鉢の陰に入り、大理石の柱にもたれながらぼんやりと舞踏室を見渡した。長い歳月を戦場で過ごし、ようやく英国へ戻ってきた。これからは普通の市民として浮き世の楽しみにうつつを抜かし、つらい思い出を忘れようと心に決めたはずだった。

だからといって、花婿探しに奔走する母親や令嬢たちに追いまわされる日々を望んでいたわけではない。だが、苦々しいことにこの戦争の勝利を祝う風潮のせいで、勲章を授けられた裕福な退役軍人はそれだけで花婿候補の筆頭に来るらしい。

マックスは顔をしかめた。そもそも身を落ち着けるつもりがないのだから、恋の駆け引きをする気力がわいてこない。それなのに、今では往年の美女たちがわれ先にと話しかけてくる。いいかげんにひと息つきたいと思い、逃げ場所を求めてこの舞踏室の隅にあるヤシの木の陰に逃げこんだというわけだ。

騎兵隊の仲間だった連中が今の自分を見たらどんな顔をするだろうと思うとおかしくなる。きっとたいして同情はしてくれないに違いない。実際のところは贅沢三昧《ざんまい》をしながら、妙齢のレディたちにちやほやされているだけなのだから。

どうしてこうなってしまったのだろう。軍隊に入る前は、舞踏会も夜会も園遊会もこんなにつまらないとは思わなかった。暴君からヨーロッパを守る達成感に比べれば、上流社会の処世術など刺激にもならないということなのだろうか。

あるいは物足りないと感じているのは、レディたちのせいかもしれない。結局のところ、あの女性のことが忘れられないのだ。社交界には彼女ほど魅力的な女性がいない。

マックスは目を細め、これまで何度となくそうしたように、一年前危篤状態のジョン・イェイツをキュレネ島へ連れ帰ったときのことを思いだした。

まさか地中海にあんな楽園の島があるとは思ってもみなかったし、無垢《むく》で美しい女性とあれほど熱いひとときをともにするとは想像だにしていなかった。あの夜の出来事が頭を離れない。魂を癒やしてくれたあの女性のことも。

キュレネ島を再訪したい思いは日増しにつのり、我慢ができなくなってきている。もう一度カーロ・エヴァーズに会い、あのとき彼女に対して抱いた思いが本物だったのか、あるいは極限状況が作りあげた幻想だったのかを確かめたい。ひょっとすると長く戦場にいたせいで、記憶のなかのカーロを究極にまで美化してしまったということもありうる。

だが、島を訪れる口実が見つからなかった。風の噂《うわさ》によれば、イェイツはすっかり元気になり、充実した日々を送っていると聞く。年輩の貴族男性の秘書になって高収入を得ているらしい。当人からの手紙にもいいことばかりが書かれており、片脚をなくしたことを嘆く言葉はどこにも見あたらなかった。

それでも、なにか理由はこじつけられるかもしれない。元部下のようすを見に島へ行くという口実で——。

「まさかそんなところに隠れているわけじゃないだろうな？」愉快そうな声にマックスの物思いはさえぎられた。「うら若き乙女たちが寂しがっているぞ」

クリストファー・ソーン子爵が目の前に立ち、からかうような顔でこちらを見ていた。ソーンとは昨年、キュレネ島を訪れたときに知りあい、心ならずもここ数カ月で親しくなった。本当は多くの親友を亡くした傷が癒えていないため、新たな友人はまだ作りたくなかった。

「景気づけに一杯どうだ？」ソーンがブランデーのグラスを差しだした。「伯母の甘ったるいポンチより、強い酒のほうがいいだろう」

マックスはありがたくそれを受け取ってあおり、喉が焼ける感覚を味わった。

ソーンは公爵を父親に持つ遊び人で、金髪で背が高く引きしまった体つきをしている。彼にはロンドンの悪名高きさまざまな遊び場へ案内され、今夜も無理やりこの舞踏会へ連れてこられた。

マックスはグラスを掲げた。「たしかにこっちのほうがいい。だが、これで借りを返したとは思うなよ」

ソーンがにやりとした。「わかっているよ」この秋の社交シーズンのあいだ、ソーンがロンドンに滞在しているのにはわけがある。来春のデビューに向けて社交性を磨こうとしている従姉妹《いとこ》をエスコートするよう、伯母であるレディ・ヘネシーに約束させられたからだ。今夜はその伯母の舞踏会にひとりで耐えるのがいやなばかりに、マックスを仲間に引きずりこんだわけだ。

ソーンがマックスの背中をぽんと叩《たた》いた。「恋する女性たちからしつこく追いかけられるのはつらいものだな」

「ぼくに恋しているわけじゃない。ぼくの財産と将来の爵位に惹かれているだけだ」ほかに男性相続人のいない年老いた親戚《しんせき》がいるため、マックスはいずれ子爵の称号を継ぐ予定になっている。

「そのうえ渋くていい男だ」ソーンが冷やかした。「さらには戦争で名を馳《は》せた英雄でもある。どれだけの男がきみと代われるものなら代わりたいと思っていることか」

マックスは苦笑いをした。「こっちはどこでもいいから逃げだしたい気分だよ。きみの島へでも行くかな」

ソーンは首を振った。「甘いな。キュレネ島には結婚願望の塊みたいな若い娘たちが意外にたくさんいるんだ。四〇世帯ほどの英国人を中心にした独自の小さな社交界があるからな。ロンドンの上流社会に負けず劣らず厳しいぞ」

「つかのまの平和が得られるなら、それくらい我慢するよ」

ソーンがまじまじとマックスの顔を見た。「なるほど、そういうことか。きみも毒されたな」

「なにに？」

「キュレネ島の魔法にだよ。あれは深みにはまる」

マックスはもうひと口ブランデーを飲み、首を振った。「呪文がどうこうという話は聞いたことがある。だが、そういうたぐいの話は信じていないんだ」

「たとえそうでも、あの島はどういうわけか人を魅了する。虜《とりこ》になると怖いぞ」

本当にそうだとマックスは心ひそかに思った。キュレネ島には人を惑わせる不思議な力がある……。

「だからきみは向こうで暮らしているのか？　魔法に毒されたから？」

驚いたことに、ソーンは謎《なぞ》めいた笑みを浮かべた。「そうとも言えるかな。だが、あの島には短い滞在ではわからない別の魅力がある」

噂によればソーンは何年か前に父親を激怒させ、その結果キュレネ島に追いやられたらしい。だが改心して父親の怒りが解けたあとも、イタリア半島西方のサルディニア島とスペインに挟まれた地中海西部のその小島に住み続けている。それがマックスには解せなかった。ソーンほどの遊び好きが、あの穏やかな島の虜になるとは考えられない。

「もう一度遊びに来たらどうだ？　のんびりできていいかもしれないぞ」ソーンが言った。

たしかにそのとおりだ、とマックスは思った。短い滞在だったが、本当にいい島だった。さんさんと降り注ぐ暖かい陽光、きらきら輝く緑色の海、マツとカシに覆われた山々、ブドウやオレンジやオリーブの畑が広がる自然豊かな谷。そして月の光に照らされた、幻想的な古代の遺跡……。

まさに楽園だ。

なんと心惹かれる誘いだろう。認めたくはないが、長年の戦いで受けた心の傷はまだ癒えていない。四月にナポレオンが退位したことによって長い戦争はようやく終結したが、ぼくはまだ悪夢に苦しんでいる。それは孤独な地獄だ。多くの男たちが命を散らしたというのに、ぼくは生き残った。真夜中に、その罪の意識や悲しみを寄せつけない唯一の方法は、あの救いの天使の夢を見ることだけだ。

そのとき植木鉢の向こうに知りあいの豊満な女性を見つけ、マックスはののしりの言葉を吐いた。柱の陰にでも隠れたい気分だった。

「たしかにここではのんびりできない」マックスはその金髪の女性を見ながら言った。舞踏室のなかをきょろきょろ見まわしているのは、マックスを捜しているからだろう。

「じゃあ、クリスマスにぼくと一緒に島へ来るか？　浮き世のしがらみがあってすぐにはロンドンを離れられないが、年末には島へ帰ろうと思っているんだ。歓迎するよ」

「ああ、そうさせてくれ。ぜひイェイツの元気な姿を見たい」それにもう一度、救いの天使に会いたい……。

うかつだとわかっていながら、マックスはつい尋ねてしまった。「ミス・エヴァーズはどうしている？」

「カーロか？」ソーンが興味深げに眉をつりあげた。「ああ、そうか。彼女はイェイツを看護していたからな」おもしろいことを思いだしたとばかりににやりとした。「あいかわらず異彩を放っているぞ。キュレネ島の上品な連中をしょっちゅう驚かせている」

「たしかに普通の女性じゃなかったな」

「そのとおりだ」ソーンの低い笑い声がふいにやんだ。「嘘だろう？」彼は目を細めた。「噂をすればなんとやら、だ」

マックスはその視線をたどり、ヤシの葉のあいだから踊っている男女の向こうに見える大きなドアに目を向けた。そこにひとりの女性が立っていた。派手なドレスを着て宝石や羽根飾りを身につけているレディたちに比べて、明らかに場違いな格好だ。その女性は黒い旅行用のドレスに身を包み、じれったそうに誰かを捜している。

マックスは全身が凍りついた。あれは夢のなかに出てきた姿と同じだ。ほっそりとした体、意志の強そうな顎。思いやりに満ちた手の感触さえまざまざと思いだせる……。

また夢を見ているのだろうか？　マックスが目をしばたたいていると、ソーンが急に緊張した声で言った。「失礼。カーロはぼくを捜しているんだろう。なにがあったのか訊いてくる」

大股で立ち去る友人の背中を見送りながら、つかのまマックスは呆然《ぼうぜん》とその場に立ち尽くした。なぜカーロ・エヴァーズがロンドンに来たのか、しかもこのレディ・ヘネシーの舞踏会に姿を見せたのかはさっぱりわからない。

だが、突然人生が明るくなったのだけはたしかだった。


ソーンがこちらへやってくるのを目にしたとき、カーロは心の底からほっとした。少なくとも、もうこれで彼を捜さずにすむ。

歓迎の笑みを浮かべながら近づいてきたソーンを見て、カーロもまた無理をしてほほえみ返した。好奇心に満ちた多くの目がこちらを見ていたからだ。陰口を叩かれるのは気にならなかった。そんなのは慣れている。五年前、ロンドンの社交界にデビューしたときにはつらい思いをしたが、今では白い目で見られる悔しさやむなしさもとうに乗り越えている。だがそれでも、自分とソーンがただの知りあいではないことや、本当は急を要する任務を伝えるために来たことを、わざわざ周囲に知らせる必要はない。

「今、着いたばかりか？」カーロの手にキスをするために身をかがめながら、ソーンが小声で訊いた。

「ええ。あなたの屋敷を訪ねたら、ここにいると聞かされたから。イザベラのことなの。誘拐されたと思われるのよ」

ソーンはにこやかなほほえみを絶やさなかったが、目の表情が厳しくなった。「お会いできてうれしいよ、ミス・エヴァーズ。こちらに来て、故郷の話をあれこれ聞かせてくれ」

彼はカーロの手を自分の腕にかけさせると舞踏室をあとにし、優雅な廊下を通って広い図書室へ連れていった。

ソーンがドアを閉めるそばで、カーロは震えていた。暖炉には火が入っているが、それでも美しいキュレネ島に比べるとここははるかに気温が低い。

「なにがあった？」ソーンが端的に尋ねた。もう体裁を取り繕う必要はない。

「五週間前の話よ。イザベラはスペインからの帰途についたはずなのに、船が島に着かなかったの。バーバリの海賊に襲われて、奴隷にされた可能性が高いわ」

声に不安がにじみでているのがカーロ自身にもわかった。ソーンは愕然《がくぜん》としている。地中海は昔から危険な場所だった。ナポレオンが降伏したため、フランス艦隊が商船を攻撃する恐れはなくなった。だが、北アフリカのバーバリ海岸沖には何世紀も前から海賊が出没し、航行する船を襲撃しては物品を奪い、人質を奴隷として売り払ってきた。実際、一〇年ほど前には自国民を奴隷として売買されたという理由で、アメリカ海軍がトリポリを相手に戦っている。

「とにかく腰をおろして、最初から話してくれ」カーロが部屋のなかを行ったり来たりしているのを見てソーンが言った。

「座ってなんかいられるもんですか。この二週間、なにもできずにただ船に乗って座っていたんだもの。ロンドンの遠さがいまいましいかぎりよ」

「だからといって、伯母の絨毯《じゅうたん》をすり減らしてもイザベラのためにはならないぞ。シェリーでもどうだ？」

「ええ……いただくわ」

ソーンの淡々とした口調に、いくらか気持ちが落ち着いてきた。カーロは深呼吸をし、暖炉に近寄って手袋をしたままの両手を火にかざした。ソーンはテーブルへ行き、グラスにシェリーを注《つ》いでいる。

炎を見ていると、さまざまな思い出がよみがえってきた。レディ・イザベラ・ワイルドは最愛の友人だ。スペイン出身の美しいレディで、これまで三人の夫に先立たれ、今では世界を旅しながら自由気ままに暮らしている。幼いころ母を亡くしたカーロにとって、冒険心の強いイザベラは母親のような存在だった。自立した女性としてのよき手本であり、カーロが夢を追い求めることをさまざまな形で応援してくれた人でもある。

カーロはなんとしてもイザベラを助けだそうと心に誓っていた。〈剣の騎士団〉のほかの仲間たちもみな思いは同じだ。個人的な使命感からだけではない。国外追放された政治家の娘であるイザベラは、はるか以前からキュレネ島で正式に保護されている。組織が庇護《ひご》している女性がさらわれたことに、仲間は衝撃を受けた。指導者であるガウェイン・オルウェン卿《きょう》は名誉を傷つけられたと感じている。必要とあれば、救出作戦の決行も辞さない覚悟だ。カーロはガウェイン卿からの指示をソーンに伝えるために、はるばるロンドンへやってきたのだ。

ソーンはなみなみとシェリーを注いだグラスをカーロに手渡し、ソファに腰をおろした。

一方、カーロは行方不明事件が起きて以降に集めた情報を説明しはじめた。どれもイザベラがバーバリの海賊に誘拐されたことを示唆している。

「実際のところ、行動を起こせる手がかりはなにもないのよ。イザベラの乗った船が到着しないとわかり、組織が人をやって調べさせたんだけど、その時期は嵐《あらし》もなかったし、船が沈む理由も見あたらなかった。ただ、船の航路と見られるあたりに、アルジェの旗を掲げた船がいたことがわかったの」

「イザベラからの連絡はなにもないのか？　身の代金の要求は？」

「どちらもないわ。情報に誤りがある可能性を考えて、ガウェイン卿はさらに同志をふたりトリポリに送りこんだの。でも、イザベラがアルジェに連れていかれた確率はかなり高そうよ」

「ガウェイン卿からのぼくへの指示は、イザベラを捜しにアルジェへ行けということか？」

「そうよ」

「居場所を探るのがかなり難しいことは、もちろんわかっておられるんだな？」

カーロはうなずいた。聞いたところによると、アルジェはウサギ小屋のような住居が密集している大きな町らしい。またアルジェリア全土は広大な面積があり、険しい山々と厳しい砂漠が広がっているということだ。

カーロは口をつけていないグラスを暖炉の上に置いた。そしてバッグから折りたたまれた薄い紙を取りだし、ソーンに渡した。

「詳しいことはここに書かれているわ。現時点での計画とか……あなたを含めて各自に割りあてられた役割とか」

ソーンはざっと目を通し、なぜカーロがみずからそれを届けに来たのかという点には言及しなかった。通常、組織は急ぎの手紙を送ったり伝書鳩《でんしょばと》を使ったりするものだが、これほど重要な指示書なら途中で失われる危険は冒さないのが当然だと納得したのだろう。

イザベラの身になにが起きているのだろうと思い、カーロは身震いした。上品で色気のある女性だから、普通の奴隷がたどるであろう重労働と鞭《むち》ばかりの運命は免れ、せめて裕福な首長のハーレムに連れていかれたと思いたかった。だがアルジェを統治するトルコの太守は堂々たる城を構えているという。もしイザベラがその城にとらわれているとすれば、救出するのは不可能に近い。

とにかく今は、イザベラの居場所を突き止めるのが先決だ。現在、情報を求めて五、六名の同志がバーバリに送りこまれ、救出作戦の決行に備えてさらに数名の同志がキュレネ島に呼び戻されつつある。

ソーンが指示書から顔をあげた。「ホークがアルジェでの調査を指揮しているから、ぼくはそれに合流するんだな」

「そのとおりよ。それにわかっていると思うけれど、事は急を要するわ」

ソーンがうなずく。「今の任務を中断するために何箇所か連絡を入れたら、明日の朝には出発する」

ソーンの力強い表情を見て、カーロは大いに慰められた。この数週間で初めていくらかでもほっとした気がする。ソーンが味方で本当によかった。

彼はこの任務に闘志を燃やしている。危険に対して心躍る性格なのだ。本質的に闘士であり、とりわけ血気盛んで向こう見ずな同志だ。それにカーロを除けば、組織のなかではもっともイザベラと親しくしていたひとりでもある。だからこそカーロの心配をよく理解してくれていた。

ソーンがソファから立ちあがってカーロのそばへ行くと、手袋をした彼女の手を自分の大きなてのひらで包みこんだ。「イザベラは必ず見つける。大丈夫だ」

カーロは力なくほほえんだ。これまでどの任務に対してもこんなに不安を覚えたことはない。個人的な感情が入っているせいで結果が怖いのだ。「なにもできないのが悔しいわ。イザベラがひどい主人の言いなりになっているところばかり想像してしまうの。どんなに心細いかと思って」

「意外にそうじゃないかもしれないぞ。あのイザベラのことだ、今回の出来事を悲劇というよりは冒険だと思っているかもしれない」

ソーンはわたしを安心させようとしているんだわ、とカーロは思った。たしかに一理ある。普通の女性なら海賊につかまって奴隷にされれば、ひたすら怯《おび》えるだけだろう。だがイザベラは機転が利くし、物怖《ものお》じしない。助かる者がいるとすれば、それは彼女のような人だ。

だが、それでも悲痛な思いはぬぐえない。本当にイザベラはさらわれたのか、そうだとすればどこに連れていかれたのか、それがはっきりするまでは細かい救出計画さえ立てられない。しかもそれには何週間も、あるいは何カ月もかかるかもしれないのだ。

「そうかもしれないわね。だけど、今のわたしにはなにもできることがないと思うと、頭がどうにかなりそうよ」

ソーンがカーロの顎をぽんぽんと叩いた。「いや、きみだけに楽はさせないぞ。きみにぴったりの仕事がある。ぼくの代わりに伯母に言い訳をしておいてくれ。なんといっても従姉妹にロンドンを案内すると約束してしまったからな。それを破るとなれば、伯母も喜びはしないだろう」

「どうしてわたしが？」

「伯母はきみが好きだからだよ。きみから頼まれれば、快く許す気になるかもしれない」

数年前、レディ・ヘネシーはカーロの後見人となり、ロンドンの社交界にデビューさせてくれた。はからずもカーロがスキャンダルを起こしたために悲惨な結末を見たが、それでもレディ・ヘネシーはまだ深い愛情を示してくれている。

「イザベラが行方不明になって、捜索するのにぼくの力が必要だとだけ説明すればいい」ソーンはカーロを促し、図書室のドアを開けた。「上手に話をつけてくれよ。ぼくはガウェイン卿に届けてほしい書類を取ってくるから。一時間ほどで戻る。きみは今夜はここに泊まるつもりかい？」

「レディ・ヘネシーがそうしていいとおっしゃってくだされば」

「そう言うに決まっている。ただし、きみが舞踏会でひと騒動起こさなければね。伯母は今でもきみの汚名をそそごうと努力しているんだよ」

その意地悪な冗談にカーロは赤面した。「もちろん騒ぎなんて起こさないわ。話が終わったらすぐに姿を隠すもの」

「きみに会えれば伯母も喜ぶよ」ソーンは立ち去ろうとして、ふと肩越しに振り返った。「そうだ、もうひとつ頼みがある。マックス・レイトンにも謝っておいてもらえないか」

カーロはどきりとした。「レイトン少佐も来ているの？」声がいくらかうわずった。

「今はミスター・レイトンだ。除隊したからな。驚くことに、今じゃ新聞をにぎわす人気者だぞ」

それは知っている。世界情勢や社交界の話題を理解しておくために、ガウェイン卿が週次報告とともに英国の新聞を取り寄せているからだ。

「どうして謝らなければならないの？」カーロはさりげなく訊いた。

「話し相手欲しさに、ぼくが無理やり舞踏会へ連れてきたからだ。さぞ気が進まなかったと思うよ。女性たちに追いかけまわされるのはわかっていたからな。そんななかへ置き去りにするのは気が引ける。マックスにすまないと言っておいてくれ。それから、クリスマスにキュレネ島へ招待する件は本気だと」

カーロは動揺して目を伏せ、しぶしぶ答えた。「もし会うことがあれば伝えておくわ」

「それでは困る。マックスを捜すと約束してくれ。そうでなければ自分で捜すしかないし、その分だけ時間がかかる」

「いいわ……約束する」

「きみに会えれば彼も喜ぶだろう。さっき、きみのことを訊かれたばかりだ」

カーロは驚いてソーンを見た。「わたしのことを？」

「そうだ。去年、島できみに会って、ずいぶん強烈な印象を受けたようすだった。さあ、伯母のほうはよろしく頼むぞ。できるだけ早く戻ってくるから」

大股で立ち去るソーンの背中を呆然と見送りながら、カーロは毒づきたくなった。マックスウェル・レイトンに会うのだけは避けたかったのに、もう逃げ道はなさそうだ。


カーロは重い足取りで舞踏室へ戻った。わたしは臆病者《おくびょうもの》ではないはずだ。それにもかかわらず、今は再会するのが怖い。

わたしのことを尋ねたと聞かされたときには驚いた。強烈な印象ですって？　カーロは赤面した。マックスはあの夜の出来事をどう思っているのだろう。あのときのわたしはあまりに大胆だった。なにしろこちらから彼にお願いしたのだから、わたしが誘惑したも同然だ。思いだすだけで頬が熱くなり、甘くせつない思いがこみあげてくる。

マックスも少しはわたしと同じような気持ちで、あの夜のことを思いだしているのだろうか？　いいえ、女性には事欠かないに違いないから、彼にとってあの逢瀬《おうせ》が特別なものだったとは思えない。

でも、わたしは一生忘れないだろう。あの幻想的な夜を経験したことで、わたしは自分の人生になにが欠けているのかを知った。マックスと過ごしたひとときはあまりにすばらしく、やるせない気持ちはつのるばかりだ……。

いっときの感情に押し流されたのは大きな間違いだったけれど、それでもあの一夜は大切な思い出だ。だからこそ、それを打ち砕く悲しい現実は見たくない。今さら彼に会ってもつらい思いをするだけだ。この数カ月というもの、マックスについて書かれた新聞記事をたくさん目にしてきた。恋愛の噂や、誰が妻の座を勝ち取るかを予想したゴシップ記事ばかりだ。

そんな気持ちとは裏腹に、カーロは舞踏室に入るなりマックスを見つけてしまった。人ごみのあいだから、威厳のある背の高い姿がすぐ近くに見える。第七騎兵隊のさっそうとした制服ではなく、たくましい背中にぴったり合った上等なあつらえの青い上着を着ている。印象的な青い瞳によく似合う色だ。

想像していたとおり、マックスは五、六人の女性たちに囲まれていた。カーロはむなしさを抑えこんだ。彼は今でもまだ傷ついた兵士なのだろうか、それともナポレオンとの戦争が終わって元気になったのだろうかと、これまで何度となく考えてきた。だがこのようすを見ると、とても苦しんでいるとは思えない。

マックスが生きて戦場から戻ってきてくれたことは心からうれしいし、もちろん幸せになって当然だとも思う。ロンドンのくだらない楽しみも、戦いに疲れた兵士にとってはつらい出来事を忘れるのに大いに役立つのだろう。それでも、彼がこんな遊び人になってしまったるのかと思うと寂しかった。ばかげているとは思うが、美しい女性たちに囲まれている姿を見ると傷ついた。

そのときマックスが振り向き、カーロと視線が合った。彼女の心臓は止まりそうになった。マックスはまさに何度も夢に見た憧《あこが》れの人そのものだった。黒いまつげに縁取られた青く鋭い目も、圧倒される魅力も、あのころと少しも変わっていない。

じっと見つめられ、カーロの顔が熱くなった。

彼女は自分を叱《しか》りつけ、からからになった喉をごくりと鳴らして唾《つば》をのみこんだ。話をする必要に迫られたときは、なんとしても動揺を押し隠そう。そして、まさかとは思うけれどあの夜についてなにか言われたら、そのときは毅《き》然《ぜん》とした態度で無視するのだ。マックスの気を引こうと群がっている世慣れた女性たちのように、わたしも如才なく振る舞ってみせる。

だけど、とりあえずはソーンの伯母を捜すのが先だ。

カーロはやっとの思いで視線を外し、未亡人たちと並んで壁際に座っているレディ・ヘネシーを見つけた。ほかになすべき用事があることにほっとしながら、人ごみを縫って進んだ。

銀髪でふっくらとした体型のレディ・ヘネシーは初めは驚いた顔をしたが、すぐ満面に笑みをたたえ、それから心配そうな顔つきになった。「カーロ、いったいどうしたの？　ガウェイン卿になにかあったの？　もしかして、よくないこと？」

カーロはレディ・ヘネシーの柔らかい頰にキスをした。「ガウェイン卿はお元気ですわ。でも残念なお知らせと、甥御《おいご》さんを責めないでいただきたいというお願いがあるのです。さしつかえなければ、ふたりだけでお話ししたいのですが」

状況を察した友人たちが席を外したため、レディ・ヘネシーはカーロを隣に座らせた。

「さてと」問いただすように目を細める。「あのやんちゃな甥っ子が今度はどんな件にかかわることになるのか話してちょうだい」


「ミスター・レイトン、ミス・エヴァーズのことがよっぽど気になっていらっしゃいますのね」誰かが寂しそうにささやいた。「でも、おわかりでしょう？　彼女は自分が注目されることしか考えていませんのよ」

「そうですわ」別の若い女性が不満げな声で言った。「埃《ほこり》っぽい旅行用のドレスのまま舞踏室に入ってくるなんて、いかにも騒ぎを起こすのが好きなあの方らしいですわね」

マックスはしかたなく女性たちのほうに顔を戻し、片方の眉をつりあげた。「彼女がここへ来たのは、ただ騒ぎを起こしたいからだと？」
五、六人の女性たちがいっせいにカーロ・エヴァーズの悪口を言いはじめた。
「ミス・エヴァーズはわたしと同じときに社交界デビューしましたの」

「そのころすでに結構な年齢でしたのよ」

「むっつりとした垢抜《あかぬ》けない方だった印象がありますわ。とても社交下手でしたもの」

「ダンスのひとつもしませんでしたものね」

「だけどなんといっても、とどめはあのスキャンダルでしたわ」

「そうそう。レディ・ヘネシーのお顔に泥を塗るようなまねをして」

全員がその話を知っているらしく、女性たちは声をそろえて笑った。

「どんなスキャンダルだったのですか？」マックスは好奇心に駆られた。

「男性の格好をして、医学の講義に参加したんですの」

「裸の体を調べているときに見つかったんですって！」

「それどころか内蔵もいじっていたとか！」

何人かの女性が身震いをした。先ほどからマックスにつきまとっている背の高い金髪の未亡人が意地の悪い笑みをもらした。「それが理由で社交界を追放されたんですのよ。まったく恥さらしだこと」

マックスは顔をしかめ、冷ややかな視線を返した。未亡人は彼が噂話を楽しんでいないことにようやく気づいて黙りこんだ。だが、仲間の女性たちはまだしゃべっていた。

「男性のふりをするなんてとんでもないですわ。まあ、彼女ならたやすくできそうですけれど。だって肌のきめが粗くて色黒なんですもの」

カーロがさんざんけなされているのを聞いて、マックスは彼女をかばいたくなり、歯を食いしばりそうになるのをこらえた。英国女性はとにかく色白を好むが、マックスにはカーロの小麦色の肌のほうがはるかに魅力的に見える。「地中海で暮らす女性にしては色が白いほうだと思いますが？」

「ミス・エヴァーズをご存じですの？」

マックスはかすかにほほえみ、さらにカーロの味方をした。「昨年、お目にかかりましたよ。部下の命を救ってもらいましてね。あれほどすばらしい女性は存じあげません」

その言葉に、一瞬で座が静まり返った。「それではみなさん、失礼」マックスはいたずらっぽくにやりとした。「ミス・エヴァーズに挨拶《あいさつ》をしてこなくては」

唖然《あぜん》とした顔の女性陣と憤慨している金髪の未亡人に背を向け、マックスは舞踏室の奥でレディ・ヘネシーと話しこんでいるカーロ・エヴァーズのほうへ向かった。

どうやら緊急の用事でロンドンへ来たらしいことがわかり、それがなにか気になった。だがそれよりも知りたいのは、かつてふたりのあいだに燃えあがった火がまだくすぶっているのかどうかだ。

マックスはカーロから目を離さなかった。彼女が顔をあげ、こちらに気づいてはっとしたのを見てうれしくなる。

灰色の目はあいかわらず大きく、記憶にあるとおり輝いていた。性格のにじみでた知的な容貌《ようぼう》をしている。絶世の美女ではないかもしれないが、魅力的な顔立ちだ。

マックスは舞踏会の主催者であるレディ・ヘネシーに頭をさげ、カーロに声をかけた。

「こんばんは、ミス・エヴァーズ。またお目にかかれるとは光栄です」

カーロは相手が誰だか思いだそうとするように眉をひそめた。「どこかでお会いしましたでしょうか？　ああ、もしかしてレイトン少佐？」

マックスは虚をつかれて片方の眉をつりあげ、カーロの表情をうかがった。本当にぼくを思いだせなかったのだろうか？　それとも周囲の目を気にして嘘をついたのか？

マックスはひるんだふりをしてみせた。「名前すら忘れられていたとは傷つきますね」

カーロが唇を引き結んだ。「もちろん覚えていますわ。忘れるわけがないでしょう？　新聞のゴシップ欄で色恋沙汰《ざた》の記事をよく読ませていただいていますから」

レディ・ヘネシーのくすくす笑う声が聞こえたが、マックスはそれを無視した。そして慇《いん》懃《ぎん》な態度でカーロの手を取り、身をかがめて手袋の上からキスをした。彼女がどういう反応をするかが見たかったからだ。

カーロはびくりとし、こちらの目を見据えた。なんらかの熱い思いが通いあった気がする。カーロがマックスの唇に視線を落としたのに気づき、彼女が自分を忘れてはいなかったことを確信した。

カーロがさっと手を引いた。だが、マックスは満足していた。

「じつはわたしもあなたを捜すつもりでした。ソーンから謝っておいてほしいと頼まれたものですから。彼は急な用事が入ったのです。あなたを……」カーロはマックスが先ほど話していた女性たちのほうへあからさまな視線を向けた。「女性たちのなかへ置き去りにするのは気が引けると言っていました」

彼女は立ちあがった。「申し訳ありませんが、失礼させていただきます。長旅のあとですし、明日にはまた発たなくてはなりませんから」

腰をかがめてレディ・ヘネシーの頰にキスをする。「約束を取り消してくださってありがとうございました。ソーンもほっとするでしょう」

レディ・ヘネシーが険しい顔をしてみせた。「わたしはだまされないわよ、カーロ。あの甥っ子の考えることなんて手に取るようにわかるんだから。ソーンは自分でわたしのところに来る勇気がなくて、あなたに説得役を押しつけたんでしょう？」

カーロはほほえんだ。「そのとおりです。あなたを怒らせたらとても怖いとわかっているからでしょう」

彼女はマックスをじろりと見たあと、まだこちらを気にしている女性たちのほうへ顎を向けた。「取り巻きの方たちのところへお戻りになったら？　まだ待っているみたいですわよ。では、ミスター・レイトン、おやすみなさい」

カーロの背中を見送りながら、マックスはその場に立ち尽くしていた。どうやら肘鉄砲を食らわされたらしいことは理解できる。

そばにいたいと思うただひとりの女性にすげなくされるのは初めての経験だ。だが、かえって闘志がわいてきた。男は逃げる獲物ほど追いかけて自分のものにしたくなるものだ。

カーロに気持ちが通じているのかどうかはわからないが、ぼくは彼女を求めている。

マックスのようすを見て、レディ・ヘネシーがくっくっと笑った。「もうわかっていると思うけど、カーロは並の女性ではないわよ」

「知っています」マックスは顔をしかめた。

「あの子は舞踏会みたいな社交界のうわべだけの華やかさが大嫌いなの。今夜はもう二度とここへはおりてこないでしょうね。きっと寝室にこもって、退屈きわまりない医学書でも読むんでしょう」レディ・ヘネシーの目がきらりと光った。「昔、彼女が自室として使っていた部屋にいるはずよ。話をしたければ、あなたから出向くしかないわね」

マックスは口元に笑みを浮かべた。「ありがとうございます。ぜひ、そうさせてもらいたいと思っていたところですよ」

# 2

こんなにうろたえるなんてばかみたいだ。カーロは舞踏室を出ながらそう思った。背中にマックスの視線を感じ、ますます全身の感覚が鋭敏になる。

ようやく寝室にたどり着き、閉めたドアにもたれかかった。そのまま動揺と鼓動がおさまるのを待つ。いっそ彼に幻滅できればいいと考えていたが、そうはいかなかった。

どうしてこんなに心が乱れるのだろう。

いいえ、それは当然だわ、と理性的な自分が答える。

マックス・レイトンは若い娘なら誰もが憧れる英雄だし、わたしにとっては初めての、そしてただひとりの男性だ。女性としての悦びを教えてくれた人でもある。ほかの男性とは違って見えるのも、彼のことを鮮明に記憶しているのもあたり前だ。あの青く鋭い瞳を向けられると鼓動が速くなり、どぎまぎしてしまうのもしかたがない。

マックスに気づかれたかしら？　無関心を装ったつもりだが、それほどうまくいったとは思えない。取り巻きの女性たちのことをあんなふうに言えば、嫉妬《しっと》しているのがみえみえだ。

嫉妬なんてできる立場ではないでしょう、とカーロは自分を叱った。そんな権利はないのだから。マックスの人生にわたしの居場所はない。彼はわたしとかかわる気などさらさらないだろう。あの夜にしても、あんな特殊な状況でなければわたしには見向きもしなかったはずだ。

あのときは月明かりと島のロマンティックな雰囲気に助けられたが、今夜は本当のわたしを見られてしまった。わたしはまだマックスに惹かれているけれど、向こうも同じ気持ちを抱いているとはとても思えない。たしかに一瞬、熱い視線を向けられた気はしたが、きっと錯覚だろう。長いあいだ彼に愛されることばかり妄想し続けてきたせいだ。

カーロは自分がいやになり、ため息をついて外套《がいとう》を脱いだ。暖炉には火が入り、そばの小さなテーブルには軽い夕食が用意されているものの、気持ちが高ぶりすぎて食欲がわいてこない。

従僕が運び入れてくれた旅行鞄《かばん》を見て寝支度をしようかと迷ったが、もうすぐソーンが戻ってくるのを思いだした。それに階下からかすかに音楽も聞こえてくる。舞踏会はまだ何時間も続くだろう。豪華なドレスを着た女性たちが大勢屋敷のなかにいるのに、自分だけがネグリジェに着替えてしまうのはあまりに無防備な気がする。

カーロは落ち着きなく部屋のなかを行ったり来たりしはじめたが、姿見に映る自分の姿に気づいて足を止めた。濃い茶色の髪は乱れ、カールした房が幾筋もピンからこぼれ落ちている。どうりで客人たちがじろじろ見ていたわけだ。マックスが視線を向けてきたのもうなずける。だが、どうせ社交界では陰口ばかり叩かれてきた身だ。今さらもうひとつ汚点が増えたところでどうということもない。

カーロは髪をといてカップに紅茶を注ぐと、暖炉の前の安楽椅子に座って出版されたばかりの医学書を読みはじめた。だが、三語に一語ほどしか理解できない。マックスのことが頭に浮かび、あのすばらしかった夜に思いを馳せてしまうからだ。

三〇分ほども経ったころ、静かにノックをする音が聞こえ、カーロはソーンだと思ってドアを開けた。

そこに立っている人物を見て凍りつき、すぐに体が熱くなった。

「質問のひとつもさせてくれなかったな」マックスは軽い調子でそう言い、カーロの許可も求めずに部屋へ入ってきた。「イェイツが元気でやっているか訊こうと思ったのに」

カーロはぽかんと開けていた口を閉じた。うろたえたりするものですか。たとえマックスが招かれもしないのに寝室へ入ってきたとしても。ちゃんとドレスを着ていてよかったわ。

「そんなことは知っているでしょう？　言われたとおり、ちゃんと定期的に手紙を書いているし彼は言っていたわ」

「きみの口から聞きたいんだ。本人は回復したと書いているが、それが本当かどうかはわからない」

マックスがここへ来た理由がわかり、彼女の肩から少し力が抜けた。彼は元部下のようすを聞いて安心したいだけらしい。

カーロは人目を気にしてドアを閉めかけたが、常識に従い少しだけ隙間《すきま》を空けておいた。

「彼はとても元気よ。思っていたよりはるかにしっかりとやっているわ」

マックスは髪をぞんざいに手ですいた。「イェイツがぼくに気を遣っているわけじゃないと知ってほっとしたよ」

つらい過去でも思いだしたのか、つかのまマックスはうつむいていた。やがて顔をあげ、こちらを見る。カーロの胸が高鳴った。「きみはどうだ？　元気だったかい？」

カーロは震えを抑えようと両手を固く握りあわせた。「ええ、ありがとう」親友が行方不明になっている件は黙っておいた。

「あんなにさっさと舞踏室を出ていくなんて、なにかぼくの言葉が気に障ったのか？」

カーロは赤面した。「いいえ、そんなことはないわ」

マックスは記憶をたどるように、彼女の唇から胸、そして腰へと視線をさげていった。カーロの全身に緊張が走る。「女性に逃げられるのには慣れていないんだ」

「そうでしょうね」カーロは唇をすぼめた。「普段は追いかけられるほうだから。なんといっても世間が認める花婿候補の一番手だもの」

マックスが顔をしかめた。「また新聞のゴシップ欄のことを言っているのかい？」

「そうよ。島にも新聞は来るの。数週間遅れだけど、読めることに変わりはないわ。あなたと結婚したがっている資産家の令嬢たちや身分の高い女性たちと、いろいろ噂がおありでいらっしゃること。先月のお相手はたしかヨーロッパの王女様じゃなかったかしら？　もうすぐ婚約発表があるんじゃないかと書かれていたわね」

「その記事はでたらめだよ。結婚には全然興味がない」マックスは憂いを帯びた表情でカーロを見た。「そういうきみは結婚する気はないのかい？」

突拍子もない質問にカーロは驚いた。「まったくないわ」

「よかった。ほっとしたよ」

「どうしてあなたがほっとするのかしら」

マックスはそれには答えずに大股で窓辺へ行き、重いカーテンを少し開けて外の暗闇をのぞいた。「しばらくかくまってほしいんだが、かまわないね？」

一瞬、カーロは口ごもった。「非常識だわ。ここは寝室なのよ」

マックスは彼女のほうを向き、窓枠に肩をもたせかけた。片方の眉をつりあげ、黙ってカーロを見ている。寝室よりもっとロマンティックな場所で親密なひとときを分かちあった仲じゃないかと言わんばかりだ。

「きみはそんなことにこだわるのかい？　ことあるごとに常識を無視していると噂に聞いたが？」

今度はカーロのほうがゴシップを否定する番だった。「ことあるごとに、というわけじゃないわ。わたしが社交界にデビューしたときの話を聞いて驚いたのね」こわばった口調で言う。

「それほど驚いたわけじゃない。いちばんのスキャンダルはきみが人体の内臓を勉強していたことらしいが、はらわたならぼくだって戦場で山ほど見てきた」

「でも、わたしは女性よ」思わず辛辣《しんらつ》な調子になる。「社交界では女性が病人にデザートを勧める以上のことをしたら、それはもう犯罪なの」

「じゃあ、きみは間違いなく犯罪者だ」マックスが愉快そうに答えた。

愚痴をこぼしたおかげで、カーロはなんとかほほえむことができた。「舞踏室で待っているレディたちのところへ戻ったら？　きっとわたしに関するぞっとする話をたくさん聞けるわよ」

マックスは首を振った。「彼女たちはきみの本当の姿を知らない。たとえば、きみが月明かりのもとで温泉に入るのが大好きなこととか」

カーロは息が止まりそうになった。「あなたがここにとどまるのはよくないと思うわ」

「なぜだい？」

カーロが黙っていると、マックスはゆっくりと部屋を横切って近寄ってきた。カーロは一歩あとずさりした。そして、それが間違いだったと気づいた。がちゃんという大きな音とともに、背中でドアを閉めてしまったからだ。

「ぼくが怖いのか？」肌に触れてきた彼の手より、そのかすれた声のほうが悩ましかった。

「もちろん怖くなんかないわ。だけどどういうわけか、あなたはわたしを怯えさせようとしている」

その言葉にマックスは笑みをこぼした。「そんなことができるなんて思っていないよ。きみはそんな簡単に怯える女性じゃない」

「ええ、そうよ。でも、とにかく今は出ていって」

「あの夜は非常識だとは言わなかったくせに」

「なんの話かしら？」

「また忘れたふりをするつもりかい？」マックスはカーロの顔をのぞきこみ、一歩近づいて親指で彼女の下唇に触れた。

カーロは息をのんだ。もちろん忘れるわけがない。あれから何カ月、この人の夢を見続けただろうか。今もときどき夢に出てくるというのに。

「きみがあの夜を覚えていないとは思えない。ぼくには忘れられない一夜だった」

これ以上、嘘はつき通せないが、ごまかすことならできるかもしれない。「ええ、覚えているわ。あれは……いい経験だった」

「それだけかい？」

彼の魅力に負けまいと、カーロは旅行鞄の置いてあるテーブルへ行き、そわそわとショールをたたみはじめた。「そんなふうに質問攻めにしないでくれる？」

「だったら、ひとつだけ教えてくれ。あの夜、よく知りもしないぼくに身を任せたのはなぜだ？」

単刀直入な問いかけにたじろいだものの、カーロは仮面を取り払わなかった。「あなたをかわいそうに思ったから。それだけよ」

マックスが片方の眉をつりあげた。「かわいそうだって？」

「あなたは傷ついていた。慰めを必要としていたわ」

「だから初めての体験だったにもかかわらず、ぼくの相手をしたと？」彼は皮肉っぽい口調で言った。「きみは誰に対してもそういうことをするのか？」

「まさか」カーロの声がうわずった。

「そうだ、きみはそんな人じゃない。ぼくはきみにとって初めての相手だった。世の中には、純潔を奪うのに深い罪の意識を感じる男もいるんだ」

「うしろめたく思う必要はないわ。あなたに責任はないもの。いけないのはわたしよ。わたしが……望んだことだから」

「ぼくも望んだことだ」マックスはにこりともせずに言った。「だがどうしてもわからないのは、なぜきみがそういう気持ちになったかだ。苦しみを癒やすのが仕事だから、ぼくを放っておけなかったということなのか？」

「それだけじゃないわ」彼の射るような視線に耐えきれず、カーロは顔をそむけた。「あのときも言ったとおり、男女の関係を経験したかったのよ。医学書でそういう行為について読んだから……興味を持っただけ」

カーロは旅行鞄から革装の分厚い書物を出し、マックスに差しだした。

マックスはそれを無視してさらに近づいてきた。カーロはあとずさりしたくなるのを懸命にこらえた。

「それで、ぼくはきみの好奇心を満たしたのか？」

「ええ、そうね」本当はその程度の言葉で語り尽くせるものではなかった。男女の神秘は想像よりもはるかに衝撃的だった。少なくとも彼と交わした愛はそうだ。

カーロの気持ちを察したかのようにマックスが言った。「ぼくにとってあの夜は特別だった」彼女が口を開こうとすると、マックスがしーっと指を立てた。「島の魔法のせいだなんて話はよしてくれ。もっとはるかに深いものを感じたんだ」

「きっとそうだったのよ」カーロは慎重に言葉を選んだ。「あなたはあまりにも多くの死を見てきたから、それとは対極にあるものを欲していた。男女の営みは死に抵抗して、自分が生きていることを実感する行為よ。あの夜のあなたは安らぎを求めていた。誰かとぬくもりを分かちあうことを必要としていたのよ」

「きみはいったいどこでそんな洞察力を身につけたんだい？」

おもしろがっているような褒め言葉にカーロは身じろぎした。「べつに洞察力があるわけじゃないわ。ただ、現実的に物事を考えているだけ。これだけはわかってほしいの……たしかにわたしは変わっているかもしれないけれど、誰にでも身を任せるようなまねはしない」

「もちろんだ。そうじゃなかったら、あんなにうぶだったはずがない」

からかわれているのだとわかり、カーロは頬が熱くなった。

マックスはつかのまカーロを見つめ、おもむろにうなずいた。「なるほど、そういうことか」

思わせぶりな言葉にカーロは困惑した。「なんなの？」

「あの夜のことを思いだすと恥ずかしいんだろう？　そんなふうに感じる必要はないんだよ。ぼくはきみに人生を救われたんだから」

「どういうこと？」

「きみにはわからないだろうね」マックスは手を伸ばして、カーロの額にかかった髪をうしろになでつけた。「きみはぼくに、また戦争に立ち向かう気力を取り戻させてくれたんだ」

彼女はマックスの視線にひるんだ。彼にはどぎまぎさせられる。そんなふうに求める目でわたしを見る男性はマックスだけだ。あの夜のあなただけ。

「あれ以来、きみのことが忘れられない」マックスが淡々とした声でささやいた。

わたしもあなたのことが忘れられないわ。

カーロは唾をのみこもうとしたがうまくいかず、しゃべることができなかった。マックスはカーロの頬骨を親指でなぞり、腹部へと視線を落とした。「赤ん坊はできなかったんだね？」

「ええ……」彼女はなんとか答えた。

「気になっていたんだ」

マックスがまた一歩カーロに近寄った。体と体が触れそうだ。

だめよ。整った顔立ちといい、青い目といい、官能的な唇といい、やっぱり彼は危険な男性だ。

カーロは体が震え、きつく目をつぶった。こんなに近くにいるとめまいがしそうだ。マックスのぬくもりを感じ、あの夜の出来事を思いだしてしまう……。

でも、今はそんな思い出にひたっているときではないわ。

カーロはだめとつぶやき、両手でマックスの胸を押し返した。

抱きしめられるのではないかと思い、安楽椅子をまわって暖炉のほうへ逃げる。

マックスは黙ってカーロを見ていた。まさか本当にぼくが傷つけるようなまねをすると思っているのだろうか？　いや、再会がきまり悪く、落ち着かないだけだろう。だが、あの夜のように警戒心を解いてくれることはないかもしれない。灰色の瞳に怯えと不安がにじみでている。

そういうぼく自身も不安だ。これまでの女性関係とは違い、カーロとのかかわりは特別なものだからだ。

これほど強く誰かに心をかきたてられたことはない。追われるのではなく、追いかけたいと思う相手を見つけた気分はたしかに新鮮だ。だが、それだけでは説明しきれない。彼女に惹かれる気持ちはあの夜から少しも冷めていない。それどころか、強まるばかりだ。

正気の沙汰ではなかった。一緒に過ごしたのはわずか数日、しかも一年も前だというのに、カーロを自分のものにしたくてたまらないのだ。そのうえ、そういう相手にようやく再会できたのだから、もう二度とあきらめるわけにはいかない。

しかし、今はまだ感情を隠しておくしかないだろう。

「明日にはまた出発すると言っていたね。着いたばかりなのに、いささか慌ただしくはないか？」

話題が変わり、カーロはほっとした顔をした。「目的は果たしたもの」

「どんな目的だい？」

返答に困っている彼女のようすを見ていると、マックスは好奇心をそそられた。

「ソーンを連れに来たのよ。わたしの大切な友人が大変な災難に巻きこまれたから」

「ソーンなら力になれるのか？」

「ええ、そう願っているわ」

「彼は外務省の人間らしいな」

カーロは驚いた顔をした。「どうしてそれを？」

「本人が話してくれた」

カーロは眉をひそめた。ソーンはどうしてそんなことを打ち明けたのだろう？〈剣の騎士団〉のメンバーは本当の身分と極秘任務を隠すために、みな外務省の職員を名乗る。そのためレディ・ヘネシーでさえ、甥のソーンはガウェイン・オルウェン卿のロンドンにおける代理人だと信じているくらいだ。

まったくの嘘というわけではない。〈剣の騎士団〉は外務省に一応の報告を入れている。おおやけにはガウェイン卿は外務省の秘密部隊を組織し、政府から承認を受けた任務を遂行していることになっていた。だが、これほど多くのメンバーを指揮していることは世間にはほとんど知られていない。ましてや〈剣の騎士団〉という秘密結社の成り立ちや、じつは英国やヨーロッパ大陸の社交界にかなりの同志がいるという内情に通じている者はごくわずかだ。

すべてを秘密にしているのには理由がある。そのほうが任務を遂行するのに好都合だからだ。

カーロが答えようとしたとき、そっとドアを叩く音がした。

「ソーンだわ」彼女はつぶやき、ドアを開けに行った。

ソーンは革製の袋を持って寝室に入り、それをカーロに手渡した。ガウェイン卿への通信文が入っている袋だ。ソーンがなにか言いだす前に、カーロは訪問者がいることを知らせた。

ソーンはマックスを見てはっと足を止め、驚きに片方の眉をつりあげた。

「もうお帰りになるところなの」カーロは言った。

「レディの言葉に逆らうのは本意ではないんだが」マックスが静かに抵抗した。「ミス・エヴァーズの友人がどんな災難に巻きこまれてなぜきみが呼ばれたのか、彼女が説明してくれるのを待っていたところなんだ」

ソーンは黙りこみ、長いあいだふたりを交互に見ていた。「レディ・イザベラ・ワイルドを知っているか？」

「ああ、名前は聞いている。だが、去年ぼくがキュレネ島を訪れたときは不在だった。裕福で奔放な未亡人らしいな」

「奔放というほどじゃないわ」カーロは友人をかばった。「ただ少しばかり冒険好きで、しきたりに縛られていないだけよ」

「けれどもその冒険好きがたたって、何度か面倒に巻きこまれているのは事実だ」ソーンが言った。「しかも今回は深刻だ。どうやらイザベラの乗った船がバーバリの海賊に襲われたらしくてね」

ソーンはカーロが伝えた話の大半をしゃべってしまった。イザベラが奴隷として売られたかもしれないという疑念までもだ。

カーロは驚いた。マックスにはなにも教えるつもりがなかったからだ。イザベラの行方不明事件は彼にはなんの関係もない。

だいたいマックスがまだ寝室に居座っていることからして理解に苦しむ。こんな場合、たいていの男性はこちらの気持ちを察し、紳士らしく部屋を出ていくものだ。だがマックス・レイトンは普通の紳士ではないらしい。きっと命令したり、人を従わせたりするのに慣れきっているのだろう。そのうえ世間での人気が高いものだから、わたしとは違って社交界の礼儀作法を破ってもスキャンダルになったり白い目で見られたりはしないらしい。

「それで、きみはレディ・イザベラを捜しに行くのか？」ソーンの話が終わり、マックスが訊いた。

「そうだ。明日の朝いちばんにアルジェへ向けて発つ予定だ。救出に備えて、イザベラの友人たちが島に呼び集められている。全員がそろうのには二、三週間ほどかかるだろう。そのころまでにはイザベラの居場所をつかんでいたいものだ」

「ぼくにもなにか手伝えることがあるかもしれない」マックスがおもむろに言った。

「手を貸してくれるというのか?」ソーンが訊く。

マックスはうなずいた。「軍隊にいたあいだに、少なくとも五、六回は英国兵士の救出任務を指揮した。ぼくの経験が役に立てばうれしいかぎりだ」

カーロは慌てて話をさえぎった。「それではあまりに申し訳ないわ、ミスター・レイトン。何年も戦争に行っていてようやく戻ってきたばかりなのに、またいざこざに巻きこむようなまねはできないもの」

マックスがカーロへ視線を向けた。「きみはぼくの部下の命を救ってくれた。今度はぼくがきみの友人を助けることができれば、少しは恩返しになる」

「彼の言うとおりだよ、カーロ。それにマックスはすぐれた戦術家だという評判だ。イザベラを救出する際には大きな力になってくれるはずだ」

カーロは眉をひそめた。ソーンはなにを無謀なことを言っているのだろう。〈剣の騎士団〉は秘密結社であるからこそ効率よく任務を遂行できる。だがマックスを救出作戦に加わらせてしまえば、組織の存在を隠しておくのは難しい。それに誰に秘密を教えるのかはガウェイン卿が決めることだ。

「ガウェイン卿は部外者をかかわらせるのがお好きではないわ。それはあなたも知っているでしょう?」

ソーンがにっこりした。「今回はきっと許してくださるよ。マックスは伊達《だて》に英雄と呼ばれているわけじゃない。兵士や武器の数で敵に劣る厳しい戦いを数えきれないほど勝利に導いてきたんだ。彼の功績のおかげで戦争の終結が早まったと言ってもいい。それだけの能力と知恵を持った男の助けを借りない手はないよ」

カーロは懸念を伝えようと、ソーンに片方の眉をつりあげてみせた。「ちょっとふたりだけで話がしたいんだけど」

「その必要はないよ。マックスの前ならなにをしゃべってもかまわない。なにも彼を外務省に入れなくても、この件に加わってもらうことは可能だ。まあ、最終的にガウェイン卿は勧誘したがると思うけれどね。だが、今回は民間人として手を貸してもらえばいい」

たしかにそのとおりかもしれない、とカーロは思った。組織の存在は伏せておき、イザベラを助けだしたいと願っている人々がいるとだけ説明すればすむ。どちらにしても入会への招待状を受け取れるのは実力を証明した者だけだ。ソーンは今回の件を好機とし、いずれはマックスを〈剣の騎士団〉に誘い入れたいと考えているのだろう。

マックスが組織の大義に人生を捧《ささ》げる気になるとは思えないが、興味津々のようすで会話を聞いている本人の前でそれを話しあうわけにはいかない。

「簡単な話だ。マックスには明日きみと一緒に船に乗ってもらい、イザベラが見つかるまでぼくの屋敷に滞在してもらえばいい」

カーロは返事に詰まった。ここは反対したほうがいいと本能が告げている。たしかにマックスが貴重な人材であるのは間違いない。それに今は、個人的な問題より目的の達成を優先すべきときだ。

だが、もうこれ以上マックスとはかかわりあいたくなかった。同じ船に乗ればいろいろあるだろうが、それと向きあう心の準備ができていないからだ。彼に振りまわされるのは目に見えている。今でさえそばに来られるとどぎまぎして自意識過剰になり、理性が働かなくなるのだ。一緒に旅をすることになれば、神経が消耗しっぱなしになるだろう。

それ以上に、自分がまたマックスを誘惑するという愚かで恥ずかしいまねをしでかす不安もある。彼が去ったあと、喪失感を味わうのも怖い。

やはりマックスを相手に分別を働かせるのは無理だ。

「ミスター・レイトンを巻きこむのはやっぱりいいことだとは思えないわ」カーロは力なく言った。

「なぜだい？」マックスが不思議そうに訊いた。

「ひとつには、それであなたが怪我をしたら、わたしは絶対に自分を許せないからよ」

「先の戦争に比べたら、たいした危険があるとは思えないな」

「バーバリで救出作戦を行うとなれば遊びではすまないわ。大怪我をするかもしれないし、命を落とす可能性だってある」

「そのときはそのときだよ。とりわけ危険を好む性格ではないが、ちょうど気晴らしが欲しかったんだ。穏やかな市民生活を何カ月も続けていたらうんざりしてきたものでね」

「退屈でつまらないんでしょう？」カーロはにこやかに訊いた。

「そんなところだ」マックスは淡々と答えた。

「だったらなおさら島には来ないほうがいいわ。とんでもない田舎だし、ロンドンに比べればなにごともゆったりしている。あなたが慣れ親しんでいるお楽しみはないに等しいし、社交生活もかぎられている。すぐに都会が恋しくなるに決まっているわ。それに貴族の女性は少ないから、称賛の目でうっとりと見つめられる機会も減るわよ」

マックスがゆっくりと魅惑的な笑みを浮かべた。「正直言って、だからこそキュレネ島へ行きたいんだ。ロンドンはぼくをつかまえようとナイフを研いでいるような母親たちが多すぎる。救出作戦に参加すれば、ぼくを狙《ねら》っている令嬢たちから逃げだす口実ができるというものだ」

「そのとおりだ」ソーンがくっくっと笑った。「マックスは島の平和で静かな生活を楽しむだろう。それに……」いかめしい顔でカーロを見る。「きみにも気晴らしが必要だ。話し相手がいれば、イザベラのことをくよくよ考えずにすむだろう。それに少しは自分の殻から抜けだす助けになるかもしれないぞ」

巧みに挑発され、カーロはソーンをにらんだ。「殻に閉じこもってなんかいないわ」

「閉じこもっているよ。きみをつついたり、こづいたりする者がいなければ、殻はどんどん厚くなる。ぼくが留守のあいだはマックスにからかってもらうんだな」

「あなたがいなくなればせいせいするだけよ」カーロは言い返した。

目を輝かせながらソーンと小気味よくやりあう姿を見て、マックスは改めてカーロに魅了された。そしてどういうわけか彼女が欲しくてたまらなくなった。

不思議だ。戦場で過ごした地獄のような最後の一年近くは、この女性のことが頭を離れなかった。だが欲望の対象ではなく、守護天使のように感じていた。あのころは、またこんな感情がわいてくるとは思ってもみなかった。カーロを求める気持ちがこれほど強くよみがえるとは考えてもいなかったのだ。

それなのに、さっき触れられるほどそばに寄ったときはキスをしたくてどうしようもなかった。カーロを抱き、あの優しいぬくもりのなかに身を沈めたいと切望した。今もまだ体がそうすることを求めている。

体の交わりに興味を持っただけだと彼女に言われたときには傷ついた。だが、あの夜の出来事は本人が認める以上に大きな意味があったはずだ。

ソーンと仲がよさそうにしている姿を見ているのもつらかった。女性をめぐってこれほど激しい嫉妬を覚えたのは初めてだ。

自分がカーロに同行してキュレネ島へ行きたいと願っているのも驚きだった。救出任務に加わってまた戦争を思いだすのは避けたいはずなのに。だが、彼女には大きな借りがある。部下を助けてもらったことだけではない。この一年間はカーロのおかげで正気を保てたようなものなのだから。

今はたとえ集中砲火を浴びようとも島へ行かずにはいられない気分だ。

なぜそう思うのか、言い訳をして自分をだますことはいくらでもできる。戦争が終わっても平穏など見つけられなかったが、島でのんびり過ごせば心が安らぐであろうことは間違いない。

だが、本当はもっと深い理由がある。あの夜、カーロに感じた魅力は本物だったのか、それとも島の美しい夜景が見せた幻想だったのかを見きわめたいのだ。もし後者なら、真昼の明かりのもとでよくよく彼女を知れば魅力は色あせてくるはずだ。

もう一年以上もカーロを思い続けている。ここであきらめてしまえば、自分は大きな過ちを犯したのではないかと一生悩むはめになるだろう。

キュレネ島へ行くしかない。たとえ彼女に幻滅することになろうとも、あるいは大げさに言われている魔法の力がただの迷信でしかないと証明されることになろうとも。

そうなればカーロを忘れ、夢を見ることもなくなり、新たな気持ちで人生を歩みだせる。そのためにはぼくの同行を受け入れるようカーロを説得しなければならないが、彼女は明らかにそれをいやがっているようすだ。

マックスはカーロをじっと見た。「さっきはぼくを怖がっていないと言ったように思うが？」

きっとにらみ返してきたところをみると、どうやらカーロの痛いところを突いたらしい。

「ええ、そう言ったわよ」

「だったら、なぜ反対するのかわからないな」

「いいわ」カーロは怒りを隠しもしなかった。「来てくれて結構よ。イザベラを助けるためなら悪魔の力だって喜んで借りるつもりだもの」

マックスは思わず笑みをこぼした。「ぼくを悪魔と一緒にするのかい？」

「お仲間じゃないかと思いはじめていたところよ」カーロはぴしゃりと言い、両手を腰にあてた。「力を貸してもらえるのはもちろんうれしいわ。だけど死ぬほど退屈な思いをしても、お願いだからわたしを責めないで」

「退屈する心配があるとはとても思えない」マックスはぼそりとつぶやいた。内心はカーロが譲歩してくれたことに大喜びだった。

「これで話はついたな」ソーンが満足そうに締めくくった。「明日、ふたりでキュレネ島へ発ってくれ」

その言葉を聞き、マックスは下腹に力が入った。戦いの場へ赴くときはいつもこんな感覚を覚える。全身に緊張がみなぎり、期待と興奮と不安で神経が高ぶるのだ。

危険に対してスリルを覚え、敗北を思い恐怖がこみあげる。

マックスはカーロの視線を受け止めながら、その挑むような表情をひそかに楽しんでいた。とてもひと筋縄ではいかないだろう。きっとこれまでのどの戦いよりも、自分にとって重要な一戦になる気がする。この勝負だけは絶対にあきらめたくない。

# 3

カーロにとってキュレネ島へ戻る航海の旅は予想どおり動揺することばかりだった。マックス・レイトンとは親しくせざるをえず、そのせいで一年前の記憶がまざまざとよみがえった。彼の部下の命を救おうと一緒に闘った三日間。ふたりで分かちあった甘く熱い夜。マックスが姿を消したあとも長く抱き続けてきたせつない思い。

カーロはふたたび官能的で鮮烈な夢を見るようになった。目覚めたあとは息さえできず、今まで以上に強くマックスを求めているのに気づいて愕然とする。それ以上に怖いのは、船の上では心に秘めた思いを悟られかねない機会が多すぎることだった。いつのまにか彼の胸のうちを探っていることも多かった。

無視するのは不可能だ。個人所有の帆船なので、乗客はマックスとカーロしかいない。食事は船長室で航海士も交えてとった。ふたりきりになるのは避けたが、それでも狭い船内にいればマックスの存在を身近に感じ、とても平静ではいられなかった。

初日は小さな自室に引きこもっていたものの、二日目の午後には落ち着かなくなり、冷たい海風にあたろうと、マックスに遭遇する危険を冒して甲板へ出た。すぐにマックスの姿が目に入った。左舷《きげん》の手すりにもたれかかり、灰色の波間を進む船の揺れに身を任せている。一瞬であの夜の情景が呼び覚まされた。あのときもマックスは遺跡に立ち、月明かりに照らされた海を眺めていた。マックスが振り返り、視線が合った。カーロは思わずどきりとし、胸がときめいた。

彼女はわが身の情けない態度を毒づくと、船長を捜しに行き、なにか仕事を与えてくれるよう頼んだ。気を紛らせることがあれば、忘れたいと思っているあの黒髪の男性のことを考えずにすむだろうし、イザベラの運命を思って嘆く暇もなくなるはずだ。

ビディック船長は血色のいい海の男で、長いあいだ〈剣の騎士団〉に所属しており、カーロとは数えきれないほど任務をともにした仲だ。そういうわけで船長はカーロに船員が行う終わりのない仕事をくれたばかりか、操舵《そうだ》法や星を頼りにした航海術なども延々と指導してくれた。

その夜、カーロが六分儀の使い方を練習していると、マックスが船尾を行ったり来たりしているのが見えた。彼も落ち着かないようすなのが意外だった。

個人的な会話はいっさい避けたまま三日目に入った。その日の午後、空は雲に覆われ、風が強かったため、カーロは甲板の物陰に入って帆を修理しようと腰をおろした。

するとどこからか鈍い音が聞こえた。物音は何度か続いたため不審に思い、ロープや積み荷をよけながら音のするほうへ進んだ。

第三マストの向こうにマックスがいるのを見つけ、足を止めた。彼が振りあげた手のなかにある金属製のものが光ったのに気づいて、驚いて目を細める。

光を反射しながらナイフが宙を飛び、鈍い音とともに三メートルほど先に転がっていた樽《たる》に刺さった。

マックスはナイフ投げをしているのだ。貫通するほど深く突き刺しているにもかかわらず、液体がもれてこないところをみると、どうやら樽のなかは空らしい。

マックスが樽に近寄ってナイフを引き抜き、元の位置に戻ってまた投げるのを、カーロはその場に立ったまま見つめた。マックスは一定の調子を保ちながら練習を続けている。とくに狙いをつけているふうでもないのにいつも同じ位置にナイフが刺さるのを見ていると、不本意ながらも感嘆せずにいられなかった。

しばらくするとマックスがカーロに気づいた。手を止めて振り向き、鋭い視線を投げかける。

「あなたがブランデーの樽に穴をあけていることを船長は知っているのかしら？」カーロは物陰から出た。

「樽はもらったんだ。カードで勝ってね」

「おみごとね。船長はカードが得意なのに」

マックスがほほえんだ。カーロの鼓動が跳ねあがる。「戦争で長くイベリア半島にいたあいだに、ぼくも強くなったんだ」

「時間を持て余していたから？」

「まあね」

「ナイフ投げがとても上手なのね」

マックスは自分の手元に視線を落とした。「これはただの……趣味だ」

「趣味でナイフを投げるの？」

「暇つぶしになる」彼はそっけない口調で言った。

「退屈な旅になると警告したはずよ」

「そうだったな」マックスは目を細めた。「この三日間きみを見ていたが、まるで嵐のなかにいる猫みたいに落ち着きがないな」

「イザベラのことが心配だからよ」

マックスが片方の眉をつりあげた。「それだけかい？　じゃあ、ぼくの気のせいかな。英国を発って以来、ずっと避けられているように思えるんだが」

カーロは無理をしてほほえみ、しらを切った。「なんの話かさっぱりわからないわ、ミスター・レイトン」

「マックスと呼んでくれ。赤の他人じゃあるまいし、そんなによそよそしくしなくてもいいだろう」

「あら、赤の他人よ」

「一度は関係を持った仲だ。ただの知りあいよりもっと親しい」

カーロの鼓動が速まった。ついマックスの口元に目が行き、その唇が胸に触れたときの感触を思いだして体がうずいた。

　気を落ち着けようと、彼女は息を吸いこんだ。「あれは一夜の過ちだわ」

「ぼくにはそうは思えない」マックスは無造作にナイフを上着のポケットに入れた。そして樽をふたつ立てて椅子代わりにし、片方に座って船尾の横木に背中をもたせかけた。「レディ・イザベラのことを教えてくれ」

　ずいぶん迷ったあげく、カーロも腰をおろした。どういうわけか話したい気分になったからだ。なぜイザベラを助けようと固く心に誓っているのか、そもそも彼女との関係がどのようにして始まったのかといったことを説明したい。

「わたしは八歳のときに母を亡くしたんだけれど、そのとき家がいちばん近かったのがイザベラなの。父は留守がちだったから、自分は母性本能に欠けていると言いながらもイザベラはずっとわたしの面倒を見てくれた。刺激を求めて世界中を旅行しはじめたのは、ふたり目のご主人が他界されてからよ」

「きみはずっとキュレネ島で暮らしているのかい？」

「そういうわけでもないわ。島へは子供のころ両親とともに移住したの。母が肺病で、暖かいところへ転地すればよくなるかもしれないとお医者様に言われたものだから。それで少しはましになったけれど、結局だめだった」カーロは寂しくほほえんだ。「どんどん衰弱していく母を見て、わたしは医術を学ぼうと思ったのよ」

「お父上は後押しをしてくれたのか？」

「ええ、応援してくれたわ。自分が家を空けても、娘には夢中になれるものがあることを喜んでいた」

「どうしてお父上はそんなに出かけることが多かったんだ？」

「外務省で外交の仕事をしていたからよ」表向きはそういうことになっている。「父は母の死をいたく悲しんで仕事に没頭したの。そして、わたしが一六歳のときに殺されてしまった……」

カーロは口をつぐんだ。父親は〈剣の騎士団〉の任務でフランスにいたときに殺害された。その父親の跡を継ぎ、彼女は組織に入ったのだ。だが、それを話すわけにはいかない。頭の切れるマックスを相手に秘密をもらすのはあまりに不用意だ。

カーロが黙っていると、マックスは別のことを訊いた。「社交界にデビューするためにソーンの伯母上の屋敷に滞在していた時期があったんだろう？　どういういきさつでそうなったんだい？」

それは話してもかまわない事柄だ。当時はみじめな思いをしたが、それも今は吹っきれている。貴族は尊大で他人を見下すものだということも知らずに社交界に加わるのを夢見ていたとは、なんと世間知らずだったのだろうと自分を笑えるほどだ。今はもう社交界などどうでもいいと思える。はるかに有意義な時間の使い方を見つけたからだ。

「レディ・ヘネシーはソーンを訪ねて島へいらしたとき、どういうわけかわたしと親しくしてくださったの。お嬢様たちはもう成人していたし、わたしがほら……あまりに田舎娘で垢抜けないのを見てびっくりされたからだと思うわ」思わず苦笑がもれた。「あの方が社交界で力を持っているのは知っているわよね」

「ああ」

「若い女性はすべからく社交界を経験すべきだと彼女は考えていらした。だからわたしをなんとかしようと思って、ロンドンへ招待してくださったの。わたしを説得したのはイザベラよ。英国の社交界はどうでもいいけれど、将来を決める前に視野を広げるのは大切だと言われたわ。島に引きこもるにしても、その前にもっと世間を知っておいたほうがいい、経験を積めば、それだけいい選択ができるからと」たとえば組織を辞めるという選択を。「島の貴族の女性たちは英国の社交界を一度は経験するものなのよ。ほかにもデビューの決まっている人がふたりいたから、そのご家族と一緒に五年前わたしもロンドンへ行った。でも早い話が、わたしには合わなかったというわけ」

「医学に興味を持つなどという非常識な振る舞いをしたからだな？」

カーロは鼻にしわを寄せ、ちらりとマックスを見た。「そのとおりよ。それにあなたも承知のとおり、わたしはしとやかじゃないし、行儀よくもないし、上品ぶるのも苦手だわ」

マックスの目にちらりと愉快そうな表情が浮かんだ。「たしかに、しとやかとか行儀がいいというのはあてはまらないな」

「結婚相手を見つけるために女性の武器を磨く気もなかった。だからそれ以上レディ・ヘネシーに迷惑をかけるのが申し訳なくて、社交シーズンの途中で島へ戻ったの。でも、ドクター・アレンビーの助手として働くのはけっして嫌いじゃなかった」彼女は強気なほほえみを浮かべた。「それで、喜んで独身を通すことにしたのよ。それ以来、充実した人生を送っているわ」

その言葉に嘘はない。女性や医術を心得た者が必要となる組織の任務には必ず同行しているし、年老いた島の医師を助けてもいる。ただし……とくに島の男性たちからは偏見の目で見られたため、それと闘わなくてはならなかったのも事実だ。

マックスが妙な顔でカーロを見た。彼女の言葉をどこまで信じていいものか決めかねている表情だ。

「結婚するつもりはないということか？」

「そうよ」理由はいくらもある。いちばん大きな不安は、結婚すればこんな特殊な仕事はどちらも夫から辞めろと言われるであろうことだ。

カーロは皮肉のこもった笑みを浮かべ、マックスを見た。「まともな男性は、血にまみれたり裸の体を扱ったりするような女性を妻には望まないと経験から知っているもの」

「なるほど」マックスはまじめな顔でうなずいた。「だが、なかにはきみが医学に携わることに反対しない男もいるんじゃないか？」

そうかもしれない。けれども、組織の危険な任務は許してもらえないだろう。それに求婚されたからといって、結社の存在を部外者に教えるようなまねはできない。普通の人生はあきらめると、とうの昔に決めたのだ。

「島に住む若くて独身の男性たちはみな保守的なのよ」カーロは努めて軽い口調で言った。「だからといって、島を離れて英国に行く気はないけれど」

自分が妻に望まれないという理由以外にも、ひとりでいるわけはいくつかある。相手の問題だ。

カーロはそわそわと立ちあがり、手すり越しに大西洋の灰色の海を眺めた。結婚してもいいと思えるほどすばらしくて尊敬できる男性は組織の人間ばかりだ。だが彼らは兄弟のようなものであり、とても将来の夫として見ることはできない。それにわたしにとっては、父と母のあいだにあった深く変わらぬ愛が理想だ。だから相手を愛せないなら結婚なんてしなくてもいいと考えてしまう。

おまけに紳士は処女の花嫁を好むものだけれど、わたしには男性経験がある。

顔が赤らむのを感じながら、カーロは泡立つ海をじっと眺めた。この数日でわかったことがある。わたしが独身でいるもうひとつの理由はマックスだ。

われを忘れて夢中になったあの夜、わたしは男女関係の強烈さと深遠さをかいま見た。マックスとの熱いひとときを知ってしまった今、わたしの望みを満たしてくれない相手でもいいと妥協する気にはなれない。

カーロはちらりとマックスに目をやり、彫りの深い美しい顔を見た。彼に激しく、そして優しく愛され、わたしのなかでなにかが変わった。あの夜以来、自分の人生に満足するのが難しくなったのだ。眠っていた本能が目覚め、抑えつけていた願望が頭をもたげた。ふと気づくと、夫や……子供を持つのはどんな感じだろうと想像している。

任務に打ちこんで悩みを忘れようとしたが、あまりうまくはいかなかった。

そして今も彼との会話をやめられずにいる。マックスが立ちあがり、隣に来た。それだけで彼の魅力に圧倒され、感覚が敏感になり、脈が速まる。あの夜を再現したい思いに駆られるのだ。

カーロはそんな激情と闘っていたが、マックスの次の言葉でふと気が緩んだ。

「これまで誰もきみに交際を申しこまなかったなんて信じられないな。キュレネ島の男たちはそろいもそろって女性を見る目がないのか？」

彼女はなんとか落ち着いた声を装った。「そんなことはないわ。ただ彼らはわたしが怖いだけ。そのうえわたしは、男性が求める理想の女性とはかけ離れているもの。色白でも、はかなげでも、か弱くもない。もうひとつ言えば、彫像のような体型でもない。男性は胸の豊かな女性が好きらしいから」

「ぼくはきみの小麦色の肌が好きだ。それに美しい体をしていることも知っている」

カーロはちらりとマックスをにらんだ。「そんなしらじらしいお世辞を言ってくれなくても結構よ、ミスター・レイトン」

「嘘じゃない。きみは女性としてとても魅力的だ」

カーロは疑わしそうに眉をひそめた。

その反応を見て、マックスは意外に思った。どうやら彼女は自分の個性的な美しさに気づいていないらしい。

たしかにこうして見ると、カーロはいかにも女らしくはない。はっきりものを言うところや、駆け引きのできないところも普通の女性とはかけ離れている。体つきは細くてしなやかだが、世間に好まれる体型に比べるとやや少年っぽい。体は引きしまり、軽く筋肉がついていることをぼくは知っている。おしゃれをする気はないらしく、黒っぽい実用的なドレスを好み、巻き毛をうしろでひとつに束ねている。手つきは優しいが、華奢でしとやかというよりは力強くて有能そうだ。

正直に言って、過去に魅力を感じた色気のある女性たちとはまったく違う。だが不思議なことに、それでも彼女をとても美しいと感じるし、すばらしい人だと思えた。

一見するときまじめだが、じつは情熱にあふれていて、驚くほど甘美な一面をうちに秘めている。

キュレネ島での一夜は、これまで出会ったどの女性との関係よりも官能的だった。初めてでありながら大胆に振る舞うカーロに衝撃を受けた。今でもあのときのことを思いだすと体が熱くなる。

カーロは度胸があり、怖いもの知らずだ。ぼくがこれまで男ならではの美徳だと思っていた特質をいくつも持っている。そもそも最初に感銘を受けたのはその知性だ。

なによりずば抜けているのは、人命を救うとか、誘拐された友人を助けるとか、そういう重要な問題に真剣に取り組む姿勢だ。ソーンが彼女を評して異彩を放っていると言ったのもうなずける。

ソーンのことを思いだし、また嫉妬に胸が痛んだ。

「そういえば、クリストファー・ソーンとはどういう関係なんだ？　恋人なのか？」

唐突な質問にカーロは目をしばたたき、低い声で笑った。「まさか。わたしは妹みたいにしか思われていないわ」

「ほかに交際している相手はいないのかい？」

カーロが困惑した顔でマックスを見た。「どうしてそんなことを訊くの？」

「ぼくは独占欲が強くてね。きみにとってただひとりの男でありたいんだ」

カーロははっと息をのみ、一瞬、驚きの表情を浮かべた。

けれども、すぐに顎をあげた。「退屈しのぎにわたしを暇つぶしの相手にしようと考えているのなら、さっさとあきらめたほうがいいわ」

マックスは首を振った。「退屈はぼくにとって苦にならない。戦時には作戦待ちはしょっちゅうだ。忍耐力は鍛えられている」

「だったらどういうつもり？」カーロが目を細める。「ソーンに頼まれたから、わたしをからかっているの？　彼はとんでもない考え違いをしているわ。わたしには気晴らしなんて必要ない。言っておくけど、わたしはイザベラのことを忘れるためにあなたから口説かれたいなんて思っていないから」

「からかっているわけじゃない。きみの恋人になりたいんだ」

「なぜ？」カーロは挑むような口調で言った。

マックスは正直に答えた。「あの夜以来、ぼくはひとりの女性の虜になっている。あの晩、彼女に対して抱いた気持ちが本物なのか、あるいは単なる幻想なのかを知りたいんだよ」

カーロは信じられない思いに駆られ、しばらく黙りこんでいた。「言ったでしょう。あの夜のあなたは戦争の重圧に苦しんでいたのよ」

「そうかもしれない。だが、理屈で説明されても心が納得しない。それに体も」マックスはカーロの胸に視線をおろした。「きみはどうなんだ？」

それはわたしも同じだわ。体が応《こた》えてしまうのを止められない。

マックスは視線をあげ、彼女の心が読めたとばかりにほっとした顔でほほえんだ。

カーロは探るようにちらりとマックスを見たあと、首を振った。「わたしにはわかるわ、ミスター・レイトン。あの夜のことはただの幻よ。あなたは島の魔法にかかった。だからわたしを望んだんだし、今でも妄想にとらわれている」

マックスは肘を手すりにのせてもたれかかった。「アポロンが島に呪文をかけたという話かい？　そんなのは迷信だ」

「そうかもしれない。でも、わたしは何度聞いてもその神話に心を惹かれるわ。キュレネは水の精霊で王女なの。狩りが好きで、平気でライオンと格闘するような女性だった」

「ライオンと？」楽しんでいるふうに聞こえなくもない口調だ。「それはまた個性的な女性だな」

「そうね。アポロンはキュレネを見て恋に落ちた。だけど拒絶されたため、孤島に呪文をかけて恋人たちの楽園に変え、そこにキュレネを閉じこめたの。やがてキュレネはアポロンを愛するようになった。今でも島を訪れる人はみな不思議な力の影響を受けるのよ」

「その魔法は神ならぬ身にも効くというわけか？」

「人間を情熱的にするの。だからあなたは今、わたしの恋人になりたいと感じている」

マックスはカーロの肘を取り、自分のほうを向かせた。「あの夜はきみも情熱を覚えたと？」

カーロは赤面した。「ええ……でも……それはわたしも魔法にかかっていたから」

マックスがカーロの顔をのぞきこむ。「ぼくたちが感じたものはそんな迷信とはなんの関係もない」彼は一歩近づいた。「それにきみは自信に満ちたふりをしているが、本当は違うと思う」

マックスは手を伸ばし、カーロの頬に優しく触れた。彼女はどきりとし、思わずうしろにさがった。

「熱く感じるだろう？」マックスがささやいた。

ええ、とても。月の光の下で、日焼けした力強い手に青白い胸を包みこまれている場面がカーロの脳裏に浮かんだ。

マックスがかすれた声で言った。「ぼくとひとつになったときのことを覚えているかい？」

体の奥深くに彼を招き入れたときの焼けるような感覚がよみがえり、カーロは息が止まった。

だが弱みを見せないよう、努めて軽い口調で答えた。「あの夜のことはすべて覚えているわ。だけど、もう一度経験したいとは思わない。あんなふうにまたわれを忘れてしまうのはごめんだわ」

ぼくにはわかっているという表情でマックスがゆっくりとほほえんだ。カーロの鼓動が速くなる。「きみは自分をだましている」

「あなたは自分の魅力を過信してるわ」

マックスは暗い目をしてカーロの顔をまじまじと見つめた。「覚えておいてくれ。あの夜分かちあったものをきみに忘れさせはしない」

視線が絡みあった。ふいに熱せられたような空気が流れ、カーロは息をするのが苦しくなった。

ふたりのあいだの緊張が高まっていく。マックスが手を伸ばし、親指で彼女の下唇に触れた。

その感触にカーロは体を震わせた。彼を求めて体がほてり、肌が敏感になる。

不安を覚えてあとずさりしかけたが、気を取り直して立ち止まり、顎をあげた。

マックスがほほえみながら低い声で言った。「心配しなくてもいい。今ここできみを襲おうなんて思っていないから」

「忠告しておくわ。それはやめておいたほうが身のためよ」

だが警告しても、マックスが真剣に受け止めるはずがないのはわかっている。わたしがどれほど危険な技量を身につけているのかを知らないのだから。彼はわたしの治療師としての一面しか見ていない。軍人なら惹かれるのも当然というべき慈愛に満ちた姿だ。もしわたしの男まさりの一面を見れば、恋人になりたいとか、女性として魅力的だなどと言う気が失《う》せるかもしれない。

カーロは手を差しだした。「ナイフを貸して」

マックスは動きを止めて片方の眉をつりあげたが、やがて黙ってポケットからナイフを取りだした。

「どうして島の男性たちがわたしを怖がるのか、見せてあげるわ」カーロはにこやかに言った。

背中を向け、マックスが的として使っていた樽に狙いを定めると、腕を振りあげてナイフを投げた。ナイフは樽の中心より少し下側、五センチほど右の部分に突き刺さり、大きく揺れた。

「練習していないから腕が落ちているわね。本当はもっと上手なのよ。さて、そろそろビディック船長から言いつかった仕事に戻らないと」カーロは挑発するような笑みを見せた。「ナイフ投げに飽きて別の暇つぶしがしたくなったら、今度は帆の修理を手伝ってもらえると助かるわ」

そう皮肉を言うと、マックスに背を向けた。立ち去るとき、押し殺した笑い声が聞こえた気がした。

恋人になりたいと言ったマックスの言葉をカーロは信じていなかった。船にはほかに女性がいないから、退屈しのぎに口説こうとしているだけだろう。あるいは当人は否定したけれど、ソーンの頼みだと思ってわたしの気晴らしの相手を引き受けているのかもしれない。

あの夜以来わたしの虜になっていると言われたときは驚いたが、その言葉も真に受けてはいない。あの日、マックスは幻想的な一夜の魔法に酔いしれていた。その記憶を引きずっているせいで、いまだにわたしが欲しくなるのだろう。もっとわたしをよく知ればそんな気持ちは冷めるはずだ。

そうわかっていても、二週間の航海の大半がまだ残っているのかと思うとうらめしい。早く島に着いて、狭い船内でマックスと顔を突きあわせている状況を脱したかった。

それに島へ戻れば、イザベラに関する情報が聞けるかもしれない。この帆船はガウェイン卿が速度にこだわって特別に造らせたもので、ほかの船に比べれば格段に速い。それでも今回の航海は耐えられないほど長く感じられる。

やがて大西洋の灰色に沈む海が終わり、船はジブラルタルを越えて地中海の青く輝く海に入った。カーロは見慣れた景色と暖かい気候にほっとしたが、それでも気分は沈んだままだった。ある晴れた日、南方にバーバリ海岸が見えた。イザベラがとらわれていると思われる場所だ。あんなに広い土地で友人が行方不明になっているのかと思うと、カーロは絶望感に襲われた。

意外にも、マックスはカーロよりさらに気分が滅入っているようだった。二週目に入ると、甲板を行ったり来たりするようすがこれまで以上にいらいらしているように見えた。ときどき夜中にも檻《おり》に入れられた動物のように、ゆっくりではあるが怒りに満ちた足取りで歩きまわる姿が見受けられた。

ある日の午後、マックスがまた手すりのそばに立っているのに気づき、カーロは心配になって近づいた。

「よかったら睡眠薬を処方するわよ。それが助けになると思うのなら」

マックスが不機嫌な顔でカーロを見た。「どうしてそんなものが必要だと思うんだ?」

「ビディック船長の船の甲板がすり減って穴があきそうだからかしら」カーロはほほえんでみせたが、マックスの表情は硬くなるばかりだった。

「アヘンチンキは副作用が不快だ」

「悪い夢を見ない薬草もあるわ」

「ぼくをなんとかしようなどと思わなくていい」

そっけない返事にカーロはいらだちを覚えたが、明らかに悩んでいるとわかる相手を置いて立ち去る気にはなれなかった。「航海がつらいの?」

あまりに長いあいだ黙りこくっているので返事をする気がないのかと思われたころ、マックスが首を振った。「そうじゃない。だがこうして船に乗っていると、陽気にはしゃぎながら戦場へ向かったときのことを思いだすんだ。もっとも、イベリア半島までの輸送艦はこの船ほど贅沢な造りではなかったけれどね」

話の続きを待ったが、マックスはまた黙りこんでしまった。

「それなら……」カーロがマックスの腕に手を置くと、彼がびくりとしたのが伝わってきた。「なにかわたしで役に立てることがあったら、いつでも言って」

マックスの口元が動きかけたかに見えたが、彼は黙って腕を引いた。「ぼくなら大丈夫だ」もう話はしたくないのだと悟り、カーロはその場を離れた。けれども彼の青い目に浮かんでいた暗い表情が忘れられなかった。マックスはいったいどんな記憶に悩まされているのだろう。

炸裂《さくれつ》する地面……馬のいななき……落馬……沼地に叩きつけられる感触……胸の痛み……ぼくは撃たれたのか？

動かなくては……体が泥に沈む……立ちあがろうともがく……前方でフィリップが馬をこちらへ向ける……痛い……立てない……。

フィリップが戻ってくる……馬から飛びおりる……。

「フィリップ……行け……さっさと逃げろ」

すごみのある笑み……。「ばかなことを言うな。おれがおまえを置いていくとでも思っているのか……」

差し伸べられる手……ライフル銃の射撃音……フィリップの頭……顔……生々しい血。

膝からくずおれるフィリップ。

だめだ、フィリップ、死ぬな！

〝マックス、起きて。あなたは夢を見ているのよ〟

柔らかい声……額にあてられた優しい手……。

マックスはびっしょりと汗をかいて目を覚ました。またこの夢だ。彼は肺の空気を絞りだした。

肩で息をしながらフィリップの姿を捜すが、暗闇しか見えない。やがて揺れに気づき、自分がどこにいるのかを思いだした。船のなかだ。

彼は仰向《あおむ》けに倒れこみ、空気を求めてあえいだ。

最近、悪夢がひどくなっている。どんどん鮮明になり、目覚めたあとの消耗が激しい。夢を見るのはわかっているのに、それを止められない。ただ闘うしかなかった。

マックスは目を閉じて、カーロの姿を思い浮かべた。ぼくの守護天使だ。心安らぐ声、優しい手。そして理解に満ちた、穏やかで聡明《そうめい》な目。

だが、彼女でさえもぼくに罪を忘れさせることはできない。

寝乱れた上掛けを取り払って両脚を寝台の脇におろし、両手で荒々しく顔をこすった。五年も前の出来事なのに、まるで昨日のことのように胸が痛む。あのとき親友はぼくを助けるために勇敢にも戻ってきてくれたが、そのせいで死ぬ定めとなった。

フィリップ……。マックスはまだ悪夢の余韻に震えていた。

平静を取り戻そうと荒々しく息を吸いこむ。すべてを忘れてしまいたいわけではない。ただ、ときにはこの苦しみから解放されたいだけだ。

日中なら感情を麻痺《まひ》させるすべがある。ここが陸上なら、乗馬に出かけることもできる。体力の限界まで馬を走らせ、疲れ果てて眠りが訪れるのを待つのだ。それなのに、今は馬に乗れない。この果てしなく長い航海が始まってからはずっとそうだ。これがロンドンならすぐにジャクソンの拳闘《けんとう》ジムへ行き、素手で殴りあう暴力的な行為でいらだちを静めるところだ。だが、船の上では相手がいない。船員のほとんどが寝静まっているこんな夜中ではなおさらだ。

マックスは寝台から立ちあがり、暗闇を大股で進んだ。明かりがなくてもナイフのある場所はわかる。記憶を頼りに荷物を探り、目的のものを取りだした。刃の長さは七、八センチあり、木製の柄には彫刻が施され、革製の鞘《さや》におさまっている。

フィリップの形見だ。戦場で来る日も来る日も待機させられたとき、フィリップはこのナイフで木片を削り、軍人や馬を彫って時間をつぶした。子供のころに遊んだ兵隊のおもちゃほど凝った造りではなかったが、なかなかいい味を出していたものだ。彼は肌身離さずこのナイフを持ち歩き、あの不幸な最期の日にも身につけていた。

親友が犠牲になってくれたことを忘れないために、マックスもつねにこれを所持していた。この五年間で、眠れないときに気持ちを落ち着かせるための妙な癖がついた。このナイフを延々と投げ続けるのだ。単調な動作がいっとき殺伐とした気分を忘れさせてくれる。

マックスは暗がりのなかで静かに服を着た。そして鞘からナイフを抜き、船室を出て甲板へあがった。ここなら少しは息ができる。

# 4

カーロは悩ましい夢から少しずつ目覚め、今なにが気になったのだろうと考えた。船室のドアを静かに閉める音？　そっと廊下を進む足音？

しばらく横たわったまま、帆がはためく音を聞いていた。いつものように軽くきしみながら揺れる船の動きに安らぎを覚える。マックスが出てきた夢の余韻にひたりたかったが、やはりなにかがおかしいという思いが消えなかった。

狭い寝台からおり、半長靴を履いてネグリジェの上から外套をはおり、寝室を出た。

廊下も甲板へ続くはしごのあたりも真っ暗だった。だが外へ出ると三日月が船全体を銀色に照らし、大きくうねる帆が真っ白に見えた。

足を止めて目を凝らすと、耳慣れた鈍い音が聞こえた。船尾を振り返り、暗い海を背景に人影を見つける。

あの広い肩はマックスだ。つい先ほどまで、そのたくましい背中にしがみつく夢を見ていた。わたしはあの引きしまった体を知っている。筋肉の形や、なめらかな肌や、腱《けん》のひとつひとつまで、一年前のあの夜、記憶に刻みつけたのだ。

船尾のほうからまた鈍い音が聞こえた。カーロは見えない力に引かれるようにそちらへ進んだ。

物陰で立ち止まって、マックスがナイフを投げるのを見つめた。すると彼女の存在に気づいたのか、マックスはふいに手を止め、肩越しにはっとうしろを見た。

「わたしよ、マックス」カーロは声を出した。危険な相手だと勘違いされて、ナイフの標的にされてはかなわない。

薄明かりしかないなかでも、マックスがナイフの柄を握りしめたのがわかった。

「邪魔をするつもりはなかったの。どうしたのかと思っただけ。わたしはもう船室に戻るから——」

「かまわないよ」

髪を垂らしたままのみっともない格好をじっと見られているのが感じられた。彼が息を吸いこむ音が聞こえた。「ここにいればいい」

カーロは戸惑って、ナイフにちらりと目をやった。

マックスは無理をしているようなほほえみを見せ、ナイフを握っている手をおろした。

「ぼくは危ない男じゃない」

そうかしら？　わたしにはひどく危険な男性に見える。月明かりの下でふたりきりになるのが賢明とは思えないほどに。それに、マックスは話し相手を欲しがっているふうには見えない。顎はひげが伸び、黒髪は何度もかきむしったように乱れている。

それでも彼はここにいればいいと言ってくれた。

マックスは的にしていた樽のほうへ手を差し伸べて、礼儀正しくカーロを招いた。「こっちへ来たらどうだい？」

カーロは甲板を進み、ためらいながら樽に腰をおろした。意外にもカーロこそ危険な相手だとばかりに、マックスは少しあとずさった。

だがしゃべりはじめると、口調は充分に明るかった。「どうしてまたあの硬くてひどい寝台から出てくる気になったんだい？」

軽いおしゃべりにしようと、カーロも同じ言いまわしを使った。「そうね、たしかに硬くてひどい寝台だわ。あなたはどうしてここへ出てきたの？　また眠れなかったのかしら？　不眠症ならいい薬があるわよ」

マックスの表情は読めなかったが、不機嫌さが伝わってきた。「ぼくの不眠は治せない」

カーロは眉をひそめた。その言葉の裏にはなにが隠されているのだろう。苦しみはどの程度のものなのだろうか。ロンドンにいたときの彼は悩んでいるふうには見えなかった。けれども心の傷が深すぎて、まだ表面しか癒えていない可能性もある。苦痛は和らいでいるが、きれいに治ったわけではないのだろう。戦争から戻ってきた軍人が普通の状態に戻るのに何年もかかったという話はよく聞く。

この件については触れるべきではないのかもしれないと思いながらも、言葉が勝手に口をついて出た。「眠れない理由はなに？　戦争のことを思いだすから？」

マックスは含み笑いをもらした。「そう言うと思ったよ」怒りといらだちのまじった口調だった。マックスはナイフをポケットにねじこみ、顔をあげて暗い海をにらみつけた。「軍人は戦場で目にしたものをいつかは忘れられるのだろうか？」

なにを見てきたのかは想像しかできない。きっと人間の理解力を超えた恐ろしいものに遭遇したのだろう。

カーロはマックスに深い同情を覚えた。一年前と同じだ。ずっと忘れられなかったその美しい顔もあの夜を思い起こさせる。

「なにかあなたの力になれたらいいのに」

マックスが振り向き、低い声で言った。「力になってくれたよ。きみが思っている以上にね。あの遺跡で過ごした夜の……」カーロに視線を据えたまま、大きく息を吸う。「きみとの思い出が、最後の苦しい時期にぼくを支えてくれた。きみと出会っていなければ、ぼくは前に進めたかどうかわからない」

マックスがなにを言っているのか理解できず、カーロは目を見開いて彼を見つめることしかできなかった。

マックスはかすかに笑みを浮かべた。「本当だ。きみがいたから、ぼくは戦い続けることができた。戦場から生きて戻れたのは、きみのおかげだと本気で思っている」

たしかにそういう面もあったのだろう。マックスはずっと地獄にいた。わたしは、つかのま、彼に悪魔を忘れさせることができたのかもしれない。だからといって、わたしがマックスの命を救ったなどという話は信じがたい。

だが、マックスの目は真剣そのものだった。「あの夜から、ぼくはきみを守護天使だと思うようになったんだ」

その告白にさまざまな思いが錯綜《さくそう》し、カーロは言葉もなくマックスを凝視した。守護天使《ガーディアン・エンジェル》ですって？　わたしが〈剣の騎士団《ガーディアン》〉の一員であることは知られていないはずなのに。不安を覚えつつも、マックスの気持ちを知ってカーロの警戒心は緩んでいった。自分のことをそんなふうに考えていてくれたのだと思うと胸がときめく。彼の人生において、自分がそれほど大切な存在だったと思うとわくわくする。

マックスの視線を受け止めるうちに、せつない感情がこみあげてきた。

だが、今は自分のことより彼の悩みのほうが重要だ。耐えがたい思い出は吐きだしてしまえばいくらか気持ちが楽になるかもしれない。少し間を置き、カーロは尋ねた。「さぞつらい経験をしたんでしょうね。話してくれない？」

核心に触れたらしいとすぐにわかった。マックスの顔に迷いが表れている。孤独と絶望がないまぜになった苦悩の表情を見ていると、カーロは胸が締めつけられた。

「ずっと同じ夢を見るんだ」マックスの声はかすれていた。

「どんな夢？」

「親友が……」言葉を切り、目を閉じる。

彼のそういう姿を見ているのはたまらなかった。カーロはなんとかしてその暗い翳を取り払ってあげたいと思った。

「あなたの役に立ちたいの」彼女は優しく言った。「きみにできることはなにもない」

マックスはまた大きく息を吸った。

いいえ、あるかもしれないわ。

カーロは座ったまま、心のなかで渦巻く感情と闘った。マックスを慰めたいという強い願望がこみあげてくる。

彼女はゆっくりと立ちあがり、マックスのそばへ寄った。彼の目から苦悶の色を消せるならばなんでもしてあげたい。カーロは手を伸ばしてマックスの頬に触れた。

「カーロ……」マックスがやめておいたほうがいいと警告するような声で言った。

彼は熱を帯びた目をしてカーロの上腕を握りしめた。葛藤《かっとう》がありありと表情に表れている。

そして両手でカーロの巻き毛に触れた。

月の光に照らされたカーロの顔を見おろしながら、マックスは深い衝動と闘っていた。できることなら彼女が差しだしてくれるものを受け取りたいが、これほど精神的にまいっているときの自分は信用できない。今、唇を重ねてしまえば自分を止められなくなって、最後まで突き進んでしまうのは目に見えている。カーロを腕のなかに引きずりこみ、抱きあげて船室まで連れていき、心の欲するままに一夜を過ごすことになるだろう。

荒々しい欲求を抑えこもうと、マックスは歯を食いしばった。カーロが体を許す気になってくれたというだけで満足できるなら、関係を持ってもいいかもしれない。彼女もそれを望んでいるのは目を見れば明らかだ。ぼくは手を伸ばすだけでいい。だが、同情心から身を任せる気になったのであれば、素直には喜べない。ぼくはカーロの熱い思いが欲しい。心の底から求められたい。しかし今の彼女は、ぼくを慰めようとしているだけだ。

マックスは今すぐにもカーロを抱きたいという激情を抑えこんだ。

「もう船室へ戻るんだ」声がかすれた。マックスは彼女の両肩をぞんざいにつかみ、うしろへ押しやった。

カーロは困惑した顔でこちらをうかがっている。

マックスは無表情のまま、数歩うしろにさがった。「同情は結構だ。ぼくにはそんなものは必要ない」

そうじゃないのにと思い、カーロは気持ちが沈んだ。そっけなく突き放されたことに屈辱を覚え、怒りがこみあげてくる。だが、ここで言い争う気にはなれなかった。

「いいわ。どうぞひとりでかりかりしていてちょうだい」

カーロは背筋を伸ばして向きを変えると、さっさと甲板を進んではしごをおりた。

暗い通路を手探りで進み、船室に戻ったころには、自分への腹立ちで感情が高ぶっていた。わたしはまたマックスにわが身を差しだそうとした。しかも、今回ははっきりと拒絶された。

カーロは寝台にうつぶせに倒れこみ、自分とマックスの両方をののしった。腕を振りあげ、枕《まくら》を乱暴に叩く。どうしてわたしはまたあんなばかなまねをしてしまったのだろう。

〝同情は結構だ〞ですって？　こちらこそせいせいするわ。おかげで一年前と同じ過ちを犯さずにすんだ。彼を慰めるためにそこまでしようと考えたわたしが愚かだった。どうして一度目でちゃんと学ばなかったのだろう。

これからはマックスに対する優しくて女性らしい感情はいっさい封印してみせる。もう同情なんかしない。彼への思いはきれいさっぱり忘れるわ。

わたしは本気よ。

もう絶対にマックスには惹かれない。そうなるくらいなら死んだほうがましだ。

まぶしい陽光のなか、手すりのそばに立ち、マックスは昨晩の出来事を苦々しく思いだした。無愛想にカーロを追い返してしまったことはともかく、少なくともその判断は正しかったと思う。傷心の相手を思うカーロの優しい気持ちを利用するようなまねをしては弁解の余地がない。彼女を求めてやまないのはたしかだが、こういう形では受け入れがたい。

カーロに胸のうちを探られるのは苦しかった。これまで何度、冷たい汗をかいて目覚め、フィリップの死を思いだしては体を震わせ、窒息しそうな感覚と闘ってきたか。それを彼女には知られたくない。それなのに昨夜はしゃべりすぎてしまった。

それでもカーロの優しさにいくらかでも救われたのは事実だ。

それも初めてではない。遺跡で愛しあって以来、カーロとのあいだには見えない絆を感じる。彼女はぼくの守護天使であり、ぼくを見守ってくれる愛情に満ちた女性だ。

カーロにはいったい何度、真夜中に慰められたかしれない。ときには優しくぼくの名前を呼び、悪夢から目覚めさせてくれた。子守歌を歌って寝かしつけてくれたこともある。想像のなかで長い会話も交わした。

そのいとおしい姿をずっと脳裏に浮かべ続けてきたし、悪夢を遠ざけるために彼女の夢を見る努力もした。

カーロがいなければ、戦争の最後の年、ぼくは頭がどうにかなっていただろう。

いや、じつは今も正気とは言えないのかもしれない。タラヴェラの戦いを忘れることができないのだから。どうしても自分を許せないのだ。

親友を死なせておきながら、どうして胸を張って生きていけるだろう。

マックスは太陽を反射してきらきらと光る青い海をにらんだ。フィリップが軍隊に入ったのはぼくのせいだ。フィリップ・ハーストはいずれ伯爵家を継ぐ男だった。普通、貴族の長男は兵士になどならないものだ。だがぼくが戦争へ行くと決めると、彼もあっさり同じ道を選んだ。

当時のぼくたちは理想に燃えていた。イベリア半島へ向かう輸送艦のなかでは、フランス兵を叩きのめしてやるといったことを笑いながら冗談まじりに言いあったものだ。そしてすぐに、戦争とはもっと悲惨なものだと知るはめになった。

当時を思いだし、マックスは厳しい顔つきになった。これまで親友の死を語るのはずっと避けてきた。いまだに悲しみや罪の意識に押しつぶされそうになるからだ。カーロにさえ話す気になれない。だが、もっと思いやりのある断り方はできたはずだ。

本当はカーロの同情が欲しい。それを必要としている。カーロに触れられると魂が慰められるが、それ以上にぼくは彼女の情熱を求めている。

マックスはまぶしさに目を細め、うしろを向いて手すりに背中をもたせかけた。こうしていればカーロが甲板にあがってきたときすぐにわかる。

どうしてもカーロをあきらめられない。遺跡でふたりのあいだに燃えあがった炎は今も消えていないはずだ。それは彼女に触れてみればすぐにわかる。だが、ゆうべあんな振る舞いをしてしまった以上、もう一度自分の気持ちをちゃんと伝える必要がある。

あのときはわざとカーロを遠ざけてしまった。だが、今は関係を修復するつもりでいる。

友人の死に対する苦悩とカーロへの思いはまったく別物だと、きちんと彼女に説明するのだ。


甲板へあがった瞬間にマックスの姿が目に入り、カーロは思わず足を止めた。昨晩のはしたない行動が頭に浮かんで顔が赤くなる。いくらか眠りはしたものの、拒絶されたことを思いだすといまだに鋭く胸が痛んだ。

マックスが近づいてきた。逃げるまいと思い、カーロは背筋を伸ばした。マックスは黒髪が風で乱れて前に垂れているせいでいつもより若く見え、傷つきやすい存在に感じられる。

手を差し伸べて顔にかかった髪を払ってあげたい衝動に駆られ、カーロはこぶしを握りしめた。

彼女が口を開こうとすると、マックスが手で制した。「きみに謝らなければならない。わかっているんだ。昨日の夜、きみはぼくの力になろうとしてくれただけだと」

カーロは警戒を解かなかった。「ええ、そうよ」

「悪夢の話はしたくなかったんだ」

「なるほどね」カーロはそっけなく答えた。「もう二度と同じ過ちは犯さないから、どうぞ安心して。もうあなたを慰めたりしない」

「ゆうべのことはひどく後悔している。本当はキスをしたくてたまらなかったが、そうしてしまえば自分を止められなくなると思った」

「今となってはもうどうでもいいわ」カーロは肩をすくめた。

「いいや、よくない」

マックスは一歩前に進み、カーロのうなじに手をかけてそのまま唇を重ねた。それは抗うことのできない悩ましいキスだった。彼はわざと……わたしを挑発している。

あまりの驚きに抵抗さえできなかった。たった一回のキスに体じゅうが反応し、めまいがする。甘い口づけに一瞬で全身の感覚が敏感になって、体の奥がうずいた。

だが、それは短いキスだった。唇を重ねたときと同じ唐突さで、マックスは顔を離した。

カーロは頭がくらくらして、すぐには言葉も出なかった。マックスはこちらの顔をじっと見ている。わたしの反応が期待どおりだったのだろう。青い目の奥に満足そうな表情が浮かんでいた。

「思ったとおりだ」マックスがかすれた声で言った。「ぼくたちは互いに無関心ではいられない」

カーロは顎をあげ、非難のまなざしを向けた。「こんなところでキスをするなんて、いったいどういうつもり？　誰に見られるかもわからないのに」

「次は必ず人目を避けるようにするよ」

「次なんかないわ！」

「あるよ。今のキスでそれがわかった」

「なにがわかったというの」

「ぼくがきみを求めていること、そしてきみもぼくと同じ気持ちだということだ」

ええ、そのとおりよ。カーロはひそかに認めた。今すぐにでも彼に抱かれたいと思っている。でも、それを教えてマックスを喜ばせるのはごめんだった。

自分の嘆かわしい反応を呪《のろ》いながら息を吸いこみ、外套のポケットに手を入れて取りだしたものをマックスに見せた。刃渡り一〇センチの鋭いナイフだ。マックスが怪訝《けげん》な顔をした。

「わたしも自分のナイフを持っているの」

今度はマックスが警戒する番だった。

「安心して。あなたを刺したりしないと約束するから」カーロは満足を覚えてほほえんだ。

「勝負をしましょう」

「なんの？」

「ナイフ投げよ。お互いにいい気晴らしになるわ。気まずさを解消する助けにもなるし。あなたがわたしの不意を突いて襲おうとする前に、誘ってみなければと思ったの。なによ？」

マックスはじろじろと彼女を見ている。「負けるのが怖いの？」

彼はゆっくりと愉快そうな笑みを浮かべた。「怖いと思ったほうがいいのかもしれないな。きみをなめてはいけないと最近わかってきた」

「そうよ。だけど、勝負は午後にね。午前中は台帳を見るとビディック船長に約束しているのよ。彼は計算があまり得意ではないから。午後の三時はどう？」

「いいだろう。では、三時に」


ふたりは約束の時間に落ちあい、ルールと条件を決めた。一〇個の標的を作り、一試合にそれぞれが一〇回ナイフを投げて命中した数を競う。試合は三回。

「わたしは練習不足だから、きっとあなたのほうが有利ね」カーロは異なる大きさの樽を不規則に並べ、それぞれの中心に印をつけた。「でも、わたしは覚えが早いの」

「知っているよ」マックスの目がかすかに光った。

彼の言葉に愛を交わした夜のことを思いだし、カーロは頬を紅潮させた。だが、マックスの次の言葉はさらに彼女を慌てさせた。

「もしぼくが勝ったら、賞品はきみだ」

「冗談じゃないわ！　賭《か》けるのは小銭よ」

カーロが先に練習を始めた。狙いが中心から数センチしか外れていないのを見て、マックスは感心してうなずいた。

「誰に教わったんだ？」

「父よ」

「お父上は娘の教育にかなり独特の考えを持っていらしたんだな」

この程度ではすまないわ、とカーロは思った。「そうね。キュレネ島は少し変わっている女性にも寛容なの。男性だっていろいろおもしろい人たちがいる。そういえば、生きている標的に向かってナイフを投げるのが好きな海賊がいたわね」

「楽しんでいたということか？」

「そうよ。でも、サーベルのほうが得意な海賊に出会って、首を切り落とされてしまったけれど」

「なんとも血に飢えた島だな」

カーロは意味ありげにほほえんでみせた。「それほどでもないけど、冒険に満ちているのはたしかよ」

午後の日差しが暖かいためか、マックスは上着を脱いだ。上等なキャンブリック地のシャツ越しに筋肉の動きがわかる。カーロは鼓動が速くなったのはゲームで興奮しているからだと自分に言い聞かせようとしたが、本当はそうでないのを自覚していた。

試合が始まると、ふたりは黙りこんだ。勝つためには集中力が大切だ。マックスが投げるのを見て、カーロは自分が達人を相手にしているのだと悟った。無造作に放っているように見えながら、ナイフはしっかりと的の中心をとらえている。わたしとは違い、船の揺れまで計算に入れているらしい。

こっちは何年もかけてここまで上達したというのに、マックスのほうが上手なのが腹立たしい。

称賛の気持ちを抑えられないのも悔しかった。彼の腕は、ナイフ投げを指導してくれた同志たちにも引けを取らない。問題は、だからといって仲間に対するのと同じ目でマックスを見るのは不可能だということだ。兄弟のようにはとても思えない。彼の官能的な魅力や強烈な存在感はどうしても無視できないし、内面には手で触れることができそうなほど堅牢《けんろう》な不屈の精神が宿っている。

マックスは骨の髄まで戦士だ。それがわたしのなかの戦士の部分と共鳴する。だからこそ、彼はわたしにとって危険な存在なのだ。

試合を進めていくうちに、見こみ違いをしていたのにも気づいた。男まさりの技量を見せつけ、こんな女性を求めるのは間違いだと気づかせるつもりだったのに、どうやらマックスはわたしの普通ではない一面を軽蔑《けいべつ》するどころか、おもしろいと感じているらしい。

こんな勝負は持ちかけないほうがよかったのかもしれない。マックスはこの対決を大いに楽しんでいるらしく、目がきらきらと輝いている。

試合が終わった。結果は僅差《きんさ》でカーロの負けだった。六シリングの借金ができたが、カーロは支払いを待ってほしいと告げた。

「明日、もう一度やりましょう」彼女は挑むように顔をあげた。

マックスがけだるそうな笑みを浮かべた。「知っていたかい？　ぼくは挑戦されるのが大好きなんだ」

ナイフ投げのことだけを言っているのではなさそうだ。

「わたしもよ」カーロは言い返した。

マックスは値踏みするような目で彼女を見た。挑発的な表情が官能的に見え、カーロの胸が高鳴る。「ぼくたちは似た者同士だな」

妙な期待感に背筋がぞくぞくした。そう、わたしたちは似た者同士だ。どうやらマックスに屈しないためには、ナイフ投げの技量だけでなく、強固な意志の力が必要になりそうだった。

結局のところ一度も勝てなかったが、カーロはマックスとの連日の対決を楽しむようになっていた。勝負のおかげで航海最後の数日は少し気持ちが落ち着き、イザベラの行方不明を知って以来ずっと抱えてきた絶望感を多少紛らすことができた。

船がバレアレス諸島のイビサ島に差しかかり、さらにマヨルカ島とメノルカ島を過ぎるころになると、ようやく心のしこりが少しずつ溶けはじめた。これでやっと大切な友人を助けるために活動できる。ただじっと待ち続けるだけのときは終わるのだ。

マックスのためにも、早くキュレネ島に到着してほしかった。島の静けさは彼にいい影響をもたらすはずだ。いらだちはそれなりにおさまっているように見えた。マックスも彼女を好敵手と見なし、ゲームを刺激的だと感じているようすだ。けれどもカーロは、じつは彼がときどき真夜中に甲板へ出ていることを知っていた。

彼女は自分のためにも早く島に戻りたかった。慣れ親しんだ故郷でならもっと冷静に振舞える気がするからだ。今でも月の光がきれいな夜は、マックスに惹かれる気持ちを振り払うことができない。

航海最後の夜、カーロはマックスとビディック船長と一等航海士の四人で食事をした。そのあと船長に誘われ、一等航海士を除く三人でぶらりと甲板に出た。しばらくすると船員になにか問題が起こったらしく、船長が呼ばれていった。カーロは不安になった。

マックスとふたりきりになると急に緊張を覚えた。航海の初めのころに感じていたのと同じ感覚だ。月はまだ半分しか満ちていないが、それでも海面は鏡のごとくきらきらと光り、彼と愛しあった夜が思い起こされる。

マックスが振り向き、こちらを見た。彼も同じことを考えているのだろう。その真剣な表情にカーロの鼓動が速まり、体が熱くなった。

「こんな月夜の晩には必ずきみのことを思いだすんだ」マックスがささやいた。

カーロは返事ができそうになかった。神経が張りつめ、感覚が鋭くなっている。

マックスがカーロのうしろに立った。あの夜を思いださせようとしているのなら、効果は抜群だ。指一本触れなくても、彼がこれほどそばにいると思うだけで胸が高鳴り、肌がほてる。

カーロは支えを求めて手すりを持ち、なすすべもなく広大な銀色の海に目をやった。マックスは背後で黙りこんでいる。あの夜と同様に、ふたりでどこか神秘の世界か夢のなかにでも入りこんでしまったかのようだ。

もしこれが夢なら、マックスはわたしの髪をおろして指ですき、優しくなでてくれるだろう。もしこれが夢なら、彼はわたしの胸を月明かりにさらし、身をかがめて唇で愛撫する。もしこれが夢なら……。

カーロはきつく目をつぶった。夢ではいやだ。現実であってほしい。マックスのそばにいると生きていることを実感し、自由奔放に振る舞えるのだから。

彼女は震えながら息を吸いこんだ。その音が聞こえたとでもいうように、マックスがカーロの両腕を軽く握り、唇を髪に押しあてた。

カーロの全身が反応した。マックスは頭を傾け、彼女のうなじに触れないようにして唇をさまよわせている。熱い息がかかり、感覚が研ぎ澄まされた。わざとじらしているのだろうか？

息が小刻みになり、耳の奥がどくんどくんと脈打つ。彼を求めて体の奥がうずく……。

首筋に軽く唇が触れ、カーロは悩ましい感触に背中を弓なりにそらした。マックスを求める感覚は、初めての夜と少しも変わりはない。いや、それ以上かもしれなかった。体のなかで炎が燃えあがり、荒々しい衝動がこみあげてくる。

だめよ、いけないいわ。分別の声が叫んだ。マックスは危険な人だ。彼と一緒にいると感情が高ぶり、さらなる先を求めてしまう。

こんなことをしていれば、また愚かにも誘惑に屈してしまいそうだ……。

カーロはやにわに身を引き、震える足で脇へどいた。「もう寝るわ」弱々しい声で言う。「明日、島へ戻る前にきちんと休息を取っておきたいから」

引き留められはしなかったが、甲板をおりるまでずっと背中に視線を感じた。船室へ戻ってもまだ鼓動がおさまらず、体に余韻が残っていた。

彼女は詰めていた息を大きく吐きだし、狭い船室に夜の風を入れようと小窓を開けた。少し頭を冷やしたかった。

月夜にマックスと一緒にいると、いつも自制心が働かなくなる。わたしは〈剣の騎士団〉の一員であり、もっとも戦士に近い女性なのだ。勇敢な男でさえひるむような困難な状況をこれまで何度も経験してきた。

それなのに、マックスを相手にすると無力になってしまう。

カーロは心のなかで毒づき、こぶしを握りしめた。こんなことを続けているわけにはいかない。なにか手段を講じるべきだわ。

そうしないと、じわじわと頭がどうにかなってしまいそうだ。

カーロは何度も寝返りを打ちながら眠れない一夜を過ごしたが、朝が来るころにはある計画を思いついていた。キュレネ島に到着したらすぐにでも、マックスの興味を引くような女性を見つけるのだ。彼を惹きつけて虜にし、慰めてくれる魅力的な美女がいい。すでにふたりばかり候補はあがっている。どちらもわたしよりずっと色っぽい。

おそらくそれで、マックスの関心をわたしからそらすことができるはずだ。

反撃すると決めたら、気持ちが軽くなった。カーロは朝食をとり終えると、島影が見えないかと甲板へ出た。帆桁《ほげた》にのっている見張りが、もう島を視認したと教えてくれた。しばらくするとカーロも水平線に小さな点を見つけた。それは徐々に大きくなり、やがて緑に覆われたふたつの山影がわかるようになった。

愛する故郷を目にして心が浮きたった。遠くに島が見えると、いつも胸がわくわくする。空気はきらきらと澄み渡り、真っ青な空はまばゆく、海はサファイアやターコイズやアクアマリンといった宝石の色に輝いている。

カーロは早々に神経が癒やされるのを感じた。太陽に顔を向け、滋養たっぷりの暖かい空気を吸いこむ。

話しかけられる前からマックスが背後に来ているのはわかっていた。「太陽神に挨拶でもしているのかい？」

カーロはほほえんだ。きっとわたしの表情に、畏怖《いふ》の念とまではいかなくても無上の喜びが表れていたのだろう。「奇妙に聞こえるかもしれないけれど、あたらずとも遠からずよ。島の人たちはみんなアポロンを崇拝しているもの」

「故郷へ戻るのがうれしそうだな」

カーロは力強くうなずいた。「ふるさとほどいいところはないわ」不思議に思い、マックスにちらりと目をやる。「あなたは違うの？」

「ぼくは故郷にそれほど思い入れがないんだ。軍隊に入ってからはほとんど帰っていないからだろう。うちの領地はヨークシャーにある。険しい山々はそれなりに美しいが、きみの島とはまったく違うよ」マックスは言葉を切った。「キュレネ島について教えてくれないか。去年はイェイツが心配で、まわりに目が行かなかったからな。人口は数千人で、島の人の国籍がさまざまなことぐらいは知っているが」

「そうよ。大半はスペイン人だけど、ほかに英国人、フランス人、イタリア人、それにギリシア人もいるわ」

「ソーンから聞いたんだが、富裕層のほとんどは英国人らしいね。どうしてそうなったんだい？」

カーロは唇をすぼめた。どこまで話したものだろう。何世紀も前に、最初の〈剣の騎士団〉のメンバーが島に移住したという歴史は秘密にされている。

「戦争の結果というところかしら。大昔に、まず英国人が島に入ったの。地中海の西側がムーア人たちによって支配されていた時代よりもっと前の話よ。それから数百年のあいだに、政治や軍事の混乱を逃れた亡命者たちが数十人ほど島に定住した。やがてキュレネ島はスペイン領になり、一〇〇年ほど前に英国へ譲渡されたの」

「ユトレヒト条約だな」

「ええ。そのときメノルカ島とジブラルタルも英国領になったわ。それからは英国人の人口がいっきに増加して、島のスペイン人は英国文化を模倣するようになった。結局、メノルカ島はスペイン領に戻ったけれど、キュレネ島は英国領として残ったというわけ。ただし独自の法律を作って、自分たちの副総督を立ててきたの。わたしたちは独立精神が旺盛《おうせい》なのよ」

「それほど長い期間、よくどこかの国に武力で占領されなかったものだな」

「賢く立ちまわって、ときの権力者たちに保護を求めてきたからよ」カーロは淡々と答えた。「幸い離れ小島だし、天然の砦《とりで》もあるの。あの崖《がけ》を見て」カーロは島の西側を縁取る険しく高い崖を指さした。「島の大部分はあんなふうに、ちょっとやそっとじゃのぼれない地形なのよ。要塞《ようさい》が三箇所あるし、侵入されやすい入り江や湾を監視する見張り塔は何十箇所もあるわ。それに、ほら、あそこに白波が見えるでしょう？」

カーロは指を海へ向けた。青い海がその一帯だけは浅瀬を示す緑色に変わり、白い波が立っている。「あそこに岩礁があって、周囲は潮の流れがきついの。ビディック船長は水路を熟知しているけれど、なにも知らずに航行しようとすれば大変な事態になりかねないわ」

「だから地中海の多くの島々とは違って、キュレネ島は血塗られた歴史を免れたわけかい？」

「運よくね。いちばんの脅威は海賊の襲撃だった。掠奪《りゃくだつ》や誘拐は数えきれないほどあったわ。でも、侵略されたことは一度もないのよ。九〇〇年ほど前にムーア人がキュレネ島を攻撃しようと試みたけれど、そのときは暴風雨が吹き荒れて、彼らが乗ってきた船の半分が沈没した。一〇年ほど前にフランス人が島に突撃しようと集結したときは、奇妙な霧が艦隊を覆って、何隻かが岩礁にのりあげた」

マックスが疑わしそうな顔をした。

「これは伝説じゃないわ。ちゃんと文書に記されている史実よ」

船が島の南端をまわるとき、マックスは近距離から島のようすをうかがった。たしかにカーロが天然の砦だと言った言葉に嘘はない。これだけ高い岸壁と、ごつごつした岩礁と、難しい潮流があれば、何百年間も侵略の妨げになったのはうなずける。

それに加えて、船が島に近づくあいだに見張り塔を少なくとも八つは数えられたし、西側の海岸線を警備する堂々とした要塞も見えた。南端は地形が低く、もっとも攻撃を受けやすい場所だと思われるが、そこには城砦《じょうさい》が築かれている。

「ガウェイン・オルウェン卿が住んでいらっしゃるの」カーロが城砦を指しながら説明した。

「何百年間もオルウェン家に受け継がれてきた城よ」

「ソーンの上司で、外務省の地中海支部を率いる人物だね？」

「ええ」

またひとつ、大砲を備えた巨大な要塞が見えた。島の南東にある港町を見おろしている。

その小さな港に入るには、切りたった崖に挟まれた狭い水路を通り抜けなければならない。たしかに鉄壁の守りだ。

船は針路を変え、その狭い水路を目指した。カーロが右側に見える断崖《だんがい》を指し示した。

「あなたが滞在するソーンの屋敷は、ここから数キロほど行ったあの海岸沿いにあるわ。すばらしい海の景色を望めるし、誰も来ない入り江があるわよ」

「遺跡はどこだい？　たしか東が海に面していたと思うんだが、正確にはどのあたりかな？」

カーロは自分が赤面するのがわかった。なにもわざわざその話を持ちださなくてもいいのに。「ソーンの屋敷からまっすぐ一〇キロほど北へ進んだところよ」

「またきみと一緒に訪れてみたい」

カーロはどきりとした。あの夜以来、遺跡にはほとんど足を向けていない。思い出が多すぎて感傷的になってしまうからだ。マックスと一緒になんか絶対に行くものですか。そんなことをすれば、また自分を見失うに決まっている。

「地図を描《か》いてあげるから、おひとりでどうぞ」

「意外に意気地なしなんだな」

カーロはむっとした。「そういうことじゃないわ。ただ、あなたの恋人になる気がないだけ」

「どうしてだい？」

不幸な思いをするのが目に見えているからよ。もうあなたに心を許したくはない。いずれは去っていく人なのだから……。

「どうせあなたは島にしばらくしか滞在しないもの」

「それでも互いを知る時間は充分にある。きみにもっと男女の神秘を見せてあげたい」

心臓が跳ねあがったが、カーロは必死で平然としたふりを装った。「もう一度言っておくわ、ミスター・レイトン。わたしにとってそれはどうでもいいことなの」

「そうかな?」マックスが手を伸ばし、カーロの下唇に親指をはわせた。カーロがはっとうしろにさがったのを見てほほえむ。「ほら、これでもかい?」

わかっている。軽く触れられただけで、ふたりのあいだには炎が燃えあがる。

「どうでもいいわけがない」マックスがささやいた。「ぼくにはわかる。昨日の夜のきみは息が乱れ、鼓動が速くなり、肌がほてっていた」

カーロは咳払《せきばら》いをした。「そうかもしれないわ。だけど、体が性的な反応を示すのはごく一般的なことだと医学書には書かれていたわよ」

「だからゆうべは体がこわばっていたというのか?」

どうしてそんなことまでわかるのだろう? わたしが本当は彼を求めていたことにも気づいているのだろうか?

カーロはマックスの視線を避け、頭上にそびえる崖を見ているふりをした。「ただの生理現象よ」彼女はかすれた声で言った。「あなたみたいな……すてきな男性と一緒にいたから、無意識のうちに体が反応しただけ。あなたがわたしを抱きたいと思うのも、よくある自然な衝動なのよ」

カーロは挑発するような目でマックスを見た。「男性は性的な欲求に襲われることが多いわ。あなたは今、そういう状態なの。だから苦しいだけよ」作り笑いを浮かべる。「完璧な解決方法があるわ。誰かほかにいい女性を見つけるのよ。あなたになら喜んで口説かれそうな美人を何人か知っているわ。そのうちのふたりはわたしなんかよりずっと魅力的よ。機会があればすぐにでも紹介するわね」

マックスは愉快な気分を顔には出さず、ただカーロを見つめていた。「ぼくが魅力的だと思う女性はきみだけだ」

それは本当だ。確信がある。今もぼくは強くカーロに惹かれている。二週間をともに過ごしても、彼女への執着は少しも消えなかった。それどころかカーロを求める気持ちに火がついただけだ。

こんなに心をかき乱される女性には出会ったことがない。カーロは勝負を挑むことによってぼくが作りあげてきた殻を破り、少しずつぼくを元気にしてくれた。フィリップを亡くして以来初めて、つらい記憶が薄れたのだ。

ぼくにはカーロしかいない。航海後半の一週間はとくにそう思うようになった。悪夢を見るという話をカーロにしてからは、その夢もぱったりやんだ。その代わり困ったことに、どれほど抑えこもうとしても彼女との官能的な夢を見てしまう。こうしてカーロの姿を目にしているだけで、その優しい体のなかでわれを忘れたときの感覚を思いだす。もっと深くひとつになり、ぬくもりを感じたいと願ってしまうのだ。

「きっときみはぼくのもとへ来る」マックスは確信をこめて言った。

カーロが片方の眉をつりあげて笑った。「まあ、うぬぼれが強いこと」

「自信があるだけだよ」

「根拠のない自信だわ。わたしはあなたの誘惑にはのらない」

「試してみるかい？」

今度は両方の眉がつりあがった。「どういう意味？」

「勝負をしよう。きみがどれくらいもちこたえられるか賭けるんだ。ぼくはせいぜい数日とみた」

カーロは警戒心をあらわにした。どうすべきか考えているのだろう。だが、こんなふうに挑発されれば、彼女はきっと賭けに応じる。やすやすと引きさがる女性ではない。

あたりだ。

「期限を設けてちょうだい。そして、わたしが勝ったらつきまとうのをやめること。それが条件よ」

「かまわない。どのみちきみが勝つとは思っていないから。期間は……次の新月までどうだい？」

「まだ二週間以上もあるじゃないの」

はあなたよ」

カーロは顔をあげた。「いいわ、どうしてもというのなら、それで結構。どうせ負けるのはあなたよ」

「もう泣き言か？」

思わず勝ち誇った笑みがこぼれそうになるのをマックスはこらえた。彼女は自分が敗れるとは思っていないらしいが、それはこちらも同じだ。カーロを勝ち取るためならどんな手練手管でも使ってみせる。

マックスは体の向きを変え、近づきつつある港へ目を向けた。地中海独特の美しい眺望だと思いながら、船を出迎えるように急降下してくるカモメやアジサシの声に耳を傾ける。

港の向こうには、さんさんと降り注ぐ陽光を受け、活気に満ちた町が斜面に張りつくように広がっている。赤い屋根と青い木部が特徴的な白い漆喰《しっくい》の家々が日光を反射し、背の高いヤシの木々が影を落とし、ブーゲンビリアが咲き乱れていた。砂利を敷いた急な坂道が何度も折れ曲がって海まで続いている。

潮と魚とタールのにおいこそしたが、港は掃除が行き届いていた。何十隻もの漁船にまじって、それ以外の船が二隻停泊している。カーロはその船に見覚えがあるらしく、ほっとした顔になった。

マックスがそれについて尋ねようとしたとき、船が減速し、帆をおろせと大声で命じる船長の声が聞こえた。カーロがこれからの予定を説明しはじめた。

「船を港に着けたら、ビディック船長が誰かにあなたをソーンの屋敷まで送らせるわ。町からそれほど遠くはないから」

「一緒に来てくれないのかい？」

カーロは賭けに負けるつもりはないと言わんばかりの顔でマックスをちらりと見た。「あなたはひとりでも大丈夫よ。わたしは一刻も早くガウェイン卿に会って、イザベラの情報が入っていないかどうか確かめたいの。手渡さなくてはならない通信文もあるし」

「ぼくが加わることについて、話しあわなくてもいいのか？」

「それはあとでかまわないわ。まずはガウェイン卿がソーンの書いた紹介状を読んで、どういうふうにあなたを使うのかお考えになる時間が必要よ。もし使うとすればだけど」

マックスはにやりとした。「きみはぼくが参加するのをいやがっている。だから妨害するかもしれない」

「あなたが本当にソーンの言うほど有能なら、喜んで歓迎するわ。だいたいわたしがなんと言おうと、お決めになるのはガウェイン卿だもの。あの方は人を見る目が鋭いの」

マックスは自分を擁護しかけたが、カーロの目はすでに波止場に釘《くぎ》づけになっていた。「誰かがわたしを迎えに来ているかもしれない」そわそわと人ごみに目を走らせる。「セニョール・ヴェラだわ」

どうやらカーロの知りあいらしい。浅黒い長身の男性が、二頭のラバをつないだ馬車のそばに立っている。カーロが腕をあげて手を振ると、その男性も同じように応えた。

「ごめんなさい、お先に失礼するわ」カーロがにこやかに言った。早くこの場を離れたくてしかたがないようすだ。

「かまわないとも」マックスは軽い口調で答えた。「ご友人のレディ・イザベラの件のほうが大事だ。明日は会えるのかな？」

「あさってになると思うわ。わたしがいないあいだ、ドクター・アレンビーはずっとひとりだった。だから、明日はちゃんとお手伝いしたいのよ。あなたをひとりにしておくのは申し訳ないから、明日の朝いちばんに誰か人をやるわね」

カーロはソーンから手渡された革製の袋をつかむと、後部甲板にいるビディック船長のところへ行って言葉を交わした。船長はときおりうなずきながら話を聞き、カーロを手すりまで送った。

カーロはドレスを着ているにもかかわらず、すばやく手すりをまたいで縄ばしごをおり、ボートに乗り移って港へ向かった。

マックスは取り残された気分になった。カーロがヴェラとやらのところへ行き、熱心になにやらしゃべっているのを目にすると、嫉妬に胸が痛んだ。ヴェラに手を取られながら馬車に乗りこむのを見て、独占欲がわきあがる。馬車は坂道をのぼっていった。

すぐそばまで来ていた船長に声をかけられ、マックスははっとした。

「キュレネ島へようこそ、ミスター・レイトン。ここは美しい島だ。せいぜい楽しんでくれたまえ」

マックスは去っていく馬車を目で追いながら苦笑いを浮かべた。今日のところはカーロの勝ちだ。次はいつ会えるのかさえわからない。ほかの男と一緒に立ち去ってしまったのだから、この勝負はこちらが出遅れたことになるのだろう。

だが、それならなおさら闘志がわくというものだ。ひとつわかったことがある。キュレネ島での滞在は大いに楽しくなりそうだ。

# 5

マックスは書斎にいた。ブランデーを手にしたまま、地中海に臨んだフレンチドアへ落ち着きなく歩み寄る。ソーンの屋敷は孤立した入り江を見おろす断崖の上にあり、豪華で快適だった。中庭を囲むように造られた建物は、スペイン様式の建築物に多く見られるように外側にベランダがぐるりとめぐらされ、とりわけ海の夜景がすばらしい。

マックスはドアを開け、潮風を入れた。英国ではもう秋が深まっているというのに、キュレネ島はまだ晩夏だ。満ちつつある半月が果てしなく広がる海を銀色に輝かせていた。

こんな絶景を眺めていると、神話や魔法を信じたい気持ちになるのもうなずけた。キュレネ島は本当に恋人たちの楽園であり、人を情熱的にするのかもしれないと思えてくる。実際に自分もその影響を受けている気がしてきた。きっと島のたぐいまれな美しさのせいだろう。まるで天国みたいな島だ。ここにはほかでは味わえない静謐さがある。

だったら、どうしてこんなに落ち着かないのだろう。島に到着してからというもの、入り江でたっぷりと泳ぎ、優秀な召し使いが給仕をしてくれる最高のディナーを堪能《たんのう》し、テラス式の庭園を散策し、そのあとは就寝時間まで立派な図書室で珍しい歴史書を読んで過ごした。

それなのにどういうわけか、ずっと心がざわめいている。

いつものごとく、悪夢を避けるためにぐずぐずとベッドに入るのをためらった。ポケットのなかでナイフをいじりながら、ゆっくりとブランデーを口にした。フィリップが死んでしばらくは酒で悪夢を追いやろうとしたこともあったが、うまくいかなかった。だが去年、キュレネ島を訪れてからは、守護天使がいつもそばでぼくを励ましてくれるようになった。

彼女のことを思いだすだけで心が慰められ、その姿を思い描くだけでしつこい悪夢を追い払える。

マックスは目をつぶり、鮮やかな記憶で心を満たした。カーロが悦びに背中をそらしたとき、指先に感じた喉元の脈拍。口を開いて迎えてくれる温かいキス。彼女のなかで味わった炎のような絶頂感……。

ぼくは島の魔法ではなく、カーロの呪術にかかっているのだろう。その力から逃れられる日は来ないのかもしれない。彼女を忘れられるときが来るとはとても思えない。

マックスははっと身を固くした。誰かに見られているような気がする。暗闇のなかに小さな赤い火が見え、刺激的な葉巻の香りが漂ってきた。

イナゴマメの木の陰に人影が見えた。攻撃されてもおかしくない距離だ。

背筋に緊張が走り、マックスは反射的にサーベルを抜こうとした。だが腰になにもさげていないのに気づき、上着のポケットからナイフを取りだした。人影が足で葉巻の火をもみ消し、書斎の明かりのなかへ出てきた。

その人物より身長が低く、横幅のある男性があとに続いた。

「なるほど」最初の男性は軽い口調でそう言うと、マックスの脇を通って気安く書斎へ入ってきた。「ソーンのブランデーを一杯やりながらくつろいでいるわけだな」厚かましい態度にマックスが片方の眉をつりあげたとき、相手が名乗った。「アレックス・ライダーだ。こっちはサントス・ヴェラ」

今日の午後、カーロを迎えに来た男だ。

「こんばんは《ブエナス・ノーチェス》、セニョール・レイトン」スペイン人らしい。浅黒い顔に真っ白な歯をのぞかせてにっこりしている。

ライダーと名乗ったほうは髪も目も黒く、肌は日に焼けている。地中海の人々に特徴的な、生まれつき小麦色の肌ではなさそうだ。言葉のアクセントは生粋の英国貴族のものだ。ヴェラは自分より一〇歳ほど年上、ライダーは自分と同じぐらいの年に見えるから三二歳前後というところだろう。

ライダーと視線が合った。どうやら、なかなかのつわもののようだ。油断なく状況をうかがう鋭い目をしている。戦場であれどこであれ、けっして相手を容赦しない男の顔だ。

ライダーは握手のために手を差しだすこともなく、勝手にふたつのグラスになみなみとブランデーを注ぎ、ひとつをヴェラに手渡した。

マックスが唇の端をゆがめると、それに気づいたヴェラがまたにっこりした。「セニョール・ソーンはこんなことで怒ったりはしない。彼とは友達なんだ」

「気に食わないのか？」ライダーが冷ややかな口調で尋ね、クッションの利いた革の椅子に座りこんだ。

「もしそうだとしたら？」

ライダーがマックスのナイフに目をやり、危険な笑みを浮かべた。「愛想の悪いやつだと頭に刻みこんでおくことにする」

「愛想よくしてほしいなら、まずはなぜぼくを見張っていたのかを聞かせてほしいものだ」

「ガウェイン・オルウェン卿からきみを歓迎しろと言われたんだ。ついでにいくつか訊きたいこともある」

「なるほど」マックスはようやく体の力を抜いた。それならわかる。「適性検査をしに来たわけだな」

ライダーの目に初めて感心するような表情が浮かんだ。「そのようなものだ」

マックスはナイフをポケットにしまうと反対側の椅子に腰をおろし、招かれざる客に視線を向けた。ヴェラは陽気だが、ライダーのほうは和やかに談笑する気はないらしい。これからあれこれ質問されるのだろうが、こちらがなにか知りたいときはヴェラに尋ねたほうがよさそうだ。

「セニョール・ヴェラ、ビディック船長からあなたの噂は聞いている。酒場を経営していると」

「そうだ。島じゃいちばんいい酒を置いているよ。この屋敷にある上物のワインはすべてうちの店が出したものだ。マデイラを試してみるといい」

「もう飲ませてもらった。すばらしいワインだったよ。そういえば、ビディック船長からきみの名前は出なかったな」マックスはライダーに顔を向けた。

「昨日、島に着いたばかりだからだ。ずっとスペインにいた」

港に停泊していた二隻の船を思いだし、マックスはうなずいた。「ふたりとも外務省の職員ということだな？」

「ああ、ガウェイン卿の部下だ」

「レディ・イザベラ・ワイルドに関するなにか新しい情報はあったのか？」

「ひとつだけだ。船がアルジェへ運ばれたのはわかった。だが、そこから先の足取りがつかめない。残念ながら、まだ居場所を突き止めようとしているところだ」ライダーは鋭い目でマックスを見た。「今度はこっちが質問する番だ」

「なんでもどうぞ」

「きみは自分から救出作戦に加わることを買ってでたそうだな。なぜだ？」

突っかかるような物言いだったが、マックスは冷静に答えた。「ミス・エヴァーズが以前、ぼくの部下の命を助けようと一生懸命に尽くしてくれたから、その恩返しをしたいと思ったんだ」

「ソーンはきみを絶賛している。ジョン・イェイツなどは聖人君子だとあがめている節があるぞ。ガウェイン卿はきみの戦績に感銘を受けていらっしゃる。勇敢な司令官らしいな。だがぼくは、きみが組織に必要だとは思えない」

「その根拠は？」

「きみは職業軍人だ。戦争にもそれなりの約束ごとがあると考えているはずだ。だが、ぼくたちの救出任務は軍隊の作戦とはまったく違う。軍隊のような装備も持っていない」

「それはそうだろう。きみたちの場合は隠密作戦や奇襲攻撃や夜襲に頼るしかない」

「正面攻撃だけが名誉ある戦い方だと思っている軍人もいる」

「正面攻撃はこちらが軍事力で敵方にまさっているときだけに使える戦法だ。人質の解放作戦には向かない。レディ・イザベラが監視されていれば、こちらが直接攻撃を仕掛けたとたん、彼女は殺されるだろう」

「そのとおりだ」ライダーはブランデーをひと口飲んだ。「ぼくたちの組織には規則などないに等しい。規範に従うよりも、任務を成功させるほうを重んじるからだ」

「あててみせよう。きみたちは少数精鋭の部隊で行動する。任務は諜報《ちょうほう》、偵察、極秘任務など……つまりゲリラ作戦だ」

「よくわかったな」ライダーがかすかに笑みを浮かべた。

マックスはヴェラに目をやった。「スペインでは多くのゲリラ兵士と知りあいになった。セニョール、あなたは彼らと同じ顔つきをしている」

「従兄弟《いとこ》がひとりゲリラ軍にいるよ。おれは密貿易のほうが向いているんだ」ヴェラは満面に笑みを浮かべた。「ガウェイン卿のもとで仕事をするようになるまでは、そっち方面の商売をしていた。これでもやり手なんだ」

「組織に所属する者はそれぞれ専門分野を持っている」ライダーが言った。「きみは？」

「大砲や鉄砲など火薬全般だ」

危険物というわけだ。「ソーンは？」

ライダーが初めて愉快そうな顔をした。「あいつは怖いもの知らずだ。神経が鋼でできている」

「ガウェイン卿は総司令官なんだな」

「そうだ。指令は彼が出す。だが、それさえも絶対ではない。現場ではそれぞれが得意とする能力を駆使するだけでなく、知性と勘を働かせることが要求される。さまざまな場合を想定して計画は練られるが、そのとおりに事が運ぶとはかぎらない。そういう場合には決まりごともしきたりも無視することが許されている」

うらやましいかぎりだとマックスは思った。ウェリントン将軍を含め、上官の命令に疑問を抱いたのは一度や二度ではない。

「ぼくたちは戦術に長《た》けた者を必要としているし、きみにはその能力があるかもしれない」ライダーはマックスから鋭い視線をそらさなかった。「だが、はっきり言っておこう、レイトン。ぼくたちのほとんどは昔からの仲間だ。よそ者はすぐには歓迎されない」

マックスにはライダーの言わんとするところが理解できた。彼らは単に冒険家や反逆児を寄せ集めただけの集団ではない。死と背中合わせの危険にともに立ち向かう、固い絆で結ばれた組織なのだ。「兄弟みたいなものというわけか」

「ああ。ぼくたちは互いのために死ねるし、大義のために命を散らす覚悟もできている」

「どんな大義だ？」

ライダーが謎めいた表情を浮かべた。「その説明はガウェイン卿にお任せしよう。あさってに訪ねてきてほしいとおっしゃっている。きみの役割について話しあうおつもりだ。きみにまだ……同胞のために命を懸ける覚悟で作戦に加わる気があるならな」

マックスは目をそらし、ブランデーに視線を落とした。戦争の記憶が次々と脳裏によみがえる。惨劇ならあの世に行っても忘れられないほどたくさん見てきた。死ぬのはべつに怖くない。ただ自分のせいで友人が犠牲になるかもしれないと思うと胸がえぐられる。

その恐怖にもう一度耐えられるだろうか？

マックスはようやく口を開き、低い声で言った。「もし参加することになったら、そのときはきみたちを落胆させるようなまねはしないと約束する」

ライダーが満足したようすでうなずいた。「カーロもきみについて同じことを言っていた。ぼくは彼女の判断力を信じている」

カーロの名前が出たのに驚き、マックスは片方の眉をつりあげた。「彼女に命懸けの任務のなにがわかる？」

ライダーがにやりとした。「カーロは仲間だ。知らなかったのか?」

「彼女も外務省の職員ということか?」

「そうだ。救出作戦にも同行する」

「冗談だろう?」マックスは信じられない思いだった。

「本当だ。止めたってどうせ聞きやしない。そんなことはする気もないけれどね。心配するな、レイトン。カーロは有能だ。銃でも剣でも、彼女ほど腕の立つ者はそうそういない。もちろん医術の面でもすぐれている。それに、作戦には女性が不可欠になる場合もあるからな。それだけでもカーロは貴重な存在だ」

マックスは思わずかぶりを振った。型破りな女性だとは承知していたが、まさかここまでとは思わなかった。とても同じ人間だとは思えない。かたや外務省の特殊要員、かたや心を癒やしてくれる守護天使として記憶してきた魅惑的な女性。つまり、彼女はぼくが考えていた以上にすばらしい人だったということだ。こうなると、ほかにもなにか隠しているのではないかという気がしてくる。まだぼくの知らない秘密があるのかもしれない。

ぼんやりしていたことに気づき、マックスはライダーに視線を戻した。「それで、きみはぼくをどう判断したんだ? 少しは意見を変えたのか?」

「まだわからないな」物憂げな口調だったが、ライダーの目は輝いていた。「そのうまいブランデーをもう一杯飲んだら、意見が変わるかもしれないぞ」

マックスは笑みを浮かべ、デカンターのほうへ手を振った。「勝手にやってくれ。たとえ飲み尽くしてしまっても、有意義な目的のためとあればソーンも理解してくれるだろう」

ドレスを脱がせながら、彼がわたしを見つめている。宝石のような瞳は豊かなまつげに隠れていて見えないが、わたしの胸があらわになると、彼が男らしく引きしまった表情をこわばらせたのがわかった。彼は力強い両手で乳房を包みこみ、親指で先端に触れた。敏感な乳首は軽く触れられるだけで痛いほどに硬くなった。

みぞおちの奥が熱く震える。

彼はわたしの胸の先端をしばらくもてあそんだあと、顔を傾けて激しく脈打つ喉元にキスをした。やがて唇は胸へとおりていき、熱く湿った口がつんと立った蕾《つぼみ》を覆う。

体の奥深くが彼を求めて熱くうずいた。

彼は鼻先で乳房をくすぐり、優しく唇をはわせ、ふくらみに沿って舌を滑らせる。狂おしい快感に耐えきれず、わたしは背中をそらして体を開き、たくましい肩にしがみつく。

こちらの望みを察したのか、彼はわたしの背中の下に手を入れ、腰を持ちあげた。潤った部分に張りつめたものが分け入り、わたしの呼吸はせわしなくなる。彼とひとつになったのだ……。

〝ぼくを包みこんでほしい〟彼の声はかすれていた。わたしは荒い息でそれに応える。

彼はわたしの腰に両手をあて、さらなる欲望をつのらせた。体の奥から焼けるような熱さがこみあげてくる。

〝お願い……〟

彼の激しい思いにのみこまれ、わたしは灼熱《しゃくねつ》の歓喜へと引きずりこまれていく……。

「セニョリータ、セニョール・レイトンがお見えです」

朝食を終えたばかりの中庭にマックスが案内されてきたのを見て、カーロははっとした。視線が合い、思わず顔が赤らむ。彼のことを夢想しているところを見られてしまった。マックスに気づかれただろうか？　たった今まで、無節操で官能的な情景を頭に思い浮かべていた。それに毎晩のように情熱におぼれる夢を見ている。顔を見ただけで、そういうことはわかってしまうものだろうか？

マックスは軽い調子で挨拶をした。彼女の頬が紅潮しているのは目に入っているはずだ。ようやく視線が離れ、カーロは安堵《あんど》のため息をもらした。

彼は称賛のまなざしで周囲を見まわした。母親の自慢だった美しい中庭だ。ブーゲンビリアやハイビスカス、キョウチクトウ、ゼラニウムといった花々が咲き乱れ、甘い香りが漂い、大理石でできた噴水が優しい調べを奏でている。

「これがきみの家か」マックスが言った。カーロは従僕をさがらせた。「すてきな住まいだ」

「ええ、わたしにとってはそうよ」亡くなった両親から相続したこの邸宅はソーンの豪華な屋敷ほど広くはないが、優雅で居心地がよく、農園からは経済的に自立するのに充分なだけの収入があがってくる。

「ひとりで暮らしているのか？」

「友人がいるわ。父が亡くなったあと、家庭教師とつき添《シャペロン》いを兼ねて、セニョーラ・パディーリャが一緒に暮らしてくれるようになったの。だけど、もうわたしもいい年だから、今は話し相手《コンパニオン》というところね。まだ朝が早いから部屋にいるみたいだけれど」

「きみは早起きだろうと思って、こんな時間から訪ねてきてしまった」マックスの笑顔を見て、カーロは気を引きしめた。この官能的なほほえみのせいで、わたしは愚かな振る舞いをしてしまうのだ。

「どうしてここへ来たの？」動揺を押し隠して尋ねる。「今朝は誰か人をやると言っておいたのに」

「裏をかくのが好きなんだ。戦場では奇襲攻撃にまさるものはないからな」

カーロは眉をつりあげた。「あなたが戦闘中だとは知らなかったわ」

「そのようなものだろう？　ぼくにも闘う機会をくれなければ、公正な勝負とは言えないぞ」マックスが挑発するようにカーロの口元に熱い視線をはわせた。「それに、島に滞在しているあいだはきみに相手をしてほしい」

彼女は顔をしかめた。そんな言葉にのるものですか。「明日、島を案内するつもりだったの。今日の午前中はドクター・アレンビーを訪ねる予定だから。もう家を出るところなのよ」

「一緒に行ってかまわないかな。ジョン・イェイツの件で、ぼくもドクター・アレンビーに礼を言いたい」

カーロは息をのんだ。午前中をともに過ごすのかと思うと気が重くなった。不意の訪問に、まだ心の準備ができていない。マックスの姿を目にしただけで、夢に見た彼の愛撫や、唇の感触や、甘いささやきを思いだしてしまう。

はっとわれに返り、彼女はコーヒーカップを置いて立ちあがった。「わたしは一日じゅう、出かけることになるかもしれない。たぶん、往診を引き受けると思うわ」

「それもきみの仕事なのかい?」

「そのときどきによるわね。ドクター・アレンビーはお年だし、リウマチを患っていらっしゃるから。それに、今日はわたしも忙しくしていたいもの」

「レディ・イザベラのことがあるからだな」マックスが気遣ってくれているのがカーロにはわかった。

彼女はうなずいた。島を離れているあいだに、イザベラがアルジェに連れていかれたことは突き止められていたが、居場所は判明していなかった。昨日、二週間前にホークがアルジェからよこした報告書を丹念に読み、ガウェイン卿やアレックス・ライダーと何時間も話しあった。いらだちがあまりに顔に出ていたせいか、今は静かに待つしかないとガウェイン卿から諭された。二〇人ほどの仲間たちが島に集結しつつあるが、すぐに打てる手はなにもないのが現状だ。

カーロは歯を食いしばった。ガウェイン卿のおっしゃったことは正しい。今はイザベラのことを気に病まなくてすむよう、仕事に打ちこもう。

マックスがまだ返事を待っているのに気づき、カーロはいらだちのため息をこぼした。わたしに選択肢はない。同行を断れば、意気地がないと責められるのがおちだ。

「どうぞ。一緒に来てもかまわないわよ」いいえ、やはりやめておくほうがよかっただろうか？

カーロは厩舎《きゅうしゃ》へ向かった。準備のできた軽二輪馬車と、マックスの馬が待っている。自分の馬でついてくるのかと思いきや、マックスは手を取ってカーロを馬車に乗せると、みずからも狭い座席に乗りこんできた。カーロはしかたなく、彼の馬の鞍《くら》を外して厩舎に入れておくよう馬丁に命じた。

マックスが隣にいるのが気になり、むやみに強く手綱を鳴らして鹿毛《かげ》の馬をせきたてた。夢の内容を頭から追い払えない。美しい裸体、男性的で強烈な魅力、優しい愛撫……。

カーロは胸のうちでわが身をののしり、もう二度と夢想はしないと心に誓った。ところが次の言葉を聞き、さらに落ち着かない気分になった。

「きみについて驚きの事実を知ったよ。きみはガウェイン卿のもとで働いているんだね」

カーロは探るように横目でマックスを見た。「どうしてそう思うの？」

「昨日の夜、一風変わった客が来たんだ。アレックス・ライダーとセニョール・ヴェラだよ。いろいろとおもしろい話を聞かせてもらった。そんな勇ましい仕事をするようになるまでには、さまざまなことがあったんだろうね」

カーロは肩をすくめてみせた。「父が外務省の職員だったからよ。わたしはその跡を継いだだけ」

「剣の達人で射撃の名手だとライダーが言っていた」

「馬にも乗るし、船も操るし、ラテン語も読むわ」彼女は軽い口調で答えた。「必要とあれば、脚をのこぎりで切断することもできるわよ」

「きみには感心するよ」

カーロは信用できない思いでマックスを見た。うれしくなる言葉だが、お世辞を真に受けるわけにはいかない。勇ましい仕事をしている女性に感心するなどと本気で言っているはずがないからだ。物珍しさくらいは感じているだろうが、彼にとってわたしは単なる好奇心の対象でしかない。

「ぺらぺらしゃべらないでとライダーに抗議しておかないと」カーロはむっとして答えた。

「ぼくのほうからあれこれ聞きだしたんだ。なにもきみの秘密を探るためだけじゃない。ライダー自身のことも知りたかったからだ。かつては傭兵《ようへい》だったという印象を受けたな」

「そうよ。もともとこの島の出身だけど、ガウェイン卿のもとで働くようになるまではあちこちの政府に雇われていたわ」

アレックス・ライダーが島に戻っているという話を聞いたときにはほっとした。彼は〈剣の騎士団〉のメンバーのなかでもとりわけ勇猛果敢だ。どんな任務にもライダーのような者が必要になるときがある。

「きみにぞっこんのように見えた」

「ライダーが？　わたしに？」

「ゆうべはきみのことをべた褒めしていたよ。ぼくのライバルなのかい？」

カーロは思わず笑ってしまった。ライダーがわたしの恋人ですって？　どちらかというと、過保護な兄のような存在だ。「ソーンと同じよ。いい友人にすぎないわ」

「サントス・ヴェラは？　昨日、彼がきみを連れていったとき、ぼくはどういうわけか嫉妬に駆られた」

カーロは天を仰いだ。「その嫉妬は無用だわ。ヴェラは幸せな結婚生活を送っていて、四人のお子さんがいるの」

「それを聞いてほっとしたよ」

彼女は話題を変えることにした。「ライダーとヴェラは、いったいなにをしにあなたのところへ行ったの？」

「ガウェイン卿に報告するために、ぼくがどんな男か見に来たんだ。腰抜けなら仲間には加えられないとライダーは思っていたらしい」

「あなたが勇敢なのは彼もわかっている。それはたしかよ。ただ、覚悟を決めているのかどうか心配しているだけ。組織の人々の絆は固いけれど、そうじゃない人がはたして他人のために命を懸けられるものかどうか疑っているのよ」

「死ぬのは怖くない。敵を殺すこともとくになんとも思っていない」声に暗い響きが感じられた。

「じゃあ、なにを心配しているの」

「本当のことを知りたいかい？　ぼくの手に友人の血がつくのが受け入れられないんだ。また誰かがぼくの身代わりになってしまったら、とても耐えられないと思う」

ジョン・イェイツのことだ、とカーロは思った。そういえば、マックスは悪夢を見るとも言っていた。

「今からでも申し出を取りさげていいのよ」カーロは静かに答えた。「救出作戦を決行することになっても、あなたが一緒に来なくてはならない義理はないわ」

「いや、参加させてくれ。きみと同じだ。くよくよ悩まないためには行動を起こすのがいちばんだ。きみにはイェイツのことで恩義もある。それに、ぼくは親友を失う気持ちがどんなものか知っている。きみにそんな思いはさせたくないんだ」

マックスは船の上で見せたのと同じ苦悩の色を目に浮かべていた。カーロはかたくなな態度を取ろうと思っていたのに、決意が崩れそうだった。

「時間はあるわ」雰囲気を変えようと、彼女は明るい声で言った。「ゆっくり考えればいいことよ。明日、ガウェイン卿のところへ案内するわ。その件はライダーから聞いた？」

「ああ。つまり面接だな」マックスがにやりとした。「ガウェイン卿のほうから断ってくる可能性もあるわけだ」

「あなたが歓迎されるのは間違いないわよ」

マックスはかぶりを振って暗い気分を追い払い、この瞬間を楽しもうと座席の背にもたれかかった。女性が馬を駆る隣に座っているのは妙な気分だが、カーロの手綱さばきは安心して見ていられるし、その手は優しそうだった。彼は夢のなかで熱っぽい額にあてられた手を思いだした。腕を伸ばしてカーロと指を絡めたら、さぞ心が癒やされるだろう。

こんなのどかな朝は魂が慰められる。さんさんと日の光が降り注ぎ、オリーブやオレンジやブドウの果樹園が並ぶ谷間を走っていると、戦争について考えていろというほうが無理だ。遠く北の方角には緑に覆われたふたつの山がそびえ、南には岩だらけの丘が連なっている。島の内陸にあたるこのあたりの谷間はきれいに開墾されているが、上方の斜面には美しい自然が残っているのがすばらしい。

カーロがマックスの視線の先に目をやった。「あのふたつの山が乾いた北風から島を守り、恵みの雨を与えてくれるの。ローマ人がもたらした灌漑《かんがい》技術があるけれど、それでも干ばつは怖いわ。西の山のふもとにはみごとな滝が流れている湖があるのよ。アポロンがキュレネのお風呂用に造ったらしいわ」マックスがにやにやしているのを見て、彼女はつけ加えた。「そうね、あなたは伝説なんか信じないのよね」

「ぼくもここは楽園だと思うよ」マックスは認めた。

「キュレネ島はあまり大きな島ではないわ。馬車でなら東西は一時間ほどで横断できてしまうし、道の険しい南北でも三時間で行ける。でも、すばらしいところよ」カーロがキュレネ島を誇らしく思っているのがよく伝わってきた。

アレンビーの住まいは町の外れにあった。玄関へ向かいながら、カーロは診療所としての設備の貧弱さを嘆いた。「診察も手術も同じ部屋で行っているの。いずれはちゃんとした病院にしたいと思っているわ」

応対に出たスペイン人の家政婦はカーロを見て安堵の色を浮かべた。「まあ、セニョリータ・エヴァーズ、帰ってきてくださって本当によかったですわ。わたしじゃなにも先生のお手伝いができませんもの。ゆうべ赤ん坊を取りあげてから、先生は一睡もされていないんですよ」

「セニョーラ・トンプキンズの赤ちゃんなの？」

「いいえ、セニョーラ・ガルシアです」

「そんなに予定日が近かったとは知らなかったわ」

「近くはなかったんですけれど、早産で男の子が生まれましてね。先生は診療室にいらっしゃいますよ」

アレンビーは机に突っ伏していたが、カーロはそれを見ても驚いたふうもなく、そっと彼の体を揺さぶった。そろそろと頭をあげた恰幅《かっぷく》のいい禿《は》げかけた男性を見て、マックスはアレンビーの顔を思いだした。斬新《ざんしん》な治療法を用いて数多くの命を救ってきたことで知られる医師だ。

「ようやく帰ってきおったか」アレンビーがむっとした顔でカーロを見た。

「はい、戻ってまいりました」

手で眼鏡を探しながら、マックスをじろりと見あげる。「どこかでお会いしたかな？」

「レイトン少佐です。覚えていらっしゃいませんか？　去年の夏、ジョン・イェイツを連れ帰ってきてくださった方ですよ」

アレンビーは歓迎のせりふをひと言だけうなるように放ち、マックスがイェイツのことで礼を述べようとするのをあっさりとさえぎった。去年よりさらに怒りっぽくなっているようだ。だが、カーロがアレンビーの仕事のやり方をいさめたり、彼が軽口で応じたりしているようすを見ていると、ふたりの関係は良好だとわかる。

「自分の体を大切にしないといけませんわ、先生。こんなにくたくたになるまで働かれるなんて」

「誰のせいだと思っておる。おまえさんが英国なんぞへ行くから――」

「あれはしかたがなかったことです」

「帰ってくるのが遅すぎる」

「残念ながら、航海には時間がかかりますから」

「そもそもイザベラが海賊なんかにつかまるからいかんのだ」

「まさか、イザベラを責めていらっしゃるんじゃないでしょうね」

「責めているとも。ふらふらと外国を歩きまわったりせずに、おとなしく島にいればよかったものを。おまえさんにしても同じだぞ。ここにいてもらわんと困る。おかげで手術を何件か延期するはめになった。本当にいまいましい目だ」アレンビーは乱暴に眼鏡を外し、ごしごしと目をこすった。

「わたしのほうが視力がいいのよ」カーロはマックスにささやいた。「だから彼の指示を受けながら、わたしが手術の一部を担当することもあるの」

「注文しなければならないものもたまっとるし」

「それはあとでも大丈夫ですよ。今はとにかく少し横になってくださいな」

「自分を甘やかす暇なんぞないわい。これから往診に行かないと――」

「それはわたしが引き受けますから。今、マリアが往診先を書いてくれています。ほら、先生がお休みになってくださるまで、わたしは出ていきませんからね」

カーロはアレンビーを立たせ、手に負えない患者を扱うように叱ったりからかったりしながら、ようやく診療室の寝台に寝かせた。

疲れ果てた体に毛布をかけ、マックスを連れて静かに診療室を出ると、にこにこしている家政婦から往診先を書いた紙と黒い革製の診療鞄を受け取った。ふたりともこのやりとりには慣れているように見える。

馬車に乗ったあと、カーロが言った。「よかったら、先にあなたをソーンの屋敷まで送るわ」

「往診についていきたいんだ。なにか手伝いができるかもしれない」

カーロはマックスの磨き抜かれたブーツにちらりと目をやり、おもしろそうに片方の眉をつりあげた。「言っておくけど、その靴で行くのはどうかと思うところが何箇所もあるわよ。そんないいブーツをだめにしたら、靴屋が嘆き悲しむでしょうね。近侍も連れていないし」

「ソーンの優秀な使用人がきれいにしてくれるよ」マックスはあっさり答えた。

「あらそう。じゃあ、一緒に来ればいいわ」

マックスは一日じゅう往診に同行し、カーロが薬草や薬を調合したり、病気や怪我の回復具合を診察したりするのを見ていた。

往診先は島のあちこちに点在していた。患者のほとんどはスペイン人か英国人だ。どちらなのかは服装を見ればすぐにわかった。スペイン人の女性は地中海一帯でよく見られる黒いドレスを身につけ、英国女性は簡素だが色彩豊かなものを着ている。

カーロはおおむねどこでも温かく迎えられた。
五、六軒ほどまわったあとで、マックスは言った。「きみは島の人たちから好かれているんだな」
「ドクター・アレンビーのほうがもっと慕われているわよ。ぶっきらぼうなお医者様だけど、みんなから愛されているの。彼に診てもらったことのない家族なんてまずいないわ。だけど、もうご高齢なのよ。ドクター・アレンビーが診察できなくなったら、島の人たちはどうなってしまうのかしら」

「きみじゃだめなのか？」

「わたしでは手術の腕が不充分だわ。それに島の医師として働きたいとは思わない」

「どうして？」

「ガウェイン卿の仕事をしているほうがおもしろいからよ」

「だが、きみには治療をする者としての才能がある」

「そうみたいね。わたしは昔から、苦しんでいる人や動物を助けたいという気持ちが強かった。子供のころは、よく島の人から病気や怪我をした動物を預けられたものよ。でも、ドクター・アレンビーの助手になると話が違ってきた。もう一〇年も経つけれど、男性のなかにはいまだにわたしを信用してくれない人もいるわ。怖いんでしょうね。わたしを魔女だと思っているのよ」

マックスは眉をあげた。「みんな迷信が好きなんだな」

「そうなの」カーロは苦笑いを浮かべた。「宗教裁判が盛んなころだったら、わたしは火あぶりの刑にされていたわね。そんなわたしでも、この島にいれば受け入れてもらえる。英国にいたら、医術に携わるなんて絶対にできなかった。あのロンドン市民が女性の世話になるわけがないもの。わたしにかかるくらいなら、藪《やぶ》医者や偽医者にかかるほうがましだと思うはずよ」

彼女の言葉に含まれる自嘲的な響きに気づき、マックスは同情を覚えた。カーロがいたずらっぽい目をした。

「あなただって去年、わたしがジョン・イェイツの看護を任されたときは不安になったはずよ」

「だが、きみの能力を見てすぐに安心した。きみが女性であることはもう気にならないよ。本当だ。たいした傷でもないのに死んでいく兵士たちを戦場でたくさん見てきたから、腕のいい治療師のありがたみは身にしみている」

カーロは難しい患者を上手に扱った。誰に対しても辛抱強く親切に接し、イェイツやドクター・アレンビーに対してそうしたように、ときには相手を軽くからかったりしながら治療を円滑に進めていった。島の人々は彼女を尊敬し、あがめてさえいるふうに見えた。

カーロも人々のそんな思いに真摯に応えた。大家族の小作農一家が子供ふたりの診療代を払えず、せめてもと質素な昼食を用意してくれたのだが、カーロは彼らに対して裕福な貴族に接しているかのような敬意を表し、さらにはそれ以上の優しさを示した。

ところが次の往診先では、嫌悪の情をむきだしにされた。患者は農民の男性で、鋤《すき》で脚を深く切って寝こんでいた。傷口が化膿し、痛くて立てなかったからだ。黙って包帯を巻かせたのは、ひとえに彼の妻がベッドの脇に立ち、おとなしくしていないと叩くと脅していたせいだった。

馬車に戻ると、カーロがその男性のことを冗談にした。「今の人もわたしを魔女だと思っているくちよ」

たしかにきみは魔女だ、とマックスは思った。こうして馬車に揺られ、腿が触れあうと、それだけで気持ちが高ぶってくる。こんな男まさりの仕事をしながらもぼくの心を熱く燃えあがらせる魔性の女性だ。

午後も遅くなったころ、馬車は山麓《さんろく》の丘に差しかかった。カーロによれば、このような低木が密生する地帯は〝マキー〟と呼ばれているらしい。見ると、さまざまな種類の灌木《かんぼく》や山地植物が自生している。低い茂みはローズマリーやエニシダ、少し高い木立はゲッケイジュやギンバイカ、それに常緑樹のビャクシンだ。あたり一帯は甘くて新鮮な香りに包まれていた。

まるでカーロだ。甘くて、伸びやかで、それでいて人の心をつかんで放さない。

「きみにはこの島が合っているよ。ここにいると生き生きして見える」マックスは率直に言った。

カーロが片方の眉をつりあげてほほえんだ。「どうせ口説くなら、もっと人の言葉を信じやすい女性を相手にしたら？」

「ここでは女性はきみしか知らないからな」

「たくさんいるわよ。この前も言ったけれど、わたしが島の美しい女性たちを紹介してあげるわ。きっと気に入る人が何人もいるはずよ」

「紹介してくれるのはかまわないが、頼むから花婿探ししか頭にない世間知らずのお嬢さんだけは勘弁してくれ。首に縄をつけられるのはごめんだ」マックスはカーロを値踏みする目でちらりと見た。「そうじゃないところがきみの魅力のひとつだ。きみはがつがつしていない」

「そうね。それにしても、どうしてそんなに結婚するのがいやなの？」

マックスは本心を打ち明けた。「妻や家族との人間関係が苦痛なんだよ」

「苦痛？」

「大切な人を失うのが怖い。今はこの九年間で初めて、誰とも深いつながりのない状態なんだ。しばらくはこのままでいたい」

カーロは同情の色を浮かべ、表情を曇らせた。マックスは話が暗くなってしまったのに気づき、にっこりしてみせた。「だからといって、禁欲生活を送るのは気に入らないけれどね」

カーロはほほえみを浮かべた。「性欲を減退させる薬が欲しければ、いつでも調合してあげる」

「薬なんか効くものか。ぼくが欲しいのはきみだ」

「わたしのことはあきらめて。ほかの女性で満足してもらうしかないの」

「どうして親密な関係になるのをそんなにいやがるんだ？」

カーロの顔から笑みが消えた。「ひとつにはいろいろと忙しいからよ。ドクター・アレンビーの患者さんたちも診なければならないし」

「たまには息抜きも必要だ」

「そうね。でも、一緒に働く男性と関係を持つのがいいとは思えない」

「まだ一緒に仕事はしていない。それにぼくがきみたちの組織に参加するとしても、それはこの救出作戦一回きりの話だ」

カーロは口ごもり、なにか言いたそうにしていたが、結局ひと言しか返してこなかった。

「友達のままでいるほうがいいわ」

「わかった。とりあえずはそれで我慢しよう」

カーロがいぶかるような目でこちらを見た。「ちゃんとあなたのお相手ができる世慣れた女性のほうが絶対にいいわよ。ミセス・ジュリア・トラントは未亡人だし色っぽいわ。喜んで密会に応じてくれると思う。外国人が好みなら、セニョーラ・ブランカ・エレーラ・デ・ラモスはどう？　ちょうど今は、誰ともつきあっていないみたいだし」

カーロに勝手にしゃべらせておきながら、マックスは皮肉な思いで彼女をしげしげと眺めていた。長い一日の終わりだというのに、かつて相手を務めてくれた世慣れた女性たちの誰よりも、カーロのほうがきれいだと思う。

たしかに見かけは一日の疲れがにじみでている。くすんだ色のドレスは往診のあいだにしみや汚れがついているし、ひとつにまとめた髪からはカールした後れ毛が垂れている。だが、そのシルクのごとき髪が、むきだしの肩や、硬くなった乳首にかかっている姿をぼくは知っている……。

ふいに欲望がこみあげた。それはこの日初めてのことではなかった。ふと気づくと、その豊かでつややかな髪をほどいて手を滑りこませ、細くしなやかな体にみずからをうずめたいと何度も考えていた。

マックスはひそかに毒づいた。今日は一日じゅう、じわじわと体が焼かれる感覚をあえて無視してきた。カーロには魂を揺さぶられる。男としての危険な一面を引きだされてしまうのだ。彼女を守りたいと思うが、奪いたいとも感じる。優しくしたいのに、求めもしてしまう。前髪を払うしぐさを見たときは、手を伸ばしたい気持ちを我慢するのが精いっぱいだった。やがて馬車は次の目的地である農家へ着いた。

一時間後、カーロはすべての往診を終えて馬車に乗りこみ、手綱を手にした。少し肩を落とし、疲れて見える。マックスが手綱を取りあげても抵抗しなかった。

「きみはくたくたになっているけれど、ぼくは手伝いのひとつもできなかったから元気だ。家まで送ればいいかい？」

「ええ、お願い。最後の患者が待っているから」

島の中南部にあるカーロの自宅までは三〇分ほどの道のりだった。すでに日が落ちはじめている。邸宅は二階建てで、外部をベランダが取り巻いているスペイン風の建物だが、厩舎のある一画の風景は英国となんら変わらない。玉石を敷いた敷地にゆったりとした馬房が並ぶ細長い厩舎があり、ほかに大きな納屋、馬車置き場、そして馬丁と助手が暮らす住居が立っている。

マックスが敷地に馬車を停めると、年若い馬丁がパンをもぐもぐと嚙《か》みながら飛びだしてきた。手綱を受け取り、次の指示を待ち受ける。

「ウンベルト、この馬具を外したら、ミスター・レイトンの馬に鞍をつけてさしあげて。それが終わったら夕食に戻っていいわ」

「はい、セニョリータ」

カーロの声を聞きつけたのか、上半分の扉が開け放たれた馬房から何頭もの馬が顔をのぞかせた。カーロは一頭ずつ愛情をこめて挨拶し、顔や鼻先をなでていった。マックスはあとからついていった。最後は年老いた栗毛《くりげ》の牝馬だった。

彼女が眉間《みけん》をかいてやると、涙に濡れたような黒目をしたその馬は小さく鳴いた。「この子がわたしのいちばん大切な患者よ。母の馬だったの」

カーロは壁の道具入れからブラシと布を取りだし、馬房へ入った。マックスもあとに続き、下半分の扉を閉めた。

「ドクター・アレンビーと同じで、この馬も年老いてきているの」ところどころ灰色のまじった栗毛の体にブラシをかけながら、カーロは説明した。「嚙む力が弱くなっているし、視力も衰えてきている。だけど自分が役に立っていると感じさせることが大切だから、わたしがときどき乗っているわ。肩に古傷があるから、筋肉が固まらないように、なるべく定期的にマッサージをしているのよ」

「幸せな馬だな」マックスはつぶやいた。

彼は壁に寄りかかり、カーロが馬にブラシをかけて左肩のマッサージに取りかかるのを見つめた。

脚が三本しかない猫が下半分の扉に飛びのり、くんくんとマックスのにおいをかぐと、障害を感じさせない敏捷《びんしょう》さで藁《わら》の上に飛びおりた。そしてミャーオと鳴きながら、カーロのスカートの裾に体をこすりつけた。カーロは猫を抱きあげ、大げさに愛情を示してみせた。

「犬と喧嘩《けんか》をして後ろ脚を失ったのよ。でもネズミを捕るのはうまいわ。わたしがいなくて寂しかったのね」

猫はそうだと言わんばかりに大きく喉を鳴らし、カーロの腕のなかで満足そうに体を伸ばした。やがて馬が振り向き、催促するようにカーロの首筋に鼻先を押しつけた。

誰も彼もがカーロの愛情を求めている。マックスには動物たちの気持ちがよくわかった。ぼくもお仲間だ。

そのとき馬丁が扉のところに現れた。「言われたことは終わりました、セニョリータ。ほかになにかご用はありますか？」

「ありがとう、ウンベルト。もうなにもないわ。食事に戻ってちょうだい」

馬丁はにっこりして前髪をかきあげ、姿を消した。

カーロは猫を藁の上におろし、馬の古傷のある肩のマッサージに戻った。馬は気持ちよさそうに目を閉じて、鼻をふんふんいわせている。

日が暮れかけるなか、静かなひとときが流れた。カーロは馬の硬くなった筋肉をゆっくりと押し、張りと痛みを取ろうとしている。マックスはあの夜、自分がマッサージをされたことを思いだした。

ふいに熱い思いがこみあげてきた。

気持ちが高ぶり、感情を抑えられなくなる。マックスは低い声で毒づいた。

「どうかしたの？」カーロが振り返った。

「あの夜の、きみの手の感触を思いだしていた」

カーロは長いあいだ黙りこくっていた。「あのときのあなたは苦しんでいたから」

「今もそうだ。きみがそうやって魔法を使っている姿を見ていると苦しくなる」マックスは口元をゆがめた。「ぼくもきみの患者になりたい。きみの膝で丸まり、ペットのように愛されたい」

「あなたは自分の面倒は自分で見られるわ」カーロは笑顔で言った。「動物はそれができないの」

「きみはどうだい？　今日みたいな長い一日を過ごしたあと、誰がきみの肩をもんでくれる？」

「そんな人は誰もいないわ」

「ぼくが喜んでその役を買ってでるよ」

「あなたの心遣いには感謝するわ。だけど、お風呂で充分よ」

「遺跡の温泉かい？」

挑発的な質問に、カーロはじろりとマックスをにらんだ。「いいえ、家で入るわ。もちろんひとりで」

わき起こる衝動に耐えながら、マックスはカーロを見つめた。あたりがたそがれに包まれるころになると、もう我慢ができなくなった。彼女に触れたい。気がつくと、呪文をかけられたかのようにカーロのそばに近づいていた。

「すてきな手だ」マックスは静かに言った。

「そんなことはないわ」

「本当だよ。その手の心地よさが忘れられない」

カーロがマッサージをやめ、顔をこちらへ向けた。マックスは熱い視線を彼女の悩ましい唇から目へ、そしてまた口元へと滑らせた。

サファイアのような青い瞳に見つめられ、カーロは緊張した。これ以上こうしているのはよくない。馬の肩をぽんぽんと叩き、厩舎を出ようと向きを変えた。だがマックスの脇を通り抜けようとしたとき、手首をつかまれて引き留められた。

そうされただけで、カーロは体を震わせた。

「あの夜のことはすべて覚えている。それも鮮明に」マックスの低くかすれた声に、愛されたときの記憶が呼び覚まされる。「肌のなめらかさも、きみとひとつになったときの感覚も、ぼくの腕のなかでくずおれたときの声も、なにひとつ忘れてはいない……」

カーロは唇が乾き、声が出なかった。

「もう一度、あの熱いひとときを分かちあいたい。きみを抱きたいんだ」

カーロは気をしっかり持とうと目を閉じた。肌を重ねている場面が脳裏に浮かぶ。あのときのことを何度思いだし、どれほど夢に見てきたか。

わたしもマックスに抱かれたい。今すぐにでも。だけど、ここで流されてしまうわけにはいかない。彼を忘れるのに長い時間がかかった。いいえ、本当は今も引きずっている。あれ以来、何カ月も恋しく思ってきた。もう二度とそんなみじめな思いはしたくない。

「だめよ」カーロはかすれた声を絞りだした。

マックスが彼女の向きを変えて壁に押しつけた。「それが本心なのか?」耳を軽く嚙まれ、カーロはびくりとした。マックスの魅力に抗えない。よみがえる思い出と、こみあげる願望を抑えこもうと彼女はかぶりを振った。

彼の手の甲が胸をかすめ、カーロははっとした。せつない思いがわき起こる。

マックスが彼女の名前をささやきながら唇を重ねてきた。体を押しあてられて、下腹部がうずく。

「マックス……」

抱きしめられ、衣服を通してぬくもりが伝わってきた。すべてを奪おうとする熱いキスに、体の芯《しん》が燃えあがる。彼は荒々しく、そして優しい。流されてしまいそうだ。もう思いをこらえきれない。

キスが激しさを増した。マックスは自分を抑えられないとばかりに舌を絡めてくる。カーロは熱い炎に自制心を焼き尽くされて、この渦巻く感覚に身を任せられたら死んでもいいとさえ思った。

マックスが欲しい。ずっと彼を求め、夢に見てきたのだ。

こんなにも長いあいだ……。

カーロは必死の思いで自分を取り戻し、彼の胸を押しやった。「お願い、やめて」懇願の声は聞こえたが、マックスは自分を止められなかった。顔を傾け、もう一度キスを求める。だが、そこに唇はなかった。

不意を突かれた。

いつのまにか脚を払われ、驚いたことに、気づいたときには藁の上に倒れこんでいた。カーロがのしかかり、彼の喉元に腕をあてている。

一瞬わけがわからず、マックスは荒い息を吐きながら、薄暗い厩舎のなかでカーロを見あげた。

カーロは震えながら笑みを見せた。「気づいていないかもしれないけど、わたしの膝はあなたの大事なところを狙っているわ。このままだとかなり痛い思いをするはめになるわよ。わたしが腕の力を強めれば、あなたは命の危険さえ感じることになる」

ようやく状況を察した。ぼくは抑えこまれているのだ。

「警告したはずよ」カーロの声には動揺が表れていた。「わたしは女性がするにしては珍しい訓練を受けている。これもそのひとつよ。襲われても身を守れるすべを身につけているの」

「襲ってなんかいない」キスの余韻でマックスの声はまだかすれていた。

「そうかもしれない。でもわたしは女性として、身の危険を感じたわ」

カーロはふらふらと立ちあがった。そして扉を開くと、そのまま姿を消した。

マックスは仰向けに倒れたまま、今の出来事を思い返した。ぼくは強引に事を進めようとしていたらしい。キスをしているあいだは、そのほっそりとした脚を自分の腰に巻きつけ、カーロのなかに身を沈めることしか考えていなかった。こみあげる衝動にわれを忘れ、こともあろうに厩舎で彼女をわがものにしようとしていた。

なんてことだ。これでは弁解の余地もない。半月ものあいだカーロのそばにいながらも触れることすらできず、悶々としていたせいだ。

そのとき、頬に温かい息がかかった。マックスはびくりとし、目の前に馬の鼻面があるのに気づいてののしりの言葉を吐いた。年老いた牝馬が鼻をすり寄せてくる。同情してくれているのだろうか。それとも好奇心からだろうか。

うなるべきか笑うべきかもわからないままマックスはよろよろと立ち、下腹部のうずきに顔をしかめた。キスをしたいという願望に身を任せたときは、まさかこんな結末になるとは思いもしなかった。

彼女をあきらめるつもりはない。だが今は戦略的撤退をして、作戦を練り直すほうがよさそうだ。

## 6

島の人を紹介すると言ったカーロの言葉どおり、翌日は訪問客が引きも切らずやってきた。まるで島じゅうの紳士がマックスと知りあいになりたがっているかのようだ。ほとんどは英国人とスペイン人だが、なかにはフランス人もおり、ひとりで来る者もいれば、二、三人で連れだって来る者もいた。みんなが次の週末には一緒に狩猟に行こうだとか、乗馬をしようと言ってマックスを誘ってきたが、とりわけ多かったのが家族を紹介したいという申し出だった。

適齢期の娘を持つ紳士ばかりが妙に多いため、これはカーロの仕業だなとマックスは思った。未婚の令嬢がいる家族にマックスを会わせ、自分から気をそらす計画なのだろう。まずは愛娘《まなむすめ》を持つ父親たちを次々と送りこむというのが、その作戦の第一歩らしい。

その日の午後、ガウェイン・オルウェン卿との面会のためにカーロが迎えに来たとき、マックスはそのことを指摘した。

「そんなに裏工作が上手だとは知らなかったよ」

「なんの話かしら？」カーロはとぼけた。

「ぼくを歓迎しにやってきた客が、そろいもそろって娘を結婚させたがっている父親ばかりなのは偶然とは思えない。きみはぼくを申し分ない結婚相手だとかなんとか言いふらしただろう？」

カーロは素知らぬ顔でほほえんだ。「わたしはただ、あなたを温かく島に迎えたいと思っただけよ。世の父親たちや結婚していない令嬢たちがこぞってあなたに会いたがったとしても、それでわたしを責めないで」

「いや、大いに責めるね。ぼくがひとつにはそういうことから逃れたいがためにキュレネ島へ来たのを知っているくせに」

カーロはにっこりした。「島の女性たちが寄ってくれれば、退屈しのぎになってちょうどいいじゃない。本当に結婚する必要はないんだし」

マックスは小声で毒づいた。

「それとも勝負を取りやめる？」カーロが楽しげに言った。

「冗談じゃない」

「そう言うと思ったわ。でも、本当にたいしたことはしていないの。あなたが戦争の英雄だから、島の人たちは尊敬のまなざしで見ているだけよ」

「じゃあ、きみはその点を誇張して宣伝してまわったな」

「いいえ、そんな必要はなかったわ。キュレネ島の人たちはみんな、もともとあなたを知っていたのよ。この一年間、イェイツが称賛し続けてきたんだもの。そういえば、彼があなたに会いたがっていたわよ」

マックスは真顔になった。「冗談だろう」

「どうして？　イェイツにしてみれば、あなたは自分を島に連れて帰ってくれた命の恩人だわ」

マックスは顔をゆがめた。「逆だよ。戦場でイェイツがぼくの命を助けてくれたんだ。脚を失ったのがぼくのせいなのを忘れられるわけがない」

「イェイツはそんなふうには思っていないわよ。いずれにしても、午後にはお城で顔を合わせることになるでしょうね。彼は今、ガウェイン卿の秘書をしているから」

「そうだな」また罪悪感がぶり返してきた。

マックスは重苦しい気持ちになったが、それについてはなるべく考えないようにし、前方のオルウェン城へ目を向けた。

船で島へ来るときも遠くからこの城砦を眺めたが、こうして近くで見ると記憶にあるよりさらに立派だとわかる。城壁はなにをもってしても打ち破れないほど堅牢な造りだし、屋上にはどれだけの敵をも撃退するに足るだけの大砲が並んでいる。

ふたりは大広間に通された。城の内部はそれほどものものしい雰囲気ではない。上等なタペストリーや絨毯、つやのある家具などが石の冷たさを和らげている。ただし、甲冑《かっちゅう》や剣、鎚矛《つちほこ》、盾といった骨董品《こっとうひん》がいたるところに置かれていた。まるで過去の時代に迷いこんだようだ。

もし騎士団と名のつく組織に属する者がこれを見れば、きっとくつろいだ気分になるに違いない。

そのとき、若者が義足を引きずりながらこちらへやってきた。ジョン・イェイツだ。部下だったころよりやせてはいるが、当時と違って顔は健康そうで明るく、笑顔が生き生きとしている。「またお会いできて本当に光栄です。命を救ってくださったお礼も、まだちゃんと申しあげていませんでしたし」

マックスの重苦しい気分はいくらか軽くなった。イェイツの態度からは、不自由な体で生きていくことへの苦々しさはみじんも感じられない。

「そんなことはない」マックスは真剣に答えた。「きみは朦朧《もうろう》とした意識のなかで何度も礼を言ってくれた。それにぼくのほうこそ、どれほど感謝しなければならないか。きみが助けてくれなければ、ぼくは今ごろスペインで墓のなかだ」

イェイツはうれしそうに顔を赤らめた。カーロを振り返り、頰に親しげな挨拶のキスをしたあと、またマックスに顔を向けた。「どうぞこちらへ。ガウェイン卿がお待ちです」

大広間を抜けて石造りの廊下を通り、居心地のよさそうな広い部屋へ案内された。準男爵であるガウェイン卿の書斎らしい。書類や地図があちこちに散乱するなかで、年配の男性が大きな机に向かってなにやら走り書きをしている。

三人が入っていくと、ガウェイン卿はすぐに立ちあがった。細身の長身で、威厳があり、すべてを見通せそうな鋭い目をしている。しわの刻まれた顔は、重荷を背負っているように厳しかった。それに少しばかり片脚を引きずっているようすだ。

ガウェイン卿の挨拶は誠実で温かかった。「もっと早くに会わなければならなかったのに、待たせてしまってすまない。フランス関係でのっぴきならない用事があったものでね」

イェイツがさがった。ガウェイン卿はマックスに椅子を勧めた。

「イェイツを島に送り届けてくれたとき、わたしはきみに興味を持った。以来、戦場での活躍をずっと新聞で追いかけていたよ。きみはすばらしい司令官であり、すぐれた戦術家だ。型にはまらない作戦を思いつき、部隊を勝利に導くことで知られている。クリストファー・ソーンも紹介状できみを絶賛していた」

「さぞぼくの戦績を誇張して書いたのでしょう」マックスがそう言ったが、彼は謙遜《けんそん》しすぎだとカーロは思った。ガウェイン卿は鋭い目でマックスを見ている。

「それはないだろう。いずれにしても、きみがレディ・イザベラの救出作戦に協力してくれるのはうれしいかぎりだ。ぜひ、力を貸してほしい。きみは捕虜にされた兵士を救いだした経験があるね」

「はい、何度も」

「では、作戦の立案を頼めるだろうか？」

「精いっぱいやらせていただきます。成功への鍵《かぎ》は、正確な情報収集と、豊富な武器と人、それに緻密《ちみつ》な準備です。最初のふたつがそろっていれば、高い確率で成功する戦略を立てられます」

「情報は今も最大限の努力をもって収集に努めている。武器と人は充分に用意すると請けあうよ。ミスター・レイトン、わたしはなんとしてもレディ・イザベラを助けたいと思っている。彼女の父親はわたしの親友だった。彼が国を追われたとき、身の安全はわたしが守ると約束した。その誓いはもちろん彼の令嬢にもあてはまる」

「最善を尽くすとお約束します」

「期待しているよ」ガウェイン卿は言葉を切った。「率直に言うと、われわれの組織はきみのような人材を恒久的に必要としている」

「どういう意味でしょう？」

「できればきみをわれわれの仲間として迎え入れたいんだ」

「外務省の仕事をしないかということですか？」

ガウェイン卿がうなずく。「なにもキュレネ島にとどまる必要はない。われわれがここを拠点としているのは、ヨーロッパ大陸でたびたび起こる危機に対応しやすいからだ。だが、英国にも仕事はある」

「ゆうべアレックス・ライダーから話を聞いて、あなたの組織はかなりの力を持っていらっしゃるという印象を受けました」

「人脈と資金のことを言っているのなら、たしかにそれには事欠かない」

「ある種の近代的な傭兵制度のように見受けられますが」

ガウェイン卿は謎めいたほほえみを浮かべた。「われわれは意義ある仕事をしていると考えている。本来ならもっと幸せになるべき無力な民衆を守るために専制君主と戦っているんだよ。人類に尽くしていると言っても過言ではないだろう」

それですべてが語られているわけではないわ、とカーロは思った。〈剣の騎士団〉は一〇〇〇年以上もの昔、亡命者としてキュレネ島に流れ着いたひと握りの伝説的な兵士たちによって結成された。現在はその子孫たちが結社を支え、おもにヨーロッパで活動している。外務省の組織だというのは任務を遂行するうえでの名目だ。

長い沈黙のあと、マックスが答えた。「お誘いはとても光栄です。ただ、ご理解いただけるとありがたいのですが、今はただの民間人でいたいという思いがあります。九年間も戦場にいましたので、また戦ったり、血を見たりすることに食指が動かないのです」

「血を見たいと願うのは常軌を逸している者だけだ。だが残念ながら、そういったことに向きあうしかないときもある。争いごとにかかわりたくないというきみの気持ちは当然だろう。きみは国のために勇ましく戦ってきた。今は休息が必要だ。この美しい島でゆっくりするといい。救出作戦を決行することになれば、われわれの組織がどう機能しているのか、もっとよく理解してもらえるだろう。きみがその気になってくれるのを心から望んでいるよ」

マックスは返答を避けているように見えた。ふたりが話しあうあいだ、カーロは彼の反応を観察した。本人は気づいていないが、マックスは〈剣の騎士団〉のメンバー候補として面接されている。ただし彼が外務省に入ると決心するまでは、結社の秘密が明かされることはない。

ガウェイン卿がマックスを引き入れたがっているのは間違いない。だが、おそらくマックスは承諾しないだろう。その胸のうちはよくわかる。人殺しにはかかわりたくないし、また自分のせいで誰かが死んだり、体に障害を負ったりするのは耐えられないのだろう。

「せめて検討はしてもらえるだろうか？」

「今すぐにお断りするつもりはありません」

「では、それでよしとしよう。カーロのほうがうまくきみを説得してくれるかもしれない。それは別として、きみを歓迎したいと思って、ジョンに舞踏会の準備をさせている。ジョン？」

　廊下に控えていたのだろう。イェイツはすぐに姿を現した。やがて執事と従僕ふたりが紅茶と軽食を運んできた。ガウェイン卿はイェイツにもお茶を勧めた。

　使用人がさがるのを待ち、マックスはガウェイン卿に話しかけた。「舞踏会の件ですが、どうぞお気遣いは無用に願います」

「そういうわけにはいきませんわ、ミスター・レイトン」カーロが初めて口を開いた。「ぜひ島の人たちに会っていただかないと。あなたを社交界に紹介するのはわたしたちの務めです」

「キュレネ島では、口実を見つけてはしょっちゅう舞踏会を開いているんですよ」イェイツが言った。「とりわけレディたちは、ヨーロッパ大陸から入ってきた新しいダンスを踊りたくてうずうずしていますからね。みんながワルツを習いに行くものですから、島でただひとりのダンス教師は大忙しです。ただし、カーロは別ですよ。そもそも覚える気がないみたいですから」

「踊りは嫌いです」カーロはこともなげに言った。「イェイツ、ミスター・レイトンが練習できるように手配してさしあげたら？」

「ワルツなら踊れますよ」マックスは答えた。

イェイツはカーロに説明した。「戦争中、ダンスは憂さ晴らしのひとつだったんです」彼はマックスに視線を戻した。「ぼくも踊るんですよ。昔のようにはいかないけど、それでもなんとかなるものです」

「いいところを見せたい女性がいるからね」ガウェイン卿がさらりと言った。

イェイツがにっこりする。「脚のことがあるから敬遠されるかと思ったんですが、彼女は気にしていないんです」

ガウェイン卿が上手に話題を変えた。そのあとしばらくとりとめもない会話を楽しんだあと、マックスとカーロは城を辞去した。

帰りの馬車のなかでマックスは言った。「イェイツは幸せそうに見えたな」

「本当に幸せなのよ。今の仕事に満足しているもの。やりがいがあると言っていたわ。それにミス・ダニエレ・ニューハムという意中の人もいるし。彼女はこの春、お兄様とふたりで島に遊びに来て、そのまま滞在することになったの」

マックスは顔をしかめた。その名前には聞き覚えがある。「どんな外見の女性だ？」

「赤毛の美人で、彫刻のような体型をしているの。正直言って、彼女がイェイツの気を引こうとしているのを見たときは驚いたわ。少し年上みたいだし、イェイツよりずっと垢抜けているもの。でも、彼にはよくしてくれているわ」

マックスは赤毛の美人で垢抜けているダニエレ・ニューハムという名の女性を知っていた。同姓同名の別人だとはとても思えない。「どんな女性か見てみたいな」

「舞踏会で会えるわ」

「きみも来るのか？　舞踏会は嫌いなんだろう？」

「大丈夫よ。キュレネ島の社交界はロンドンに比べたらずっとましだもの。イザベラがいたら、絶対に行けと言うに決まっているし。それに……」カーロが意味ありげにほほえんだ。「あなたのお相手を見つけてあげないと」

「何度言わせる気だ。ぼくが相手をしてほしいのはきみだけだ」

カーロは頬を赤らめた。それを見て、マックスがゆっくりと笑みを浮かべる。すてきな笑顔だと思い、カーロは息が詰まりそうになった。

そんな反応をしてしまったのが悔しくて、きつく手綱を握りしめた。彼の笑顔に胸をときめかせるなんて。またあの夜を思いだして体が熱くなってしまう。

マックスにしてみれば、わたしとの関係はただの遊びだ。だから、ジュリア・トラントとブランカ・エレーラ・デ・ラモスを紹介して、早くこんなことは終わらせてしまいたい。色気たっぷりのふたりなら、マックスもきっとすぐに夢中になるだろう。

ずきんと胸が痛んだが、カーロはそれを無視し、どうやって彼女たちをマックスに引きあわせようかと考えた。やはり舞踏会がちょうどいい機会だろう。ライダーに頼んで紹介してもらう手もある。だがそんな不自然なことをすればいらぬ興味を引き、ライダーから答えたくもない質問をされるに決まっている。

だめだわ。やはりわたしがあいだに入るしかない。

マックスに惹かれている気持ちは否定できない。だが、一年前と同じ過ちを犯すのはごめんだ。彼とのかかわりはできるだけ少ないほうがいい。そうすればマックスが島を去ったあとの悲しみがわずかでも軽くなるだろう。

マックスが社交界に溶けこんで色恋を楽しめるように、できるだけのことをするしかない。そうすれば勝負は終わり、不条理で悲しい恋をあきらめられる。

残念ながらそれからの数日、マックスはカーロの姿を見ることさえできなかった。ドクター・アレンビーを手伝い、患者を診るのに忙しくしているというが、じつはそれを口実に自分を避けているのではないかとマックスは疑っていた。

カーロに会いたかった。たしかに、楽しみはいくらでもある。屋敷の下にある入り江では毎日のように泳いだし、馬に乗って風光明媚《ふうこうめいび》な岩山や海岸の散策もした。だがいくら体を動かしても、カーロへの恋しさは紛れない。

あの笑顔や、キスや、一年前の思い出など、彼女のことばかりが頭に思い浮かぶ。

それに腹立たしさも覚えていた。

カーロはなんとしても勝負に勝とうと思っているらしく、マックスの予定はどんどん埋まっていった。ひっきりなしに客が来ては、あれこれ誘ってくるからだ。そのため昼はスポーツ、夜は食事会や夜会や観劇に明け暮れるはめになった。しかも町へ行けば、見知らぬ人々がお見知りおきをと寄ってきては娘を紹介したいと言う。こんなふうに縁談を持ちこまれたり、もてなしを受けたり、ちやほやされたりするのでは、ロンドンにいたころとなにも変わらない。

おまけに小癪《こしやく》なことに、舞踏会の三日前には、カーロが妙齢の女性たちの一覧表を送りつけてきた。ご丁寧にもひとりひとりの事細かな人物描写と、気を引く際の助言までついている。ふたりの女性の名前には星印がつけられ、美しくて魅力的だと称賛の言葉が書かれていた。

添付されていた短い手紙にはこうあった。〝どうぞじっくりお読みください。そうすれば、しつこくわたしを追いかけまわそうという気持ちも失せるでしょう〟

これには思わず笑ってしまった。どんなに策略をめぐらせようが、ぼくを止めることはできない。この理屈抜きの感情を消し去るのは不可能だ。もちろん言葉を尽くしてそれを伝えるという手もある。だが、やめた。今度会ったとき、こんなことをしても無駄だと態度でわからせよう。次に顔を合わせるのはたぶん、ガウェイン卿の舞踏会だ。

自分が主賓の舞踏会など、本当はできれば行きたくない。長い歳月を戦場で過ごし、民間人となってロンドンに戻った直後は、頭を使わずにすむ社交生活もそれなりに楽しめたし、称賛の言葉もまんざらではないと感じた。だが今は、特別な女性とふたりだけで時間を過ごしたいと思う。それなのに肝心の相手は、ぼくを狼《おおかみ》の群れのなかに放りこもうとしている。

舞踏会が予定されている日の午後、マックスはヴェラの酒場へ足を向けた。女性たちの熱い視線から逃れ、男同士の会話でひと息つきたいと思ったからだ。アレックス・ライダーか、彼の独身の仲間にでも会えるかもしれない。

店のなかはほどよくこんでいた。ほとんどは漁師らしく、仕事のあとのビールを楽しんでいる。ライダーの姿はなく、島へ来て知りあいになった顔も見あたらなかった。みんな今夜の舞踏会の準備をしているのだろうと思うとうんざりする。

ヴェラがマデイラのボトルを持ってテーブルに寄ってきた。マックスが舞踏会に出たくないと話すと、ヴェラは同情してくれた。だがそのとき、あることがマックスの注意を引いた。上等な上着を着た赤毛の男性がぶらりと店に入ってきたのだが、マックスに気づくとはっとし、きびすを返して足早に戸口へ戻ったのだ。

ヴェラが太い眉をつりあげた。「どうやらミスター・ニューハムはきみを避けているみたいだな。彼となにかあったのか?」

マックスは唇をゆがめた。「ぼくと旧交を温める気にはなれなかったんだろう。最後にピーター・ニューハムを見かけたのは、ぼくの友人が不審な死を遂げたときだ。その直後、彼とその妹は嫌疑をかけられたまま町から姿を消した」

「妹のダニエレ・ニューハムのほうも知っているのか？」

「ぼくから近づいたわけじゃない。相手にするには危険な女性だ」

ヴェラがうなずく。「賢い男なら、あの手の女には背中を見せないものだ」

「ジョン・イェイツが求婚しているんだろう？」

「そうなんだよ。不思議でしかたがない。だいたい彼女が若いイェイツのなにに興味を持ったのか、それがわからないよ」

「そもそもなぜキュレネ島にいるのか謎だな。この遠く離れた小島に春から身をひそめているにしては、兄妹そろってやけに社交好きだというのも気になる」

「おもしろい話だな。ちょっと探ってみたらどうだ？」

マックスは顔をしかめて考えこんだ。ニューハム兄妹がキュレネ島に滞在している真の理由はなんだろう。これは調べてみる必要がありそうだ。あのふたりに反逆罪の嫌疑がかかっていたことを、少なくともカーロには知らせておくべきだろう。ぼくの誘いにはなびかなくても、この謎を調べるのには興味を持ってくれるかもしれないという下心もある。

「そうだな」マックスはワインを飲み干し、二杯目を頼んだ。

城の大広間に入るなり、マックスはカーロを捜したが、客人たちのなかにその姿を見つけることはできなかった。そのとき、出迎えの列に並ぶ赤毛の女性に目がいった。ダニエレ・ニューハムだ。

マックスはまずガウェイン卿から温かい歓迎の言葉を受け、次にジョン・イェイツと挨拶を交わした。イェイツは松葉杖《まつばづえ》に体重を預けている。長い夜に備えているのだろう。その隣に、ミス・ニューハムが立っていた。記憶にあるとおり優雅で美しく、ブロンズ色のシルクのドレスに、金糸をあしらったオーバースカートを重ねている。

マックスが身をかがめて手にキスをすると、こちらが誰だかわかったのか緑の目の表情が変わった。動揺しているようすはない。それどころか自信満々に見える。

「ミス・ニューハム、今夜は兄上もご一緒ですか？」マックスはいきなり尋ねた。

彼女は抜け目なくほほえんだ。「兄は体調がすぐれませんの」

「それは残念です。昔話のひとつもできるかと楽しみにしていたんですよ」

ミス・ニューハムのほほえみが凍りついた。イェイツが怪訝な顔をした。「お知りあいなんですか？」

「古い顔なじみでね」マックスはことともなげに答えた。「知りあったいきさつはそのうち話すよ」

一瞬、ミス・ニューハムが鋭い目をした。マックスは誰かに名前を呼ばれてそちらへ向かったが、そのあいだも背中に鋭い視線を感じていた。

大広間はすでに客であふれ返っていた。マックスが誰だかわかるや何人かがすり寄ってきたため、彼はカーロを捜せなかった。だが、ようやく見つけた。奥の壁際に立ち、ライダーを含む数人の男たちと話しこんでいる。

マックスの心臓が跳ねあがった。カーロが着飾っている姿を初めて見たからだ。彼女は光沢のある水色のドレスを着ていた。ウエストラインが高い位置にあり、胸のふくらみが少しのぞいていて、ほっそりとした体の線をやけに引きたたせている。マックスの胸にいっきに熱い感情がこみあげた。今すぐにでもドレスを脱がせ、鮮明に記憶しているあの悩ましい魅力を探れたらどんなにいいだろう。

いや、なによりも、楽しそうに笑っている男たちからカーロを引き離したい。あいつらはなにをあんなにうれしそうにしているんだ？

そのときカーロが顔をあげ、マックスと視線が合った。彼があまりに強烈な目つきで見ていたせいか、カーロは頬を赤らめ、すぐに顔をそむけてしまった。

じれったいほどの時間が過ぎたころ、カーロがふたりの若い女性を連れて近づいてきた。今年、デビューしたばかりのレディたちなのだろう。頬を紅潮させ、畏怖のまなざしでこちらを見あげている。

カーロがほほえみ、ミス・エミリー・スマイスとミス・フィービ・クロフォードだと紹介した。「おふたりとも、ぜひあなたにお会いしたいとおっしゃっていましたのよ。どちらもダンスがとてもお上手ですわ。わたし、ミス・スマイスに申しあげましたの。ミスター・レイトンはきっと最初のダンスにあなたを誘ってくださるわって。二曲目はぜひミス・クロフォードと踊ってさしあげてくださいね」

マックスは目を細め、覚えておけと無言で脅した。

カーロは灰色の瞳を得意げに輝かせている。

カーロが立ち去ると、美人ではあるけれどきまじめそうなミス・スマイスが必死にしゃべりはじめた。「ミス・エヴァーズがあなたのことをたくさん教えてくださいましたの」

これから果てしなく長い夜が始まることを思い、マックスはため息をついた。

最初の二時間は永遠にも思えた。息をつく暇さえない。主賓であり、著名人でもあるマックスは頻繁にダンスを踊ることを期待され、その合間には社交界の重鎮たちと会話をすることを求められた。

副総督をはじめとする有力な一族たちとも面識を持った。キュレネ島の社交界は人間関係もしきたりもロンドンのそれに似ているとソーンから警告されていたが、たしかにそのとおりだ。ただし、こちらはスペインの影響を色濃く受けている。客の四分の一、シャペロンにかぎって言えば、半分がスペイン人だ。

ダンスの合間を縫ってカーロに近づくと、コンパニオンを務めるセニョーラ・パディーリャを紹介された。太った年配のスペイン人女性で、ひどく疲れて見えた。黒いドレスに身を包み、今にも気絶しそうだと言わんばかりにしょっちゅうため息をついたり、扇子であおいだりしている。

そのとき、ダニエレ・ニューハムとジョン・イェイツがワルツを踊っている姿が目に入った。ミス・ニューハムはしなを作り、イェイツは呆《ほう》けたような顔をしている。マックスはセニョーラ・パディーリャに詫《わ》びの言葉を述べ、カーロの腕をつかんで連れだした。

「言ったでしょう、わたしは踊らないの」カーロは足を止め、抵抗した。

「じゃあ、次の一曲はどこかに座ろう。話があるんだ」マックスも負けなかった。

しばらくにらみあいが続いたが、結局カーロが折れた。マックスは奥の隅に空いている席があるのを見つけ、そわそわと寄ってくる女性たちに少なくとも三回は邪魔をされながらカーロを連れていった。

ようやく椅子に落ち着くと小声で毒づき、カーロにしかめっ面をしてみせた。「全部きみのせいだ」

憎らしいことに、カーロは何食わぬ顔でほほえんだ。「あら、なんの話？」

「よくわかっているくせに。きみはわざとぼくを狼のなかに放りこんだ」

「あなたを島の若い女性たちに引きあわせようとしたのは、なにもわたしだけじゃないわ。ガウェイン卿とイェイツの力添えもあったのよ」カーロは挑発するように笑みを浮かべた。

「わたしが送った一覧表をちゃんと見てくれたかしら。あれなら次のお相手を探すのに充分役立つでしょう？」

「人でなし」マックスはつぶやいた。だがカーロのいたずらっぽい目を見るうちに、思わずつられて笑いそうになった。

「初々しくて結婚願望の強いお嬢様ばかりじゃなく、もっと大人の女性も入れないと、と思って苦労したのよ。ジュリア・トラントもセニョーラ・エレーラも来ているわ。ぜひ会ってちょうだい」

「一覧表なんかどうでもいい。そんなことより、もっと大事な話があるんだ。イェイツの求婚相手はとんでもない女性だぞ」

カーロの表情から陽気さが消えた。眉をひそめてこちらを見ている。マックスは昔の知人であるダニエレ・ニューハムについて語りはじめた。

「三年前、ぼくが休暇でロンドンに戻っていたとき、大学時代の友人がスキャンダルに巻きこまれて自殺したんだ。彼は陸軍省で後方支援を担当し、イベリア半島へ援軍を送りこむ仕事を任されていた。ところがあるとき、英国の歩兵大隊が半島に上陸するや、フランス軍の攻撃に遭って部隊は全滅したんだ。その結果、友人に反逆罪の疑いがかかってね。当時、彼はダニエレ・ニューハムに求婚していた。というか、おそらく彼女のほうから言い寄ってきたんだろう。全滅の知らせが英国に伝わると、彼女はロンドンから姿を消した。結局、証拠はなにもあがらなかった。ミス・ニューハムが部隊移動の詳細を記した通信文を写し取って、フランスに売ったのではないかと考えられていたんだけれどね。彼女が失踪《しっそう》したあと、友人はピストルで自分の頭を撃った」

カーロは、怖い目をしていましげに話すマックスを見つめた。この人が敵でなくて本当によかったと思いながら。

意外な事実に不安を覚え、彼女はマックスの顔をのぞきこんだ。「ミス・ニューハムが敵方と内通していたかもしれないということ？」

「少なくとも、うぶな若者をたぶらかす傾向があるのはたしかだ。彼女に爪を立てられたら、イェイツはひとたまりもないだろう。できればミス・ニューハムから引き離したほうがいい。それに組織になにか重要な機密事項があるなら、しっかりと警戒態勢を整えるべきだ」

「わかったわ」キュレネ島には守らなくてはならない秘密がたくさんある。

そのときカーロは、近くにセニョーラ・エレーラがいるのに気づいた。あまり気が進まなかったが、黒髪のスペイン人女性を手招きし、立ちあがってマックスに紹介した。

セニョーラ・エレーラは目の覚めるような美貌の持ち主で、深紅のレースをあしらった黒いドレスを粋《いき》に着こなしていた。緩やかに扇子を動かしながら、色香をたたえた黒い瞳でマックスを品定めするように見ている。マックスが身をかがめてセニョーラ・エレーラの手にキスをすると、彼女はハスキーな声で言った。「ようやくお会いできてうれしいですわ」

「こちらこそ。ぜひともお近づきになりたいと思っていたのです」

マックスが相手の心をくすぐる言葉を口にしたのを聞き、カーロは嫉妬に胸が締めつけられた。仲立ちをしたことをすぐさま後悔し、反射的にこぶしを握りしめる。それをマックスに見られてしまったらしい。

彼はちらりとカーロに視線をやり、得意げな目つきになった。ほかの女性と親しくする姿を見るのはいらだたしいだろうと言わんばかりの表情だ。マックスは礼儀正しく次のワルツにセニョーラ・エレーナを誘って腕を差し伸べ、曲の始まりを待つほかのカップルたちのほうへとエスコートしていった。

カーロはふたりの背中を見送りながら椅子に腰をおろし、自分がねたみを覚えたことに愕然とした。セニョーラ・エレーナに対してはこれまでおおむね好意を抱いてきた。そのきれいな顔に傷をつけてやりたいと思ったのはこれが初めてだ。

カーロはかぶりを振り、心のなかでわが身を叱った。自分から望んだことじゃなかったの？　マックスの興味をほかの女性たちに向けたかったんでしょう？　このせつない思いを打ち砕いてしまうために……。

この一週間、認めまいと努めながらも彼が恋しくてしかたがなかった。今夜、最高級の黒い上着に真っ白なクラヴァット、白いズボンという姿のマックスを目にしたときは、一瞬で鼓動が速まった。それが顔に表れ、彼に気持ちを見透かされてしまったのだろう。

さっき、わたしがこぶしを握りしめたのも間違いなく気づかれたはずだ。わたしには嫉妬する権利なんてないのに。それに、そんなことをしている場合でもないわ。

マックスが話してくれたダニエレ・ニューハムの件は真剣に受け止める必要がありそうだ。もしかすると組織の秘密が危険にさらされているのかもしれない。まだミス・ニューハムが怪しいと決まったわけではないが、あの兄妹には注意するよう仲間に伝えておこう。

そう考えていたとき、大広間の向こうに当人の姿を見つけた。ミス・ニューハムは人目を忍ぶようにちらりと肩越しに振り返ると、そのまま部屋を出ていった。

カーロは一瞬、体をこわばらせた。もう一度だけやるせない思いでマックスを見つめ、ミス・ニューハムのあとを追った。

## 7

ダニエレ・ニューハムが書斎に入るのを見て、カーロの鼓動は怒りで速まった。何度か城を訪れていたから、ガウェイン卿がどの部屋で仕事をするのか知っているのだろう。秘密を探るつもりなら書斎から始めるのがいちばんだ。

カーロはドアの前で足を止め、今、入っていくべきかどうか迷った。もしここでミス・ニューハムの目的がわかったら、今後は有効な対策を講じられる。なんらかの情報がもれれば、組織を危険にさらしかねない。

カーロは静かにドアを開けた。

ミス・ニューハムは机の前にいた。いくつも積みあがった書類の山を探っている。

「なにかお手伝いしましょうか？」カーロは素知らぬ顔で声をかけた。

ミス・ニューハムはびくりとして手を止めたが、すぐに気を取り直した。書類を机に戻し、弱々しいほほえみを浮かべながら羽根ペンを手に取る。「ええ。少し気分が悪くなったので、女性用の控えの間を探しておりましたの。そうしたらふと、羽根を焼けば気付け薬になると気づいたものですから。これしか見つかりませんでしたけれど、ペンをいただいてしまってもガウェイン卿はお怒りになったりしませんわよね」

なんという独創的な言い訳だろう。敵ながらあっぱれだわ、とカーロは思った。

「わたしが控えの間までご案内しましょう。きっと気付け薬も羽根も用意されているはずです」

「まあ、ありがとうございます」

女性用の控えの間には寝室があてられていた。ミス・ニューハムが大仰に羽根を焼き、つんとしたにおいをかいでこれで気分がよくなったと言うあいだ、カーロはずっとそばを離れなかった。

ふたりは一緒に大広間へ戻り、ジョン・イェイツのそばへ行った。ミス・ニューハムはにっこりして、ミス・エヴァーズに親切にしてもらったと話した。

ロンドンの役者並みだわ、とカーロは苦々しく思った。それにしてもダニエレ・ニューハムはうさんくさい。もし本当に内通者だとしたら、しっかりと監視する必要がある。

失礼にならないようしばらく会話をしたあと、カーロはふたりのもとを離れた。ぶらぶらと客人のあいだを歩き、ときおり足を止めては友人と話したりしながら、さりげなくアレックス・ライダーに近づく。

彼女はライダーの腕に手をかけ、軽食がのったテーブルのほうへ寄った。そして談笑するふりをしながら先ほどの一件を知らせ、ダニエレ・ニューハムを見張るよう頼んだ。

「彼女が敵方に通じているなら、兄のほうもどっぷりかかわっている可能性が高いな」

「間違いないわ。ガウェイン卿にもお伝えするべきだと思う？」

「今でなくてもいいだろう。舞踏会が終わったら、ぼくが報告しておく。とりあえずはみんなに警戒するよう連絡しておこう」

カーロは安堵してほほえんだ。これでキュレネ島にいる同志たちにはすぐに通報が行くはずだ。

「イェイツにも話すしかないな」ライダーが険しい顔で言った。

「そうね」カーロもつらかった。「わたしから説明しておくわ。さぞ落ちこむでしょうね。彼女に首ったけみたいだもの」

ライダーが去ると、カーロは踊っている人たちのなかにマックスがいないかと無意識のうちに捜していた。

彼はまた別の女性とダンスをしていた。カーロが紹介しようと思っていた未亡人のミセス・ジュリア・トラントだ。セニョーラ・エレーラに負けないくらい優雅で美しいが、印象はまったく違い、肌は白く、顔立ちは繊細で、金髪に明るい青の目をしている。

マックスが巧みにパートナーと踊っているのを見るうちに、カーロはまたもや相手の女性が憎らしくなってきた。マックスのワルツはすばらしくうまい。なにをさせても本当にそつのない人だ。

島の人たちの関心をマックスに向けさせるのはわけもなかった。蜜《みつ》に群がる蝶のように島の女性たちは彼の官能的な魅力に惹かれていく。なんでもないしぐさのひとつひとつまでもが女心をとらえて放さないのだ。

こうして金髪の美人を腕に抱いているマックスを目にしていると胸をえぐられる。そのほほえみがどれほどすてきに見えるのか、本人はわかっているのだろうか？

ジュリアが輝く笑みをこぼしたのに気づき、カーロは女性にあるまじきののしりの言葉を吐いた。

美男美女で魅力的なふたりを引きあわせれば、互いに惹かれるのはわかっていたことだ。計画がうまくいったのだから喜べばいい。そうは思っても、マックスを見ているとそんな気にはなれなかった。抜群の体つきをした色気あふれる美女を抱き寄せる姿に、カーロは傷ついた。

ジュリアはかつてロンドンで活躍していた元女優で、キュレネ島ではいわば高級娼婦《しょうふ》に近い存在だ。色目を使っているところをみると、どうやらマックスをベッドに誘いたいと思っているのだろう。早晩、その希望はかなうに違いない。たぶん今夜にでも。

カーロは耐えられなくなり、ふたりに背を向けた。あれほど女性として完璧な相手に、わたしが太刀打ちできるわけがない。マックスのような男性はきっと粋で洗練された優美さを好ましいと思うのだろう。わたしはそういったものを持ちあわせていない。だいたい舞踏会に来ていること自体が場違いだ。このドレスは仕立てこそいいけれど、五年も前に作ったものだ。これまでおしゃれにはあまり気を遣ってこなかった。もっと大事なことがあったからだ。それでいいじゃないの。わたしは現実的で分別のある女性なのだから。

でもそれならなぜ急に、誰よりも美しくなりたいと思うのだろう？　どうして遺跡での一夜のように、マックスから称賛の目で見られたいと願ってしまうの？　本当はわたしもジュリアと同様に彼の腕に抱かれたい。マックスのことを思うとせつなくなる。

感傷的な気分を振り払おうと、カーロは壁際を通って大広間の奥にある石造りの階段へ向かった。屋上へあがり、すばらしい景色でも眺めて目を楽しませよう。

ひんやりとした夜の静けさが頭を冷やしてくれるかもしれない。

「よそ見をなさるなんてひどい方」ジュリア・トラントがじれったそうな声でささやいた。

マックスはワルツのパートナーに視線を戻した。カーロが大広間から出ていくのに気を取られ、ジュリアのことを忘れていた。うっかりしていたのだ。

「ミス・エヴァーズはたしかに愛想のいい女性ですけれど、正直に申しあげて、なぜ男性たちがそんなに彼女に好意を持つのかわかりませんわ」ジュリアは本当に理解していないらしい。「それほど美しいわけでもないし、女性としてはとても風変わりなことに興味を持っているし」

どうして男たちがカーロ・エヴァーズを好きなのか、マックスにはわかる。カーロは彼らの仲間として受け入れられているのだ。そこにある友情の絆は名誉にも似た重みがある。

ジュリアみたいな女性が、カーロと男たちの人間関係に嫉妬するのも当然だ。自分が立ち入れないことに腹立ちを覚え、カーロの個性に負けた気がするのだろう。たしかにカーロは並の女性ではない。医術に携わっているだけでも驚きなのに、そのうえ戦士でもある。それに情熱的だ。ぼくはそれを知っている。

今、腕のなかにいる金髪の美女とはまったく違う。

マックスは魅力的な笑みを浮かべ、相手の傷ついた自尊心をくすぐる言葉を口にした。そしてダンスが終わると、さっさとその場を立ち去った。

カーロは胸壁の前に立ち、きらきらと輝く海を見ていた。まだ満月に近い月が夜を美しく照らし、潮風がほてった頬にひんやりと冷たい。

こんな晩にはひときわ強く孤独を感じ、割りきれない気持ちになる。人生を楽しんでいるはずなのに、なにかが欠けている気がしてしまう。

マックスのせいだ。これほどの寂しさを覚え、それをつらいと感じるようになったのは彼と出会ってからだ。

違うわ、あなたがいけないんでしょう、と別の自分が叱った。誰に強制されたわけでもなく、自分で選択した道だ。ふたつの職業のどちらも失いたくないという思いから、夫を持つ穏やかな人生はあきらめた。女性としての幸せを捨てて、仕事に生きることを選んだのだ。

だが、いくら決意を新たにしようと努めても、マックスへの思いは消せなかった。どれほど現実的になろうとしても、将来がむなしく感じられてしまう。

そのとき耳慣れた声が聞こえ、カーロははっとした。「こんなところに逃げだしていたのか？」

肩越しに振り返ると、マックスがこちらへ近づいてくるのが見えた。「あなたが抜けだしてはだめでしょう」カーロは無理やりほほえんだ。「あなたに憧れているレディたちががっかりするわ」

「そんなのはくそくらえだ。きみこそぼくを置いていくなんてひどいじゃないか。きみにぼくの操を守ってもらおうと思っていたのに、いつのまにかいなくなってしまった」

これにはカーロも思わず笑ってしまった。「今さら操もないでしょう」

「じゃあ、はっきり言うぞ。まつわりついてくる女性たちの相手をするのはうんざりだ。きみと一緒にいるほうがずっと楽しい」

カーロは苦笑いした。「早く大広間に戻らないと、舞踏会のいちばんの楽しみを逃してしまうわ。もうすぐ食事が出るのよ」

「知っているよ。軍隊の一カ月分かと思うほどの料理を使用人たちが並べていた。だけど、きみの陰謀から逃れようと悪戦苦闘していたら食欲がなくなってしまってね。こうなったらきみを説得して一緒にワルツでも踊ろうと思ってここへ来たんだ」

カーロの顔から笑みが消えた。「マックス、言ったでしょう？　わたしはダンスはしないの」

「どうしてそんなにいやがるんだ？」

カーロは気恥ずかしさに顔を赤らめ、首をすくめた。「踊っている自分がまぬけに思えるからよ。舞踏会へ行くたびに恥ずかしい思いをしてきた。ロンドンにいたときなんて――」彼女はかぶりを振り、短く笑った。「これじゃあ自己憐憫《れんびん》ね。とにかくダンスが下手だということよ」

マックスは胸壁に軽くもたれかかった。ぼくはカーロをすばらしい女性だと思っている。ところが最近わかってきたことだが、どうやら本人は自分の魅力に気づいていないらしい。社交の場で居心地が悪そうにしている姿を見ると驚かされる。自分の世界ではあれほど毅然として自信にあふれ、はっきりものを言うにもかかわらず、舞踏会のような場ではどことなく落ち着かなげなのだ。女性としての優雅さに欠けているのを気にして、萎縮《いしゅく》しているのだろう。

そんな劣等感を抱えているのかと思うと、なんとか彼女の力になりたいという思いがわき起こってくる。

どれほどカーロに惹かれているかをここで話してもいいが、彼女があっさりぼくの言葉を信じるとはとうてい思えない。それではだめだ。態度で示すほうがいい。

「おいで」マックスは両手を差し伸べた。

「なによ」カーロが警戒する。

「踊ろう」マックスは片腕を大きく広げ、屋上全体を指し示した。「ふたりだけの舞踏室だ。客は月と星と夜空だけ」

カーロはマックスの顔をまじまじと眺めたあと、くすっと笑った。「仕返しのためにこんなことを思いついたのなら、なにか別の方法を考えてくれるとうれしいわ」

「きみには腹が立ちすぎて、仕返しをしたいという気持ちも失せてしまったよ。けっしていやな思いはさせないと約束するから」

カーロはまだ迷っていた。「たとえワルツの踊り方を知っていたとしても、あなたの相手なんて絶対に無理よ。本当に下手なんだから」

「イェイツが義足で踊れるのに、きみにできないわけがない」

「彼はダンスが好きだもの。でも、わたしは違う」

「フェンシングはするんだろう？」

「それがなんの関係があるの」

「フェンシングができるならダンスだって簡単だ。それどころか、娯楽としては危険が少なくていいとたいていの人は思っている。さあ、おいで。ワルツを教えてあげよう」

「また足を払われて倒されるかもしれないわよ」カーロが楽しそうに言った。

彼女は冗談を盾にぼくを拒絶している。そうやって身を守ろうとしているのだ。そう思うといとおしさがこみあげてくる。「まったく心配していないよ。今回は用心しているから大丈夫だ。ほら、説明するから、ぼくのリードについておいで」

マックスはカーロの両手を軽く握り、ステップとリズムを教えた。大広間のほうからかすかに音楽が聞こえてくる。カーロはいつのまにか苦もなくワルツを踊りはじめていた。マックスはワン、ツー、スリー、ワン、ツー、スリーと拍子を取り、褒め言葉をささやきながらときどき足さばきを指導した。

やがて彼はカーロを腕のなかに引き寄せた。「今度は目を閉じて、音楽を感じながら踊ってごらん」

カーロは言われたとおりにした。マックスの軽やかな足取りに合わせて体で音楽を聴く。気がつくと、ふたりは息をぴったり合わせて踊っていた。

カーロは自分でも驚いた。こうしてマックスの腕のなかにいると気持ちが浮きたち、喜びや感謝などのさまざまな感情が錯綜する。本当はずっと、こんなふうに自分が優雅だと感じてみたかったし、ほかの女性たちのようにダンスを踊ってもみたかった。マックスはわたしを白鳥にしてくれた。

カーロの唇からため息がもれる。わたしはもしかしたら美しいのかもしれない、求められているのかもしれないと彼が感じさせてくれたのはこれで二度目だ。

まるで夢のなかで踊っている気がする。

やがて彼のステップが遅くなってきたのをぼんやりと意識した。マックスは少し体を離し、目を半分閉じてこちらを見ている。

ダンスがゆっくりになり、そして止まった。ふいに現実の夜が戻ってきた。

マックスのサファイアのような瞳と視線が絡まった。「キスをしたい」彼の声はかすれていた。

カーロの息は液体になって肺のなかで止まった。熱い視線にとらえられ、催眠術にかけられたように動けない。マックスがカーロを守るように抱き寄せた。彼女は胸に衝動がこみあげ、だめだとわかっていながらもキスをされたい気持ちを抑えられなかった。

マックスがカーロの背中に優しく両手を押しあて、自分のものだとばかりにきつく抱きしめてきた。下腹部に彼の情熱が伝わってくる。カーロ自身も体の奥がうずいていた。うなじを探られ、あの幻のような一夜を思いだした。銀色の月明かり、下のほうから聞こえてくる静かな波の音、そして甘くて熱いひととき……。

頬を両手でそっと包みこまれ、カーロはマックスを見つめ返した。彼に求められているのだと思うと体が震える。

マックスの美しい顔がしだいに近づき、静かに唇が重ねられた。

カーロはこらえきれずに吐息をもらした。抗うなんてできない。それどころか、もうなにも考えられなかった。ただ今このときを感じているだけだ。

それはゆっくりとした親密なキスだった。いけないと思いつつも、彼を求めて体が熱くなる。

カーロはかすれた声でやめてと抵抗した。このままでは流されてしまう。わたしはこんなにもその先を求めているのだから。マックスはわたしのなかの奔放な一面をかき乱す。

息を吸いこんで体を引こうとしたが、彼は頬を包みこむ手の力を緩めようとはしなかった。

「なにをそんなに恐れている？」マックスがざらついた声で言った。「ぼくがこんなふうにきみに触れることか？」カーロの片方の胸に手をあてる。「こんなふうにきみを味わうことか?」

熱くほてった首筋にキスをされ、彼女は声がもれそうになった。

うなじをなぞる唇や、胸を愛撫する手の感触に刺激されて、激しい衝動が全身を貫く。

「きみとひとつになることしか考えられない」マックスがささやいた。

それはわたしも同じだ。全身全霊で彼を求めている。熱い願望がこみあげ、手足から力が抜けていく。

カーロはマックスの胸を押しやり、今度こそ体を引き離した。震えながら胸壁で体を支え、顔をそむけて押し寄せてくる激情の波と闘った。

こんな渇きにも似た感情は打ち消してしまいたい。マックスはいとも簡単にわたしを震わせ、自制心を奪い去る。なんて危険な人だろう。そして……なんと驚くべき男性だろう。甘いキスひとつで、彼はわたしが長いあいだ心の奥底に秘めてきた思いを満たしてしまった。

彼女はマックスに目をやった。それが間違いだった。彼の視線には人をとらえて放さない力がある。

「なにが望みなの」カーロはかすれた声で訊いた。

「きみがくれるものすべてだ」マックスの声もかすれている。

カーロが黙っていると、マックスは手を伸ばして彼女の喉に触れた。「きみもそれを望んでいるはずなのに、なぜかはわからないが自分の気持ちを押し殺そうとかたくなに心に決めている」

カーロは胸壁にもたれかかった。さまざまな葛藤が渦巻き、崖っ縁に立たされている気分だ。

またマックスと親密な関係になるのはやめたほうがいいことくらいわかっている。距離を置いたほうが身のためだ。

だけど、彼がほかの女性に目を向けてしまっても本当にいいの？　心の底では自分のもとへ来てほしいと望んでいるのに、彼がほかの美しい女性と関係を持つのを黙って見ていられる？

それに、いっときの情熱に身を任せたらどうなるというの？　イザベラなら人生を謳歌《おうか》しろと言うに決まっている。

マックスを求めるのはそんなにいけないこと？　わたしはただ女性として大切にされてみたいだけ。もう一度、マックスと愛を交わしたいだけだ。

人肌が恋しい。彼のぬくもりが欲しい。マックスはそれを与えてくれようとしている。もしかすると、燃えるようなひとときを経験できるのはこれが最後の機会になるかもしれない。あとはその思い出を胸にしまい、寂寥《せきりょう》とした歳月を重ねていくだけだ。

選ぶ道はひとつしかない。

でも、舞踏会が行われているこんな場所で情熱に身を任せることはできない。

「ここではいやよ」カーロは顔をあげた。「今はだめ」

「どこでならいい？　いつなら？」マックスが口元をゆがめた。「ちゃんとしたベッドがいいだろう。遺跡の硬い石の上ではなくて」

カーロはこめかみに指をあてて考えた。どこにしよう。いい場所が思い浮かばない。どちらにしてもセニョーラ・パディーリャがいるから、いったんは彼女と一緒に家に帰るしかない。だけど、セニョーラ・パディーリャは眠りが深い。それに数少ない使用人たちはとっくに自室にさがっている。わたしが夜中に出かけるのはよくあることだから、物音が聞こえたとしても驚きはしないはずだ。

マックスがわたしの部屋に忍びこんで夜が明ける前に出ていけば、詮索《せんさく》好きな人たちの目に留まらずにすむ。

「舞踏会が終わったら、家に来て」カーロは低い声で言った。「南東の角にある階段で二階のベランダまでのぼると、ちょうどそこがわたしの寝室なの。鍵は開けておくわ」

# 8

月の光が降り注ぐロマンティックな夜だ。

これから起こることを想像すると緊張した。高ぶる気持ちを静めようと、カーロはゆっくりと髪をとかした。まさかこんなふうに恋人が訪ねてくるのを待つ日が来ようとは思ってもみなかった。

ランプはすべて消し、カーテンは開けてある。月明かりに白く照らされ、しんと静まり返った部屋に自分の鼓動の音だけが響いている。

新婚初夜の晩、花嫁はこんな気分になるのだろうか？

子供のころから使ってきたベッドに目をやった。天蓋《てんがい》の薄布は銀の光を浴び、シーツは誘うように折り返されている。それがなまめかしくもあり、清らかでもあった。

彼への思いがこみあげ、いくらか不安がおさまってきた。わたしにとっては今宵が初夜のようなものだ。だからこそすばらしい一夜にしたい。

忘れられないひとときになるのは間違いないだろう。マックスはきっと優しくわたしを愛してくれる。

物音がしなかったため、カーロはマックスが入ってきたことに気づかなかった。ふと見ると、彼がすぐそばに立っていた。

彼女は全身を震わせた。

ぎこちない手つきでブラシを置き、おぼつかない足で立ちあがった。しっかりしなければと思うのに、頭が真っ白になってなにも考えられない。

マックスが憂いを帯びた目でこちらを見ている。「おいで」彼は低くかすれた声で言った。カーロはおずおずとその言葉に従った。そばに引き寄せられ、軽く抱きしめられる。衣服を通して、こわばった体にぬくもりが伝わってきた。下腹部にマックスの情熱の証を感じ取り、胸が敏感になる。突き刺すような視線に心を奪われて体が動かない。

これほど美しい男性が今わたしのことだけを考えていると思うと、それだけでぞくぞくする。サファイアのような瞳に見つめられて、鼓動が速くなるのを抑えられない。こうして抱き寄せられているだけで息ができなくなる。

マックスの手がキャンブリック地のネグリジェの上から乳首をかすめ、一瞬で熱い衝動がこみあげた。彼に出会うまでは、胸がこれほど敏感なものだとは知らなかった。

マックスがネグリジェの紐《ひも》をほどきはじめた。脱がされるのだと知り、カーロの胃が縮こまった。

恥ずかしさがこみあげて、思わず両腕を胸に押しあてる。

「わたしはあなたがこれまでかかわってきた女性たちみたいには振る舞えないわ」カーロは

小さな声で言った。

マックスが表情を和らげた。胸が苦しくなるほど優しい目だ。「ぼくが欲しいのはきみだけだ。わかるだろう？」もう一度カーロを抱き寄せ、それを示す証拠に触れさせる。

カーロは顔をあげた。マックスの表情は男らしくて思いやりに満ちている。「どの女性に対してもこんなふうになると思っているのなら、きみはぼくが考えていたほど賢いわけではなさそうだな」

冗談を言って不安を紛らせようとしてくれているのだと悟り、カーロは感謝した。「きれいだ」マックスが顔を傾け、唇で耳に触れた。彼女の全身に震えが走る。「この体はぼくのためにあるような気がするよ。こんなになじんでいるのだから」

マックスはカーロを抱きしめ、ぴったりと体を合わせた。両手で彼女の頭をなでて、カールした髪を指ですく。

せつなさがこみあげ、カーロは目を閉じた。

「この一年間、ぼくは毎晩ベッドのなかできみを思っていた。この瞬間をどれほど待ちわびたか。もう一度、こうしてきみを抱きたかった」

カーロの緊張が解けた。こんな甘い言葉をささやかれたら、心を閉ざしてはいられない。不安もどこかへ消え失せた。

あの夜、マックスはわたしを男女の神秘へといざない、めまいがするような悦びを教えてくれた。彼を怖がる必要などないのだ。

羽根のごとく軽いキスをされ、吐息がもれる。カーロはもう抵抗しなかった。マックスはネグリジェを肩から滑りおろし、彼女の上半身をあらわにした。

欲望に翳った目で見つめられ、胸の頂が硬くなる。マックスはゆっくりと両手で丸いふくらみを包みこみ、唇で先端に触れた。その繊細な感触に、女性としての願望がざわめいた。

「ぼくがどれほどときみを求めているか、今夜わかってほしい」マックスが唇を重ねてきた。

舌を差しこまれ、夜のしじまが震えた気がした。優しくて深いキスに、ふたりのあいだでシルクのような炎が揺らめき、それがカーロの下腹部に火をつけた。めまいがして体が震える。

マックスは顔をあげ、ネグリジェを床へ滑り落とした。そして一歩さがって青い瞳でカーロの全身を愛《め》でる。

「ぼくが覚えていたよりずっと美しい」彼はあがめるように言った。カーロはその言葉を信じたくなった。

うしろにさがって服を脱ぎはじめたマックスを見つめながらも、カーロはまだ彼の視線の名残に肌がうずいていた。

マックスは舞踏会のあと、服を着替えたらしい。上着もベストもクラヴァットも身につけておらず、白いシャツと黒っぽい色のズボンにブーツを履いている。安楽椅子に腰をかけてブーツを取り、服を脱いで裸になる。銀の光のなかを優雅に歩いてくる姿に、カーロは息をのんだ。

この人がいくらかでも色あせて見える日は来るのだろうか？

この距離からでもわかるほど筋肉は隆々としている。そしてわたしを求めている証も見て取れる。

彼とひとつになることを思い、カーロは体が熱くなった。

マックスもまた同じ思いでカーロを見ていた。なんて大きく澄んだ目だろう。恥ずかしがりながらもぼくを求めているのがわかる。誠実で傷つきやすく、純粋な女性だ。彼女を燃えあがらせることを思うとはやる気持ちになる。

この情景を何度夢に見たかしれない。カーロに覆いかぶさる場面になると欲望にもだえ苦しみ、目を覚ましたことが何度もあった。この瞬間を永遠に待ち続けてきた気がする。

目の前にいるカーロは、記憶にある姿よりはるかに愛らしい。いつものひとつにまとめた髪はほどいていて、カールした豊かな茶色の房が肩や背中にかかっている。クリーム色をしたなめらかな肌は、月明かりを受けて真珠のような光沢を放っている。ほっそりとした体のすべてのふくらみやくぼみにゆっくりとキスをしたい。互いになにも考えられなくなるほど激しく彼女を奪いたい。

マックスは灼熱の激情に襲われていた。何週間もぼくをとらえて放さなかった欲望という名の鉤爪《かぎづめ》が、さらに強い力で容赦なく肌に食いこむ。カーロの柔らかい体をぼくの情熱で満たしたい。彼女に触れ、愛し、敏感な反応を存分に味わいたい。カーロを抱きしめ、どこへも行かせたくない。

マックスは顔を傾けた。キスが新鮮に感じられる。形を確かめるように彼女の唇の線をなぞった。甘くて悩ましい、ぼくにとっては特別な唇だ。

それを心ゆくまで味わったあと、マックスはカーロを抱きあげ、きらめく月の光が降り注ぐベッドに横たわらせた。

両手をカーロの体に滑らせる。指先で円を描くようにそれぞれの乳首のまわりをなぞり、その手を全身にさまよわせた。銀の光を受けて青白く見える腹部から茂みへと手を伸ばしていく。

そのとき、カーロがマックスの腕を軽くつかんだ。「待って」迷いが感じられる声だった。

カーロはベッド脇のテーブルに手を伸ばし、小さな革の袋を取った。

「これを使わせてほしいの」袋のなかには糸のついた小さな海綿がいくつかと、琥珀色《こはくいろ》の液体が入った小瓶が見えた。

「酢にひたした海綿かい？」

「そうよ。島の女性たちは妊娠を避けるためにこれを使っているわ。わたしもそうしたいの。いやかしら？」

「まさか」マックスはまじめな顔でカーロを見た。「ぼくは子供が欲しいとは思っていない。それに結婚していないきみを妊娠させて、スキャンダルにさらすつもりもない」

カーロは口ごもりながら続けた。「使い方は……知っている？　わたしも知識はあるし、イザベラからも教えてもらったけれど、もしあなたに経験があるなら……」

マックスは優しくほほえんだ。「教えてあげるよ。でも、あとにしよう。今はまだいらない」

彼は袋を脇に置き、カーロの隣に横たわった。片肘をつき、また腹部から腿へと手を滑らせる。

カーロはふたたび甘美な世界へと引き戻された。

マックスの指が茂みに触れたのを感じ、熱い息がもれた。その先を求めて体の芯がうずいている。

じらすように優しく茂みの奥の潤いを探られ、快感の炎が燃えあがる。マックスが手で腿の合わせ目を覆った。奥深くに分け入ってきた指の感覚に、カーロははっと息をのんだ。こらえきれないほどの悦びが体の奥で解き放たれる。

カーロが腕を伸ばして懇願すると、マックスはそれに応えて覆いかぶさってきた。下腹部に彼の興奮が伝わってくる。マックスはカーロのなかに身を沈めようとせず、軽くキスをした。その唇が胸をなぞり、腹部を通ってさらに下へと滑りおりる。

柔らかな舌が敏感な部分に触れたのを感じ、カーロの息が小刻みになった。絶え間ない刺激に、あえぎ声がもれるのを必死でこらえる。

マックスが顔をあげた。「我慢しなくていい。きみの甘い声を聞きたいんだ」

容赦ない責め苦にカーロは耐えた。だがすぐにじっとしていられなくなった。

恥ずかしいほどの歓喜がこみあげ、今この瞬間のこと以外はなにも考えられなくなった。

全身が熱を帯び、自分の体ではないかに感じられる。

カーロは体を震わせて、逃れようと身をよじった。マックスは彼女の腰を押さえ、それを許さなかった。身動きできないまま執拗《しつよう》にさいなまれ、感覚が麻痺しそうになる。

突然、カーロは体を痙攣させた。息を振り絞り、悲鳴にも似た声をあげた。

「もっと聞かせてくれ」マックスがかすれた声でカーロを促した。

彼女はどうすることもできなかった。体に火がついたかと思うほどの耐えがたい快感に身もだえする。最後にもう一度敏感なところを刺激されて、炎の嵐が吹き荒れた。

背中をそらして体を硬直させたまま、カーロは焼けつく生々しい恍惚感に身を任せた。めくるめく感覚がようやくおさまってきた。胸の蕾を唇に含まれている感触に、引きかけた陶酔の波がまたもや打ち返してくる。

カーロは息をはずませたまま動くこともできず、目を閉じて乾いた唇を舌で湿らせた。紅潮した顔にマックスが何度もキスをした。これほどの高みへ彼女をいざなったことに満足しているのが伝わってくる。

やがてマックスはベッド脇に置いた袋に手を伸ばした。小瓶の液体を使い、カーロの体の奥に海綿を置く。

だがマックスは仰向けに横たわったままで、彼女にキスをしようとはしなかった。主導権を握るように求められているのだと気づき、カーロは上半身を起こしてマックスの体に目をやった。日焼けした腕や胸の盛りあがった筋肉が美しい。彼女は触れたい衝動に駆られ、マックスの肌に手を滑らせた。なめらかで生気に満ちあふれた体だ。

顔を近づけて温かな麝香《じゃこう》の香りをかぎ、情熱あふれる下腹部に手を伸ばす。張りつめたものを指先でなぞると、マックスはびくりとして息をのんだ。

カーロの胸に満足感がこみあげた。人生において、心から自分の女性としての力を感じたのはこれが二度目だ。

彼女が欲望の証を愛撫していると、マックスがその手をつかんで止めた。「ぼくがどんなふうに感じているかわかるかい？」彼の声はかすれていた。

わたしとさほど変わりはないのだろう、とカーロは思った。今にも燃えあがりそうな感覚だ。マックスもきっと同じ思いを味わっているに違いない。うねりが高まり、彼が我慢できなくなっているのが伝わってくる。体を引き寄せられたカーロは、マックスに覆いかぶさった。

「お願い……」

それ以上懇願する必要はなかった。マックスは体を回転させてカーロの上になった。男らしくたくましい体の重みを受け、カーロは自分がか弱い無力な存在に感じられた。熱を帯びた目で見つめられて、息が止まりそうになる。

マックスは視線を絡めたまま、彼女の膝を割って体を入れた。

カーロがまぶたを閉じると、かすれた声が聞こえた。「目をつぶらないでほしい。きみの瞳を見ていたいんだ」

マックスが静かに身を沈めはじめ、カーロははっと息を詰めた。それに気づいたのか、彼が動きを止める。カーロはもどかしくなった。

彼女は腰を浮かし、先を促した。マックスはゆっくりと奥へ進んだが、そのままじっとしていた。彼女の体が慣れるのを待っているのだろう。カーロも動かず、ひとつになった甘い衝撃になじんでいく感覚を味わった。

見あげると、翳のある美しい顔に優しさと激しさが見て取れた。

マックスがまたゆっくりと大きく体を動かしはじめた。たくましい胸が乳房の先端に触れる。マックスはカーロの腿を押し広げ、さらに奥深くまで入った。

高ぶる感情を抑えようとしているのか、彼の体が震えているのがわかる。マックスは同じリズムで動くようカーロをせきたてた。ふたりの動きが加速していく。こみあげる喜悦に、カーロの喉からすすり泣きの声がもれた。

マックスが情熱をたたえた目で顔を傾け、彼女にキスをした。カーロは唇を開いて熱い舌を受け入れると、自分もまた熱に浮かされたキスを返した。彼の香りや唇の感触に圧倒され、これほど強く求められていることに至福の思いがわき起こる。

唇を重ねたまま、カーロはさらなる高みへと押しあげられていった。狂おしいまでの欲求に体が小刻みに震える。意識が薄れそうなほどの激情に焼き尽くされてしまいそうだ。

マックスもまたほとばしる衝動に襲われていた。カーロの悩ましい声やわれを忘れた反応に歓喜を覚え、さらに強く深くひとつになりたいという思いを抑えきれない。

生々しい渇望にのみこまれ、最後に残されていた優しさのかけらが砕け散った。マックスは息を振り絞って腕に力をこめ、荒々しくカーロを奪った。カーロもまたマックスの背中に爪を食いこませ、ともに体をこわばらせる。

カーロが悲鳴にも似た声をあげた。マックスは唇でそれをふさぎ、苦しげな息をむさぼった。体を痙攣させてのけぞり、猛々《たけだけ》しい声を喉からもらす。マックスは苦悶の表情で歯を食いしばると、最後にもう一度カーロのなかに深くわが身を沈めた。

白熱した炎にも似た強烈なクライマックスに貫かれ、ふたりは絶頂感に体を震わせた。マックスはカーロの上にくずおれ、かすれた声で名前を呼んだ。ふたりとも心臓が激しく打っている。カーロの体は汗に濡れ、肌がほてっていた。

「自分が自分じゃないみたい」

それはぼくも同じだ、とマックスは思った。カーロに包みこまれると理性が吹き飛び、自制心が働かなくなる。

ようやく彼は体をどけ、乱れ髪のかかるカーロの額に口づけをして抱き寄せた。驚くようなひとときだった。これほど熱く燃えたのは何年ぶりだろう。いや、初めてかもしれない。ほかの女性を相手にこんなふうにわれを忘れたことはなかった。

もう一度、同じ思いを味わいたい。相手は経験が少ないのだから多くを求めてはいけないと思うが、それでもすでに体が反応している。今すぐに、先ほどよりもっと激しく彼女を奪いたい気分だ。

その反面、ただ抱きしめていたいという思いもある。豊かな髪が胸にかかるのを感じながら、ぬくもりのある体をぴったりと自分に押しあてて、この瞬間を享受したい。

マックスはカーロを抱く腕の力を強めた。一夜の逢瀬で終わるのは受け入れがたい。

「きみとこうなるのをずっと夢見てきた」先ほどの余韻で彼の声はかすれていた。

カーロはまだぼんやりとしたままため息をついた。わたしもあなたの夢を見てきた。数えきれないくらい何度も。でも、現実は夢よりはるかにすばらしかった。

「眠れない夜はよくきみを思った」マックスはカーロの巻き毛を指に巻きつけた。「ぼくが眠れるように、きみが額をなでてくれるところを想像していたんだ」

カーロは心地よいけだるさから抜けだして片肘をつき、マックスの額にかかる黒髪をうしろへなでつけた。

「こんなふうに?」彼の額を優しくなでる。

マックスは目を閉じ、そうだというように吐息をもらした。「ちょうどそんなふうにだ」

カーロはマックスのようすを見て意外に思い、正直言って少し傷ついた。「眠るの?」

マックスは低い声で笑って目を開けた。「いや。あまり経験のないきみに無理強いしてはいけないと思っただけだよ」

「わたしは見た目より体力があるのよ」

「なるほど」

マックスはカーロを自分の下へ引き入れた。だが、それ以上の行為に及ぼうとはせず、ただカーロの髪に唇を押しあてた。

「今夜だけなんて耐えられない。一夜ではとても足りないよ。きみも同じ思いじゃないのか？」

カーロはじっとしていた。「勝負はわたしの負けね。結局、あなたを拒絶しきれなかったわ」

マックスがカーロの腕をつかんだ。「ぼくたちのあいだに勝負なんてないんだよ、カーロ。勝ち負けなんかどうでもいい。ぼくはきみを放したくない」

カーロは身じろぎして抵抗した。舞踏会のあいだずっと思い悩んでいた葛藤がよみがえる。「正直に言ってほしい。今夜のことがあっても、まだ恋人になるのはごめんだと思っているかい？」マックスは低い声でささやいた。

どう答えるべきかはわかっている。良識の声に従うべきだ。けれども、そのとき胸に触れられて、マックスを求める気持ちが舞い戻ってきた。

感情が高ぶり、カーロは固く目をつぶった。こんなふうに愛撫されると彼の男性的な情熱に圧倒され、なにも考えられなくなる。今のこのすばらしい瞬間にしか思いがいたらなくなってしまう。

「ぼくに身を捧げてくれたとき、きみは純潔だった」マックスが低い声で続けた。「男女の神秘をもっとのぞいてみたいとは思わないか？」

ええ、わたしは心からそう思っている。マックスならそれを教えてくれるだろう。夢のなかでしか知らなかった幸せを味わわせてくれるに違いない。彼は奪うだけでなく、与えることにも喜びを感じる人だ。きっと極上のひとときを経験させてくれる。

「どうしようというの？」

「一緒にいる時間を楽しもう」

カーロが黙っていると、マックスは硬くなった胸の蕾を刺激した。一瞬で全身に快感が走る。「ぼくと関係を持つのは気が進まないかな？」

「いいえ」そんなわけがない。マックスには抗えないのだから。

少なくとも今夜は、彼もわたしに対してそうだった。あれほどいちずに求められ、わたしは女性として勝ち誇った甘い気分になった。

それでも、いずれ去っていく人であることに変わりはない。イザベラさえ無事に戻れば、もう彼が島にとどまる理由はなくなる。

それにマックスが望んでいるのはわたしの体だけかもしれない。わたしはそれ以上のものを求めているというのに。でも、なにを？

息もできないほどせつない思いがこみあげてくる。どんな形でもいいからマックスと一緒にいたい。彼が短いあいだながらも島に滞在していたという思い出になるなら、いっときの関係でもいい。

どうしたら自分を守れるのだろう。もちろん、マックスが故意にわたしを傷つけるとは考えていない。危険なのは感情的に深くかかわってしまうことだ。夢中になればつらい思いをするはめになる。だからこそ、精神的には距離を置きたい。

「体だけのかかわりでいたいわ。ほかに恋人らしいことはいっさいしたくない」

首筋にキスをするマックスの息が温かく感じられる。「いっさい?」

「ええ、そう。それがわたしの望みよ」

「わかった。きみがそうしたいならそれでもいい」愛しあっている最中に耳元でささやいていたのと同じ官能的な声でマックスが言った。

カーロは腿に彼のこわばったものを感じ、求められていることを思いだした。

はっとして、女性としての願望がいっきによみがえった。愚かかもしれないが、マックスにここまで望まれていることがとてもうれしかった。

彼の申し出を拒絶するべきだとわかっているが、そんな意志の力は残っていない。愛撫をされるたびに少しずつ奪い取られてしまった。

今もそうだ。こんなふうに優しく歯を立てられると全身が感じてしまう。体がマックスの欲求に応えて、もっと触れてほしいと求めてしまうのだ。

マックスが覆いかぶさり、脚のあいだに入ってきた。

ふと見あげると、美しい顔に月影が揺れていた。熱い視線を向けてくるマックスは、わたしを思ってこんなにも高ぶっている。カーロは彼の手に胸を包みこまれ、甘いうずきに満たされた。

「体だけの関係よ」カーロはマックスにというよりは自分に言い聞かせた。

「きみの望みのままに」

マックスは視線を絡めたまま、ゆっくりとひとつになった。カーロは即座に白い炎にのみこまれた。わきあがる悦びに体が震える。

かすれた吐息をもらし、背中をそらしてなすすべもなくマックスの首にしがみついた。

ふと彼がこぼしたほほえみに胸が締めつけられる。

彼女は懇願の声をもらして唇を求めた。濃厚なキスを返され、さらに燃えあがる。

カーロは不安も恐れもすべて忘れ、無我夢中でマックスに抱きついた。今夜、わたしは彼のものだ。

# 9

マックスは夜明け前に帰っていった。カーロは一夜のぬくもりの余韻をいとおしみながら、長いあいだベッドに横たわっていた。

二度目の行為のあと、カーロはマックスを説得して目をつぶらせ、彼が眠りに落ちるまで額をなでていた。そのあと深く規則正しい寝息を聞き、静かな鼓動を刻む胸に耳をあてながら、この人とは感情的に距離を置こうと改めて誓った。

それを思いだし、マックスの残り香がする上掛けを押しやると、お風呂に入ってドレスを着ようと立ちあがった。いつまでも彼のことを考えている暇はない。ほかにするべきことがあるのだから。

毎週木曜日の午前中は、オルウェン城でアレックス・ライダーとフェンシングの稽古をすることになっている。今日はいつもより早く城へ行き、仕事中のジョン・イェイツをつかまえるつもりだった。ダニエレ・ニューハムの件を伝えるためだ。

イェイツに、あなたが好きになった女性には裏がありそうだと言うのは気が進まない。だが、身近に裏切り者がいるかもしれないと警告しておくのは自分の務めだと思っている。ダニエレとその兄のピーターがなにを企てているのかは知らないが、それを実行に移させるわけにはいかないからだ。

イェイツに話をしなければならないと思うと気が重くなり、食欲がなくなった。しかたなく、馬に鞍をつけさせているあいだに果物を少しだけ口にして、そのままオルウェン城を目指して南へ馬を走らせた。

マックスにも城に来てくれるよう頼んであった。イェイツとはふたりだけで会うつもりだが、もし彼が話を信じなかったり、訊きたいことがあると言いだしたりしたときは、元上官であるマックスに説明してもらおうと考えていた。

厩舎へ行くと、マックスが来ていた。ちょうど到着したところらしい。

彼の姿を目にしたとたん、カーロの心臓は跳ねあがった。

彼女が鞍からおりて馬丁に馬を引き渡していると、マックスが声をかけた。「おはよう、ミス・エヴァーズ」口調はさりげないが、目には親密さがこめられている。

青い瞳と視線が合い、数時間前の甘い記憶があふれだしてきた。

カーロは愛想よくほほえむマックスになんとか挨拶を返したが、声がうわずっていたかもしれないと思い不安になった。彼の腕のなかで熱い一夜を過ごしたばかりなのに、なにもなかったかのように振る舞うのは難しかった。

マックスはカーロをエスコートして厩舎を出ながら訊いた。「ゆうべはいい夢を見られたかい？」

「ええ、すてきな夢だったわ」

「ぼくの夢もだ」低くかすれた声にカーロの胸はときめいた。

大広間へ向かうあいだ、カーロは昨晩の出来事を思いだしていた。大きな木製のドアを通るとき、背中に軽く手をあてられて思わずどきりとする。

気を取り直してジョン・イェイツに挨拶をし、ふたりだけで話がしたいと申しでた。

中世の骨董品でも鑑賞していると言うマックスを大広間に残し、イェイツのあとについて彼の仕事部屋へ行った。ガウェイン卿の書斎に隣接する小さな部屋だ。カーロはできるだけ淡々と、マックスがニューハム兄妹について知っていたことや、昨夜ミス・ニューハムがガウェイン卿の机にあった書類を探っていたことなどを説明した。

イェイツはずっと床に目を落としたまま話を聞いていた。意外にも反論はしなかったし、恋人をかばうそぶりも見せなかった。

カーロは黙りこんでいるイェイツの腕をなだめるように握りしめた。「わたしの話を信じられないなら、直接ミスター・レイトンに尋ねてもいいのよ」

「信じますよ」その声にも顔をあげたときの目にも、苦悶の色がありありと浮かんでいた。

「彼女はぼくをだましていたんですね」

カーロは沈黙することで彼の言葉を肯定した。

「できすぎた話だと思っていたんです」イェイツが力なく続けた。「あんなにきれいな女性がぼくみたいな片脚のない男を好きになってくれるなんて」

イェイツがカーロの前で脚のことを嘆いたのはこれが初めてだった。脚を切断したときより、今のほうがつらい思いを味わっているのだろう。

「悔しいでしょうね」そんな言葉で慰めきれるものではないが、今後のことも考えなくてはならない。「だけど、ミス・ニューハムには目を光らせておく必要があるわ。なにが目的なのか知りたいの」

イェイツが表情をこわばらせた。「おっしゃるとおりです。それに、ぼくらが疑っているのは悟られないようにするべきですね」

「そうね。なにか罠《わな》を仕掛けられればいちばんいいんだけど。彼女は組織の任務を妨害しようとしているのかもしれない。もし仲間の名前を知られてしまったら――」

「わかっています。命に危険が及びます」彼の目に涙が光っているのに気づき、カーロは胸が痛んだ。「ぼくの責任です。任せてください。なんとかします」

「でも……」

「大丈夫です。申し訳ありませんが、しばらくひとりにしてもらえませんか」イェイツが泣きだしそうな声で言った。

誰にも邪魔されずにショックを受け止めたいのだろうと察し、カーロは彼の頰にキスをすると黙って部屋を出た。イェイツのことは気の毒に思うし、ダニエレ・ニューハムに対しては腹立たしさでいっぱいだった。自分のよこしまな目的のために、こんな心ない仕打ちをしたのはほぼ間違いないからだ。

イザベラのことでうっぷんがたまっていたところへ今回の件が重なり、カーロは攻撃的な気分になった。キュレネ島へ戻ってから九日が経つが、まだイザベラの消息がつかめたという知らせは来ていない。

怒りが顔に出ていたのだろう。大広間へ入ると、マックスが片方の眉をつりあげた。「話しあいがうまくいかなかったのか？」

「イェイツはひどく傷ついているわ」

カーロは大広間を見まわした。「ライダーはどうしたの？ フェンシングの稽古をすると約束していたのに」

「ぼくでよければ喜んで相手を務めるが」

カーロは唇を引き結び、暗い目でマックスを見た。マックスほどの相手ならぜひ手合わせをしてみたい。騎兵将校だったのだから剣さばきはみごとなはずだし、勝つのは容易ではないだろう。しかも、いらだちがつのっている今、わたしは調子がいいとは言いがたい。

「ぼくに腕前を見せるいい機会だぞ」カーロが迷っているのを見て、マックスはけしかけた。

「きみはあれだけ自慢していたんだから」

「自慢ですって？」彼女は挑発されている気がした。「いいわ。ただし言っておくけれど、今のわたしは手かげんする気分じゃないわよ」

カーロは城の奥にあるロング・ギャラリーへマックスを案内した。高窓からたっぷりと日光が入り、ありとあらゆる種類の武器が用意されている。カーロはマックスに剣を見せた。

どれも先端には先革がついている。

「まさか城のなかで練習しているとは思わなかったな」マックスは剣を一本選び、重さやしなり具合を確かめた。

「男性ばかりの練習場へなんか行けるわけがないでしょう?」カーロは言い返した。「それにこんな男まさりの一面を世間に見せびらかすつもりはないの。ここならわたしがなにをしようと、誰もとやかく言わない。使用人たちはガウェイン卿に忠実なのよ」

嚙みつくような口調にマックスは眉をひそめた。「ぼくに八つあたりをするのか?」

カーロはひと呼吸置いた。「いいえ。剣の対決をするときは、感情的になってはいけないことくらいわかっているわ」

「よかった。きみが癇癪《かんしゃく》を抑えられないと、ぼくが有利になってしまうところだった」

カーロは剣を手に取り、何度か素振りをしたあと石敷きの床の中央へ出た。怒りは忘れて精神を集中させながら、マックスが上着を脱ぐのをじっと待つ。

「試合を始める前に、勝ったときの賞品を決めておこう」マックスも中央へやってきた。

「ぼくが勝ったら、きみのキスが欲しい」

「じゃあ、わたしが勝ったら?」

「ぼくのキス」

カーロは苦笑いした。「どっちが勝ってもキスをして終わるなら、勝負をする意味がないわ」

「あるとも。次にきみと愛しあうとき、ぼくはフェンシングで勝利したことを自慢できる」

マックスに覆いかぶさられている場面が脳裏に浮かび、カーロは赤面した。今度こそ本当に挑発しているらしい。マックスはわざとらしく彼女の胸や下半身に視線をさまよわせている。

「まさかスカートのまま勝負するつもりじゃないだろうな。それは危険だろう」

ドレスの下を透かして見られているようで気になったが、それを彼に教えて喜ばせるつもりはなかった。「これが実用的なのよ。危険な状況に陥るのは、ドレスを着ているときである可能性が高いわ。だからスカートで練習するのがいちばんなの」

「でも、きみが不利になる」

「あら、ミスター・レイトン、負けるのが怖いの?」

マックスはにやりとした。「そうかもしれない。女性に打ち負かされたら、さぞ落ちこむだろうな」

「あまりあなたに恥をかかせないよう気をつけるわ」

マックスが位置につき、カーロは剣を構えた。すぐに金属のぶつかる音が響き渡り、試合が始まった。

一刀目を合わせただけで、マックスはカーロの強さを悟った。驚くほど身軽で集中力があり、一瞬たりとも気を抜けない。

すばやい踏みこみで剣を突きだされ、危うく防御を破られそうになる。体勢を立て直して攻撃に打ってでたが、カーロに巧みにかわされた。マックスは舌を巻いた。

　ふたりはにらみあいながら円を描いて移動した。

「きみとは決闘したくないな。すばらしい技量だ」

「あなたもよ」

「ぼくはロンドンのフェンシング学校で学んだ。教師のアンジェロはヨーロッパでも名の知れた剣豪だ。きみはいったい誰に教わったんだ？」

「ライダーと、ブランドン・デヴァリルというアメリカ人よ。あなたの知らない人だわ」

　ふたりはまた剣を交わした。

「きみの弱点は？」

　カーロはあっさりと切っ先をかわし、速やかに飛びのいた。「あったとしても教えるものですか」こばかにした笑みを浮かべる。

　そのまますばやくフェイントをかけ、軽やかな足取りで剣を繰りだし、マックスを追いこんだ。

　ところが彼女は唐突に足を止め、マックスをにらみつけた。「本気になっていないわね」

「全力を出しているとは言いがたいな」マックスは認めた。「女性を相手に戦うのはぼくの騎士道精神に反する」

　カーロの灰色の瞳が怒りに満ちた。「まだ試合を続けたいのなら、そういう侮辱的なまねはやめて。お情けで勝たせてもらうなんてまっぴらだわ」

「わかったよ、ぼくが悪かった」マックスは誠実に答え、剣を構え直した。

今度は真剣に勝ちを狙ったが、すぐには勝負がつかなかった。

伊達や酔狂で男のするスポーツを楽しんでいるわけではなさそうだ。カーロは並大抵の男ではかなわないくらいの技術を身につけた非常に優秀な戦士だ。そのフェンシングは強烈で情熱に満ち、愛を交わしているときに似ている。彼女の頬は上気し、額に汗をかき、呼吸はせわしない。クライマックスに達しようとしているときのようだ……。

マックスは自分の体が反応しているのに気づき、皮肉な笑みを浮かべた。今はこんなことを考えている場合じゃない。

「なにがおかしいのよ」カーロが鋭く突き返しながら問いただした。

「今、気づいたんだ」マックスは間延びした声で答えた。「きみはフェンシングをするときも、ベッドにいるときと同じく情熱的なんだな」

突拍子もない言葉にカーロは啞然とした。その瞬間にバランスを崩してスカートの裾を踏み、うしろに倒れて尻もちをついた。

マックスは容赦なく先革のついた先端をカーロの喉元に突きつけた。彼女を見おろし、口元に勝利の笑みを浮かべる。

カーロは荒い息を吐きながら、悔しげにも恥ずかしげにも見える表情を浮かべた。「ずるいわ」そう言いながらも、自然に笑みがこぼれていた。

「たしかに卑怯《ひきょう》な手を使った。だが、油断させるためには効果的だ。こういうこともあると覚えておくといい」

「よく覚えておくわ。あなたは勝つためならなんでもする狡猾《こうかつ》な人だと。わたしは負けても潔く振る舞うわよ」

マックスは手を差し伸べてカーロを立たせた。「がっかりすることはない。男でもぼくと渡りあえるやつはそういないんだ。きみの腕前はみごとだった」

マックスに褒められ、カーロは思わずうれしくなった。最後まで引けを取らずに戦えたことを自分でも誇らしく思った。

「お返しの言葉を期待しているんでしょう。認めるわ……あなたはすばらしい剣の使い手よ。こんなつわものに出会ったのは初めてだわ」

それは本当だと、くつろいだ姿で立つマックスを見ながらカーロは思った。彼の能力はずば抜けている。筋力も技術も動きの敏捷性も、達人と呼ぶにふさわしい。まさに〈剣の騎士団〉にはうってつけの人材だ――。

「さあ、賞品をもらおうか」その声にカーロは物思いをさえぎられた。「こっちへおいで」

「まだ勝負は終わっていないわ！」

「わかっている。だが、活力を補給しないともう戦えそうにない」

カーロは警戒しながら近寄った。マックスはカーロのうなじに手をあて、サファイア色の目でじっと彼女の唇を見つめた。

これは男と女のあいだの剣さばきなのだ。わたしはこれも闘える。マックスが顔を傾けて唇を重ねると、カーロはみずから舌を絡めて熱いキスを返した。

マックスが低い声をもらし、官能的な口づけでカーロの息を奪った。

この勝負にも負けそうだわ、とカーロは思った。マックスがようやく顔をあげたときには、彼女はめまいがしていた。

「やっぱりずるい人ね」カーロはささやき、もうひと試合戦おうとうしろにさがって位置についた。

そのとき、きまじめそうな従僕が入ってきて咳払いをした。

カーロは真っ赤になって振り返り、顔にかかった髪を慌てて払った。「なんの用?」

「ミス・エヴァーズ、ガウェイン卿が至急お越しいただきたいとおっしゃっています。ミスター・レイトンもご一緒にとのことです。ミスター・ライダーが情報をお持ちになりました」

希望と不安がいっきに押し寄せた。カーロは剣をつかんだままロング・ギャラリーを飛びだし、マックスもあとを追った。

書斎に入ると、テーブルのまわりでガウェイン卿とジョン・イェイツがアレックス・ライダーの説明に熱心に聞き入っていた。

「なにかわかったの?」カーロは尋ねた。

「ああ」ライダーは、カーロの隣に並んだマックスにちらりと目をやった。「たった今、ソーンから報告書が届いた。恐れていたとおり、イザベラは奴隷として売られていた。公共の市場ではなく、個人的な競りで売買されたらしい。だから足取りをつかむのが難しかったんだ。だが、やっと居場所の見当がついた」

「どこ？」

「ここだ」ライダーはテーブルに広げられたバーバリ諸国の地図に目をやり、一点を指さした。「アルジェリアから南東にくだった山中だ。ここまで行くには途中に広い砂漠がある。ベルベル人の族長がイザベラをハーレムに所望して、かなりの大金を積んだらしい。それだけ価値のある買い物だということだから、大切にはされているだろう。ただし、ベルベル人はアラブ人よりもさらに勇猛果敢な戦士だ。イザベラを買った男も、部族の長老というよりは将軍的な存在らしい。要塞があるのは人里離れた山岳地帯だ。もしイザベラがそこにいるとすれば、助けだすのは容易ではない」

カーロは絶望的な気分に襲われ、剣を手にしたまま両のこぶしを握りしめた。イェイツのことがあったばかりだというのに、この件で追い打ちをかけられて泣き叫びたい気分だ。

「それで、どうするの？」

「まずはイザベラが本当にその要塞にいるのかどうか確認する必要がある。ホークが偵察に向かったそうだ」ライダーはマックスに説明した。「ホークの正式名はホークハースト伯爵だ。彼はキュレネ島に評判のいい馬の繁殖牧場を所有している。バルブ種やアラブ種の買い付けによくバーバリへ行くんだ」

「彼もまた外務省の職員なのか？」

「そうだ」ガウェイン卿が答えた。「ホークはわたしの部下だ」

ライダーが地図を指さしながら続けた。「ソーンがアルジェに到着したとき、ホークはすでにイザベラをさらった海賊を突き止めていた。だが、そいつらに金を握らせてイザベラを売った先を聞きだすのに手間がかかった。ホークは二、三人の召し使いを連れて、種馬を探しているという名目で山岳地帯へ入ったそうだ。ソーンはアルジェに残り、本格的な潜入に備えて馬や武器を調達している」

「じゃあ、早く作戦を練って、明日にでも船でアルジェに向かわないと」

「ソーンは、ホークが戻るまで待つようにと書いている。かなり大がかりな作戦になりそうだから、まずはイザベラの居場所を特定するのが先決だ。一、二週間の遅れにはなるだろうが、それはたいしたことじゃない」

「イザベラにとってはたいしたことよ！　アルジェに入ってさえいれば、ホークから連絡がありしだい要塞へ向かえるわ」

「先を急いで、敵に手のうちを知られたくないんだよ、カーロ」ガウェイン卿が穏やかに諭した。「目的地も定まらないまま大人数の部隊をアルジェに送れば、地元の権力者から不審に思われるばかりか、奇襲攻撃が意味をなさなくなる。それにまだ全員が島に集結したわけではない。きみもミスター・レイトンの言葉を聞いただろう。成功への鍵は、正確な情報収集と、豊富な武器と人、それに緻密な準備だ」

カーロはマックスをにらんだ。

「まだ早い」ガウェイン卿が結論づけた。「行動を起こすのは、レディ・イザベラが要塞にとらわれていることがはっきりしてからだ。充分な情報が入りしだい、きみを呼んですぐにでも計画を詰めると約束しよう」

カーロは黙りこんだ。反論こそしないが、いらだっているのは明らかだ。

ガウェイン卿はマックスに顔を向けた。「ミスター・レイトン、きみを作戦の責任者に任命したい。事前に検討すべき課題がいくつかありそうだね」

「ええ、たくさんありますね。砂漠越えをして山岳の要塞を攻めるつもりなら、各自の役割分担をはっきりさせる必要があります。陽動作戦も立てておくべきだし、不測の事態への備えもいります。なにより重要なのは、どこまでのリスクならよしとするか方針を固めておくことでしょう。多大な損害が見こまれる瞬間はどの作戦においてもよくあるものですから」

「今回は非常にリスクが高い」ライダーが顔をしかめた。「まず要塞にたどり着くまでがひと苦労だ。そこから無事にイザベラを救出して、また険しい山越えをしたあと、さらに百数十キロの砂漠を渡らなくてはならない。敵は簡単にはイザベラをあきらめないだろうから、要塞を脱出して海岸へ戻るまでに何度か戦うことを覚悟しておくべきだろう」

カーロを接近戦に巻きこむのかと思い、マックスは難しい顔になった。

「まさか本気で部隊に同行するつもりじゃないだろうね？」彼はカーロに訊いた。「こんな危険な作戦に加わって命を危険にさらす必要はない」

カーロは警告もせずに剣を振りあげ、空気を切り裂く音も鋭く、マックスの喉元に切っ先を突きつけた。

「わたしの命はわたしのものよ。イザベラのためなら喜んで火のなかへでも飛びこむわ」

それを見ていた男性三人は固まり、マックスは凍りついた。本当に身の危険を感じたわけではないが、カーロの目に激しい怒りといらだちを見たからだ。

「カーロ」ガウェイン卿が静かに声をかけた。「きみがどれほどレディ・イザベラを慕っているか、ミスター・レイトンはよくご存じないだけだ。それで首をはねることはないだろう」

カーロは歯を食いしばり、短くそっけない謝罪の言葉を述べたあと、剣をテーブルに放り投げた。「わたしはバーバリへ行くわ。作戦が固まったら教えて」

彼女は背を向け、さっさと書斎を出ていった。

ライダーが咳払いをしてその場の緊張をほぐし、おどけた目でマックスを見た。「女性だというだけでカーロの能力を見くびるのはやめておいたほうがいい。それに、たとえ彼女のためを思ってだとしても、面と向かって異議を唱えないほうが無難だ。そのうちにわかるよ。カーロは甘やかされるのが大嫌いなんだ」

マックスは苦笑を浮かべた。「よく理解したよ。申し訳ないが、ぼくはこれで失礼させてもらう。今の失態を彼女に謝罪してくるよ」

厩舎に行くとカーロはすでに馬に乗り、玉石敷きの敷地を出ようとしているところだった。マックスの脇を駆け抜け、城門から姿を消す。マックスは自分も馬にまたがってあとを追った。

姿を見失わないよう気をつけながら、カーロについていった。彼女はふたつの山がそびえる北の方角へ向かい、しばらくすると速度を落とした。疲れた馬をいたわったのだろう。かなり距離はあるが、マックスがうしろにいることには気づいているはずだ。

それから二〇分も経ったころ、カーロはさらに歩みを緩め、マックスが追いつくことを許した。彼が声をかけようとすると、カーロは振り向きもせずに鋭く首を振って制した。耕作地や銀灰色のオリーブ畑や手入れの行き届いたブドウ園を数キロほど過ぎると、道がのぼり坂になった。

おそらく島の半分を越えたと思われたころ、景色が原野に変わった。カーロは左に曲がり、草木の生い茂る小道に入った。ビャクシンとマツの香りが漂い、遠くからかすかに水しぶきの音が聞こえる。やがてそれは蹄《ひづめ》の音をかき消すほどに大きくなった。

トキワガシとアレッポマツのあいだを抜けたとき、ふいに視界が開け、目の前に絶景が広がった。樹木に覆われた斜面に挟まれた小さな青い湖があり、日光を反射してサファイアのごとく輝いている。西側の斜面から銀白色の細い滝が流れ落ち、そこから立ちのぼる細かい霧が岸辺に自生するギンバイカやキョウチクトウなどの低木を覆っていた。日陰にある岩の割れ目にはいたるところにランの花が咲き乱れ、それと美しさを競うようにハンニチバナやシクラメンやシダが茂っている。

それはマックスがこの楽園のような島で見てきたどの風景にもまさるとも劣らない壮麗な

眺めだった。

カーロが馬を停め、畏怖のまなざしで周囲を見まわしてから地面におりた。「ついてきて。見せたいものがあるの」

彼女はシダに覆われた右側の岸辺へ進み、キイチゴなどの低木をかき分けながら斜面をのぼると、ふっと山腹に姿を消した。マックスは馬から飛びおり、あとを追った。

樹木に隠れるようにして洞窟《どうくつ》の入り口があった。内部はひんやりとして心地よく、薄暗くはあるが奥の天井にある割れ目から光が入るため、なにも見えないということはない。

広さは書斎ほどだが、似ているのはその点だけではなかった。岩壁の一面に棚がくり抜かれ、本が並んでいる。ナラの葉を通って天井から差しこむ金色の木もれ日が、素朴な家具を照らしていた。手作りの木の椅子が二脚と小さなテーブル、いくつかの木箱、火鉢、そして藁の寝床だ。

「精霊キュレネがアポロンを迎えた家だと思っているの」カーロが静かに言った。「イザベラがわたしにくれたのよ」

「きみの隠れ家だな」マックスはふいに納得した。

「そう、秘密の小部屋よ。誰からも非難されずに医学書を読めるよう、わたしがひとりになれる静かな場所が必要だとイザベラは考えたの」

マックスは日の光が揺らめく、こぢんまりとして落ち着いた洞窟内部を見まわした。滝の音がかすかに聞こえ、それが守られた天国のような雰囲気をかもしだしている。

ここは誰もがほっとする空間だとマックスは思った。だが今のカーロは怒りといらだちが勝ちすぎて、とても慰めを得る気分にはなれないらしい。

カーロがきつい口調で続けた。「イザベラはわたしにとって母も同然の存在なの。それだけじゃない。わたしが医術を学べたのもすべて彼女のおかげよ。イザベラがドクター・アレンビーを説得して、わたしを助手にさせてくれたの」

マックスはうなずいた。どの話を聞いても、独自の道を歩むようカーロを導いたのはイザベラだとわかる。

「彼女には心から感謝しているわ」カーロがこぶしを握りしめた。「だから絶対にとらわれの身のままにはしておかない。たとえわたしの命を懸けることになってもかまわないの。なにがなんでも助けだしたいのよ。どうしてそれをわかってくれないの？」

マックスにはよくわかった。「どんな犠牲を払っても救出するつもりでいるんだな」

「そうよ。それも今すぐでなくてはだめ。何週間も先だなんてありえないわ。待つのがつらいのよ。イザベラの身にどんなことが起きているのかと考えるのは耐えられない」カーロは激しくかぶりを振り、きつく目をつぶった。

「イザベラは必ず見つける」マックスは静かに答えた。その約束を守るためならなんでもするつもりだった。カーロの暗い顔を見るのは忍びなかった。

カーロは泣きはじめ、両手に顔をうずめた。

それほど嘆き悲しむカーロを見たのは初めてだった。不憫に思う気持ちがこみあげ、彼女を抱きしめたいと一歩踏みだした。だが、ふと別の考えが浮かび、足を止めた。

今、カーロに必要なのは慰めではなく、怒りに気持ちを集中させることだ。なにかに挑ませるのがいい。カーロは闘うということにいちばん敏感に反応する。

「だから、そうやってめそめそ泣いているのか？」マックスは皮肉をこめたゆったりとした口調で挑発した。「泣いたらイザベラが助かるのか？」

カーロはびくりとした。今、耳にした言葉が信じられないという顔をしている。

「きみがそんなに泣き虫だとは知らなかった」マックスは少しずつカーロの怒りをかきたてた。「いや、弱虫だな。すぐにあきらめる」

彼女は両手をおろし、涙に濡れた目をあげてマックスをにらみつけた。「わたしが弱虫だと思っているの？」

「感情的な女性だと思っている」

カーロはこぶしを握りしめて前に踏みだした。「ここに剣があればいいのに」

「同感だ。そうすればきみは怒りを発散できる」

マックスはカーロに近づき、彼女のうなじに手をかけた。カーロは逃げようとしたが、マックスは手に力をこめて許さなかった。

「どういうつもり？」カーロがぴしゃりと言った。

「キスをしようとしているんだ。さあ、黙って」マックスは顔を傾け、わざと荒々しく唇を重ねた。

突然の激しいキスに、カーロは不意を突かれたらしい。最初、彼女は抵抗した。怒った声をもらしながら、マックスの胸を押しやろうとする。彼はその口をふさぎ、無理やり開かせて息を奪い取った。

唇が触れた瞬間から、マックスの体は反応していた。今朝早くにカーロのベッドを離れて以来、ずっとこうしたいと思っていたのだ。カーロも体を寄せて、高揚しているふうに見える。きっとぼくと同じ激情にとらわれているのだろう。

マックスは舌を絡めた。カーロはまたかすかに抵抗の声をもらしたが、すぐにキスに応えはじめた。彼が腰に手をまわすと、彼女はみずから唇を開いた。

闘いは形を変えて続いた。カーロはまだ怒りに震えていたが抵抗はせず、代わりに挑むように舌を絡ませてきた。両手でマックスの頭をつかみ、濃厚なキスを返す。マックスが彼女の腰を引き寄せると、張りつめたものに気づいたのか震える息をこぼし、せつない声をもらした。

マックスは我慢しきれず、カーロを岩壁に押しつけて下腹部を密着させた。ちらりと顔をあげ、彼女の目に悩ましい表情が浮かんでいるのを確かめる。

「マックス……いけないわ」カーロが震える声で言った。

「聞く耳は持たない」

マックスは片手でカーロの両方の手首をつかんで頭上へあげさせ、もう片方の手でスカートをまくりあげた。

「やめて……」

「だめだ」マックスが短く答えると、カーロは目をしばたたいてから閉じた。

マックスは彼女の腿のあいだのカールした茂みを探った。カーロが体をこわばらせるのがわかった。さらに奥へと指を進め、すでに潤っているのを確かめた。

「ほら、きみも望んでいる」

歯を食いしばってこみあげる衝動をこらえながら、マックスはもう一度指を奥まで分け入らせ、親指で敏感な部分に触れた。

巧みな刺激に、カーロは体を震わせた。気がつくと、自分から悦びを求めて腰をそらしていた。力強い手に押さえられて身動きもできないまま、苦しいほどの快感に全身を貫かれる。彼のなすがままになっている状態に、不安どころか興奮を覚えた。

カーロが我慢できずに身をよじると、マックスがズボンの前を開けた。

彼はカーロの腰を持ちあげ、脚を開かせた。

彼女は声をもらすまいとしながら、マックスが体の奥に進んできた衝撃に耐えた。下腹部に力が入り、彼を強く締めつける。

マックスが青い目に情熱をたたえ、限界までわが身を突きあげた。渦を巻く甘い悦びが血管を駆けめぐり、カーロは熱に浮かされた低いあえぎをのみこんだ。

どれほどすばらしい感覚を味わっているのかを耳元でささやかれ、カーロは無我夢中で彼の腰に脚を巻きつけた。ゆっくりと力強く動きはじめたマックスともっと深くつながりたいと、彼の腿にかかとを食いこませる。

それは技巧も遠慮もない、本能に身を任せた行為だった。マックスが片手でカーロの頭を支え、熱い思いをぶつけてくる。カーロは自分が燃えあがってしまいそうに感じた。激しい動きに押しあげられて、狂おしいまでの欲求がわき起こる。

マックスがカーロを岩壁に押しつけ、猛々しく情熱をほとばしらせた。カーロは彼の肩にしがみついた。

息が荒くなり、体ががくがくする。

「みだらなきみを見たい……」

その言葉はカーロの体にいっそう火をつけた。いっきに絶頂のきわまでのぼりつめ、恥ずかしいほどに体が震える。早く終わらせてほしいと懇願すると、マックスはさらに動きを速めた。

カーロは彼の上着の肩に歯を立てた。マックスが苦しげなうめき声をもらしながら、まだ足りないとばかりに奥深くまで押し入った。

激情にのみこまれ、カーロはもはやなにも考えられなくなった。

めまいがするような快感がこみあげて背中をそらしたとき、クライマックスが襲ってきた。マックスがカーロの悲鳴にも似た声を唇でふさぎ、彼女をさらなる高みへと突きあげる。

カーロの痙攣する体を抱きしめて喜悦の声をむさぼりながら、マックスはみずからを追いこんでいった。最後の瞬間、腰を離し、身を震わせながらわが身を解放した。

彼の体から力が抜けた。がくりとカーロにもたれかかり、彼女の耳元で荒い息を吐く。

カーロは驚きに包まれていた。なんと生々しく激しい愛の交歓だろう。昨日の夜の優しいひとときとは大違いで、欲望に圧倒されたように互いを求めた。少なくとも彼女はそうだった。マックスのほうは理性のかけらを残していたらしい。カーロを妊娠させまいとしてくれたのだから。

甘酸っぱい満足を覚えながら、カーロはマックスの肩に顔をうずめた。わたしはこの人に自分をさらけだしてしまったけれど、それを後悔してはいない。おかげで怒りが消え、温かい気持ちになり、生きていることを実感できた。この男らしくたくましく生命力に満ちあふれた人がそばにいてくれたからだ。

「わざとこうしたのね……わたしの気持ちを和らげるために」

マックスがカーロの髪に頬を押しあててほほえんだ。「きみには怒りの矛先を向ける相手が必要だった。だからぼくがその役を買ってでたんだ」

「しかたがないから許してあげるわ」

マックスはくっくっと笑い、カーロを抱きあげたまま藁の寝床へ行った。まだキスの名残で赤く湿った唇に軽く口づけながら、一緒に横たわる。

片肘をついてこちらを見おろしているマックスの顔を、カーロは真剣な表情で見つめ返した。「今回はうまくいったかもしれないけれど、これでいい気にならないで。危険だから救出作戦から外れろなんて言葉は二度と聞きたくないわ。甘やかされるのはまっぴらよ。相手があなたであろうが誰であろうが、それは同じだから」

彼女の挑むような言葉に、マックスは罪作りなほど優しい目をした。「わかった。過保護にならないと約束するよ。ただし、ぼくの忠告も聞いてほしい」

「忠告？」

「そこまでしてイザベラを助けたいという気持ちは立派だ。だが、きみはもう少し忍耐を学んだほうがいい。なにもできないいらだちはよくわかる。だからといって、それをあたりちらしても解決にはつながらない。信じてくれ。ぼくにも経験があることだ」

「そんなことはわかっているわよ」

「だったら彼女の運命を思って泣いても、なにひとついいことがないのもわかるだろう？興奮していると、合理的な作戦が立てられなくなる。戦略を練るためには感情を押し殺して冷静になるのが大事だ」

カーロは口をとがらせた。「癇癪を起こすなと言いたいのね」

「違う。怒りそのものは悪いことじゃない。ただ、ちゃんと制御して、建設的な形で昇華させろと言っているんだ」マックスがにやりとする。「ぼくに剣を向けてもしかたがないだろう。一瞬、本当に喉を突き刺されるかと思ったぞ」

「ごめんなさい」カーロは少しだけ申し訳なさそうな顔をした。「本気で刺すつもりはなかったの」口元に挑発的な笑みを浮かべる。「せめて致命傷は避けなければと思っていたわ」

最後のひと言に、マックスが思わず笑った。「それはどうも」

彼はカーロの顎の線をなぞりながら考えこんだ。「ガウェイン卿に提案してみるか。イザベラが要塞にいると想定したうえで、仮の作戦を立ててみるのはどうだろう？　そうすればきみたちの仲間とも会えるし、もし本当にそこにとらわれていると判明したときは、ただちにアルジェへ向けて出発できる」

カーロの表情がぱっと明るくなった。「わたしはそういうことを望んでいたのよ」

マックスがカーロの鼻にキスをし、肩越しに振り返って洞窟のなかを見まわした。「ここならゆっくりふたりきりになれるな。泥棒みたいにきみの寝室に忍びこんで数時間の逢瀬を重ねるのはどうもうしろめたかったんだ。もちろん、ぼくがここに来るのをきみが許してくれればの話だけれどね」

カーロは唇を引き結び、悩んでいるそぶりをした。「そうね、考えてみようかしら。あなたが言ったとおり、わたしは忍耐を学んだほうがいいし、あなたはいい先生になってくれるかもしれないもの。わたしは覚えのいい生徒だとよく言われるのよ」

マックスが口元に官能的な笑みを浮かべて顔をさげた。「いいだろう。きみがどうしてもそうしてほしいならしかたがない……」

# 10

「この湖はアポロンがキュレネの風呂にするために造ったんだったかな？」マックスが物憂げに訊いた。あれから三日が経っていた。この日の午後、ふたりは裸のまま滝のそばにある岩棚で日光浴をしていた。マックスは仰向けに寝転がり、カーロはその腕を枕に横を向いてうとうとしている。

カーロはマックスのおもしろがるような口調に気づいたらしく、眠たげな顔でほほえみ返した。「伝説ではそう言われているわ。論理的に考えれば自然の作用ね。雨水と、山の上にわきでる温泉水がこの谷に流れこんでできたのよ。島のふたつの山は噴火こそしていないけれど火山なの。今でも温泉は出るわ。ローマ人はそれを利用して浴場を造ったというわけ」

「それは名案だったな」マックスは満足のため息をもらして目を閉じた。「ぼくはローマ人がこの景色を破壊しなかったことに感謝したいね」

ここは大いに気に入っている。湖や洞窟のあるこの場所は大自然がそのままの形で残り、信じられないほどに美しい。まさに恋人たちの楽園だ。それに天国のようだとも思う。こうして太陽の光を浴びていると静けさが魂にしみ入り、気持ちが和む。

だが、それ以上に大きな癒やしとなっているのがカーロの存在だ。彼女がそばにいると心が安らぐ。体は別だが……。

マックスもまたカーロの精神をなだめようと努めてきた。この三日間は毎日秘密の洞窟で会い、ときには優しく、ときには激しく思う存分戯れた。その一方で、カーロは忍耐を学んでいた。イザベラの救出が遅れていることには今もいらだちを感じているようすだが、焦るまいと努力しているのがよくわかった。

マックスは目を開け、カーロに顔を向けた。金色の陽光を受けて輝くクリーム色の肌を見ていると、また抱きたいという衝動がわき起こってくる。

こみあげる欲求を抑えながら、彼女のつややかな髪に手を伸ばした。

そのとき岩棚の真上にかかるナラの枝から、滝の音を切り裂く鳴き声が聞こえた。マックスは銃声を聞いたとばかりに飛び起きた。「なんだ、今のは?」

「そんなにびっくりしなくても大丈夫よ」カーロは穏やかに答え、膝をついて枝を見あげた。「こんにちは、ジョージ」

生い茂る葉のあいだに茶色い毛の塊が見える。どうやらフクロウらしい。

その鳥は羽をふくらませ、もう一度鋭い鳴き声をあげたあと、枝に沿ってカーロに近づいてきた。

「ジョージという名前なの」カーロがほほえみながら小声で言った。「コノハズクと呼ばれる種類よ。二年前、羽が折れているところを見つけたの」

フクロウにしては小型だが、目がやけに大きく、こいつは誰だという顔でこちらを見ている。

「きみが治したのか？」

「ええ。何週間もかかったわ。添え木をあてて飛べないようにして、餌《えさ》を与えたの。怪我が治ったので放してやったんだけど、ここが気に入ったみたい。普段は夜にならないと姿を見せないのよ。よっぽどあなたが気になったのね」

マックスは片手で顔をこすった。「大きな音を聞くと今でもだめなんだ」

カーロが同情するようにうなずいた。「退役軍人はそれで悩む人が多いと聞くわ」彼女は言葉を切った。「話してくれない？　わたしはこれでも結構、聞き上手と言われているのよ。それにいちばんつらい思い出と向きあえるようになれば、たいがいのことは平気になるというし」

マックスはびくりとした。あの悪夢の内容を話せるだろうか？　つらい記憶が鮮やかによみがえってきた。戦闘の真《ま》っ只中《ただなか》、自分が率いる連隊がフランス軍の砲兵陣地に攻め入った。あたりは血と煙に満ちた混乱状態だ。大砲の音がとどろき、足元の地面が炸裂する。悲鳴とともにぼくは落馬した。フィリップが助けに戻り、ぼくに手を差し伸べる……。

「だめだ」マックスは目をつぶり、顔をそむけた。「話したくない」

彼の目に浮かぶ怒りを見て、カーロは胸が痛んだ。どうにかして苦しみを癒やしてあげたい。できるものなら代わってあげたいとさえ思う。戦争の代償はえてして大きいものだが、それにしても彼が背負っているものは過酷だ。

マックスを慰めようと、カーロは手を伸ばして彼の腕に触れた。「一年前にあなたが島を去ったあと、わたしはよくここで蠟燭《ろうそく》を灯《とも》してあなたの無事を祈ったわ」

「きみの祈りは効き目があるらしい」マックスは硬い口調で言った。「大勢の男たちが死んでいったというのに、ぼくは生き残った」

本当にわたしの祈りが届いたのかどうかは怪しいものだわ、とカーロは思った。彼はまだ恐怖を抱えたまま生きている。

カーロは一度、マックスが悪夢を見ている瞬間を目撃していた。二日前、洞窟で激しく愛しあったあと、マックスがうとうとと眠りに落ちた。カーロが藁の寝床に横たわる彼の姿に目をやり、ハンサムな顔立ちや、黒いシルクのようなまつげや、整った唇を惚《ほ》れ惚《ぼ》れと眺めていたときだ。驚いたことに、ふいにマックスが声をあげた。体を震わせながら枕の上で激しく首を振るのを見て、カーロは彼の額にそっと手を置き、優しくなでた。それで落ち着いたのか、マックスはカーロの名前をつぶやきながらまた眠りに落ちた。

彼はまだ病んでいる。すっかり立ち直ったわけではないのだ。

話してしまえば少しは楽になると思うのだが、だからといって無理やり話を聞きだすことはできない。

カーロは立ちあがり、昼食用にパンやチーズと一緒に持ってきた革製の酒袋を取りあげると、岩棚に沿って滝のほうへ向かった。水しぶきに近い岩棚の端に腰かけ、足をぶらぶらさせる。酒袋からワインをひと口飲み、太陽に顔を向けながら待った。これまで治療してきた多くの患者や動物たちのように、マックスも自分を信頼するようになってくれないだろうかと願いながら。

マックスがしぶしぶといったようすで立ちあがり、カーロのそばへ来て隣に腰をおろした。細かい霧がカーロのまわりに漂っていた。マックスは差しだされた酒袋を受け取った。ワインは甘くてこくがあった。霧はひんやりと涼しく、太陽はぬくもりと滋養に満ちている。長い沈黙のときが流れた。聞こえてくるのは滝の音だけだ。

サファイアのような湖を眺めながら、気がつくとマックスは五年も胸に秘めてきた思いを語りはじめていた。

「親友を戦争で亡くしたんだ」彼は淡々と話した。「兄弟も同然の仲だった」

カーロが振り向いた。灰色の瞳がこちらの表情をうかがっている。意外にも、先を促そうとはしなかった。「じつの兄弟はいないの？　ご家族は？」

いちばん深い傷を探られなかったのがありがたかった。「年老いたおじがひとりいるだけだ。両親はぼくがイベリア半島に駐留しているあいだに病死した」

「お気の毒に」

「ぼくも残念だよ。ただ両親とはずっとうまくいっていなかったし、軍に入ってからは会う機会も少なかった。父はぼくが入隊したことが気に食わなかったんだ」

「あなたを戦争に行かせたくなかったということ？」驚いたというよりは理由が知りたいと

いう口調でカーロが尋ねた。

「ああ。ひとつには、ただひとりの跡継ぎであるぼくを失いたくなかったからだが……」マックスは顔をゆがめた。「そもそも裕福な郷士の息子は、国のために血を流す必要などないと思っていたんだ」

「あなたはなぜ入隊したの？　子爵を継ぐ人がそんな危険を冒す必要はないのに」

マックスは岩棚の上で仰向けになり、父との口論を思いだした。「そのとおりだ。だがぼくは冒険をしたかったし、名誉を望んでいたし、人生に崇高な目的が欲しかった。ナポレオンが次々と各国を征服するのを見て、なにかしたいと思っていたんだ。だからフランスが英国上陸作戦に打ってでたとき、行動を起こそうと決めた」そしてフィリップも同じ道を選んだ。

声が詰まり、マックスは湖に視線を向けた。滝の勢いで水面は泡立ち、さざ波が立っている。故郷を離れて戦争という動乱のなかへ身を投じるまでは、自分の人生もこの湖のようなものだった。「ぼくのせいでフィリップも戦争へ行くことになった。そして四年後……彼はぼくの命を救おうとして死んだ」

カーロは静かに訊いた。「だからジョン・イェイツが瀕死の状態に陥ったとき、あれほど必死に助けようとしたのね。彼もあなたの命を救おうとして怪我をしたから」

マックスはごくりと唾をのみこみ、しばらくしてうなずいた。

「お友達が亡くなったあとは？　除隊する道もあったのに、そうしなかったのね」

「フィリップの死を無駄にしたくなかったんだ。フランス軍を倒すか、さもなくば討ち死にする覚悟で戦った」

「親友を亡くして、さぞ寂しいでしょうね」

身を切られる思いだ。ふたりは子供のころからずっと一緒だった。長じてからはともにオックスフォード大学に進み、若さに任せて放蕩《ほうとう》も尽くした。よく遊んだし、よく笑った。悪ふざけに興じたり、ふたりで尻の軽い女性を口説いたりしたこともある。戦場では、何度も互いの命を助けてきた。最後のときが来るまで。

マックスが黙りこんでいると、カーロが穏やかな声で続けた。「きっと人生が変わってしまったのよね。そんなに長いあいだ何百人もの部下を指揮していたら、わたしならときどき孤独を覚える気がするわ」

マックスは酒袋を握りしめた。そう、ぼくは孤独だ。家族と親しい友人たちという、人生でもっとも大切なものをなくした。フィリップが死んだあとは、部下たちともあまりかかわりを持たないようにしてきた。もはやなにをしても心から楽しめない。ぼくはなんと多くのものを失ったのだろう。

彼は大きく息を吸いこんだ。なにを暗い気分にひたっているんだ。そんなことを嘆ける立場ではないだろう。世間には手足を切断された者もいれば、命を落とした者もいる。ぼくより大きな犠牲を払った兵士はいくらもいるのだ。

それに、孤独はぼくが背負うべき重荷だ。フィリップを死なせてしまった罰なのだから。

マックスは酒袋を持ちあげてひと口飲んだ。

「兄弟よりも強い絆で結ばれるのが戦友だと聞いたわ。そういうものなの？」

彼はフィリップの笑顔を思いだし、暗い気分を振り払おうと努めた。「それは本当だ。多くの軍事作戦にかかわっていれば、つらいことやみじめなことが山ほどある。それをともに耐えるうちに絆ができるんだ。あの連帯感が懐かしいよ……」

マックスは顔をしかめて言葉を切り、横目でカーロを見た。「秘密を洗いざらいしゃべらせる気だな？」

「そんなことはないわ」彼女の穏やかなほほえみは、じつはそのつもりであることを物語っていた。

彼は胸につかえていた暗い感情が和らいでいくのを感じた。霧のせいでカーロの顔には虹《にじ》がかかり、前髪が濡れてカールしている。これほど愛らしいものをこれまでに見たことがあっただろうか？

マックスは手を伸ばし、カーロの顔にかかる髪を耳のうしろにかけた。「じゃあなぜぼくは、これまで誰にも話さなかったことをぺらぺらとしゃべっているんだ？」

「きっとここにいるとほっとするからよ」カーロは湖のほうへ手を伸ばした。「この島は特別なの。とりわけこの場所はね」

違う、カーロが特別だからだ。彼女は癒やしの手を持ち、優しさに満ちている。そして今、その唇はワインで濡れている。

マックスはカーロの口元をじっと見つめた。

彼女はみずから進んで体を許してくれた。だがぼくは、それよりはるかに深いものを求めるようになっている。男の欲求だけなら自分で処理すればすむ話だし、戦場ではそうしてきた。島の女性たちを相手にしてもいい。島に着いた当初から流し目を送ってくる美女が何人もいるのだ。体が欲しいだけなら、もう充分に満足していてもよさそうなものだ。だが、ぼくはもっと多くを望んでいる。

ぼくの魂を癒やしてくれるのはカーロだけだ。心の闇を消してくれる女性は彼女しかいない。

カーロが彼を見あげた。マックスは手を伸ばさずにいられなくなり、両手で彼女の頬を包みこんだ。カーロがキスを求めてきたことに吐息をもらし、その唇をむさぼる。今は彼女の慰めのすべてが欲しい。ぼくにとってカーロは甘くて悩ましい大切な贈り物だ。

マックスに家まで送ってもらいながら、カーロは悩んでいた。時刻はすでに午前三時に近く、下弦の月があたりを照らしている。こんな静かで美しい夜にマックスの情熱を感じていると、心が穏やかに満たされる。だが、それが問題だった。このままでは誓いを守りきれなくなりそうだ。

秘密の隠れ家なら大丈夫だろうと思っていた。だからこそ、遺跡ではなく洞窟へマックスを連れていったのだ。どちらも景色がすばらしく、ほっとする場所であるのに変わりはない。

湖を選んだのは、わが家も同然のあの場所なら自分を律しやすいだろうと考えたからだ。

カーロはふたりの関係を体だけのものにとどめ、心は許さないつもりだった。だが、その気持ちが大きくぐらついている。

マックスがいけないのだ。彼と一緒にいると、自分が美しくて女らしく、求められていると感じてしまう。長いあいだ抑えこんできた願望を引きだされてしまうのだ。今わたしは人生で初めて、女性としての力を知りはじめている。マックスほどの男性が、わたしが触れただけで反応するのを見るとぞくぞくする。

それに彼は、イザベラのことで悩むわたしの気持ちを少しでも軽くしようと優しく接してくれる。わたしの焦りを理解し、あさってには作戦会議を開けるよう手配してくれた。

マックスの心の傷のこともある。その目に浮かぶ暗い翳を見ていると、なんとかしてそれを消してあげたいと本能的に思ってしまう。

そのとき前方の暗闇から馬に乗った男性がこちらへ駆けてくるのに気づき、カーロはわれに返った。なんとジョン・イェイツだった。カーロの自宅が近いことを考えると、彼女に用事があるのだろう。

イェイツが速度をあげ、ふたりの前に来て馬を停めた。

「あなたが言っていたとおりでした。証拠をつかんだんです」

「どうしたの？」

「やはりダニエレには裏がありました」イェイツはつらそうな声で言った。「あなたから忠告を受けたあと、罠を仕掛けました。ダニエレが見つけそうな場所にぼくの日記を隠し、今夜、その……彼女の誘惑にのって、そのあと眠りこんだふりをしたんです」

「彼女は罠にかかったのね？」

イェイツが寂しそうにうなずく。「ダニエレは日記を盗み読みながら、ずっとメモを取っていました。もちろん、困った事態になるようなことは書いてありません。偽装した日記ですから」

「彼女がなにを捜しているのか察しはつく？」

「この二、三日、ぼくに探るような質問をしてきましたし、ぽろりとこぼした言葉もいくつかあります。それらを考えあわせると、どうやら〈剣の騎士団〉のメンバーの名前を知りたがっているみたいです」

マックスの前でうかつに組織の名前を出してしまったところをみると、イェイツはかなり動揺しているのだろう。マックスが気づいていませんようにと祈りながらカーロは隣を盗み見たが、彼は真剣な顔で話を聞いていた。

イェイツが続けた。「もしそうなら、ダニエレはでっちあげられた名前を一〇人分ほど手に入れたことになります。これから存在もしない人間を捜すはめになるでしょう。ただし、あなたは別です」マックスに顔を向けた。「日記にはあなたのお名前も書かせていただきました。ひとりくらい知っている人が入っているほうが信憑性《しんぴょうせい》が高くなると思ったものですから」

「ぼくが外務省の職員だと信じこませたのか？」
「そうです」
カーロは慌ててダニエレ・ニューハムに話を引き戻した。「彼女がひとりで動いていると
は思えないわ。陰で糸を引いているのが誰なのか知る必要があるわね」
「ええ。ダニエレをつかまえて尋問すべきでしょう」
「今、どこにいるのかわかる？」
「いいえ。ぼくが寝ていると思って、彼女はそのまま出ていきました。町へ戻ったんじゃな
いでしょうか。ダニエレは兄と家を借りています。今ごろは荷造りをしているかもしれませ
ん」
「島を出ようとしているということ？」
「ええ」イェイツはみじめな声で言った。「こそこそしていましたから、今夜中に逃げだし
たとしても驚きません。だから、相談に来たんです。ぼくひとりでは阻止できませんから」
「ライダーは？　彼にも話したの？」
イェイツがうつむく。「いいえ、ライダーのところへは行っていません。先にここへ来ま
した。ダニエレのかもにされていたことをガウェイン卿に報告する前に、片をつけておきた
かったんです」
カーロはうなずいた。だまされていたことを隠したい気持ちはよくわかる。だがもし黒幕
の名前が判明すれば、貴重な手がかりをひとつつかめる。

「ヴェラの手を借りましょう」

「そうですね」

イェイツが賛成した理由ははっきりしている。ヴェラが大家族とともに暮らす自宅は、彼の店の近くにある。つまり港を見おろす町なかにあるのだ。ヴェラなら眠ってはいるだろうが、自宅にいる可能性が高い。それにもし今夜ニューハム兄妹が船で島を脱出するつもりなら、元密輸商だったヴェラの経験が大いに役立つはずだ。彼は夜中に船を出すときの秘訣《ひけつ》を知り尽くしている。

彼女の考えを読んだようにイェイツが訊いた。「今夜、出航するのは可能ですか?」

カーロは地平線に低くかかる月を見あげた。あと一時間ほどで沈むだろう。「港の入り口にある岩礁にのりあげる危険を覚悟するなら、船を出すでしょうね。たぶん、腕のいい船長や船員を雇っているだろうし」彼女は唇を引き結んだ。「先に港を確認して、そこにふたりがいなければ自宅を捜しましょう」

「そうですね」イェイツはマックスに目をやった。「一緒に来てくださいますか?」

「もちろんだ。一戦交える可能性が高そうだから、武器を用意したほうがいい」

「ピストルを二挺《ちょう》持っています」イェイツが腰を叩いてみせた。

「家に戻ればもっと用意できるわ。船に乗りこむことになるかもしれないから、着替えておきたいし」

イェイツがすぐさま馬を引き返し、三人はカーロの厩舎を目指した。

マックスは顔をゆがめた。カーロを守りたい気持ちが強くわき起こる。本当は一緒に来ると言いたかったが、口にはしなかった。危ないから残っていろなどと言えばどうなるかはわかっている。カーロに迷いはみじんもないらしく、目の前の事柄に気持ちを集中させている。厩舎に着くなりひらりと馬をおり、さっさと家に入っていった。

そしてすぐに戻ってきた。スペインで見たゲリラ兵のような黒っぽい服に着替えている。マックスは鋭い視線を向けた。これが自分の腕のなかで何時間も過ごした官能的な恋人の姿だとはとても思えない。

カーロは四挺のピストルを持っており、そのうち二挺をマックスに手渡した。

「弾はこめられているのか？」マックスは火薬の入った袋と銃弾を受け取りながら訊いた。

「当然よ」カーロは身軽に馬に飛び乗り、敷地を出ながらイェイツに言った。「考えたんだけど……船であとを追うはめになったときのために、ビディック船長にも来てもらったらどうかしら」

イェイツがうなずくと、カーロはふたりの元騎兵将校をあとに従えて馬を疾走させた。町へ入るとふた手に分かれ、イェイツはビディック船長のもとへ、カーロとマックスはサントス・ヴェラの自宅へ向かった。

ぐっすり眠っていたヴェラを起こし、手短に事情を説明した。ヴェラは浅黒い顔に白い歯をのぞかせてにやりとし、あっというまに着替えた。

外に出ると、イェイツとビディック船長がヴェラの店の前に馬をつないでいるところだった。

カーロがマックスとイェイツにささやいた。「なるべく静かにするよう気をつけて。海の上は意外に遠くまで音が伝わるから」

五人は港へおりる砂利敷きの坂道まで歩き、いちばん近い建物の陰から港を見おろした。黒い海面が月明かりを受けてちらちらと光っている。ヴェラが黙ったまま一方向を指さした。マックスはすぐにその意味を理解した。

港には無数の船が停泊していたが、そのなかで二本マストの小型帆船だけが甲板にランタンの明かりを灯していた。帆布が見える。

「予想どおりだな」ヴェラが苦々しげに言った。「帆を張っていやがる」

# 11

マックスは黙って物陰に移動し、あとの四人もそれに続いた。

「あのふたりをつかまえるには、甲板に乗りこんで船を押さえるしかない」マックスは言った。

「それもこっそりとね」カーロが静かにつけ加える。

「小さなボートで接近すれば大丈夫だろう」ヴェラが言った。

「義足でもボートぐらい漕《こ》げます」イェイツが志願した。「ダニエレを問いただす役はぼくにやらせてください」

ヴェラがうなずく。「よし、じゃあ、船に乗りこむのは四人だ。イェイツはボートで待っていろ。船を管理下に置いたら乗せてやる」

「そのあとは？」マックスは訊いた。

「国王の名のもとに、あのふたりを逮捕します」イェイツが険しい表情で言った。

「ガウェイン卿にそんな権限があるのか？」

「この近海に関しては、あらゆる事柄とすべての人間に対して完全な権限をお持ちです」

カーロが言った。「証拠を捜す必要があるわ。ダニエレがメモした名前の一覧よ。そうすれば、あの兄妹が罪人だとガウェイン卿に証明できる」

「ええ。それが見つかったら、ふたりを城へ連行しましょう。あとはガウェイン卿が処分を考えてくださいます」イェイツはマックスを見た。「どうか乗船班の指揮を執ってください」

マックスは反論が出るに違いないと思って片方の眉をつりあげたが、ほかの三人はあっさり賛成した。「わかった。どんな展開が予想される？」

ビディックが答えた。「あの船の船長なら知っている。さほど抵抗しないだろう」

カーロが口を挟んだ。「でも、ニューハム兄妹はきっと反撃してくるわ」

マックスはカーロを見た。「ダニエレを取り押さえられるか？」

「もちろんよ」彼女はそっけなく言った。

「それなら、ぼくは兄のピーターをとらえる。ビディックは相手方の船長、ヴェラは残りの船員を頼む」

ヴェラがにっこりした。「よろこんで、セニョール」

「急いだほうがいいわ」カーロが港を指し示した。

船が動きはじめていた。ありがたいことに風が弱く、帆はあまりふくらんでいない。だが船はすでに港を出る狭い水路に差しかかり、切りたった崖のあいだを通り抜けようとしていた。

「ヴェラ、使えそうなボートを見つけてくれ」

五人はジグザグになった坂道をひとりずつ忍びおりていった。マックスはヴェラを先に行かせた。元密輸商の目が、多くの船のなかから目的にかなった一艘《そう》を見つけだした。カーロもなにをすべきか心得ているらしく、黙ったまま手際よくヴェラとともにもやい綱をほどいた。

男性四人がオールを手に取り、カーロは舵《かじ》をつかんだ。イェイツは決意を秘めた厳しい顔でオールを動かしはじめた。水を打つかすかな音だけをたてて、ボートは静かに海面を滑っていった。

船に接近すると、マックスは速度を落とすよう仲間に手で指示した。船尾に近い左舷の手すりに錨《いかり》がかかり、ロープが垂れている。

ヴェラが真っ先にそのロープをのぼり、甲板を確認したあと問題なしの合図を送ってよこし、手すりを越えて姿を消した。

マックスもあとに続き、足音を忍ばせて甲板におりると、ロープで結わえてメインマスト近くに置いてある樽の陰にかがみこんだ。ニューハム兄妹の姿はなく、五、六人の船員が忙しそうに帆やロープを操っている。舵を手にしながらスペイン語で怒鳴っている男が船長だろう。

マックスはカーロがロープをのぼれるかどうか心配だったが、彼女はすぐに姿を現した。女性にしては珍しい訓練を受けていると言っていたが、本当にそのとおりらしい。

続いてビディックものぼってきた。イェイツは予定どおりボートにとどまり、あとで縄ばしごがおろされるのを待っている。マックスは、ビディックが甲板におりたのを確認するや進めの合図を出した。

甲板を突っきったマックスは、スペイン人の船長の後頭部に銃口を突きつけた。

「セニョール、申し訳ないが、船を停めて帆をおろしてほしい。ガウェイン・オルウェン卿がこの船の客人に訊きたいことがある」

船長は驚いてうめき声を発したがとくに抵抗せず、すぐさま言われたとおりにした。船員たちもそれにならい、黙って指示に従った。

マックスは船長をビディックに任せ、カーロの待つ昇降口へ向かった。先にはしごをおり、ニューハム兄妹を捜しに行く。

最初に入った船室にふたりはいた。小さなテーブルを挟んで座り、ワイングラスを傾けている。祝杯のつもりらしい。カーロが二挺のピストルを自分に向けているのに気づくと、ダニエレの顔から得意げな笑みが消え、はっとした表情に変わった。

ピーターはやにわに立ちあがり、逃げだすそぶりを見せた。だがマックスのピストルが自分の胸を狙っているのを目にして、おとなしくしているほうがいいと判断したのだろう。両手をあげ、また椅子に座りこんだ。

「いったいどういうこと?」ダニエレが甲高い声をあげた。

「身に覚えがあるはずよ」カーロが辛辣な口調で答えた。

彼女は一挺のピストルを腰に挟み、船室内を捜しはじめた。まずはダニエレのバッグとケープのポケットを探る。

「無礼だわ！」ダニエレが抗議したとき、ちょうどジョン・イェイツが入ってきた。

手には二本のロープを持っている。その一本を使い、わめきたてるダニエレの手首を縛りはじめた。結び目を締めあげたとき、ダニエレが顔をしかめたのにマックスは気づいた。どうやらイェイツは、裏切り者の元恋人に対して裁量権を行使することに満足を覚えているらしい。それでもきちんと怒りを抑え、相手に怪我をさせるようなまねをしないかぎり、質問する役はイェイツに任せるべきだろう。

寝台の下に押しこんであった旅行鞄から、書類の入った革の袋が見つかった。カーロが中身を調べはじめると、ダニエレは奇妙にも押し黙った。

イェイツは差しだされた書類を見て厳しい顔でうなずき、元恋人に目を向けた。

ダニエレは顎をあげて突っかかった。「わたしがなにをしたというの。罪になるようなことはなにもしていないわよ」

「犯罪ではないかもしれません。でも、あなたはぼくをだましていました」イェイツの声には憤りがにじみでていたが、冷静さは保たれていた。

「なんの話かさっぱりわからないわ」

イェイツが鋭い侮蔑の視線を投げかけた。「ぼくを手玉に取るなどわけもないと思っていたんでしょう？　あなたが熱心に見入っていた日記ですが、あれは偽造したものです」

ダニエレはきれいな唇を大きく開いたが、すぐにまた閉じた。「ちょっと興味を持っただけよ」彼女はすばやく立ち直った。「なにを探っていたんです？　名簿ですか？」

ダニエレは黙りこくっている。

「いったい誰に雇われたんです？」

「あなたに話すことはなにもないわ」

「じゃあ、ガウェイン卿にお話しください。あなたが城の地下牢をどれほど快適に感じるか試してみましょう。しゃべる気がなければ、かなり長く入るはめになりますからね」

「そんなことをする権利はないはずよ」

イェイツは冷ややかな笑みを浮かべた。「レディに反論するのは本意ではありませんが、ぼくらにはその権利があるんです」

「島の副総督に訴えてやるわ」

「却下されるだけでしょう。すぐにおわかりになると思いますけれど、キュレネ島ではガウェイン卿の意向が法律そのものなんです。副総督は協力的ですよ。それにもうひとつ、いつまでも駄々をこねていると、ガウェイン卿にオーストラリアの流刑植民地へ送られますよ。何カ月も囚人たちのなかに閉じこめられていたら、あなただっておのずとしゃべりたくなるでしょうね」

この脅しに、ダニエレは絶望的な表情になって目をそむけた。

イェイツは最後にもう一度ロープの結び目を確認し、先ほどから口を閉ざしている兄のピーターのほうへ行った。ところが腕を縛ろうとしたとき、ピーターがふいに立ちあがり、イエイツを押しやってドアへと走った。

カーロが銃口をピーターの左腿に向けた。マックスが止めていなければ、本当に撃っていただろう。「放っておけ」

彼女は鋭い目でマックスをにらんだ。制止されたことを怒っているのだ。

「どうせ逃げられやしない」

その言葉どおりになった。ダニエレを追いたてて船室から甲板へ出ると、ピーターが手すりのそばで大の字になって倒れていた。ヴェラが白い歯をのぞかせて、ピーターの背中をブーツで踏みつけている。

ビディックが上機嫌でピーターを立たせた。「汚いドブネズミを一匹つかまえておいたぞ」

彼は慣れた手つきで器用にピーターを縛りあげた。一行は渋るふたりをボートに乗せ、港に戻った。

ヴェラが馬車を取りに行った。すでに月は沈んで、空には星しか見えない。ニューハム兄妹を馬車に乗せ、イェイツとビディックが見張り役として一緒に乗りこむ。ヴェラが御者台に座り、馬車を城へと走らせた。

カーロとマックスは自分たちの馬であとをついていった。ヴェルヴェットのような空にダイヤモンドのごとき星がまたたいている。夜は静かに彼らを包みこみ、聞こえるのは馬車の車輪の音と、馬の蹄の音だけだった。

カーロは急に疲れを感じた。だが、ニューハム兄妹の逃亡を阻止できたことに安堵も覚えていた。

だが、ほっとしたのもつかのまだった。マックスが探るような質問をしてきた。「あのふたりは長く監禁されると思うか？」

「なにを探っていたのか、誰に雇われているのか、それをしゃべるまでは牢に入ることになるでしょうね」

「本当にオーストラリアへ送られるのか？」

「たぶんそうはならないわ。もっともガウェイン卿がそれを脅しの手段として使うことはあると思うけれど」

「だが、どちらにしても裁判にはかけられないわけだな」

「そうよ。おおやけの場には出さない」

「秘密主義なんだな」

その言葉に含みがあるのを感じ取り、カーロは鞍の上で身じろぎした。「わかってちょうだい。組織の活動はなるべく伏せておきたいのよ。それに、ガウェイン卿があのふたりに罰を与えないこともありうるわ。そのまま英国へ送り返すかもしれない。もちろん、そのときは監視をつけるし、英国にいる仲間たちにあらかじめ警告もしておくけれど」

長い沈黙のあと、マックスが静かに訊いた。

「〈剣の騎士団〉とはなんだ？」

カーロは心臓が止まりそうになった。「ただの愛称よ。自分たちが所属する部局を、仲間内ではそう呼んでいるの」

その作り話が通じたのかどうか自信はなかった。マックスは暗闇を通してこちらの表情をうかがっている。そのうえ質問をやめようともしなかった。

「きみたちは非常によく組織されている。それにガウェイン卿には、自由に使える資金と人材がいくらでもあるらしい。本当にただの外務省の一部門なのか？」

「もちろんよ」少なくとも、まったくの嘘ではない。

「外務省の部局が地中海の小さな島にあるというのも解せない」

「その理由は説明したはずよ。ヨーロッパ大陸に近いのが外交上有利なの。もっとも、孤立していることで不便さはあるけれどね」

「それに、すべてを明らかにしているわけでもないというのか？」

「そのあたりはガウェイン卿に尋ねてちょうだい」カーロは言葉を濁した。

「訊けば教えてもらえるのか？」

「ガウェイン卿はあなたを組織に引き入れようとしていらっしゃる。あなたがそれを承諾すれば、知りたいことはすべて話してくださるはずよ」

「だが、それ以前は無理だと？」

「ええ、おそらく」

できるものならマックスの疑念を晴らしたいが、ガウェイン卿から許可を得ないまま勝手に組織の秘密を話すわけにはいかない。それとも許可を求めてみればいいのかしら？　今夜の行動を見ていると、マックスが騎士道精神に満ちあふれているのはよくわかる。きっとすばらしい同志になるだろう。

組織の本当の歴史と目的を知り、任務の重要性を認識すれば、彼も心を動かすかもしれない。

「いずれにしても、ガウェイン卿と話をしてみるわ。あなたはすでに充分に貢献してくれているもの。それを考慮に入れて、特別な対応をされるかもしれない」

カーロがガウェイン卿と個人的に話ができたのは、それから一時間ほどあとだった。ニューハム兄妹を城に連行したあと、長い尋問が行われた。それが終わるとカーロはガウェイン卿を連れだして説得に努めた。

ほっとしたことに、ガウェイン卿はマックスの待つ応接間まで一緒に来てくれた。

「ミスター・レイトン、きみの協力には心から感謝するよ」ガウェイン卿が告げると、マックスは立ちあがった。「あの兄妹は組織を危険にさらすところだった。われわれのいちばんの強みは任務を極秘裏に遂行できることだ。面が割れてしまっては活動しにくくなるし、部下が報復の標的になる可能性もある」

「彼女は雇い主の名前を吐いたんですか？」

「ああ、自白したよ。英国人らしい。真偽のほどはわからないがね。本国にいる部下に調べさせて、次の措置を講じるつもりだ。もう危険がないと判断できるまで、あのふたりは城内に軟禁しておく」

　ガウェイン卿は言葉を切った。「きみにもっと多くのことを説明するべきだとカーロに説得されたよ。組織に誘いたければ、きちんと正体を明かしたほうがいいと。カーロ、きみにその役目を任せてもかまわないかね？」

「もちろんです」カーロは即答した。

　得意げな声だ、とマックスは思った。一方、ガウェイン卿は厳粛な表情をしている。「ミスター・レイトン、どうか理解してほしいのだが、これから知ることについてはいっさい口外しないと約束してもらいたい。きみに聖なる信託物をお見せする。戻ってきたら、また話をしよう」

　謎めいた説明に困惑しながらも、マックスは黙ってうなずいた。好奇心を抑え、カーロについて部屋を出る。ふたりは城の奥へ進み、地下牢のある階へおりた。

　カーロは大きな鍵を使ってどっしりとしたオーク材のドアを開け、暗くてかびくさい貯蔵庫へ入った。ランタンを灯し、さらに大きなドアの鍵を開ける。なかに入るとしっかりとドアを閉め、緩やかにくだる広い通路を進んだ。

　空気はひんやりと湿り、かすかに潮の香りがする。五、六分ほど行くと鍾乳洞《しょうにゅうどう》に出た。一面が黒い水に覆われ、水面にさざ波が立っている。

「地底湖か？」マックスは尋ねた。

「そうよ」短い木の桟橋に三艘のボートがつながれていた。カーロはいちばん手前のボートに近寄った。「このあたりには無数の水路があって、最後は海へ抜けているの」

マックスは洞窟のなかを見まわした。岩壁は奇妙な形に堆積《たいせき》した石がいくつもあり、鉱物を含んでいるらしく、ランタンの明かりを受けて輝いている。天井からはつらら石がさがり、水滴が伝っていた。わき水や雨が岩肌からしみだした作用で、何千年もかけてできた形状なのだろう。

岩壁にはいくつも裂け目があった。さっきカーロが言っていた水路に違いない。さしずめ地底の迷路といったところだ。

カーロはボートの舳先《へさき》にランタンを取りつけ、マックスが先に乗るのを待った。

「申し訳ないけど、目隠しをしてもらうわ」

「そこまで秘密主義にしなくてはならないのか？」

「そうする理由はすぐにわかるわ。それと、名誉に懸けて誓ってほしいの。あなたがこれから目にすることは絶対に誰にもしゃべらないと約束して」

カーロはこれまで見たことがないほど厳粛な表情をしている。

「わかった、誓おう」マックスはまじめに答え、黙って目隠しをされた。

彼はなにも見えないまま、じっと座っていた。ずいぶん進んだところで、ようやくボートが停まり、オールを置く音がした。空気は先ほどよりすがすがしく、音が妙に反響している。岩肌に水が静かにあたり、遠くで波が打ち寄せていた。

「もう目隠しを取ってもいいわ」

マックスは言われたとおりにした。ボートは巨大な鍾乳洞のなかにある広い湖の真ん中に浮かんでいた。天井は円く、大聖堂を思わせるほどの大きさがあり、ランタンの明かりでは暗闇を照らしきれていない。

あまりに荘厳な光景に畏怖の念を覚え、マックスの鼓動は速まった。周囲一面がすばらしい形状の石で取り囲まれている。湖からは柱状やアーチ状に石がせりあがり、それが高い天井から垂れさがるつらら石とつながっていた。

小さなランタンの明かりのなかでも、石には半透明のものや、水晶に似た透明なものや、灰色のものがあるのがわかり、ところどころに赤みや黄みがまじっているのが見える。

「みごとだな」マックスは圧倒されてつぶやいた。

「目的地はまだ先よ」

カーロはふたたびオールを手に取り、裂け目やくぼみがいくつも見える奥のほうへボートを進めた。

水面はさざ波が立ち、まるで黒いサテンのようだ。金色の光が岩肌を滑りながら不気味に躍るさまに、マックスの目は釘づけになった。

しばらく進むと、ひとつの裂け目からかすかに明かりがもれているのに気づき、ボートがそこへ向かっているのだと悟った。水路は小さなボートがやっと通れるほどの幅しかなく、曲がりくねっている。

前方の明かりが少しずつ大きくなってきた。やがて水路を抜けると、驚いたことに突然、光の洪水に襲われた。壁にはずらりとたいまつが並び、昼間のごとき明るさで洞窟内を照らしている。

広さはカーロの秘密の隠れ家ほどしかないが、個人宅の礼拝室か寺院のように静寂に包まれていた。

実際、祭壇も設けられている。

岩棚の手前で湖は終わっていた。そこから二〇メートルほど先に岩を荒く削った短い石段があり、金銀で装飾された立派な祭壇へと続いていた。祭壇には一本の大きな剣が額に入れて飾られている。鋼の刃《やいば》に、宝石を埋めこんだ金の柄がついた立派な剣だ。

マックスは喉元を打たれたかのように息が詰まった。たしかに宝石の輝きはすばらしいが、目を奪われたのは豪華さではない。その剣は神秘的とさえ言える独特で強烈な雰囲気を放っていた。

「あれがガウェイン卿の言われた聖なる信託物なんだね」マックスの声は震えていた。

「そうよ」

カーロはボートをつないで岩棚にあがり、脇へよけた。マックスはボートをおりてゆっくりと階段をあがっていき、近くで見ようと剣のそばに寄った。

これほど多くのたいまつが燃えているというのに、ふいに周囲が暗くなり、マックスは奇妙な衝撃に包まれた。静かで穏やかだが、なんらかの力が満ちていくような感覚だ。

「これはなんだ？」マックスはつぶやいた。

「あなたも感じたのね」それは質問ではなかった。

「ここはどういう場所だ。この剣はいったい……？」

「生きた伝説よ」

「伝説？」

「アーサー王のことは知っている？」

「マロリーやミルトンが書いている伝説の王だな」

「それが伝説ではなかったの。実在したのよ。これはアーサー王の聖剣のエクスカリバーよ」

マックスは啞然として洞窟内を見まわし、また剣に視線を戻した。「どうしてここに？」

「長い話になるから座りましょう」

祭壇の両脇には御影石の板が長椅子の形に置かれていた。カーロは剣の見えやすい右側の長椅子へマックスをいざなった。

「伝説によれば、このエクスカリバーはアヴァロン島で妖精《ようせい》の鍛冶師《かじ》によって作られ、湖の乙女によってアーサー王に手渡されたの」

「だが、どの作品を読んでも、聖剣は行方不明になったと書かれていたぞ。死に際にアーサー王が騎士に命じて湖の乙女に返させたからだ」

「そのとおりよ。湖に投げ入れるようヴェディヴィアに命令した」

「でも、そうしなかったというのか？」

「ええ。亡命した騎士や信奉者たちがこの島へ持ちこんだの。そのなかに初代ガウェイン卿がいたのよ」

マックスは眉をひそめ、カーロの顔をのぞきこんだ。真剣きわまりない表情だ。「ガウェインといえば、アーサー王に仕えるもっとも優秀で忠誠心の厚い騎士だ。最後は殺されたとされている」

「深い傷を負ったけれど、一命は取り留めたわ。そして療養のためにキュレネ島へ来た。当時もこの島は受難者に温かかったみたい」カーロは静かに続けた。「初代ガウェイン卿と四〇人ほどの円卓の騎士たちは、より大きな目的を持って島に定住した。言うなれば聖戦を始めようとしたの」

カーロは声を落とした。「彼らは組織を作ったわ。名称は〈剣の騎士団〉よ。目的はアーサー王の崇高な理想を受け継いで、人々の権利を守り、正義のために尽くすこと。やがて組織は秘密結社になっていった」

そこまで聞いたところで鳥肌が立った。マックスは長いあいだためらったのち、ようやく口を開いた。「もしそれが本当だとすれば、一〇〇〇年以上も昔の話になる。そのあいだ、聖剣はずっとここにあったのか？」

「ムーア人やスペイン人に支配されていた時代には、とりわけ極秘扱いされていた。だけど、そうよ、ずっとここにあったわ」

「〈剣の騎士団〉のほうはどうだったんだ？」

「その暗黒の時代にはいったん消滅しかけたけれど、イギリス革命をきっかけに復活したの」

「どういうわけで？」

「最初はクロムウェルから迫害を受けた王党派の人々を守ることから始まったの。〈剣の騎士団〉は大勢の犠牲者を新大陸へ逃がしたり、キュレネ島でかくまったりしたわ。やがて革命は終わったけれど、そういった支援は続ける必要があると考えられた。弱く無力な者や、不当に弾圧を受けている人たちを、誰かが助けなくてはならない。だからユトレヒト条約を結び、キュレネ島を英国領にしたのよ」

マックスは眉根を寄せ、この壮大な話を理解しようと努めた。「外務省との関係は？」

「外務省とつながりができたのは近年になってからよ。二、三〇年ほど前、〈剣の騎士団〉は英国政府に対して正式に活動を報告して外務省の秘密組織となったの。それからは数えきれないほどの困難な任務をこなしてきた。とりわけフランス革命とナポレオンの圧政が原因となっているものが多いわ。〈剣の騎士団〉は大勢の貴族をギロチン台へ送られる運命から救ってきたの。わたしの父もそういった作戦を指揮したひとりだった。そして最後は、同志のひとりを処刑させまいとして殺されたのよ」

カーロがつぶやくように続けた。「誰も父が亡くなった本当の理由を知らない。父がどんな人生を送ってきたか理解していないのよ」

「どうしてそこまで秘密にしておく必要があるんだ？」

「〈剣の騎士団〉の存在がおおやけになってしまえば活動しにくくなる。だからすべてを秘密裏にしているの」

「ガウェイン卿は初代の子孫なんだね。そして現在の指導者でもあるわけか」

「そのとおりよ。指導者の地位は、最初に組織を結成した騎士たちの一族が代々受け継いできたの。今はガウェイン卿がその立場にあって、どの仕事を引き受けるか、そして誰を派遣するかを決めていらっしゃるわ」

「どこで必要とされているかはどうやって知るんだ？」

「英国政府から要請される場合もあるし、諸外国から個人的に助けを求められることもあるわ。それにこちらも介入すべき案件がないか、同志たちがつねに目を光らせている。ガウェイン卿は事例ごとに、必要性と危険性を秤《はかり》にかけて判断されているの」

鍾乳洞に入って以来、マックスは初めて笑みを見せた。「きみのお仲間はとても危険を恐れているふうには見えなかったぞ。最初は向こう見ずな冒険家か反逆者だろうと思っていたくらいだ」

「たしかに危険は恐れないし、勇気を美徳だと考えてもいる。それにしきたりにも縛られないわね。だけど、たとえわずかでも成功の見こみがないと、任務を引き受けるのは難しいわ。正義の盾となるのにやぶさかではないけれど、ただの殉教者になる気はないもの。どれほど道義にかなっていて意義があろうが、死ぬとわかっている仕事までは請け負えない。仲間が次々に命を落とせば、組織が壊滅するだけよ」

その言葉を聞き、マックスはどういう者たちが〈剣の騎士団〉に所属しているのか気になった。「どれくらいの規模の組織なんだ?」

「島で暮らしていて現在も活動している同志は十数人ほどだけど、英国やヨーロッパ各国には五〇人以上いるわ。みな、政府の高官や社交界の実力者ばかりよ。アメリカにも何人かいる。フランスにもふたりいるわ。そのふたりは二重スパイなの。二〇年ほど前から報告書を偽造して、フランス海軍がキュレネ島を侵略するのを阻止している。基本的には指導者一族の息子が跡を継ぐけれど、べつに娘でもかまわない。ほかにもさまざまな過去を持っている人がいるわ。亡命者、冒険家、迫害の被害者。名家が評判の悪い息子を改心させるために預けてくる場合もあるのよ」

マックスはぴんときた。「たとえばクリストファー・ソーンとか?」

カーロが笑った。「ええ、ソーンもよ。彼は大学時代にあることをしでかしたの。その件でお父様の公爵が激怒して、ガウェイン卿に息子を鍛え直してほしいと頼んだというわけ」

「少しは効果があったみたいだな」

「そうね。今では優秀な同志よ」

「アレックス・ライダーは?」

「彼は傭兵だった。自分で実力を証明して、数年前に入会したの。極秘任務にかかわらせたら、ライダーの右に出る者はいないわ」

「サントス・ヴェラは?」

「なかなか抜け目ない密輸商だったの。あるとき組織に貴重な忠告をしてくれた。それで勧誘されたのよ」

マックスはかぶりを振った。驚くことばかりだ。「息子だけでなく、娘も跡を継げると言ったね。だからきみは〈剣の騎士団〉に入ることにしたのかい?」

「ええ。父が亡くなったあと、わたしは組織に所属するようになった。女性は二、三人しかいないわ」

「さっきはするするとロープをのぼって帆船に乗りこんできたな」

「幼いころから訓練を受けているもの。ひとりっ子だったから、父はわたしを後継者にするつもりで教育したのよ」

「それだけの規模の組織だと、資金もずいぶん必要だろう」

「たしかに費用は相当なものよ。速い船がいるし、馬や武器も用意しなければならないし、賄賂《わいろ》や身の代金を払うこともある。地元の案内役や衛兵を雇うことも多いわ。でも、資金源はいくつもあるの。沈没したスペイン船から金塊が見つかったし、英国政府からも資金提供を受けている。命を助けられた人たちも、財産があれば謝礼をくれるわ。それに裕福な一般人が組織の活動を噂に聞いて、寄付という形で支援してくれることもある。わたしたちの秘密結社はヨーロッパの一部では伝説的な存在になっているのよ」

マックスは長椅子から立ちあがり、もう一度、聖剣をよく見ようとそばまで行った。伝説に語られているような魔法の力が宿っているのかどうかは別としても、たしかに畏怖の念は禁じえないし、この世のものとも思えない神々しさが感じられる。

たとえ妖精の鍛冶師が作ったのではないにしろ、これだけ由緒ある剣が残されていれば、円卓の騎士の生き残りたちが集結する大義名分にはなっただろうし、結束を固めるのにも大いに役立ったことだろう。

ガウェイン卿はこれを聖なる信託物と呼んでいた。彼が本当に騎士の子孫ならば、このエクスカリバーを大事に保管してきたのもうなずける。あるいは聖剣のほうに人々を守る力があるのかもしれない。そういえばカーロは以前、島の歴史にまつわる不思議な話をしていた。

「たしか、ムーア人がキュレネ島を侵略しようとしたときには暴風雨が吹き荒れて、フランス軍のときには霧が邪魔をしたと言っていたね。きみたちの伝説では、この聖剣のおかげだということになっているのかい？」

「ええ。それを信じたいとも思っているわ。エクスカリバーがもたらされて以来、この島は一度も武力による侵略をされていないんだから」

マックスは手を伸ばしたい衝動に駆られ、指先で柄に触れた。そこに埋めこまれたルビーはたいまつの明かりを反射しているようでもあるし、それ自体が光を放っているようにも見える。

「この聖剣は誰もが拝めるわけではないんだろう？」

「誓いを立てた者に入会の儀式として見せるだけよ。でもあなたの場合は、わたしたちの理念をきちんと示さないかぎり、その気になってくれないだろうと判断したの」

では、目的は達したわけだ。〈剣の騎士団〉の理念は充分すぎるほど理解した。ただの外務省の一部門だと思っていたが、それよりはるかに由緒ある組織だったのだ。勇敢な男女が英雄的な任務に身を捧げ、崇高な理想を守るという誉れ高い絆で結ばれている。

この島にはなにか秘密があるとは感じていたが、カーロと一緒に英国を発ったときは、まさかこれほどの事実を知ることになるとは夢にも思わなかった。

「マックス……」カーロはひと呼吸置き、静かに続けた。「わたしたちはぜひ、あなたを仲間に迎えたいと考えているわ」

マックスは聖剣に背中を向け、手荒く髪をすいた。組織の目的は気高いものだとわかったが、また悪夢を繰り返すことになるかもしれないと思うと悩みは深い。

「今、返事をしなくてはならないのかな」

「いいえ。そんな簡単に決められる話じゃないもの」

マックスは口元をゆがめた。「わかってほしい。きみたちがぼくに求めているのは、組織の理念を受け入れて生涯を捧げることだ」

「一生ではないわ。数年よ。貴族がキュレネ島に移住する際は、許可を受けた亡命者でないかぎり、最低五年間は〈剣の騎士団〉に所属するよう島の憲章で定められているの」

「誰がそれを施行するんだ？　ガウェイン卿か？」

「そうよ。彼は島民すべての生殺与奪権を握っているのよ。それも憲章に書かれているわ」

「まさか本当に死刑を宣告するのか？」

「いいえ。ただしその気になれば、相手を島から追放することも、幽閉することも、財産を没収することもできる」

「じゃあ、もしぼくがずっと島で暮らしたいと思ったら、〈剣の騎士団〉に入るしかないのか？」

「ええ。だけど、天職だとみんな言うわ。あなたも人生に崇高な目的が欲しかったんでしょう？」

「それは戦争に行く前の話だ」

カーロは黙りこんだ。

マックスは沈黙に耐えられなくなった。「そこまで信頼してもらえて光栄だよ。だが、これだけ重大な話だ。少し考える時間をくれないか。とにかく今はイザベラの救出作戦をきちんとこなしたい」

「わかったわ」

なおも説得したい気持ちをカーロはこらえた。一蹴《いっしゅう》されるかと思っていたが、少なくともそれはなかった。だからといって期待はできない。彼の過去を考えれば、救出作戦に参加するだけでも相当な努力が必要なはずだ。

マックスはさまよえる戦士だ。おのれの感情に流刑を科した迷える騎士なのだ。〈剣の騎士団〉こそが彼の居場所になると、カーロは心ひそかに思っていた。だが、彼女が望むことと、マックスが人生になにを求めるかということはまったく別の問題だ。

組織の理念を受け入れるためには、彼はまず自分の抱える悪魔と折りあいをつけなければならない。それはとても困難だろう。

どちらにしても、マックスの未来は彼自身が決めることだ。無理強いはできない。

最後にはみずからの意思で〈剣の騎士団〉の仲間に加わってくれるのを祈るだけだ。

# 12

二日後の午後、マックスは手綱を引き、改めてオルウェン城を見あげていた。城は日光を受けて金色に輝き、光の具合のせいかこの世のものではないように見える。

想像力のなせる業だろうとマックスは思った。〈剣の騎士団〉の驚くような歴史を聞かされ、伝説の聖剣を目のあたりにしたせいで、もしかするとこの島は本当に神秘的な力に包まれているのかもしれないと思える。

それにしてもカーロは特別な人だ。

これまでもたいした女性だとは思っていた。不可能にも思える道のりだっただろうに、困難を乗り越え、医術という男の分野で仕事をしている。そのうえ〈剣の騎士団〉のような組織に身を捧げていると知り、称賛の念は増すばかりだ。

あの夜以来、カーロには会っていない。本当は昨日、洞窟で会う約束をしていたのだが、ドクター・アレンビーが悪寒と発熱で伏せっているため数日は往診で忙しいと連絡をよこしていた。

今日はイザベラを救出するための予備計画を立てる作戦会議があるのだが、それには出席してくれるといいと思う。

ガウェイン卿の書斎に入ると、カーロはすでに来ていた。ほかにジョン・イェイツとアレックス・ライダーもいる。往診が負担になっているのかカーロは少し疲れて見えたが、マックスと目が合うとうれしそうにほほえんだ。

〈剣の騎士団〉のほかの仲間がそろうころになると、彼女はほほえみを消し、厳しい顔になった。張りつめた表情をしているところからして、焦る気持ちは少しも薄らいでいないのだろう。

ガウェイン卿がそれぞれを紹介し、作戦会議が始まった。サントス・ヴェラとビディック船長のほかに六人の男たちがいる。マックスはそれぞれの能力を頭に入れ、議論の主導権を握った。

「現在のところ、レディ・イザベラはベルベル人の族長の要塞に拘束されていると見られる」彼は話を始めた。「第一の課題は要塞に入りこむ手段、第二の課題はレディ・イザベラを安全に救出して無傷でアルジェリアから脱出させる方法だ。作戦を計画するにあたっては、三カ条の基本原則に従ってもらいたい」説明を続ける。「計画はできるだけ単純明快にすること。不測の事態に備えて次善の策を決めておくこと。侵入方法だけでなく、脱出方法も慎重に練ること。作戦を立てる前に、まずどんな問題点があるのかを確認しておきたい」

全員がテーブルを囲み、アルジェリアの地図に目をやった。

アルジェリアに詳しい男性が南東部の地形の厳しさを説明した。要塞にたどり着くには、まず乾燥した不毛地帯を二日かけて進み、そのあと危険な山道を越えなければならない。それに加えて、外国の不慣れな風習や文化が道中に困難をもたらすと予測された。また、ベルベル人はとりわけ好戦的な民族でもある。

「爆薬を使って侵入を試みるのは自殺行為に等しい」マックスは言った。「よって要塞内部に入りこむために、なんらかの口実を考えなくては」

イェイツが提案した。「レディ・イザベラを買い戻す交渉をするほうが簡単ではないでしょうか」

ガウェイン卿が首を振った。「こちらの意向を相手に知られるのはまずい。交渉を拒否されたとき、その後の救出が難しくなる。われわれの目的を知れば敵は警戒するだろうからね。ミスター・レイトン、なにか提案はあるかな？」

「餌で釣ります」

「ベルベル人の族長が警戒を解いて、わたしたちを要塞に入れたくなるほどの餌というのは？」

「武器だ」ライダーが即答した。「ライフル銃がいい。ベルベル人の戦士なら、最新式のカービン銃が手に入るとなれば必ず食指を動かす」

「では、売買用のライフル銃を持たせて、誰かを要塞に送りこむわけですね」イェイツが言った。「でも、誰を？　ホークですか？」

ライダーが答える。「ホークはだめだ。あいつはアルジェじゃ有名人だ。それに次に向こうへ行くとき、事が面倒になる。顔を知られていないやつがいい」

「ぼくが行こう」マックスは言った。

「要塞に接近するにはもっともらしい理由がいる」

「狩りをしていることにすればいい。世界でいちばん危険な野生動物を仕留めたがっている狩猟家を装うんだ」

「ライオンか」

アルジェリアに詳しい男がうなずいた。「この山岳地帯はライオン狩りで有名なところだ」

「要塞に入るまではいいとしても、そのあとはどうするんですか?」イェイツが尋ねる。

「男はハーレムに近づけませんよ」

「わたしなら入れるわ」カーロが答えた。「わたしがイザベラを見つけだして、連れだす方法を考えるのがいちばんいい」

マックスはカーロの目を見てしぶしぶうなずいた。カーロを危険にさらすのはつらいが、たしかに女性でなければハーレムに潜入できない。「では、きみはぼくの奴隷ということにしよう」

カーロはマックスをにらんだ。「どうして奴隷なのよ」

「それならきみが同行している説明になるし、相手にも信じこませやすい。狩りの一行に女性が加わっている理由なんてそれぐらいしかないだろう? 作戦決行のときまでに、せいぜい服従心を学んでおいてくれ」

カーロは一瞬むっとした顔をしたが、すぐににんまりした。「そんな見え透いた手口が通じると思うの？」

マックスも口元を緩めた。「きみがちゃんと従順に振る舞えば大丈夫だ」

「ぼくの役割は？」ライダーがふたりの会話をさえぎった。

マックスは首を振った。「きみは火薬が専門だ。ぼくたちが敵に悟られずに要塞を脱出できるよう陽動作戦を担当してくれ。それに追跡されたときは撤退の援護を頼む」

「実力行使になった場合は、ということだな？」

「そうだ」

ガウェイン卿が顔をしかめる。「できれば誰も殺したり傷つけたりせずに作戦を遂行してほしい。族長の罪は奴隷を買ったことだけだ。それで命まで奪うのは忍びない」

「ぼくも同感です」マックスは誠実に答えた。「要塞は警備が厳重だろう。見張りを抵抗不能にするいい方法があれば……」

「ワインに睡眠薬を盛ったらどうだ？」ヴェラが提案した。

「ベルベル人はワインを飲まない」アルジェリアに詳しい男が口を挟んだ。「イチジクのブランデーは好きだけどね。アラブ人ほど信心深くはないが、それでもイスラム教徒だ。一応、酒は禁じられている」

「じゃあ、水か食べ物だな」

ガウェイン卿がカーロに顔を向けた。「後遺症の残らない睡眠薬を調合できるかね？」

「追っ手を足止めしたい」マックスは言った。「相手の馬も弱らせておけるといいんだが」

「おれが御者になろう」ヴェラが志願した。

「そうすれば厩舎に近づける」

「なるほどこの作戦ならうまくいきそうだ。レイトンが大物を狙う狩猟家になりすまして、カーロとヴェラは使用人として同行することで決まりだな」ライダーが眉根を寄せ、ゆっくりとうなずく。「それがいい」

イェイツもうなずく。「ソーンに手紙を書いて、馬とテント、それに休暇で来ている裕福な英国人にふさわしい供の者を用意するよう頼んでおきます」

「ライフル銃と爆薬はぼくが用意する」ライダーが申しでた。

「これで予備計画ができた」マックスは言った。「あとはアルジェにいるソーンとホークに合流したとき、細部を詰めるとしよう」

ガウェイン卿が表情を緩め、承認のほほえみを浮かべた。

マックスはテーブルを見まわした。どの顔にも賛同と満足と意欲が表れている。カーロの目は希望に輝いていた。

「では、これで終わりにしよう」ガウェイン卿が静かに締めくくった。「レディ・イザベラの居場所がはっきりしたら、アルジェへ発ってくれ」

数日後、夕日を受けて青銅の鏡と化した湖を眺めながら、マックスはカーロが来るのを待っていた。岸辺の小石を拾って真ん中をめがけて投げ、さざ波が広がるのを見つめる。投げたのがナイフではなく小石だったのに気づき、彼は口元に笑みを浮かべた。そういえば、ここしばらくフィリップのナイフを投げていない。

ここでカーロと自由気ままに過ごす至福のひとときが暗い気分を和らげてくれた。それに、洞窟そのものにも癒やしの効果がある。カーロが来ないとわかっていても、見えない力に引き寄せられるようについここを訪れてしまう。そのたびに少しずつ気分が軽くなっていった。景色を美しいと感じられたのは何年ぶりだろう。戦争で麻痺した感覚が少しずつ戻ってきているらしい。殺伐とした気持ちが薄らいでいるのがわかる。

いつもの悪夢はもう見なくなった。一度だけ、涙を流しながら目覚めたことがあり、そのときは暗闇が迫ってくる気がしたが、それでも過去の夢に比べれば穏やかなものだった。それに目を閉じると、すぐにカーロが手を引いて戦場から連れ去ってくれた。

カーロのおかげで、ぼくは自分が抱える悪魔と対決できた。長いあいだ抑圧してきた心の闇を率直に打ち明けられたのだ。今は生き返った気分だ。何年ぶりかで安らぎを覚えている。今ではフィリップとの楽しかった記憶を思いだすことさえある。

城での作戦会議以来、カーロには会っていない。〈剣の騎士団〉のことや自分が勧誘されていることについては、あまり深く考えないよう努めていた。

カーロを落胆させたくはないが、まだ答えは出ていない。事が重大なだけに決心がつかないのだ。

圧政と闘い、人々の命を守るのは高潔な理想だと思う。カーロのためにドラゴンを滅ぼし、悪と闘いたいという本能的な願望もある。だが、彼女のように組織に身を捧げることはできないかもしれない。

〈剣の騎士団〉は連帯感が強く、固い友情で結ばれている。ぼくもまたフィリップや戦友たちと同じような仲間意識を持っていたから、それがどんなものかはよくわかる。だからこそ、ふたたび心を開く自信がない。彼らに交わって親しくなれば、また友人が死にゆくさまを見るはめになるかもしれない。

今は、ついカーロを案じてしまう気持ちを抑えるだけで精いっぱいだ。今度の救出作戦ではかなりの危険と対峙《たいじ》するに違いないが、それはあまり意識しないよう努めている。今後、彼女がかかわるであろうほかの任務に関してもだ。

不安を抱える戦士は、肝心のときに動けなくなるものだ。そして、ぼくがそうなる可能性は大いにある。

またこんな悩みを持つとは思ってもみなかった。これまでの毎日は、ただ島でのんびりと過ごし、救出作戦が終わったあとのことは考えないようにしてきた。だが、近いうちに答えを出さなくてはならない。この先の人生をどうするか決めなければ。

とにかく今は早く救出作戦を終わらせ、レディ・イザベラを無事に島へ連れ戻したい気持ちでいっぱいだ。ぼくもカーロと同様に焦りを覚えだしている。ソーンからの最後の報告以来、アルジェからはなんの情報も入ってこない。三日前、地中海に嵐が吹き荒れたせいで船が遅れているのだろう。島にも恵みの大雨が降り、滝の流れは洪水と化した。だが今は、ほぼいつもの水量に戻っている。

マックスは滝から夕空へと目を移し、残念な気分になった。カーロは今日一日、出産の介助をしているらしい。夕方にはここへ来たいが、もっと遅くなるかもしれないと連絡があった。

そのとき、背後にあるナラの木から低い鳴き声が聞こえた。今日はマックスもびくりとしなかった。ぼんやりしているときにその茶色の毛の塊に驚かされることは、これまでもたびたびあったからだ。カーロがいないときはフクロウが友達だ。

マックスは肩越しに振り返り、うなずいて同情を示した。「ジョージ、カーロが来なくておまえも寂しいんだろう？」

それに答えるように、フクロウはひと声鳴いた。マックスはまた小石を拾って湖に投げ、暗い水面にさざ波が広がるのを見つめた。


ようやくカーロが来たのは日付が変わろうとする時刻だった。疲れ果ててはいるが、とてもうれしそうだ。

「セニョーラ・トンプキンズがかわいい男の子を産んだのよ」

マックスはカーロが馬からおりるのに手を貸した。カーロの存在を感じたとたんに欲求が突きあげてきたが、それを我慢して馬の鞍をはずし、一緒に洞窟へ入った。

マックスが用意したものに気づき、カーロは一瞬足を止めた。何本もの蠟燭が洞窟内を金色に照らしていた。テーブルにはローストチキンとサフランライス、スパニッシュオムレツの食事が用意され、おいしそうなにおいが漂っている。

カーロが愛らしい笑みを浮かべたのを見て、マックスは息をのんだ。

「おなかはすいているかい？」彼はカーロを引き寄せた。

「ええ。でも疲れすぎていて、食べる元気がないわ」

マックスの胸に優しい気持ちがこみあげてきた。本当はすぐにでも彼女を奪いたい気分だが、それを押し殺して軽くキスをする。「かまわないよ。今夜はきみが世話を焼かれる番だ」

マックスは枕を背もたれにして藁の寝床にカーロを座らせ、空腹がおさまるまで料理を口へ運んだ。それからドレスを脱がせてシュミーズだけにして、髪をおろした。そして自分も服を脱いだ。

彼女の背後に横たわり、一〇月の夜気を避けて毛布を引きあげる。

カーロの肩や腕のこわばりをほぐそうとしてマックスがマッサージを始めると、彼女は満足そうな吐息をもらした。

「きみは働きすぎだ」マックスはささやき、軽く肩をもんだ。

カーロが気持ちよさげな声をもらす。「どうしようもないのよ。ドクター・アレンビーはまだベッドから出られるほど体力が戻っていないから」彼女は目を閉じてマッサージを堪能している。「身勝手だとは思うけれど、わたしのためにも早く元気になってほしいわ。このままでは島を離れられない」

「救出作戦に加われないいんじゃないかと心配なんだね」

「ええ。島の人を見捨てては行けないもの」

「ドクター・アレンビーの後継者を見つける必要がありそうだな」

「そうなのよ」カーロはもうマックスに隠しごとをせずにすむのがありがたかった。島の専任の医師になれば、任務に携わる時間が取れなくなる。けれども〈剣の騎士団〉を辞めるつもりはなかった。だからドクター・アレンビーの跡は継げないという事情をマックスは理解してくれている。「年を追うごとに、ドクター・アレンビーは弱ってきている。でも、資格を持つ医師を島へ招くのは難しいわ」

「どうしてだい?」

「少しでも功名心がある者はロンドンで開業するわ。こんな離れ小島へは来てくれないのよ。いつかはちゃんとした手術室のある病院が欲しいと思っていたけれど、夢に終わりそうね」

「まったく不可能だとは思わないが、その話はまたあとだ。今はとにかく眠ったほうがいい」

マックスがマッサージをやめて、カーロの髪に口づけをした。彼女の腰に腕をまわし、自分のほうへ引き寄せる。

カーロは肌が密着している感覚を静かに味わった。マックスの下腹部が硬くなっているのがわかる。だがどうやら今は、わたしが眠りに落ちるまでただ抱きしめているつもりらしい。

彼女はまた吐息をもらし、体の力を抜いた。マックスの鼓動を聞きながらぬくもりを感じていると、自分が守られていると思える。

今はこの安心感に身を任せていよう。誰かに世話を焼かれたり、誰かに守られていると感じたりしたのはいつ以来だろう。疲れ果ててそれ以上闘えないとき、強い人に庇護されていると感じるのはいいものだ。

こんなふうに優しくされると、自分がとても大切にされていると感じられる。そんなふうにそっと髪にキスをされると泣きたくなる。

ずっとこうして抱きしめられていたい。いつまでも安らぎを感じていたい。

彼は本質的には他者を守ろうとする人だ。〈剣の騎士団〉の仲間がみなそうであるように、生まれつき他人を保護したいという本能を持っている。亡くなった父に見たのと同じ指導者としての実力もある。それに、この人となら地獄までもついていこうと人に思わせる名状しがたい素質を兼ね備えてもいる。マックスならすばらしい同志になるはずだ。

だが、彼が組織に入ることはまずないだろう。イザベラを救出したあとも島に残るとはとても思えない。悪夢を見なくなるほど心が落ち着けば、島に滞在する理由もなくなる。

マックスの目に宿る暗い翳はどんどん薄らいでいる。すっかりというわけではないが、いらだちもずいぶんおさまっている。もし、これで彼が完全に立ち直ったら？

そのときは一年前と同様に、わたしの前から姿を消すのだろう。

たとえマックスが島にとどまって〈剣の騎士団〉に入ったとしても、恋人以上の関係になれると決まったわけではない。

　せつなさがこみあげ、固く目をつぶった。今のわたしはそれ以上のものを求めかけている。今夜、セニョーラ・トンプキンズの赤ちゃんを腕に抱いたとき、強い思いに襲われた。マックスの子供を産んだらどんな気分だろう？

　でも、それは考えてもしかたがない。彼ははっきりと子供はいらないと言った。結婚もしたくないと断言した。

　だからマックスの妻になることを夢見るわけにはいかない。感情に流されれば、あとでつらい思いをするだけだ。

　このままでは彼を愛してしまいかねない。そんなことになったら、わたしは生涯、苦悩と後悔の日々を送るはめになるだろう。

# 13

目覚めたとき、すでに洞窟には陽光がさんさんと差しこんでいた。

夢ではないのだ、とカーロはぼんやり思った。背中にマックスのぬくもりが感じられる。彼は寝乱れたわたしの髪を優しくすいている。シュミーズがたくしあげられ、素肌に硬いものが触れている。

ゆっくりと目を開けた。岩の裂け目から差しこむ光から察するに、もう午前は半分が過ぎているのだろう。マックスはもっと早くから起きていたに違いないが、わたしを寝かせておいてくれたらしい。うなじに触れる彼の顎には無精ひげがなく、石鹸《せっけん》の爽《さわ》やかな香りがする。

「すまない。起こしてしまったかな?」マックスの声はかすれて低く、髪をなでる手と同じくらい優しかった。

「あなたの夢を見ていたわ」

「いい夢だったんだろうね?」

「そうよ。でも、本物のあなたにはかなわない」

カーロの気持ちを察したのか、マックスは手を髪からおろし、彼女の体に腕をまわして薄布の上から乳房を包みこんだ。

カーロはどきりとした。たったこれだけのことでわたしは息もつけなくなる。マックスが広げた手を腹部に滑らせ、茂みの奥へと分け入らせた。

彼女は背中をそらした。これまでその手が与えてくれた、さまざまな悦びがよみがえってくる……。

マックスはカーロが感じているのを確認して満足そうな声をもらした。だが意外にも、あとは耳たぶを軽く噛んだだけで体を離し、ベッドから出た。

「奥様、お風呂の用意ができてございます」からかうような口調で言う。

そのまま洞窟を出ていくマックスを見て、カーロは彼には今、愛しあう気がないのだと悟った。

ひとりきりになった隙に小用をすませ、海綿を入れた。洞窟の外へ出ると、太陽の光がまぶしかった。

マックスはすでに腿まで水につかりながら湖のなかを進んでいた。カーロは足を止め、その男性的で美しい裸体に見惚れた。マックスが振り返った。

「なにをぐずぐずしているんだい？」おどけた顔で片方の眉をつりあげる。

見とれていたのに気づかれ、カーロは赤面した。彼女はシュミーズを脱いだ。マックスが熱い視線を彼女の全身にはわせたのがわかり、さらに頬が紅潮した。

鼓動が速まったのを感じながらカーロも湖に足を入れた。夏のあいだに日の光を受けたせいで湖はこの時期でもまだ温かいが、滝は水温が低い。だからマックスが滝のほうへ泳いでいって、滝壺《たきつぼ》に腰までつかりながら立ったのを見たときは驚いた。

「滝の水はわたしには冷たすぎるわ」

「心配しないでいい。ぼくが温めてあげるよ」

いつものすてきな笑顔を見て、カーロの鼓動はなおさら速まった。

言われたとおり、水のなかをマックスのそばまで進んだ。彼女の体を愛でる視線が愛撫のように感じられる。マックスが片手で水をすくい、カーロの肩にかけた。

彼はもう一方の手に石鹸を持っていた。それをカーロの首から両腕、そしておなかへと滑らせる。敏感な部分は避けていた。

「愛して」

「そのつもりだよ。慌てないでくれ」

マックスは彼女の乳房を洗いはじめた。青白い肌に手を滑らせ、自分のものだと言わんばかりになでる。それに触発されて、カーロの下腹部がうずいた。肌は石鹸で滑り、乳首は硬くなっている。マックスは熱を帯びた青い目で彼女の胸を見つめていた。

「今度はここだ」自分の膝でカーロの腿を開かせ、片手でそのあいだを洗う。

それ以上の刺激は必要なかった。彼の手の動きに、カーロの体はますます熱くなった。

「お願い……」

マックスは石鹸を岩棚に投げ、カーロの体を水で流しはじめた。腕を伸ばして両手で乳房を包みこむ。

「きみの胸の蕾はとてもおいしいよ」体を傾け、小石のようになった頂のまわりに舌をさまよわせる。「まるで神々の食べ物だ」

彼はつんと立った先端を唇で軽く嚙んで舌先で転がし、その一方で硬くなった自分の下腹部をカーロの柔らかな茂みに押しあてた。

唇や舌で愛撫され、彼女の乳首は痛いほどに感じていた。

マックスはようやく顔を離して、カーロを流れ落ちる水の下へ連れていった。滝に打たれ、カーロは息が詰まった。

マックスは申し訳なさそうな顔をすることもなくにっこりとほほえんで、カーロの唇をむさぼった。顔をあげてカーロの腰をつかみ、持ちあげて岩棚に座らせる。カーロの膝とマックスの胸がちょうど同じ高さになった。

滝からは離れたが、水しぶきに包まれて太陽の温かみが伝わってこない。

寒さのあまり、カーロは鳥肌が立った。「マックス、温めてくれると約束したじゃ――」

「しーっ。楽しませてあげるから」マックスは優しい目で彼女を見た。

カーロは期待に胸をふくらませた。マックスがてのひらで彼女の腹部をなでる。そのまま手を下に滑らせてカールした茂みにたどり着くと、彼女の腿を広げてほっそりとした体を開かせた。

マックスの熱烈な視線に、カーロはとろけてしまいそうな気がした。彼が顔を傾けた。髪からしたたる冷たい水が、彼女の敏感な部分に垂れる。

腿のあいだに温かい唇が押しあてられた。冷えきった体に、ぬくもりが炎のごとく熱く感じられる。カーロは声をもらしかけた。

体の奥を指で探られつつ秘めた部分を唇で刺激され、今度は本当に熱い息がこぼれた。

執拗な責め苦が続き、喉の奥から絞りだすような声が出る。

クライマックスを求めて体が震えた。彼女は無我夢中でマックスの唇に体を押しつけた。

マックスは少しも急いでいなかった。カーロの両脚を自分の肩にかけさせてゆっくりと舌でさいなみ、絶頂の際まで追いつめた。容赦なく攻めながらも、最後の瞬間には突き放す。

はしたない声がどんどん大きくなっていくのを楽しんでいるふうに見えた。

「もう耐えられない……」

「まだまだだ」

カーロは体を震わせ、せわしなく荒い息を吐いた。それでもマックスは彼女をじらし続けた。歓喜のときは唐突に訪れた。カーロはマックスの頭をつかんで叫び声をあげた。

「カーロ」マックスがなだめるような声で言ったが、カーロが望んでいるのは優しさではなかった。彼が欲しい。今すぐに。

「マックス、お願い……」

それ以上、促す必要はなかった。マックスが軽々と岩棚にのり、カーロを横たえた。

彼女に覆いかぶさって腿のあいだに入りこむと、まだ痙攣している体に身を沈める。

マックスが歯を食いしばり、カーロの髪に手を差し入れた。優しさと激しさをたたえた目で、さらに奥深くまで突き進む。

カーロは彼の存在を全身で感じ、熱い吐息をこぼした。

「こうしているのが好きなんだ」マックスが悩ましい声で言った。「ひとつになるごとに、もっときみが欲しくなる」

それはカーロも同じだった。彼は気が遠くなるほどの至福をもたらしてくれる。

「きみのなかにいると温かい」

マックスは甘い言葉をささやき続けた。

やがてゆっくりと体を動かしはじめる。カーロは、マックスが身を引こうとするたびに名残を惜しんで下腹部に力をこめ、彼が奥へ入ってくるたびに満たされる感覚に満足の声をもらした。マックスはリズムと深さに変化をつけ、一方で口と手を使って彼女の全身を愛撫した。

ようやくこれ以上はないほどにつながった。彼と溶けあおうとカーロも応えた。

マックスは何度もカーロの体を満たしながら、その動きと同じ強さで唇を奪った。カーロは彼に合わせて腰を動かし、身をこわばらせ、懇願の声をもらした。こみあげる衝撃に体が震える。

自分の荒々しい息と、高鳴る鼓動と、水しぶきの跳ねる音で、マックスのささやき声はもはや聞こえなかった。カーロは身をよじりながら、どんどん高みへと押しあげられていった。

衝撃の波が押し寄せ、さまざまな色に満ちた閃光《せんこう》が輝いた。それでもマックスは背中に食いこむカーロの爪にも気づかないかのように動きを止めなかった。カーロが喉も裂けんばかりの生々しい叫び声をもらすと、マックスは水に濡れた肩を彼女の口に押しつけて咆哮《ほうこう》をふさいだ。

果てしなく長い時間が過ぎ、やっと感覚が戻ってきた。

マックスは燃えるようなまなざしでカーロの震える胸を見つめていた。

彼はまだ果ててはいなかった。

カーロが抵抗する間もなく、マックスは彼女の腰を押さえ、顔を傾けてうずく胸の蕾を口に含んだ。左右交互にカーロの頬をなでながら、もう一度深く強く身を沈める。

もう力は残っていないと思われたにもかかわらず、カーロの体はまた反応しはじめた。容赦なく突きあげられ、ふたたび先ほどよりもすさまじいクライマックスに襲われる。カーロはなすすべもなく悲鳴をあげた。

マックスはもう我慢できなかった。純粋な喜悦に身を任せてさらに激しく自分を突きたて、猛々しく荒れ狂うわが身を解き放った。灼熱の快感がこみあげ、まだすすり泣きの声をもらしているカーロのなかで絶頂を迎えた。

手足を絡めたまま、ふたりはぐったりと横たわった。歓喜の波が少しずつ引いていくなか、唇を重ねて互いの柔らかな息を求める。

ほてった体に霧が冷たかったが、ふたりの体が震えているのは寒さのせいではないとカーロにはわかっていた。

目をつぶり、深い満足を覚えながらマックスに体を寄せた。これほどの忘我の境地があるとは知らなかった。あまりの悦びに精も根も尽き果てていた。

「まさか眠るつもりじゃないだろうね？」

カーロはぼんやりとまぶたを開いた。マックスがとびきりの笑みを浮かべ、彼女を見おろしている。

怒濤《どとう》のような愛を交わし、もはや体力は残っていないと思っていたのに、その情熱に満ちあふれた目を見ているとまた彼を求める気持ちがこみあげてきた。

カーロは乾いた唇を舌で湿らせ、弱々しくほほえんだ。「そんなことは思っていないわ」

彼女はかすれた声で言った。

「よかった。きみを温める方法はまだいくらでもあるんだ」


「あんたに話がある」

顔を合わせるなりぶっきらぼうな言葉をかけられ、マックスは片方の眉をつりあげた。ドクター・アレンビーはベッドで体を起こしている。まだ顔色は悪いが、辛辣な物言いは健在だった。

その日の午後、突然の呼び出しをいぶかしく思いながら、マックスは診療所を訪れた。無愛想な態度で迎えられたところをみると、どうやら友好を深めるのが目的ではなさそうだ。

「〈剣の騎士団〉に誘われているらしいな」アレンビーはいかつい眉根を寄せ、うなるように言った。「入るつもりか？」

カーロから〈剣の騎士団〉の驚異的な歴史を聞き、マックスは断るという選択肢はほぼ考えられなくなっていたが、それでもまだ決心できずにいた。「まだ決めていません」

「島にとどまる気がないなら、さっさと出ていってくれ」

「どういう意味でしょう？」

「カーロのことをどう思っとるのかと訊いているんだ。いったいどういうつもりだ？　結婚する気があるのか？　それとも単なる遊びか？」

「それは彼女とぼくの問題だと思います」

アレンビーはマックスをにらみつけた。「わしにも関係がある。カーロの父親が亡くなってからは、わしが父親代わりだ。あの子に対しては責任がある」

マックスは反論したい気持ちを抑えた。この気難しい年老いた医師がカーロを守ろうとする心情はよく理解できる。

「あんたはずっとカーロと一緒にいる」

それは事実ではなかった。カーロは診療所の仕事で忙しく、ともに過ごす時間は限られている。それに彼女との仲を世間に知られないよう、マックスは心して新たに知りあった島の人たちと交流するよう努めていた。

「ミス・エヴァーズはいい友人です。彼女もぼくのことをそう思ってくれているようです」

「それ以上は求めておらんと言いたいわけか？　わしにも若かったころがある。この島がどれほど若者の恋心をくすぐるかぐらいわかっておるわい」

マックスは自分の恋心についても、カーロとの関係についても話すつもりはなかった。今はアレンビーが納得するような説明をしておくのがいちばんだ。「ミス・エヴァーズはぼくのことを患者だと思っています。戦争で精神的に傷ついた軍人だと見ているのです。彼女がぼくに親切にしてくれるのは、怪我をした人間や動物を世話するのと同様に、ぼくの心の傷を癒やしたいと考えているからです」

「患者であろうがなかろうが、カーロはあんたに入れこみすぎとる。報われはしないというのに」

「どういうことでしょうか」

「あんたはカーロを苦しめるだけだ。島に残る気がなければ、あの娘とのあいだに将来はない。あれを島から引き離すのはわしが許さんぞ。カーロが暮らせるのはここだけだ。ほかの土地へ行っても、みじめな思いをするだけだからな。ここにいれば充実した人生を送れる。島の医療に携わり、〈剣の騎士団〉でも活躍できるんだ。そういうことをあんたは考えたことがあるのか？」

たしかにそこまでは思いいたらなかった。

「もしまじめな気持ちでないというなら……」アレンビーは節くれだった指をマックスに突きつけた。「さっさとわしに教えろ。これで話は終わりだ。帰ってくれ。わしは休まなければならん。早く元気にならないと、カーロが安心してイザベラを助けに行けないからな」

唐突に追い返され、マックスは診療所をあとにして馬にまたがった。アレンビーの忠告に対して笑い飛ばせばいいのか、怒ればいいのか、あるいは寛容になればいいのかわからない。親心からの干渉なのはよくわかる。それにアレンビーの指摘を受け、自分の身勝手さにも気づかされた。たしかにぼくはカーロをいいように利用しているのかもしれない。彼女の優しさに甘え、心の傷を癒やし、体の欲求を満たしている。

肉体的な思いを遂げてしまえば、カーロの夢は見なくなるだろうと考えていた。島を発つころには、彼女に対して自制心が働くようになっているはずだと思っていた。だが、親密なひとときを重ねるにつれ、逆に気持ちは強まっている。

今では理性も理屈も超えてカーロを求めていると言わざるをえない。この感情がいつか薄れる日は来るのだろうか？

アレンビーにはもうひとつ痛いところを突かれた。ぼくはいったいどういうつもりでカーロと交際しているんだ？　これまでは、彼女と夫婦になる選択肢もあることを自分では認めようとさえしなかった。今、カーロとの結婚を考えてみても困惑を覚えないのは、それだけで特別なことだ。また大切な人を失うかもしれないとわかっていながら、それでも妻にめとりたいと思う女性は彼女が初めてだ。

カーロはどう思っているのだろう。以前は、結婚する気はないし、島を離れることも考えていないと言っていた。たしかにほかの土地へ行っても、彼女はみじめな思いをするだけだろう。あれほど美しい女性なのに、英国は合わないと感じた理由が今ならよくわかる。社交界を避け、結婚相手を見つけようともせず、恋人さえ持とうとしなかった事情も理解できる。カーロは〈剣の騎士団〉の一員として自分なりの充実した人生を送っており、それを手放したくないと考えているのだ。

カーロに余計な期待を抱かせるのはよくない。そんなことをすればかえって傷つけてしまう。

もしぼくに〈剣の騎士団〉に入る決心がつかなかったらどうなるのだろう？　退屈な社交界で平凡な人生を送ることに魅力は感じないが、それでも英国へ帰るしかない。

だが、先々を考えてもしかたがないのかもしれない。今はとにかく、みずからが抱える悪魔に邪魔されることなく、目の前の任務をしっかりこなすのが先決だ。

実力行使になる可能性もあると思うと気が重くなる。もし戦いを余儀なくされたときは、足がすくんでしまわないよう神に祈るしかない。そうなってしまった兵士たちをぼくは数多く見てきた。それ以上に不安なのはカーロのことだ。彼女の身にどんな危険が及ぶかと考えるとぞっとする。作戦決行の日が近づくにつれ、恐怖は増してきている。

ひとつ言えるのは、アレンビーのおかげで現状の危うさが認識できたことだ。気をつけなければ、カーロとの関係は歯止めが利かなくなるだろう。彼女のために、ぼくのほうから少し距離を置くべきなのかもしれない。

救出作戦が終わるまでは、〈剣の騎士団〉に入るかどうかは決断できない。

その次に洞窟でマックスと会ったとき、カーロはなにかが変わったと感じた。これまでほどふたりの心が通いあっていない気がした。

一緒に湖で泳ぎ、そのあと愛を交わしたが、マックスの態度がどことなくおかしい。あいかわらず優しいし気も遣ってくれるが、いつもの情熱はなく、よそよそしさが感じられる。わたしが仕事に戻るとき、彼はこれまでのように次はいつ会えるかと訊いてこなかった。

マックスが離れていくのかと思うと寂しくてたまらない。きっとアルジェリアでの任務が終わったら島を離れる決心をしたのだろう。

だけど、それはとうにわかっていたことだ。マックスが〈剣の騎士団〉に入る可能性は低いに違いないとずっと思ってきた。勝手に希望をふくらませていたわたしがいけないのだ。

マックスを忘れる努力をしよう。今はイザベラのことだけを考えていればいい。

# 14

ついにイザベラの救出に乗りだすときが来た。キュレネ島の港に入ってきた次の船にアルジェからの使者が乗っていたのだ。イザベラはやはりアルジェリア南東部の山岳地帯にあるベルベル人の族長の要塞にとらわれていた。

ただちにキュレネ島にいる同志全員が城に招集され、報告会が行われた。使者のふたりはマックスが初めて会う男たちだった。

出発は翌日に決まった。〈剣の騎士団〉の要員二四名からなる救出部隊がバーバリ海岸に向けて発ち、真夜中に人目を避けてアルジェリア東部にある小さな港町に潜入することになった。子爵のソーンと、仲間内ではホークと呼ばれているホークハースト伯爵が、キャラバン隊と案内人を用意して待っている予定だ。そのあと部隊は高地の砂漠平原を越え、ビバン山脈へ向かう。

報告会が終わるころには、重苦しい雰囲気ながらも目標が定まり、全員の決意が固まった。

厩舎に戻る途中、マックスがカーロの視線をとらえた。「今夜は空いているかい？」

カーロはうなずいた。もう深入りはするまいと誓ってはいたが、これが最後の夜になるかもしれないと思うととてもあきらめられなかった。島を出発してしまえば集団行動を取るため、ふたりきりになる機会はない。船は狭いし、アルジェリアに入ればテント生活をしながらの砂漠越えだ。キュレネ島に戻ってきたときには、マックスは〈剣の騎士団〉には入会しないと決心している可能性が高かった。

カーロが洞窟に着くと、もうマックスは来ていた。黙ったままカーロを腕に引き寄せ、むさぼるようにキスをする。かつての情熱の名残だろう。

激しく愛を交わしたが、そこにはどことなく哀感が漂っていた。そんなことは初めてだ。カーロは〈剣の騎士団〉に入るよう説得したい気持ちを必死にこらえた。懇願したところで始まらない。結局、どうするかはマックスが自分で決めることだ。

カーロはただ黙ってマックスの腕に抱かれ、彼の胸に頬を押しあてて心臓の音を聞きながら、必死に自分の気持ちを押し殺すしかなかった。

翌朝、カーロが乗船すると、すでにマックスの姿があった。無視しようと決めていたにもかかわらず、彼女はマックスをひと目見た瞬間に動揺した。

ありがたいことにビディック船長が仕事をくれたが、それに没頭しようと努めても、ついマックスの存在が気になった。船が港を出ると、もうなにもすることがなくなった。それからの三日間は、索具のきしむ音と、帆がはためく音と、静かに談笑する声を聞きながらぼんやりと過ごす以外になかった。みんなはカードに興じたり、過去の武勇伝を自慢したりしながら時間をつぶしている。

部隊にはほかに二名の女性が入っていた。どちらもスペイン人で、供の者の体裁を整えるために召し使いとして加えられたのだが、ひとたびイザベラが救出されれば、身のまわりの世話をし、食事を作ることになっている。

仲間たちはいつものように陽気に振る舞っていた。この救出作戦も、これまで数知れず経験してきたほかの任務と基本的にはなんら変わりはない。ただし、今回はマックスがいる。この胃のしこりは、予想される危険や困難を考えての緊張感によるものではなかった。マックスへの気持ちを抑えるのがこれほど難しく、ほかの仲間に気づかれないようにするのがこれほど大変だとは思っていなかった。彼に話しかけることも触れることもできないのがとてもつらい。

当のマックスはそんなふうには感じていないらしかった。こちらを見る目にこれまでの情熱は感じられず、いつ視線が合っても無表情だ。

戦わなければならない状況に陥ったときは冷静に対処できるよう、彼は今のうちから殻に閉じこもっているのかもしれないとカーロは考えた。

夜明けにはまだ早いが月の出ている時刻に、船はバーバリ海岸に近づいた。甲板の手すりから眺めると、夜空を背景に山々の稜線《りょうせん》が浮かびあがって見える。遠くにある点のような明かりが港町ブージーだとビディック船長が教えてくれた。

それからおよそ一時間後、船がさらに岸に接近すると、岩海岸に規則正しい明滅が認められた。それがランタンの明かりであることをカーロは知っていた。

マックスが隣に来たのに気づき、彼女の鼓動が跳ねあがった。キュレネ島を発って以来、彼がこんなにそばに来たのは初めてだ。

「あれは上陸場所を示す信号だね？」マックスが穏やかな声で訊いた。

「ええ。組織は独自の暗号を持っているの。あれはホークが待っているという合図よ。わたしたちはボートで岸に向かって、ビディック船長は海賊やアルジェの船に見つからないようこの船を安全な海域に移動させる。船長は五日後には戻ってきて、救出部隊がイザベラを連れて戻りしだい船を出せるよう待機するの」

「バーバリには来たことがあるのか？」

「トリポリに一度だけ。アルジェは知らないわ。ホークはしょっちゅう来ているけれど」

「馬を買いつけるためだな」

「そうよ。アラブ種とバルブ種を競走馬の繁殖に使っているの。だからこそガウェイン卿はホークを情報収集に行かせたのよ。彼はアラビア語をしゃべれるし、ベルベル語も少し理解できる。それにこっちに知りあいも多いわ。キャラバン隊に必要な正規の旅行許可証や書類はホークがそろえてくれる。ライダーとソーンも何度も来ているからバーバリには詳しいわよ。なにか質問があったら彼らに訊くことね」

「覚えておこう」マックスは短く答えると、その場を立ち去った。

カーロは胃のなかで鉛のようにしこる寂しさをこらえながら、マックスの背中を見送った。

船は小さな入り江に錨をおろした。土地勘のあるライダーが一艘目の上陸部隊を率いた。

カーロとマックスは二艘目、サントス・ヴェラは武器や物資の木箱とともに三艘目に乗った。

彼らは穏やかな波が打ち寄せる岩海岸にボートを着けた。静かにすばやく岸におりたち、
暗闇のなかで低い崖をのぼって、海岸線に沿って生えているイトスギやギンバイカの陰に身を隠した。

合流地点へ近づくと、人と馬の気配が伝わってきた。最初にクリストファー・ソーンの姿が見えた。

ソーンは暗闇から出てくると、にっこりしてカーロを抱きしめ、すぐにマックスの肩をぽんぽんと叩いた。

「キュレネ島に秘密があると知って驚いたか？」ソーンがおもしろそうに訊いた。

カーロがちらりと目をやると、マックスは顔をしかめてそっけなく答えた。「きみにはいろいろ問いただしたいことがある。ずいぶんな隠しごとをしてくれたものだな」

「そりゃあ、秘密にすると誓いを立てた身だからな。それにしても、こうして一緒に仕事ができてうれしいよ」

ソーンがマックスにホークを紹介した。握手をしながら互いを観察するようすを、カーロはそばで見ていた。マックスとホークが今回の作戦の指揮を執る。どちらも黒髪で背が高い

ため、暗闇では見分けがつきにくい。だが、ホークは端整な顔立ちながらもマックスとは違って鉤鼻だ。それにマックスは印象的な青い目をしているが、ホークのほうは鋭い灰色だ。

「優秀な人物だという噂は聞いている」ホークは挨拶代わりにそう言った。本心からの言葉だろう。

ホークが浅黒くてやや背の低い男性を前に出した。足元まである白い長衣を身につけ、頭には布をかぶっている。

「案内人のファルークだ」

ファルークは右手を額にあてて優雅にお辞儀をし、流暢《りゅうちょう》な英語で美文調の挨拶を述べ、自分が道案内を務める旨を慎み深く伝えた。町に暮らすムーア人ではなく、険しい山岳地帯に住む肌の白いベルベル人でもなく、おそらくアラブ系遊牧民のベドウィンだろうとカーロは思った。

ファルークの最初の仕事は、土地の気候に適した民族衣装を全員に配ることだった。男性はバーヌースと呼ばれる頭巾《ずきん》つきのマントを渡された。灼熱の太陽と砂から身を守るためだ。アラブ人の召し使いに変装することになっているカーロとスペイン人女性ふたりは、頭にかぶる布と長衣のほかに、顔を隠す布も与えられた。百獣の王のライオンを仕留めにやってきた狩猟家を装うマックスは、英国紳士の格好をしていればいいため服は着替えなかったが、バーヌースだけは身にまとった。

「今ひとつだな」ソーンがマックスをじろじろ眺めてからかった。「もうちょっと尊大な態度を取ったほうがいいぞ」

案内人の指示に従い、一行は馬に乗って南を目指した。キャラバン隊には馬とラクダと荷物を運ぶラバがいた。カーロはほかの女性や召し使いたちとともに最後尾についた。揺れやすいラクダではなく、馬に乗れたのがありがたかった。以前ラクダに乗っていて気持ちが悪くなった経験があるのだ。

目的地までは丸三日かかるとファルークは言った。せっかく町や村を避けて上陸したというのに、すぐに一般的な経路を通らざるをえないらしい。地形が厳しく、ほかに安全な道がないからだ。

カーロはすぐにキャラバン隊の旅になじんだ。規則的な蹄の音と、革の鞍がきしむ音のほかは、たまに前方からぼそぼそと話し声が聞こえるだけだ。

マックスはホークと並んでいた。ホークが何週間もかけて集めた、イザベラの救出に役立ちそうな情報について、詳しい説明を聞いているのだろう。それにマックスが提案した予備計画に基づいて、救出作戦の細部も詰めているはずだ。

小高い沿岸地帯を進むうちに、あっというまに日が高くのぼった。午前も半ばになるころには、地中海独特の澄んだ空に黄金の太陽がさんさんと照り輝いていた。一行は野生のイチジクとオリーブの木が茂る広大で肥沃《ひよく》な谷を通り抜け、丘をのぼった。

てっぺんまで来ると風景が一変した。雨が豊富に降るらしく、涼しいスギの森が続いている。午後になると丘をくだり、また谷に入った。灌木と草に覆われた平地で、高い樹木は一本もない。ときおり遊牧民がヒツジやヤギの群れに草を食ませているほかは、人や動物の姿も見られなかった。

しばらくするとまた風景ががらりと変わり、今度は不毛地帯が広がった。白亜層のまじる赤い砂岩がうねって続き、通れる場所が細くなった。峡谷の切りたった崖道に差しかかると、ファルークがキャラバン隊の後方へ来てカーロに声をかけた。

「気をつけてください、マドモアゼル。この道は危険ですから」

カーロは礼を述べ、慎重に進むと約束した。

道が危ないばかりでなく、気温も高かった。動物たちのために休憩に入ると、カーロは女性たちからヤギ革の水袋を受け取り、喉を鳴らして水を飲んだ。そして昼食として出された大麦のパンと、ヤギの乳でできたチーズと、イチジクをいくらか食べた。

夕方が近づくと、遠くに険しい山脈が見えてきた。地平線に真っ赤な太陽が沈みかけたころ、案内人はようやくキャラバン隊を停めた。

アラブ人が慣れた手つきで黒いヤギ革のテントを一〇張ほど設営し、女性たちが火をおこして夕食の準備に取りかかった。

カーロは自分が乗ってきた馬を世話したあと、痛む手足を伸ばそうとキャンプのまわりを歩いた。風景は荒涼としているが、穏やかな夕べだ。救出作戦の危険性がこんなに高くなければ、それに……マックスとの仲がこんなにこじれていなければ……それなりに楽しめる旅だったかもしれない。

まだわたしは避けられているらしい。食事の支度ができたと呼びに来たのはマックスではなくソーンだった。

「どうだい？　マックスは島に慣れたか？」ソーンがいちばん大きなテントへカーロをエスコートしながら質問した。

「ええ、まあね」カーロは言葉を濁した。本当はマックスに島に残る気はないのだろうと感じていたが、そのことは話したくなかった。「ずいぶん楽しんでいたみたいよ」

「〈剣の騎士団〉に入る気になっていると思うかい？」

それがソーンのいちばんの関心ごとなのだろう。マックスを〈剣の騎士団〉に入れたいがために、ソーンは彼がキュレネ島へ来るよう仕向け、ガウェイン卿に推薦したのだ。

「わからない」カーロは正直に答えた。「戦争でいろいろつらい思いをして、まだそれを乗り越えていないの。どうするかは、今回の任務をきちんとこなせるかどうかによると思うわ」

アラブ文化では男女は別々に食事をとるものだが、カーロの場合は事情が特殊なので〈剣の騎士団〉の仲間たちと同じ席についた。ソーンとライダーに挟まれてイグサを編んだ敷物に腰をおろし、質素だがおいしい夕食をとった。クスクスの野菜添えにオリーブ、豆のマリネ、よく熟したナツメヤシの実だ。

食後には小さなカップに入った濃いブラックコーヒーを飲んだ。ホークとマックスはもう一度、作戦の詳細を確認している。このふたりならあらゆる状況を想定して対策を練るだろう。それでも不測の事態が起きることはあるだろうし、そうなれば経験と知恵を頼りに困難を切り抜けるしかなくなる。

偵察した情報をもとに描いた地図を広げ、ホークが仲間に説明をしはじめた。

「明日の晩はアクブーのオアシスでテントを張る予定だ。キャラバン隊はそこに残し、その次の朝、約二〇名で山岳地帯に入る」

「目的地まではどれくらいかかるんだ？」ライダーが尋ねた。

「馬でおよそ一〇時間だ」ホークが答える。「まだ日のあるうちに要塞に着けるだろう。族長の名前はサフル・イル・タイブ。アルジェリアのなかでも大きなベルベル人部族を率いている。先週、繁殖用の牝馬を探す名目で彼を訪ねたんだが、本人はいたって親切な男だ。フランス語が上手だから通訳なしでも会話ができる」

マックスが地図を指さして訊いた。「この北側の山道から入るのか？」

「そうだ。ベルベル人は勇敢な戦士でもあるが、基本的には農民だ。サフルの要塞は肥沃な狭い谷を見おろす山腹にあって、実際は要塞化した町だと考えるほうが正しい。この谷に出入りする安全な道はふたつしかない。南側の道はしばらく行くと西に曲がり、途中でさらにふたつに分かれる。一本はアルジェへ向かい、もう一本は東へ戻って北側の道と合流する」

ホークはテントのなかを見まわした。救出部隊の面々はみな集中して説明に聞き入っている。「レイトンが率いる選抜隊はこの北側の道を通り、谷を抜けて城門を目指す」

「全員が町に入るわけではないんだろう？」ソーンが訊いた。

「そうだ」ホークが答えた。「レイトンが連れていくのはカーロ、ヴェラ、ライダーを含む数名だ。ソーン、きみを含む残りの部隊は谷で野営して、時が来たら脱出を支援してくれ。ぼくは顔を見られて怪しまれるわけにはいかないから、北側の道の途中に待機して撤退の援護をする」

「要塞に入ってからの手順は？」

「レイトンが状況を判断して、どうすべきか指示を出す。だが、基本的な作戦はこうだ。レイトンはサフルを訪ね、最高の獲物を探すために山に入りたいから案内をつけてほしいと頼む。そして交換条件として、ライフル銃を一ダース進呈すると申しでる」

「もっと多くよこせと要求してきたら？」誰かが尋ねた。

「数を増やせばいい。彼の要塞から人ひとりを盗みだすという、恩を仇《あだ》で返すようなまねをするわけだから、償いだと思ってライフル銃は三ダース用意した。だが、そんなにむちゃな要求はしてこないはずだ。アラブ人はとことん自分たちに有利に交渉を進めようとするが、ベルベル人はそんなことはしない。一ダースなら相応だと考えるだろう」

「そう願いたいものだな」ライダーが皮肉っぽくつぶやいた。「これほど射程距離が長くて命中精度の高いライフル銃はほかにない」

「わたしの役割は？」

ホークはちらりとカーロを見た。「きみは英語をほとんど話せないポルトガル人の奴隷になりすましてくれ。就寝時には間違いなく女性用の区画へ連れていかれるだろうから、そこでイザベラを見つけだして、こちらの計画と脱出の時機を伝えてほしい。もしなにか問題があるとわかったら、作戦を延期するかどうかはきみが判断して、すぐにレイトンに伝えろ。なにもなければ、レイトンはライダーとヴェラに作戦続行の合図を出す」

ホークが描いた広大な住居の地図を、カーロは丹念に観察した。「女性用の区画の警備はどうなっているのかしら」

「たぶんたいしたことはないだろう。トルコのハーレムとは違って、ベルベル人は女性を鍵のかかる部屋に閉じこめるようなまねはしない。だからイザベラを部屋から連れだすこと自体はそれほど難しくないはずだ。問題は、誰にも見とがめられずに要塞から脱出させることのほうだ。そのためには、追っ手を出し抜けることならなんでもする。そのひとつが変装だ。カーロ、きみの荷物には、ベルベル人が身につける黒いバーヌースとターバンがふたり分入っている。きみとイザベラはそれで男の格好をして武器を携帯するんだ。遠くから見ればベルベル人の兵士に見える」

「サフルの屋敷には塀が張りめぐらされているのね」

「そのとおりだ。だが、南東部の角に庭があるだろう？　そこの塀なら越えられる。そのあと、レイトンがきみとイザベラを厩舎まで連れていく。その一方で……」

ホークがサントス・ヴェラに顔を向けた。「きみはレイトンの近侍を兼ねた馬丁だ。追っ手を一時的にでも足止めするために、サフルの馬を役に立たなくしてくれ。カーロ、ヴェラに薬の説明はしたか？」

カーロはうなずいた。「馬に使っても後遺症の残らない薬草を持参したわ。ただ倦怠感《けんたい》が増すだけで、ほんの数時間で効き目はなくなるはずよ」

「効果が出るまでにどれくらいかかる？」

「一、二時間というところね」

「きっと町にはサフルが追跡に使える馬がいくらでもあるぞ」ライダーが異論を唱えた。

これにはマックスが答えた。「そこできみに陽動作戦を頼みたい。サフルを屋敷から引き離して、しばらく気をそらしてくれ。指揮官がいなければ、ベルベル人の兵士たちはすぐにぼくたちを追う態勢を取れないかもしれない」

「陽動作戦とはつまり、どこかを爆破するのか？」

「ああ。なるべく屋敷から離れた要塞の一部を破壊してほしい。そうすれば族長であるサフルは見に行かざるをえなくなる。運がよければ兵士を引き連れて、どこから攻撃されたのかやっきになって調べようとするだろう。そのあいだにぼくたちは城門からこっそり出られるかもしれない」

「そのあとはどうすればいい？」ライダーが訊く。

「爆破が終わったら、急いで城門へ来てくれ。ただし、きみにはもうひとつ仕事がある。陽動作戦を始める前に、ぼくたちの逃走路を確保しておいてほしい」

ホークがうなずいた。「夜間の城門の見張りはたいしたことはない。ぼくが訪れたときは歩哨《ほしょう》がふたりいただけだった。ライダー、爆破の前に歩哨を抵抗不能にして、城門のかんぬきを開けておいてくれ」

ライダーがにやりとする。「忙しい夜になりそうだな」

ソーンが悲しげな口調で割って入った。「おいおい、ぼくの見せ場はないのかい?」

テントのなかに笑い声があがった。危険とみればソーンの血が騒ぐことは誰もが知っている。

ホークも笑みを浮かべたが、すぐにまじめな顔に戻った。「きみの出番はいくらでもある。ソーン、きみは野営を撤収し、ライダー用の馬と男たちを率いて城門の外で待機してくれ。ライダーより先に、レイトンとカーロとイザベラが出てくるはずだ。もし攻撃されたら応戦して、とにかく三人を無事に逃走させろ」

「任せてくれ」カーロが隣を見ると、ソーンの目が期待に輝いているのがわかった。

「ただし、武力行使は最小限に抑えるんだ」ホークが注意した。「ガウェイン卿はサフルや彼の部下を殺すことは望んでおられない。銃を使うのは、ほかに選択肢がないときだけだ」

「もちろんだ」

「そのまま北側の道を通って撤退しろ」ホークが続ける。「ぼくが替えの馬を連れて途中で待っている。もし追っ手が迫っている場合は、火薬で山崩れを起こして行く手をふさぐつもりだ」

ライダーが納得したというようにうなずいた。

「ほかに質問はあるか?」マックスが尋ねた。「作戦の改善点や、タイミングや、一連の流れに意見があったら教えてくれ」

一同はしんとなった。胸のうちで作戦を検討し、問題がないか熟考した。

カーロはマックスの視線を感じ、地図から顔をあげた。

彼は厳しい顔でこちらを見ている。

その表情がなにを示すのかカーロは探ろうとしたが、青い目は奥が深く、なにも読み取れなかった。

けれどもマックスが自分で立てたこの作戦に心から満足しているわけではないことだけはひしひしと伝わってきた。


炸裂する地面……馬のいななき……鋭い痛み……立ちあがれない……。

前方でカーロが馬をこちらへ向ける……助けに戻ってくる……。

差し伸べられる手……ライフル銃の射撃音……カーロの頭……顔……生々しい血。

膝からくずおれるカーロ。

だめだ……死ぬな……。

マックスは空気を求めてあえぎながら目を覚ました。心臓が早鐘を打っている。

ナイフのように鋭いパニックに襲われ、周囲を見まわした。

テントのなかは暗く、五、六人の男たちの寝息以外はなにも聞こえなかった。もちろんカーロの姿はない。彼女は女性用のテントにいるはずだ。

マックスは仰向けになった。悪夢の余韻でまだ体が震えている。
あれはフィリップではなくカーロだった。カーロがぼくを助けに戻り、目の前で撃たれた。
ぼくをかばって死んでいくのを、ただ見ているしかなかった。
それだけは耐えられない……。

涼しいうちに出発するために、翌朝は夜明けとともにテントをたたんだ。だがほんの二、三時間で日差しが強烈になった。昼前には紺碧の空の下に、一面、焼けつく黄土色の砂漠が広がった。

これがサハラ砂漠のはじまりにすぎないことをカーロは理解していた。もう夏は終わったというのに耐えがたいほどの暑さだ。灼熱の太陽と砂塵《さじん》から顔を守る布があるのがありがたかった。

乾燥しきった砂漠はときおりぽつんとエニシダやイバラが生えているくらいで、とても生き物が生息していそうには見えなかった。ところが、カーロの牝馬が砂に半分埋まったヘビに遭遇した。

馬はヘビに怯えたらしく、いななきながら後脚で立つと、興奮状態でぐるぐるとまわりはじめた。カーロは振り落とされて地面に激しく背中を打ちつけ、一瞬、息が詰まった。

ヘビはそれほど大きくなかったが、三〇センチも離れていないところから黒い目でこちらをにらみ、今にも襲いかからんばかりだ。

カーロは身がすくんで動けなくなった。そのとき蹄の音が聞こえ、真横で止まった。彼女は長衣の肩をつかまれて引っ張りあげられた。

気がつくと鞍の前部分に引きずりあげられ、そのはずみでまた息が詰まった。

あえぎながら体を起こしたとき、覚えのあるたくましい胸と守るような腕のしぐさから、助けてくれたのが誰だかわかった。マックスだ。

感謝の気持ちがこみあげ、カーロは彼の胸に寄りかかった。マックスは黙ったままカーロをきつく抱きしめている。ヘビはするすると灌木のなかに入りこんだ。

何人かが馬を走らせて駆けつけ、ふたりのそばで停まって質問を浴びせかけた。

「なにがあった？」

「大丈夫かい？」

「怪我はないか？」

「ええ、平気よ」カーロはほっとして、心配されているのに気恥ずかしさを覚えた。「馬がヘビに怯えただけ。わたしは噛まれていないわ」

安心したのか、ソーンがマックスのほうを向いた。「騎兵隊に入ると、そういう技を教わるのか？」

「たいしたもんだな」ライダーが皮肉めいた口調で称賛した。

ホークがうなずく。「ベルベル人でもそこまではできないぞ」

マックスは褒め言葉をすべて無視してカーロを牝馬に戻した。

そして不機嫌な表情のまま馬の向きを変え、ひと言も発さず、カーロに礼を述べる隙さえ与えずに去っていった。

カーロはマックスの背中をじっと見送った。男たちも唖然としていた。

どうやらマックスはわたしに怒っているらしい、とカーロは察した。けれども、その理由はさっぱりわからなかった。


午後遅くになっても、まだマックスと話す機会は見つけられなかった。

キャラバン隊がアクブーのオアシスに着いた。疲れた旅人がなぜみなオアシスに寄りたがるのか、カーロは一瞬で理解した。背の高いナツメヤシの木立が涼しげな木陰を作り、その下にキョウチクトウや、タマリンドや、ピスタチオが生い茂っている。不毛な砂漠地帯を旅してきた者にとっては、ほっとする憩いの場所だ。

村はにぎやかで、さまざまな人種の人々が暮らし、さまざまな商売を営んでいる。その日は案内人の指示でオアシス周辺にテントを張り、新鮮な食料品を購入したり、貴重な水を補給したりした。

夕食はクスクスに子ヒツジの肉が入るというご馳走《ちそう》ぶりだった。前夜と同じく〈剣の騎士団〉の仲間はひとつのテントで一緒に食事をした。会話は静かだったが、翌朝から本格的に始まる任務に備え、誰もがしっかりと腹ごしらえをした。

夕食が終わるとすぐに解散となり、それぞれが眠るために自分のテントへ戻った。カーロはマックスに近づき、ふたりだけで話がしたいとこっそり伝えた。

彼がテントを出ていった。しばらく間を置いて、カーロもあとを追った。

マックスは野営地から少し離れた場所で、砂に転がったなにかに向かって何度もナイフを投げていた。

足音が聞こえたのだろう。ふいに手を止め、ナイフをポケットに滑りこませる。カーロがそばまで近づくと、マックスはオアシスの向こうにぼんやりと浮かぶ砂漠をにらんだ。雲ひとつない月夜だった。太陽が沈んでしまうと肌寒いほどだ。

マックスが先に口を開いた。「なんの用だ?」

ぶっきらぼうな口調に面食らい、カーロはマックスの表情をうかがった。「昼間、助けてくれたお礼を言いたかったの。アラブ人の女性が、馬を驚かせたヘビの名前を教えてくれたわ。猛毒を持っているそうよ」

「もういい。礼は受け入れた」

「マックス、いったいどうしたの?」カーロは彼の腕に手をかけた。だがマックスはその腕を引き抜き、手の届かないところまでさがって背を向けた。

「わたしがなにかした?」カーロは当惑した。

「べつに」彼は聞き取れないほど小さな声で吐き捨てた。

「じゃあ、どうしたというの?」

「きみが作戦に参加するのは受け入れがたい」

「なぜ？」

マックスはこぶしを握りしめた。「ゆうべ、またいつもの悪夢を見た。だが、死んだのはフィリップではなく……きみだった」

その声に苦悶の響きを感じ取り、カーロは胸をえぐられた。彼の体に腕をまわし、背中に頬を押しあて、わたしは大丈夫だと安心させてあげたかった。けれどもそれを我慢して、静かに答えた。「マックス、ただの夢よ」

「たしかにそうかもしれない。だが、今日きみの身に起きたことは現実だ」なにかを握りつぶさずにはいられないとでもいうように、マックスはこぶしに力をこめた。「きみは倒れたまま、ぴくりとも動かなかった。もし……」

もしヘビに襲われていたらと考えるなんて耐えられないとばかりに、マックスはその先の言葉をのみこんだ。

「心配してくれているのね」

「そうだ」彼は肩越しに振り返り、鋭い目を向けた。「きみの身に大きな危険が及ぶと考えると不安でたまらない」

「危険なのはみんな同じだわ。あなたもそうよ」

「だから安心しろというのか？　カーロ、きみを死なせたくない。ぼくは自分のせいでフィリップが息絶えるのを目のあたりにした。あの光景は一生忘れられないだろう。きみまでもが死んでしまったら、ぼくはそんな記憶を抱えて生きてはいけない」

話がどこへ向かっているのかに気づき、カーロは体をこわばらせた。「まさか作戦に加わるなと言う気じゃないでしょうね？」

「そうだ、そう言っているんだ。きみはホークと一緒に残れ。それなら大丈夫だ。ぼくがひとりで作戦を決行する」

カーロは信じられない思いでマックスをにらんだ。「うまくいくわけがないわ。あなたではイザベラに近づくことすらできない。彼女を助けだすどころか、旅に耐えられる健康状態かどうかさえ判断できないのがおちよ。先週、要塞を訪れたホークだってイザベラの姿を見ることはかなわずに、ちらりと名前を聞いただけだったのよ。そのうえ誰に尋ねても、族長が気に入ったスペイン人女性のことは話そうとしなかったというじゃない。マックス、わたしが行くしかないの。女性用の区画に入れるのはわたししかいないんだから」

マックスが怖い目でカーロを見た。「どれほど危うい賭けになるか、きみはわかっていない。殺されるかもしれないんだぞ」

「そんなことぐらいちゃんとわかっているわよ！」さまざまな感情がカーロの胸のうちでくすぶった。

たしかにマックスは、誰よりもこの作戦の怖さを知っているのかもしれない。ずっと危険と背中合わせで生きてきた元軍人なのだ。彼がわたしに対して責任を感じる理由も、死なせたり怪我をさせたりして罪の意識を持ちたくないと思う気持ちも理解できる。だけど、それでも許せない。わたしに主義信条を捨てて、わが身かわいさに大切な友人を見捨てろというの？

「いいかげんにして」口調は抑えているつもりだったが、カーロの声は腹立たしさで震えていた。「なんてわからず屋なの。いい？　わたしはこういう任務のために何年も訓練を積んできた。これはわたしの天職なのよ。人助けに危険が伴うのは百も承知だわ。親友の自由を犠牲にして、自分の身の安全を優先させるようなまねはできない」

マックスは険しい表情で黙りこくった。

カーロは続けた。「あなただってそうよ。もし落馬したのがフィリップだったら、絶対に助けに行ったはずよ」

「それとこれとは話が違う」

「一緒よ。自分が人助けに行くのはかまわないくせに、どうしてほかの人にはそれをさせまいとするの？」

「きみを死なせたくないからだ！」

マックスが目に怒りをたぎらせながら手を伸ばした。力ずくで言うことを聞かせようとするように、カーロの両手首を鋼の力で締めつける。

カーロは渾身《こんしん》の力でその手を振り払い、歯を食いしばった。「やめて。あなたの言うなりになんかならないわ」感情が高ぶり、体が震えた。「あなたはフィリップのことでずっと自分を責めている。でも、フィリップがそれを望んでいるとは思えないわ。いつまでも過去の悲劇にとらわれていないで、さっさと前に進めと言うはずよ」

マックスが頬を打たれたかのように顔をそむけた。

その目に浮かんだ生々しい苦悩を無視して、カーロは容赦なく続けた。「運命は変えられないのよ、マックス。そんなことは誰にもできない。わたしはイザベラが大好きなの。彼女を助けに行って殺されるのなら本望だわ。結果は自分で引き受ける。決めるのはわたしよ。あなたじゃないわ。現実を受け止めることを学びなさい。わたしの決心は変わらないから」

カーロは背を向け、はらわたが煮えくり返る思いで大股に立ち去った。残されたマックスは顔をゆがめ、カーロの背中を穴があくほど見つめていた。

# 15

翌朝、空が赤紫に染まるころ、約二〇名の救出部隊が馬に乗ってオアシスを出発した。カーロはまだ怒りがおさまらず、マックスを避けていた。そのマックスはといえば、遠くからカーロの衣装に一瞥《いちべつ》をくれただけだった。ベルベル人の族長の目をあざむくべく、カーロは今朝、念入りに準備をした。裕福な主人の相手を務める奴隷に見えるよう、派手な長衣を着て装飾品を身につけ、顔には化粧を施したのだ。

マックスの厳しい表情を見ていると、その理由がわかっているだけに、彼が距離を置こうとしているのがひしひしと感じられる。昨夜、あんな口論をしてしまったせいで気まずさが増しているのも寂しい。

まだ怒りはくすぶっているが、心は傷ついていた。だが、手招きしているような遠くの青い山々を眺めながら乾いた不毛地帯を進むうちに、しだいにこれからの任務へと気持ちが集中してきた。

正午には、ビバン山脈の岩だらけの尾根に達した。正面に荒涼とした断崖が幾重にも連なっている。一行は慎重に山越えにかかった。

しばらく行くうちに道のりにも慣れ、景色にも緑が増してきた。午後も半ばになるころにはトキワガシの常緑樹林を進んでいた。ここから先はサフル・イル・タイブの部族の土地だと示す危険な道に着いたときには、すでに低く傾いた太陽が険しい山々を金色の光で覆っていた。

ホークは五、六人の仲間とともに予備の馬を連れてそこに残った。マックスは残りの部隊を率いて前進し、要塞へ続く道をくだりはじめた。

これが最後となる岩の斜面に立ち止まり、景色を一望した。眼下に広がる狭い谷は、まさにホークが描写したとおりだった。ここは大麦と小麦の段々畑が連なる豊かで肥沃な土地だ。その向こうに、山腹に張りつくように築かれた巨大な要塞が見えた。どの家も崖の縁に造られていて危なげに見えるが、町そのものの守りは堅固だ。分厚い壁に囲まれているうえに、見張り塔が三箇所あり、城門は大砲の弾にも耐えうるほどどっしりしている。

ようやく目的地に到着したと思うと、カーロは胸に決意がみなぎり、自分が冷静になるのがわかった。急ぐ気持ちが消えたわけではないが、これまでのどの任務よりも腹は据わっていた。イザベラはあの要塞にいる。無事に助けだすまではなにがあってもあきらめない。

親友を失ったあとも戦場に残った理由を訊いたとき、マックスはフランス軍を倒すか、さもなくば戦死する覚悟だったと言っていた。今、わたしも同じ気持ちでいることを彼は理解するべきだ。イザベラを救出するか、さもなくば任務に殉ずる覚悟はできている。

マックスが肩越しに振り返った。カーロは臆さずにその視線を受け止めた。彼は射るような目をしているが、こちらもひるむつもりはない。

ソーンが期待に満ちた笑みを浮かべ、その場の緊張をほぐした。「要塞が呼んでいるぞ」士気を鼓舞する声で言う。「では、目的のものを頂戴《ちょうだい》しに行こう」

みんなが大きく息を吸いこみ、谷へおりる道を進みはじめた。

要塞へ続く道のまだ半ばにも達していないとき、城門から大勢のベルベル人が馬に乗って飛びだし、こちらへ駆けてきた。黒い長衣とターバン姿の男たちが一行を取り囲んで長剣やライフル銃を突きつける。

カーロは緊張し、この山岳地帯を牛耳る勇猛な戦士たちについてホークが語ったことを思いだそうとした。ベルベル人は、アラブ人が北アフリカに侵入する何百年も前からバーバリで暮らしてきた民族で、勇敢で正直で善良な人々であり、客を親切にもてなすことで知られている。

だが、親切どころか文明を持っているかどうかさえ怪しいと、カーロは湾曲した長剣に目をやりながら考えた。これだけ威嚇されても悠々としているマックスの度胸には感心する。

族長らしき男性が前に進みでて、マックスに近づいた。ほかの兵士たちと同じく長身で引きしまった体つきをしており、金髪で肌が白く、高貴にさえ見える顔立ちの持ち主だ。こんな状況でなければ、ハンサムだと思ったに違いない。

「はじめまして。サフル公でいらっしゃいますね」マックスが軽く頭をさげ、フランス語で訊いた。

ベルベル人の族長はマックスほど流暢ではないものの、同じくフランス語で答えた。「どうしてわたしの名前を？」

「あなたの評判はバーバリ全土に届いております。ベニ・アベス族を率いるサフル・イル・タイブ。あなたにお会いするためにはるばるやってまいりました」

「その目的は？」

「ひとつ、お願いを聞いていただけないかと思いまして」

マックスは、自分と友人のミスター・ライダーはバーバリの有名なライオンを狩りに来た狩猟家だと説明した。「今夜、この土地にテントを張るお許しをいただけませんでしょうか。長旅をしてまいりましたもので」

「いやいや」サフルは鷹揚《おうよう》に答えた。「あなた方を客人としてわたしの屋敷に迎えよう」

「全員を招いていただくには及びません。身のまわりの世話をさせる召し使いをふたりばかり連れていければ充分です」

マックスがカーロとサントス・ヴェラを手招きした。「残りの者たちに、テントを張る場所をお教えいただければありがたいのですが……」

サフルは部下に指示を出した。カーロはそのようすを見ながら、これで第一関門は突破したと安堵を覚えた。

族長は馬の向きを変え、四人を要塞へ案内した。マックスとライダーは族長と並び、カーロとヴェラはいくらか離れてついていった。どっしりした城門を通り抜けたとき、カーロは緊張が少しほぐれた気がした。これで第二関門も通過だ。

よそ者が珍しいのか、夕暮れが迫るなか、多くの人々が寄ってきて四人をじろじろと眺めた。カーロは好奇心を顔に出さないよう努めながら、ひそかに道順を頭に入れた。明日の夜明け前、ここを脱出する際に役立つかもしれない。町の女性たちはみな開けっぴろげで親しげな笑顔を見せた。色とりどりの長衣をまとい、飾り帯を巻き、銀の首飾りや腕輪をたくさん身につけている。話に聞いていたとおり、アラブ人やトルコ人の女性とは違って顔を布で隠していない。そして、これ見よがしに凝った刺青《いれずみ》をしている。

サフルの屋敷は土と石で造られており、族長という地位にふさわしく広々としていた。ヴェラは馬の世話をするために玄関先で別れ、マックスとライダーとカーロはアーチ状の戸口を通って贅沢な部屋へ通された。おそらく謁見の間なのだろう。絨毯は厚く、たくさんのクッションといくつかの低いテーブルが置かれ、オリーブオイル・ランプに明かりが灯り、火鉢が部屋を暖めている。

サフルは短剣を腰につけたまま長剣だけを従者に手渡し、客人に座るよう勧めた。カーロはマックスのうしろにあるクッションに黙って腰をおろした。

しばらくすると、小さなカップに入ったミントティーが供された。それは熱くて甘く、おいしかった。

しばし儀礼的な世間話が続いた。サフルは礼儀正しく話を促し、マックスは海岸からここにいたるまでの出来事を捏造《ねつぞう》してしゃべった。ようやくサフルが、どうしてこの地へ来たのかと尋ねた。マックスは腕試しにぜひライオンを仕留めたいのだと言い、獲物を探すのを助けてくれる案内人をつけてもらえないかと頼んだ。それから、ライダーが謝礼用に持ってきた新型のライフル銃について話した。

サフルは目を輝かせた。

「ご覧になりますか？」マックスが訊いた。

「ぜひとも」

「ではちょっと失礼して、鞍から一挺取ってきましょう」ライダーが答えた。

ライダーはすぐに戻ってきた。サフルは大いに興味を示した。

彼は兵士たちにもライフル銃を見せ、顔をあげた。「命中精度を確かめるために撃ってみたいのだが？」

「いいですとも」マックスは気軽に応じた。「ですがもう外は暗いので、的がよく見える朝になさいませんか？」

「いや、その必要はない。暗闇のなかでも命中するかどうかが大事だ」

驚いたことに、女性の召し使いとカーロを残して男たちは全員部屋を出ていった。

三〇分近く経っても戻ってこなかったため、カーロは心配になった。ようやく戻ってきたベルベル人たちの表情を見て、試射はうまくいったのだと察した。そのあと、取引が行われた。

カーロはじれったい思いで待った。早くイザベラを捜しに行きたくてしかたがない。

ようやく一五挺で合意に達した。サフルは満足し、また客をもてなす務めを思いだしたらしい。

「食事どきまでしばらく部屋で休みたいのではないかな？」

「埃を落とせるのはうれしいですね」マックスは自分のうしろに座っているカーロを顎で示した。「彼女にもひと部屋与えていただけるとありがたいのですが」

サフルが好奇の目でこちらを見ているのがわかったが、カーロはうつむいたまま言葉を理解していないふりをした。

「フランス語はほとんどわからないのです。しゃべるのはポルトガル語だけで」

「召し使いに申しつけて、婦人部屋へ案内させよう」サフルはおもむろにベルベル人の年配の女性を手招きした。

マックスがのんびりとした調子で続けた。「あとで彼女を自室へ呼びたいと考えていましてね。ほら、おわかりになるでしょう？」

サフルが今度は明らかに値踏みする目でカーロを見た。「たいそうな美人だ。どうだ、売ってくれる気はないか？」

カーロは驚きを顔に出さないようにするのが精いっぱいだった。これまで誰かに美しいと言われたことはほとんどない。もちろん、買いたいなどという申し出をされたのは初めてだ。コール墨でまぶたに陰影をつけ、カルミンで頰と唇に紅をさしているせいだろう。

マックスが愉快そうに答える。「きっとお気に召さないと思いますよ。まだ従順さが身についていませんし、いささか毒舌なのです」

「それならば、なおさら欲しくなってきた。気概のある女が好きなのだ。あなたの言うとおりなら、まさにわたしの好みだ」

マックスが肩越しに振り返り、したり顔を見せた。カーロは彼の横っ面を引っぱたきたくなった。

「まだ売る気にはなれないのです」マックスが申し訳なさそうに言った。「サフル公にも手放したくない女性はいるでしょう？」

サフルはちらりと笑みを浮かべてうなずいた。

マックスはカーロにポルトガル語で話しかけ、ベルベル人女性についていくよう命じた。

カーロはクッションから立ちあがった。マックスはまだサフルと話している。

「おうかがいしたいのですが、どうしてそんなにフランス語に堪能なのですか？」

サフルがにやりとするのが見えた。「長いあいだ、あるフランス人の奴隷を寵愛《ちょうあい》していたことがあるのだ……」その声を聞きながら、カーロは部屋をあとにした。

カーロはマックスへの腹立ちを振り払い、ベルベル人の召し使いについていった。一歩進むごとに期待に胸がふくらむ。運がよければ、もうすぐイザベラに会えるかもしれない。

婦人部屋は屋敷の裏手にあった。女性たちの楽しそうな笑い声がもれ聞こえる部屋に、カーロは足を踏み入れた。ここは共用の居間らしい。

彼女は一瞬でイザベラを見つけた。ソファの背にもたれかかり、まわりでクッションに座っているベルベル人の女性たちに、低く歌うようなフランス語でなにかしゃべっている。イザベラはみんなから慕われているらしかった。べつに驚くには値しない。言葉ではうまく言い表せないが、イザベラには磁石のように人を、とりわけ男性を惹きつける資質がある。スペイン人と英国人のハーフで、つややかな黒髪ときらきらした黒い瞳を持ち、四〇歳をとうに過ぎているがあでやかな色気に満ちている。その魅力は顔立ちや体型もさることながら、陽気な人柄や、人生を謳歌しているその生き方にあると言えるだろう。

気概のある女性が好みなら、サフルはイザベラにぞっこんに違いない。

カーロはふと足を止め、最愛の友人の姿を見つめた。本当は駆け寄って抱きしめたい。もう大丈夫だと安心させ、手を取りあって喜びたい。

そのときイザベラが顔をあげ、カーロを見てはっと息をのんだ。だがすぐに驚きを隠し、またなにごとか言って女性たちを笑わせた。

カーロはイザベラから視線を引きはがし、召し使いに案内されて私室に入った。水を使い、身支度を整え、さらに数分待ってから居間へ戻った。部屋の隅に案内されて、身ぶりで座るよう勧められた。

彼女は言われたとおり腰をおろし、フルーツジュースのグラスを受け取った。だが、早くイザベラに作戦の詳細を伝えたいと興奮するあまり、飲み物の味はさっぱりわからなかった。

カーロはジュースをひと口飲んで、居間の中央にある噴水を物珍しそうに眺めるふりをした。しばらくするとイザベラが立ちあがり、優雅な足取りでこちらへ歩いてきた。そしてカーロの隣のクッションに座って、イチジクとオレンジとナツメヤシの実がのった皿を勧めた。カーロは礼儀正しくそれを受け取り、うれしさを押し隠しながらオレンジの皮をむいた。そしてイザベラがどう出るかを待った。

「スペイン語を使ったほうが安全よ」イザベラは噴水の調べや女性たちの話し声にかき消されそうなほど小さな声で言った。「フランス語は少しわかる女性もいるから」

「わたしに話しかけても怪しまれないの?」

「平気よ。わたしが外の世界のことを知りたがっているのは、みんな知っているもの。誰も不審には思わない。しばらくなら話していられるわ」

「あなたのことをどれほど心配したか。大丈夫なの?」

イザベラがちゃめっけたっぷりの笑みを浮かべた。「その気持ちはよく理解できるわ。立場が逆で、もしあなたが誘拐されたとしたら、わたしもどれほど心配したかわからない。あなたが任務でどこかへ行くたびにわたしがどれほど不安な思いをしてきたか、これで少しはわかってもらえたかしら?」

カーロはそれとこれとは話が違うと反論したかったが、それは口に出さなかった。「元気そうね。ひどい扱いは受けていない?」

「それどころか、お姫様みたいな待遇よ。とらわれの姫君だけど。すこぶる健康だし、精神状態もいいわ。必ずあなたたちが助けに来てくれると信じていたからよ。だから、どうせなら少し楽しもうかと思って……ちょっとした冒険だもの」

「サフル公というのはどういう人なの？」

「喜ばしいことに、とても寛大で親切な人よ」イザベラの口元に秘密めいた笑みが浮かんだ。

「それに恋人として申し分ないわ。あちらのほうもすてきだった。こんな状況で出会ったのではなく、お互いの文化がこれほど違っていなければ、四度目の結婚を考えたかもしれないわね」

カーロが顔をしかめたのを見て、イザベラはいたずらっぽく笑った。「でも残念ながら、サフルにはすでにふたりの妻がいるの。夫をほかの女性と共有するのは好みじゃないわ。わたしがいなくなれば、彼の妻たちはさぞほっとするでしょうね。ところで、あなたたちはわたしを助けに来てくれたのよね？」

カーロは思わず笑った。「狩りをするためだけに、はるばるここまで来たと思っているの？」

カーロは作戦の流れを要領よく説明した。まだ誰も目を覚ましていないであろう午前四時に屋敷を抜けだし、厩舎に身をひそめる。夜明けの三〇分前に陽動作戦が行われるので、それに合わせて城門へ向かう。そのころはまだ外は薄暗いが、危険な山道に差しかかるころには充分な明るさになっているはずだ。真っ暗なうちに山越えを試みるのは自殺行為に等しい。

イザベラの目から見てもとくに作戦に問題がないことがわかり、カーロはほっとした。

「今夜、サフル公に呼ばれる可能性はないの？」

「月のものの最中だから大丈夫よ。もし呼ばれたとしても、ちゃんと理由をつけて、しかるべき時刻までには戻ってくるわ」イザベラは唇を引き結んだ。「もう彼の顔を見られなくなるのかと思うと寂しいかぎりよ。キュレネ島まで会いに来てほしいと置き手紙を残していこうかしら」

カーロはあきれながらもおかしくなり、かぶりを振った。あの族長ならイザベラを追って本当にキュレネ島までやってきかねない。けれども、それはあとで心配すればいい話だ。今はこれからの一二時間に気持ちを集中させなくてはならない。

カーロはいくつかの点を詳しく説明して正確な段取りを伝え、最後につけ加えた。

「わたしの荷物がちゃんとここに届くことが大事なの。変装用の衣装が入っているから」

「わたしに任せて」イザベラが自信たっぷりに請けあう。「わたしの寝室は完全なひとり部屋なの。話し相手が欲しいと言ってあなたを呼ぶわ。それに逃亡の旅に備えて、たっぷり食事もとれるよう手配しておかないとね。次はいつまともな料理にありつけるかわからないものの」

これにはカーロも声を出して笑ってしまった。イザベラはよく食べるのに、どうしてローストチキンのように丸々と太っていないのか不思議だ。ところが次の言葉を聞いて、カーロは今度はむせそうになった。

「ところで、ミスター・レイトンというのはどんな人なの？」イザベラは唐突に質問した。

イザベラにじろじろと見られ、カーロは顔が赤くなった。動揺を隠そうと慌ててジュースをひと口飲んだ。きっとマックスへの思いは顔に出てしまっているだろう。

「とくに話すようなことはなにもないわ。ソーンの親しい友人で、〈剣の騎士団〉に誘われているの」

「いいわ、詮索はやめておきましょう」イザベラがちゃかすように言う。「でも、ぜひ一度会ってみたいわね。あなたが恥ずかしがり屋の生娘みたいに頬を紅潮させるお相手だもの」

ジュースがあらぬところに入り、カーロは今度こそ本当にむせ返った。


この三日間は地獄だったと、マックスは食後の濃いブラックコーヒーを飲みながら思った。客として失礼にならないように、顔をしかめるのだけは我慢している。

料理は山ほどあり、どれも大変おいしかった。濃厚なレンズ豆のスープに始まり、ひな鶏《どり》、ローストチキンのオリーブ詰め、香辛料の利いたミートパイ、そしていつものクスクスと続き、デザートには大麦パンと蜂蜜《はちみつ》が出た。

ありがたいことにライダーがずっとサフルの相手を務めてくれたため、マックスはほかのことを考えていられた。はたしてカーロはレディ・イザベラを見つけただろうか？　今回の作戦は無事に成功するのか？　その二点が気になった。

いや、正直に言えば、キュレネ島を発ってから要塞へ来るまで、一瞬たりともカーロのことが頭を離れなかった。そばにいながら手を伸ばせないのは地獄の苦しみだ。それ以上にあの優しいほほえみが恋しくてしかたがない。

カーロがぼくを避けるのは当然だ。自分が抱えている悪い予感を彼女にぶつけ、失望と怒りを買ったのだから。

だが、この不安は止めようがない。昨日の夜も同じ悪夢を見た。カーロがぼくを助けようとして死ぬ夢だ。ぼくは血を流すカーロの体を抱きしめ、なんとか助かってくれと念じるが、結局、彼女はこときれる。五臓六腑《ごぞうろっぷ》をえぐる悲しみが突きあげ、絶望と激怒に襲われて、ぼくは涙でなにも見えない目で天を仰いで慟哭《どうこく》する。

こうして夢を思いだすだけで冷や汗が出てくる。ぼくはただカーロを守り、盾になりたいだけだ。彼女の勇気や信念や能力には一点の不安も感じていない。カーロほど有能で勇敢な女性はほかにいないだろう。だが、そんな彼女でも運命の力には逆らえない。

それはぼくも同じだ。この救出作戦を成功させるためにできることはすべてやるし、夢が現実にならないよう全力を尽くすつもりだ。しかしどれほどカーロを守ると誓ったところで、保証はなにもない。カーロは怪我をするかもしれないし、死ぬかもしれない。それを思うと胸が張り裂けそうだ。

こうしていても不安で胃が重くなる。けれども、わかっている。ぼくは口にしてはいけないことを言ってしまった。あれでは親友を見捨てろと言ったも同然だ。

とても耳を貸してくれるとは思えないが、やはりカーロには謝っておかなくてはならない。

マックスは厳しい顔になった。つらいのは、彼女の言い分が正しいとわかっていることだ。

たしかに結果のいかんにかかわらず、危険を引き受けざるをえないときがある。

この任務が終わるまで、それを自分に言い聞かせるしかない。

作戦を成功させたければ、今できる自分の務めに集中することだ。

マックスはサフルとの会話に加わり、懐中時計に目をやらないよう気をつけた。だが心のなかでは、早く自室に戻ってカーロを呼ぶことばかり考えていた。

## 16

ようやく夕食が終わり、マックスが召し使いに案内されて寝室に戻ったのは夜もかなり更けてからだった。暗くてしんとした廊下を通っていくと、使用人を含めて家人の多くはすでに床についているのがわかった。これなら屋敷を忍びでるときに誰かに見られる可能性は低いだろう。

サントス・ヴェラは近侍の務めを果たしに来たふりをして、先に部屋で待っていた。近くの寝室をあてがわれたライダーも、自分の部屋を確認したあとすぐにやってきた。

「あのドアだ」ヴェラが奥の壁を指さしながら小声で言った。「あそこから庭に出られる」

マックスとライダーが外へ出て、葉巻を吸いながら塀の高さやのぼりやすさを確かめた。

そのあとは寝室に戻り、カーロが来るのを待った。

三〇分後、部屋に入ってきたカーロの目は輝いていた。なにも言わなくても、イザベラに会えたことや、いい知らせを聞けたことがわかる。

ヴェラが白い歯をのぞかせてにっこりした。「セニョーラはお元気なんだな?」

「そうよ」カーロが安堵の笑みを浮かべた。「早く脱出したがっているわ」

万が一にも立ち聞きされないように小さな声を保ちながら、カーロはイザベラとの会話や、イザベラの目から見ても作戦に支障がないことを説明した。

「では、このまま計画を進めよう」マックスは言った。「厩舎のほうはどうだ？」ヴェラに訊く。

「大丈夫だ。ライダーのための火薬はちゃんと用意してある。あとはおれが厩舎で眠り、時が来たら馬に薬を与えるだけだ」

「サフルはぼくたちを疑っていない」ライダーが言った。「レイトンが上手にあしらったからご機嫌うるわしいものだ」

サフルの警戒心を解きほぐしたのはライダーだとマックスは思ったが、言葉にはしなかった。「最新型のライフル銃が功を奏したんだよ」彼はヴェラとライダーを見た。「手順は頭に入っているな？」

「もちろんだ」

全員が時計を同じ時刻に合わせた。やがてライダーとヴェラは出ていった。

ドアが閉まると、マックスはカーロに視線を向けた。口論をして以来、ふたりきりになるのはこれが初めてだ。

カーロも同じことを思ったのだろう。さっと表情が冷たくなった。

「レディ・イザベラがお元気だとわかってうれしいよ」マックスは沈黙するカーロに話しかけた。

「わたしもよ。あとは早く今夜が終わってくれるのを祈るだけだわ」

早くマックスから遠ざかりたいとでもいうように、カーロはドアへ向かった。彼女が出ていこうとするのを見て、マックスは止めた。

「まだだ」

カーロは立ち止まった。「どうして？」挑むような口調で言う。

「サフルに怪しまれるからだ。それらしく見せるには、二、三時間はここにいたほうがいい。ぼくが夜の楽しみのためにきみを呼んだと、彼は思っている」

カーロは肩をこわばらせ、硬い声で答えた。「わかった。じゃあ、もうしばらくここにいるわ」

彼女はマックスには目もくれようとせず、部屋のなかをぐるぐると歩きはじめた。ときおり首や腕につけた金銀の精巧な装飾品がじゃらじゃらと音をたてる。

マックスは部屋の隅に置かれた低いテーブルへ歩み寄り、自分用にイチジクのブランデーをカップに注いだ。「きみの身を守るためにも、そばに置いておきたいんだ」軽い口調で続ける。「今夜はサフルがきみを狙っているからな。一宿一飯の恩義として持っていかれてはかなわない」

カーロは足を止め、鋭い目でマックスを見た。

「それにしても、サフルの女性の趣味はいいらしいな。それだけは言える」

「心にもないお世辞なら結構よ」

「本心だよ。その化粧のせいで、今日のきみは神秘的な雰囲気をかもしだしている。血の通った健康な男なら、誰でもきみに目がいくよ。信じてくれ、サフルは本気できみを欲しがっている」

カーロは軽蔑したようにかぶりを振り、また部屋のなかを歩きだした。マックスはサフルが彼女をじろじろと見ていたのを思いだし、独占欲がこみあげてきた。自分の女性を誰にも渡したくない、わがものだと確認したいという本能的な感情だ。

「なかなか言いだす機会がなかったが、ゆうべはすまなかった」

カーロが射抜くような視線を向けた。「親友を見捨てろという意味のことを言って悪かったと認めるのね」

「きみを心配したことは悪いとは思っていない」

「それが信念を曲げろということであれば悪いのよ」カーロは突っぱねた。

マックスは苦笑いを浮かべた。「そのとおりだ。どうしたら許してくれる？」

「イザベラを助けだして」カーロは言い放った。「それに誠意を見せてほしいわ。あなたはちっとも悔いているように見えない」

悔恨ばかりだ。だがこちらがどう言おうが、カーロは振りあげたこぶしをおろす気はないらしい。マックスはブランデーをひと口飲み、カーロがいらいらと歩きまわる姿を眺めた。長衣の下で揺れる優雅な腰の線が気になる。

熱い思いがわき起こってきた。

「そうやってひと晩じゅう、歩いているつもりかい？」

「そうよ。とても眠れそうにないもの」

「眠れとは言っていない。もっと楽しい時間の過ごし方がある」

マックスはわざとらしくベッドに目をやった。一般的にアラブ人は色をつけたイグサを編んだ敷物を絨毯で覆って寝床にするが、これはベルベル人が使うベッドだ。高さは六〇センチほどあり、何本も張られたロープの上にキルト地の敷物が広げられ、色とりどりのシルクのクッションがいくつものっている。

「冗談でしょう」カーロが信じられないとばかりにぴしゃりと言った。

「本気だよ。まだ夜は長い。きみも少しは気が紛れるだろう」

「わたしは今のままで大いに結構よ」

「ぼくが気に入らない」

「あなたがどう思おうが知ったことじゃないわ」

マックスは挑発するような笑みを浮かべた。「ぼくはきみの主人だよ。忘れたのかい？きみはぼくに仕えるためにここへ呼ばれた。まずはぼくの服を脱がせるところから始めるといい」

カーロはマックスをにらみつけた。「勝手に自分で脱げば？」

「それじゃあ楽しくない」

彼女の目に怒りが燃えあがったのを見て、マックスは気概のある女性が好きだと言ったサフルの言葉を思いだした。ぼくもまったく同感だ。

カーロはけっして従順で御しやすい女性ではない。だが、そんなふうに火花が散るような目で見られると、こちらも燃えあがる。

彼女は挑発にはのらず、窓辺へ行くと鎧戸《よろいど》を開け、暗い中庭をにらんだ。

侮蔑的な態度であからさまに喧嘩を売るようすを見て、マックスは無性に彼女が欲しくなった。

カーロを抱きたい。彼女のすべてを感じながら、甘く激しいひとときを分かちあいたい。彼女のなかに身をうずめて、ともに刹那《せつな》的な至福の瞬間を味わいたい。

体の欲求を満たしたいのではない。肌を重ねることでカーロの存在を確かめたいのだ。もっとも本能に根ざした形でひとつになれば、ぬくもりを感じられ、彼女はまだちゃんと生きていると実感できるだろう。これが最後の夜になるかもしれないという不安さえ忘れられるかもしれない。

マックスはゆっくりと部屋のなかをまわり、ランプを消していった。残された最後のひとつが静かな金色の光を放っている。彼はベッドに腰かけてブーツを脱ぎ、立ちあがって裸になった。こちらがなにをしているのかカーロはわかっているのだろう。緊張が伝わってくる。

マックスはカーロの背後に立った。

カーロは身じろぎもしなかった。マックスは腕を伸ばして鎧戸を閉め、夜気を締めだし、またふたりだけの空間を作った。彼が髪に口づけをすると、カーロは身をこわばらせた。

細い腰に両腕をまわし、そのまま長衣の上から胸を包みこむ。先端が硬くなっているのを確かめたあと、装飾品の貴金属をいじった。ムーア人がよく身につけている何本も重ねた首飾りだ。

「ずっとこうしたかった」マックスは感情が高ぶり、声がかすれた。

カーロの体は小さく震えている。高揚している証拠だろう。

「きみも同じ思いでいたのかい？」

「いいえ……少しも」彼女は心の揺れが感じられる口調で言った。

「じゃあ、どうしてそんなに息が浅い？　なぜ体が反応している？」

返事はなかった。

「本当はこうなるのを望んでいたんじゃないのか？」

「マックス……」

「ぼくはきみの体を知っている。どうしたらきみを熱くさせられるかもわかっている」

彼はカーロの長衣の裾を腰までたくしあげ、柔らかい肌に自分の硬くなったものを押しつけた。カーロが小さく息をのむ。

マックスは低い声でささやき続けた。「そのシルクのような肌にキスをして、全身をこの手で愛したい。きみを激しく燃えあがらせたいんだ」

ふたりは同じ衝動を感じていた。

マックスは彼女の体に腕をまわし、片手で腿のあいだの茂みを探った。カーロが反射的に体をそらす。抵抗しようとしているのだろうが、意に反してもれる柔らかな声が本音を語っている。

彼は片手をカーロの腿のあいだに置いたまま振り向かせ、壁に背中をもたれかけさせた。カーロがこちらを見あげ、落ち着きなく舌で唇を湿らせた。それがマックスには悩ましいしぐさに見えた。その舌で彼の欲望の証を愛撫されたことを思いだしてしまうからだ。

カーロを奪いたいと思う強い気持ちがこみあげてきた。けれども今夜はそれ以上に、彼女に与えたいという願望が強かった。カーロが身をくねらせ、先をねだる姿を見たくてたまらない。

そう考えると、マックスは自分自身がはちきれそうになり、彼女に触れただけで達してしまうのではないかと思った。だが、今夜は急ぐつもりはなかった。ひたすらカーロを悦ばせれば、いずれ彼女のほうからぼくを求めてくれる。

マックスは空いているほうの手で首飾りのひとつをつかんだ。浮き彫り模様を施した銀の玉が連なっている。それを首からはずすと、カーロが驚いた顔をした。白い腹部が見えるまで長衣を持ちあげ、銀の玉を肌に滑らせてちょうど腿のあいだに来るように首飾りを垂らす。カーロの喉から絞りだすような声がもれた。

マックスは片膝をつき、かぐわしい香りを胸に吸いこんで、したたる露に歓喜した。

秘めたところを軽く探りながら、脚を開かせる。中心に沿って首飾りを滑りおろすと、カーロの体が震えた。

「動くな」マックスはそう命じ、今度は同じところに沿って首飾りを滑りあげていった。

カーロは銀の玉の感触に身もだえしている。

「動くなと言ったはずだ」

「そんなの……無理だわ……」

「だめだ。ぼくはきみを絶頂に導き、きみのなかに入って、きみのあえぎ声を聞きたいんだ」

カーロは彼の言葉に衝動がこみあげ、体がうずいた。じらすような銀の玉の動きに全身が敏感になり、体の奥が脈打っている。

マックスは首飾りを自分の手にかけた。カーロがなにをする気だろうと思う暇もなく、マックスは大きな銀の玉のひとつを彼女の潤っている箇所へ滑りこませた。

ふいにもたらされた感覚に、カーロは声がもれるのをこらえた。

「なにを……しているの」怒ろうとするが、息が荒くて声にならない。

「至福をかいま見たいというきみの願望をかなえようとしているんだ」マックスは銀の玉をもうひとつ入れた。

「そんな願望はないわ」

「すぐにそう願うようになる」

それはカーロにもわかっていた。すでにこらえるのは限界に達しかけている。マックスはさらにひとつ、ふたつと銀の玉を滑りこませていった。衝撃的な感覚に、カーロは体を震わせた。

「どうだい？」マックスが挑発的な口調で言う。

カーロは息が詰まり、答えられなかった。下腹部の奥で冷たい銀の玉が温まるのがわかり、筋肉が痙攣する。マックスはゆっくりと容赦なく、首飾りを最後まで彼女の体のなかにおさめた。

カーロはじっとしていようと努めたが、とても我慢ができなかった。ほんのわずかに身をよじっただけでも、銀の玉が動いて刺激される。

「動くなと言っただろう？」カーロが腰をくねらせると、マックスが警告した。「ぼくの言葉に従わないと、望みをかなえてやらないぞ」

カーロは歯を食いしばり、壁に背中を押しあてて両手で体を支えた。

マックスは首飾りをゆっくりと引き抜きはじめた。

銀の玉がひとつずつ出るたび、じらすような振動に体が震える。このままでは頭がどうにかなってしまいそうだ。

「ずいぶん興奮しているな。だが、まだまだだ」

カーロはすでに燃えあがっていた。なすすべもなく快感に貫かれ、手足に力が入らず、体がとろけそうになっている。

「きみは取り乱している。ぼくがなだめてあげよう」

哀れんでくれたのかとカーロは思った。だがマックスは体を傾け、秘めた部分に熱い息を吹きかけてきた。その行為の親密さに体が震えたが、もはや抗うことができない。

マックスが舌で体の芯に触れ、またひとつ銀の玉を引き抜いた。

敏感なところを滑る首飾りの感触と、そこにかかる温かい息は、まさに甘い責め苦だった。衝撃に押しつぶされてしまいそうだ。

次の瞬間、わずかに残されていた理性も吹き飛んだ。カーロはもはや自分の体を支えられず、無我夢中でマックスの肩をつかんだ。マックスはまだ腿のあいだに顔をうずめ、愛撫を続けている。

またひとつ銀の玉が滑りおり、カーロは泣きそうな声をもらした。知らず知らずのうちにマックスの黒髪をつかんで、彼の唇に身を任せる。

マックスはすべてを知り尽くしている。どうしたら女性が悦ぶのか、どうしなかったら懇願するのか、全部わかっているのだ。

あまりの快感に意識が遠のきそうになりながら、カーロは終わりを求めて背中をそらした。

「クライマックスの寸前だろう?」

カーロは答えることもできず、ただ熱い息を吐いた。

「その先を見たいかい?」マックスがもう一度、敏感な箇所にキスをした。「見たいんだな?」

お願い……こんな突き刺さる甘い苦痛にはもう耐えられない。そのとき炎の泉が全身にわきあがり、カーロは一瞬で絶頂を迎え、腰が痙攣した。

体を激しく震わせながら、彼女は壁にもたれかかった。それでもマックスはまだ許してくれなかった。カーロの体を押さえつけ、さらに愛撫を続ける。意識に白く霞《かすみ》がかかったそのとき、マックスが最後の銀の玉を引き抜いた。先ほどの絶頂に追い打ちをかけるように、新たなクライマックスが突きあげてきた。猛々しいほどに強烈な長いうねりがこみあげ、カーロは悲鳴をあげた。

荒々しい渦にのみこまれ、空気を求めてあえぐ。

めまいがおさまってきたのは、ずいぶん経ってからだった。カーロは大きく息をつきながらマックスを見おろした。

マックスは目を輝かせ、満足げな顔でこちらを見あげている。最後にふたたび彼女の震える部分にキスをしてから立ちあがった。

意外にも彼はそのまま背を向け、離れていった。カーロはまだぼんやりしたまま、鍛えあげられた背中の筋肉を見つめていた。

マックスは首飾りを脇においてベッドの端に腰かけ、うしろに倒れかかって両肘で体を支えた。

「今度はきみがぼくに仕える番だ」彼は命令口調で言った。「服を脱ぐんだ。きみの裸を見たい」

横柄な物言いに、カーロはかっとなった。主人の役を演じて彼女を挑発し、作戦の緊張を忘れさせようとしているのはわかるが、だからといって奴隷になるつもりはない。「あなたの言葉に従う気はさらさらないわ」

「すぐにそうしたくなる」

「その自信はどこから来るのかしら」

「きみはぼくを欲しいと思っている。首飾りよりずっといいからだ」

たしかにそれは真実だ。

反論しかけたとき、青い瞳がじっとこちらを見つめた。「おいで」

カーロの体から力が抜けた。まだマックスには腹を立てている。わたしは抗えないと彼が自信を持っているのもわかっている。それでもそういう目で見つめられると、抵抗する気力を失ってしまう。

今もマックスの視線はあまりに強烈で、長衣の下を見透かされている気がする。

「それで服従しているつもりか？　きみはぼくの奴隷だ。ぼくを満足させるのはきみの務めだろう」

マックスの尊大な態度に怒りがぶり返し、カーロはののしりの言葉を吐きそうになったが、ふとそれならという気持ちがわいてきた。

いちばんの理由は、作戦決行の夜明けを前にして、最後にもう一度マックスに抱かれたいと思ったからだ。たとえいっときでもいいから現実から逃避したかった。彼に悪夢を忘れさせてあげたいし、自分も作戦に失敗するかもしれないという恐怖から逃れたい。

長衣を脱ぎはじめると、彼女が降伏したと思ったのか、マックスが皮肉な笑みを浮かべた。

今に見ていなさいよ、とカーロは思った。

マックスに見せつけるようにゆっくりと長衣を脱ぎ、床に滑り落とした。首飾りははずさなかった。むきだしの乳房に金と銀の飾りが揺れている感触が官能的だからだ。

カーロの裸体を見てマックスは目を輝かせたが、なにを考えているのかはわからなかった。

「来るんだ」

彼女はマックスの真正面に立ち、屹立したものに目を落とした。

「これが欲しいんだろう」マックスは見下したような言い方をした。

カーロは心からそれを求めていた。「はい」

「〝はい〟だけじゃ足りない。きみは奴隷だ」

「はい、ご主人様」

「よろしい。だんだん、しつけができてきたらしい。きみがどれほどぼくを楽しませられるようになったか、見せてもらおう」

マックスは上半身を起こし、自分の脚のあいだにカーロを引き寄せた。彼の体は温かく頼もしかった。

マックスが手を伸ばして彼女の乳房に触れた。てのひらの感触を求めて先端が硬くなり、つんと立つのがわかった。

カーロは日に焼けた手が青白い胸を包みこむのを見て体が熱くなったが、しばらくするとその手を押しやった。

「今度はわたしが仕える番でしょう?」冷ややかな声で脅すように言った。

「そうだな」マックスは無造作に答えた。

だが本当はその口調よりはるかに興奮しているのがカーロにはわかった。サファイア色の目が期待に輝いているし、クッションにもたれかかりながらもカーロから視線を離さない。

カーロはベッドにのり、マックスの情熱の証に手を伸ばした。充分に張りつめているが、刺激すればもっと高ぶることは経験から知っていた。先ほど苦しめられたお返しをしてあげるわ、とカーロは思った。

からかうような甘い笑みを浮かべ、彼の腿の内側をなでながらさんざんじらした。そのあとようやく硬いものに手をかけてそっと握りしめた。マックスが鋭く息をのむ。彼女が首飾りを手に取って張りつめたものに巻きつけると、マックスは息を止めた。

カーロはうつむいて先端にキスをしながら、根元を首飾りで締めつけた。

マックスが息を荒らげ、苦しそうな声をもらした。

カーロは相手が感じているであろう鮮烈な快感を想像しながら首飾りを上下させ、締めつけたり緩めたりした。

マックスの喉から振り絞るような低いうめき声が出る。

カーロは手を駆使してさらに刺激を強めていった。

マックスが体をそらし、うなり声を発した。そして、もう我慢できないとばかりに首飾りを取り払い、床に投げ捨てた。

「おいで」彼の声はかすれていた。

カーロはマックスをさいなんでやろうとは思っていたが、ひとつになるのを拒むつもりはなかった。そういう目で見つめられると、自分が心から望まれているのがよくわかる。強烈な視線にとらわれながら、彼女はマックスの上になった。ゆっくりと体をおろしていって、彼とつながった悦びに熱い息を吐く。だが、それだけではまだ足りない。マックスとのあいだで命を躍動させたい。

カーロはあえて海綿を使わなかった。ふたりのあいだをさえぎるものはなにもいらない。彼女は両手でマックスの両手首をつかみ、体を伸ばして頭の上へあげさせて押さえつけた。カーロが身につけている首飾りがかすかな音をたてて彼の胸に広がった。

彼女がゆっくりと腰を動かしはじめると、マックスが驚いた顔をしたのがわかった。マックスはすべてをカーロに任せた。彼女はリードしたがっている。やがてカーロのようすが変わった。もはやぼくとも、自分とも闘っていない。ぼくをじらすのもやめたようだ。その愛らしい顔が苦しげな表情に変わっている。

首飾りとともに乳房が揺れるたびに、柔らかい腿をマックスの腰にこすりつけるたびに、カーロはどんどん高ぶっていった。体の動きが速くなり、リズムが荒々しくなる。

カーロが顔を傾けてマックスの唇をむさぼった。かすれそうになる意識の隅で、マックスは今夜の彼女がひときわ激しい理由を理解していた。直面している危険のせいで暗く本能的な感情が解き放たれ、けっして口にはしない言葉を体で表現するしかなくなったのだ。

マックスもまた同じ荒々しさにとらわれていた。カーロの体が震えた。その痙攣がマックスの体をも貫く。

カーロは泣きじゃくるような声をあげ、体を起こして背中をそらした。その声がマックスの魂に突き刺さった。

カーロを襲う嵐に巻きあげられ、マックスもまた必死に彼女をつかみながら、ともに低いうめき声を発して体を震わせた。

やがてカーロがくずおれた。マックスは豊かな髪が自分の胸にかかるのを感じながら、虚脱状態のまま仰向けになっていた。彼女の体が震えている。クライマックスの名残だろうが、そこにはもっと深い感情も感じられる。それは恐れだ。

カーロはきっと認めようとしないだろうし、自分でも気づいていないかもしれないが、ぼくを失うのを怖がっている。その思いはもしかしたら、ぼくがカーロを死なせたくないと思う気持ちに匹敵するほど強いのかもしれない。

カーロはようやく身じろぎすると、マックスの体をさらにきつく抱きしめ、慰めを求めるように黙って彼の首筋に顔をうずめた。

マックスの心は重かった。彼もまた同じ悪い予感を覚え、それが現実にならなければいいのにと祈っていた。ずっとこの夜が続き、夜明けが来なければいいと。できるものなら、どうにかして迫りくる危険から逃れたい。だが運命がどれほど容赦なくても、今は責任感と名誉に懸けてみずからの務めを果たすしかない。

# 17

午前三時、カーロはマックスの寝室を出て婦人部屋へ戻った。あれからさらに二度愛しあい、そのあとしばらく横になった。眠ることはできなかった。ただ手足を絡め、息がかかるほど顔を寄せあい、互いの体を抱きしめていた。そうやって、ともに相手から力を与えてもらった。

こんな状況でマックスと関係を持ったのは恥ずべきことかもしれないが、後悔はまったくなかった。これから待ち受けていることに立ち向かうには、彼の情熱を感じる必要があった。一緒にいるだけで勇気がわいてくるからだ。

途中、警備兵はひとりしかいなかった。これは吉報だ。誰もが眠りについているらしく、婦人部屋のある一画はひっそりとしている。

イザベラだけは違った。カーロが静かに寝室に入ると、しっかり目を覚ましていた。

ふたりは黙ったまま黒い長衣に着替え、頭にターバンを巻き、腰に短剣を差し、ピストルに火薬を詰めた。そしてマックスが待つ廊下へ向かった。

マックスは倒れている先ほどの警備兵の上に身をかがめていた。

カーロの背後でイザベラが足を止め、目にショックの色を浮かべた。

「殺してはいません。気絶させただけです」マックスが小声で言った。

彼は警備兵を座らせ、眠りこけているように見せかけた。

「こちらへ」マックスが静かに案内した。

イザベラはためらうことなくあとに続き、マックスの寝室へ入った。カーロもそのうしろを追い、三人は庭へ出た。

外は涼しかった。沈みかけた月がぼんやりと石塀を照らしだしている。

マックスは塀の近くにあるアンズの木にふたりを誘導し、先にカーロを持ちあげて木にのぼらせた。

カーロは丈夫そうな大枝を進んで、塀の向こう側にひらりと飛びおりた。そこは狭い路地だった。すぐに振り向き、腕を伸ばしてイザベラの腰をつかんでそっと地面におろした。

最後にマックスが姿を現したのを見て、カーロはようやくほっと息をついた。

マックスは右を指さし、薄暗い路地をたしかな足取りですばやく進んだ。女性ふたりもそれに続いた。

合流地点に着くと、マックスは手ぶりで待つよう指示し、自分はドアの向こうに姿を消した。緊張の数秒が過ぎたあと、マックスは戻ってきてふたりを暗い厩舎に招き入れた。

正面にぬっと人影が現れた。カーロはびくりとして腰の短剣に手をかけた。窓から差しこむ薄暗い月明かりを通してよく見ると、それはサントス・ヴェラだった。

ヴェラは人差し指を唇にあて、近くの隅を指し示した。ベルベル人の馬丁とおぼしきふたりの男性が寝台でぐっすりと眠っている。

カーロが成果を尋ねようと片方の眉をつりあげると、ヴェラはうなずいた。つまり、首尾よく馬丁に薬をのませたということだ。ヴェラは薄闇のなかでもはっきりとわかる白い歯をのぞかせ、イザベラのほうに振り向いた。そして大きな両手で彼女の華奢な両手を取った。

ヴェラは一礼すると、うやうやしくその指に口づけをした。イザベラは威厳に満ちたほほえみを浮かべてそれを受け入れ、感謝の印にヴェラの浅黒い頬にてのひらをあてた。

「あとは待つだけだ」マックスがどうにか聞き取れる程度のささやき声で言った。

ヴェラは中央付近の馬房へ三人を連れていった。時間が来るまでそこに隠れるのだ。厩舎が屋敷に劣らないほど立派なことにカーロは驚いた。ベルベル人は馬を大事にし、わが子以上に贅沢をさせることで知られている。

ほとんどの馬は横たわって気持ちよさそうに眠っていた。薬をのまされていない四頭だけは、いつでも出発できるように鞍がつけられている。

カーロはイザベラと並んで居心地のよい藁山に座りこみ、友人の手を握った。相手のためというよりは、自分が安心したい気持ちのほうが強かった。自分の心音に重なって、馬の鼻息と馬丁のいびきが聞こえていた。

一時間をゆうに過ぎたころ、ヴェラが馬の蹄に布をかぶせはじめた。足音をできるかぎり消すためだ。四人は馬丁に気づかれずに厩舎を出た。不測の事態に備え、マックスは抜き身のサーベルを手にしていた。

ヴェラとカーロもサーベルは身につけていた。狭い場所での戦いには剣が向いているし、一発ごとに弾をこめなくてはならないピストルやライフルと違っていつでも使える。また、銃とは違い、相手に致命傷を負わせる恐れも少ない。やむをえない場合以外、もてなしてくれたベルベル人を殺《あや》めるつもりはなかった。

カーロは息を詰めながら、誰にも見とがめられずに静まり返った暗い通りを進んだ。城門の一〇〇メートルほど手前でマックスが馬を停めた。歩哨の姿はない。ライダーが計画どおり抵抗不能にしたのだろう。大きな木製のかんぬきは外され、どっしりした門がわずかに開いている。

カーロは心のなかでライダーの能力を称賛した。ありがたいことに数分後、計画どおり爆発音が聞こえた。

馬たちが大音響に怯えた。イザベラは自分の馬を制御しきれずにいる。興奮して厩舎に駆け戻ろうとする馬の手綱を、ちょうどそばにいたカーロが手を伸ばしてつかんだ。

「行くぞ」マックスが城門へ馬を走らせた。

カーロはイザベラの馬の手綱を握ったまま、あとを追った。

城門に着いたときには、すでにマックスが重い扉を開けて待っていた。彼は攻撃に備えてサーベルを構えながら、最初に城門を出た。

カーロが振り返ると、南の空に火の手があがっているのが見えた。驚いて起きだした町の人々が通りを右往左往しはじめている。

ヴェラが振り向き、追っ手に備えた。イザベラが自分で手綱を握って城門を出る。カーロもすぐあとに続いた。

城門の外では、城壁の陰に隠れて馬にまたがった仲間たちが待っていた。

予備の馬の手綱を引いたソーンがふたりを迎えた。「おかえりなさい、イザベラ。またお会いできて光栄ですよ」

この状況を楽しんでいるような口調だ。だが、すぐさま指示を求めるようにマックスに顔を向けた。

「ぼくたちはレディ・イザベラとともに先へ進む」マックスが作戦を確認した。「きみたちはここでライダーを待ってくれ」

「了解」ソーンが緊迫した声で答える。「イザベラを頼んだぞ」

マックスはカーロに目をやり、ふたりの視線が合った。ここから先はマックスが責任を持ってイザベラを護衛することになっている。接近戦の経験がいちばん豊富だからだ。けれども、マックスが本当に守りたい相手はカーロだった。

「マックスなら大丈夫よ」カーロが言った。その目を見て、マックスははっきりと彼女の懇願の声が耳に聞こえた気がした。〝イザベラの命は託したわ。彼女をわたしだと思って、名誉に懸けて守って〟

マックスはこの作戦を必ず成功させると誓いを新たにし、短くうなずいてイザベラのほうへ馬を寄せた。

そのとき、黒い長衣姿の男が城門を飛びだしてきた。予備の馬を目指して駆けてくるところをみるとライダーらしい。

彼は追われていた。

数人のベルベル人が剣を振りかざして城門から走りでてきた。頭にターバンはなく、靴もはかず、寝間着姿だったが、一命を賭《と》して戦おうとする殺気に満ちている。

まだ夜が明けはじめたばかりであたりは薄暗いが、先頭を切っているのはサフルだとわかった。どうやら陽動作戦はすぐに見抜かれたようだ。

ベルベル人たちに襲いかかられ、マックスは反射的に応戦した。イザベラを背後にかばいながら巧みにサーベルを使い、決然と敵に立ち向かう。

体にしみついた剣の音に血潮がたぎった。少なくともこれで心配ごとのひとつは解消された、と頭の隅で思った。戦うしかなくなれば、騎兵将校としての長年の経験が役立ち、本能的に体が動く。

マックスは視界の端にカーロの姿をとらえた。彼女もまた接近戦の充分な訓練を受けているらしい。ライダーと敵のあいだに馬を入れ、勇猛なベルベル人と剣をぶつけあっている。ライダーが馬に乗れるよう時間を稼いでいるのだろう。

新たな心配がこみあげ、マックスはカーロのほうへ馬を向けかけた。そのときカーロの叫び声が聞こえた。

「マックス、早く行って！」

「撤退！」マックスは同志たちに命じた。

そのひと声で男たちはバッタが群れるように集まり、マックスとイザベラの護衛に入った。部隊はひとつにまとまって山を目指して駆けだした。

マックスはイザベラと並び、全力で馬を疾走させた。振り返ると、ほっとしたことにカーロとヴェラもついてきていた。ソーンとライダーが頭を低くし、しんがりを務めている。

彼らは蹄の音も高らかに谷を駆け続けた。戦場でいったい何度、同じような場面を経験しただろう。高鳴る心臓、入り乱れる蹄の音、雷鳴のごとくとどろくマスケット銃やライフル銃の音……。

そのとき、はっきり銃声だとわかる音が聞こえ、マックスはもう一度振り返った。一〇人ほどのベルベル人が馬に乗って追いかけてくる。厩舎以外の場所から馬を調達してきたらしい。先頭を走る数人のなかにはサフルの顔もあった。さらに不利なことに、東の空が白みはじめていた。このままでは格好の標的になってしまう。

ソーンとライダーもその危険に気づいたのだろう。急に左にそれ、西の方角へ駆けはじめた。敵を分散させる狙いのようだ。

その直後、ライフル銃の音が鳴り響き、ライダーの馬が倒れた。彼は頭から地面に落ち、その体の上に馬がもんどりうって倒れた。

馬はよろよろと立ちあがろうとしたが、ライダーは身動きひとつしない。

マックスの心臓が縮みあがった。そのとき、カーロが急に手綱を引いたのが目に入った。一瞬、馬が後脚で立ちあがる。カーロは振り落とされずに馬を左へ向け、ライダーのほうへ駆けさせた。

すぐさまその意図を察し、マックスは心臓が止まりそうになった。カーロは仲間を見捨てたりしない。ぼくも戦場ではけっして部下を見殺しにはしなかった。

だが、このままでは悪夢が現実になってしまう。カーロは友人を助けようとして死ぬかもしれない。

マックスが無意識に馬の速度を落としかけたとき、ヴェラが叫んだ。「止まるな！　今はイザベラのことが先決だ！」

〝イザベラの命は託したわ。彼女をわたしだと思って、名誉に懸けて守って〟

カーロの懇願がマックスの魂を切り裂いた。

それは生涯でもっともつらい決断だった。マックスは歯を食いしばり、ふたたびイザベラの隣に馬をつけた。

追っ手から二、三人の男たちが左へ分かれ、カーロのあとを追った。残りはそのまま北へ向かって駆け続けている。

事態の展開が意味するところを悟ったのか、イザベラの顔に恐怖と絶望の色が浮かんだ。自分もまた同じ表情をしているのだろう。マックスは必死の思いで感情を切り離し、イザベラを守ることだけに気持ちを集中しようとした。

谷が終わり、山道に入った。岩だらけの坂道を二〇〇メートルものぼらないうちに、馬が疲れを見せだした。

部隊が乗っているのはベルベル人が称賛してやまないバルブ種ではなく、足の速いアラブ種だ。長時間、疲れを見せないバルブ種を引き離すには、どうしても筋力と体力に欠ける。坂が急になるにつれ、馬の歩みがのろくなった。

日がのぼりはじめ、空が赤と金に染まった。マックスは振り向いた。追っ手は距離を詰めつつある。

まだわずかに理性の残っている頭の一部で、マックスは状況を判断した。これで逃げきれたら幸運というものだ。替えの馬を待機させておいたのは賢明だった。もう少し頑張って進めば、あとはホークが山腹を爆破して道をふさぎ、追っ手の足を止めてくれる……。

だが、それがどういう結果をもたらすのかを考えるとぞっとした。爆破が成功すればカーロたち三人は退路を失い、ベルベル人の手に運命をゆだねることになる。ライダーは怪我をしているか、すでに命を落としているかもしれない。彼を連れての脱出は不可能に近いだろう。

マックスは恐怖に胸をえぐられた。激しい葛藤に見舞われ、きつく手綱を握りしめる。どうすればいい？　すぐそこは渓谷だ。そこに入れば馬は一列でしか進めなくなり、ひとりで引き返すことはかなわなくなる。

頭で理解してはいた。ここでカーロを助けに戻るのは愚かな行為だ。今からではもう間に合わないうえに、作戦そのものが失敗に終わる可能性もある。

マックスは断腸の思いで前かがみになり、巨岩だらけの土手へ馬をのぼらせた。すぐに道は狭くなり、ひんやりとした日陰に入った。

彼はごつごつとした岩が続く渓谷の先へ視線を向けた。しばらく目を凝らしていると、一〇〇メートルほど先の斜面に数人の人影が見えた。渓谷の幅がもっとも狭まっている地点だ。そこへ近づくにつれ、鋭い絶望感がこみあげてきた。それでもマックスは隊列から外れず、イザベラに続いて馬を進めた。やがて、その地点を全員が通過した。マックスは覚悟を決めた。

数秒後、爆発音がとどろいた。わかっていたとはいえ、マックスは大砲の弾が胸にぶちあたったような衝撃を受けた。

胸にこみあげる苦悩の叫びをふさぐように、大地を揺るがす轟音《ごうおん》とともに渓谷の斜面が崩れ落ち、土煙が舞いあがった。これでぼくとカーロをつなぐ道は閉ざされてしまった。カーロは敵地に取り残されたのだ。

# 18

爆発音よりも耳をつんざく静寂が流れた。あたりには火薬のにおいが立ちこめている。それがマックスに過去の戦闘を思い起こさせた。悲劇的な結末を変えることができず、自分の無力さを思い知らされた戦いはいくつもある。舞いあがる土埃で息が苦しい。

前進する気力を振り絞ろうと、マックスはきつく目をつぶった。

目を開けたとき、そこには現実があった。これは悪夢などではない。積みあがった土砂と岩の山は間違いなく道をふさぎ、カーロたち三人と〈剣の騎士団〉の同志たちのあいだを隔てている。

感覚が麻痺しているのがありがたかった。ホークが斜面の中腹から渓谷の底へおりてきた。サントス・ヴェラから報告を聞き、表情が厳しくなる。

けれども、うなずくとまた馬にまたがり、渓谷の北端へ向かって進みはじめた。当初の計画どおり、できるだけ迅速にイザベラを連れ帰ろうとしているらしい。

マックスは一瞬でわれに返り、馬をせきたてて仲間たちの脇をすり抜け、ホークに追いついた。

「どういうつもりだ?」マックスはかすれた声で問い詰めた。「三人を置いていく気か?」

ホークは同情の色を浮かべたが、その目には揺るぎない決意が浮かんでいた。「任務が優先だ。三人は自力で逃げられるかもしれない」

「どうやって?」

「谷から南をまわる道を使えばいい」

「たとえそこにたどり着いたとしても、ベルベル人に追われてつかまるかもしれないぞ」

「そうならない可能性もある」

「仮に逃げきれたとしても、どうやって生き延びる? 水も、食糧も、替えの馬もないのに」

「あの三人ならなんとかするだろう」ソーンは鋭い目でマックスを見た。「〈剣の騎士団〉を見くびるな。彼らは能力も高いし、意志の力も強い」

マックスは口を開きかけたが、かろうじて怒りといらだちをのみこんだ。「オアシスで待つのか?」

「いや。道が通じたら、サフルは真っ先にオアシスを捜すだろう。だからぼくたちはこのまままっすぐ海岸へ向かって、そこで三日間待つ。そのあいだにライダーたちが戻ってこなければ、つかまったものと見なす」

「それからどうする?」マックスは殺気立った。

「イザベラをキュレネ島へ帰し、ぼくたちは態勢を立て直して新たな作戦を練る」

「それでは遅い！」

ホークは口を引き結んだ。「そうするしかないんだ、レイトン。最優先事項はイザベラを守ることだ」

サントス・ヴェラが静かに口を挟んだ。「あの三人もそれを望んでいるよ」

マックスは鋭い言葉を投げつけたい気持ちをこらえた。たしかにヴェラの言うとおりだ。「見殺しにするわけではない。それは誓う」ホークが請けあった。「だが、今は速やかに先へ進むしかないんだ。ぐずぐずしていると、ベルベル人がさっき造ったばかりの土砂の山を乗り越えて、ぼくたちが献上したライフル銃で狙ってくるかもしれない」

本能のすべてが反論しろと叫んでいたが、マックスは折れるしかなかった。

ホークが先頭に立ち、危険な道を慎重かつ迅速に進んで、ほかの同志たちが待機している野営地へ向かった。

そこで馬を乗り替え、さらに北を目指して急いだ。午後の半ばごろには山岳地帯を抜けだし、容赦ない速度で砂漠を突き進んだ。足取りを残さないように、アクブーのオアシスは迂《う》回《かい》した。夕暮れどきになると、自分たちのためというよりは疲れた馬を休ませるために野営した。そして、あたりを警戒しながら黙って食事をすませた。

マックスは気が高ぶって眠れず、テントから離れると、月夜の砂漠をにらみながらあたりを行ったり来たりしはじめた。手にはフィリップのナイフを握りしめていた。だが、それを投げることはできなかった。カーロを思いだすからだ。

一〇分ほども経ったころ、ヴェラの穏やかな声に乱れた思考をさえぎられた。「あいつらを信じるんだ」

怒りに満ちた絶望感が胸にはいのぼり、マックスは自制心を失いそうになった。「きみは信じているのか？」

淡い月明かりしかなくても、ヴェラの浅黒い顔に不安な表情が浮かんだのをマックスは見逃さなかった。だが、ヴェラの声には自信がこめられていた。「もっとひどい状況だって何度もくぐり抜けてきた。それに、大義に殉ずる覚悟はみんなできている。カーロは危険を承知していた。ソーンやライダーも同じだ」

「ライダーは死んだかもしれないと思っているんだな」

「もしそうだとしたら、それを無駄死ににさせないことだ。任務が最優先だよ。だがホークが言っていたように、けっしてあいつらを見捨てるわけじゃない。三人と引き換えにイザベラを連れ戻したのでは、ガウェイン卿が許してくださらないからな」

マックスは険しい顔でうなずいた。「しかし、もしカーロがつかまっていれば、救出の難しさはイザベラのときの比じゃない。サフルも今度は警戒を厳重にするだろう。それに、ぼくたちはやつの鼻先からお宝を奪ったんだ。サフルはその怒りをカーロにぶつけるかもしれない」

「今回の任務で、カーロがなにをいちばん望んでいたかは知っているだろう？」

「ああ、わかっている」マックスは短く答えた。

「少し休んでおいたほうがいいぞ」ヴェラはテントへ足を向けた。「これから数日は体力が必要になる。それに、なにかいい祈りの言葉でも知っていたら、今こそ唱えてみるいいチャンスだ」

マックスの口から思わず皮肉な笑い声がこぼれた。いくら祈っても願っていた結末にならなかったことが、これまで何度あっただろう。だがそれでも今は、カーロたちが生きていてくれますようにと必死に祈るしかない。


三日目の昼、部隊は海岸線にたどり着き、港町ブージーから数キロ離れた森のなかにテントを張った。仲間内の雰囲気は重苦しく、いつもとは違い、長く単調な時間をつぶすための陽気な会話もなかった。

とりわけマックスは神経が張りつめていた。これまで戦場で作戦待ちをした経験は数知れないのに、それでも今回はじっと耐えることができず、悪い予感を頭から追い払えなかった。それに、また悪夢にひどく悩まされるようにもなっていた。カーロが彼を助けに戻り、目の前でどくどくと血を流しながら命果てていく夢だ。

最悪の事態はすでに起きてしまったのだろうか？　カーロはもう死んでいるのかもしれない。そして、ぼくは助けに行こうとさえしなかった。

その可能性と向きあうのがずっと怖かった。戦場にいるあいだ、ぼくは多くの仲間や友人を失ってきた。部下たちには兄弟や父親に対するような愛情を感じていたし、フィリップのことは自分の分身のように思っていた。だが、カーロへの思いはそれよりもはるかに大きい。彼女はぼくの恋人であり、心の慰めであり、守護天使だ。情熱を分かちあうことによって、誰とも経験したことがない深い絆ができたのだ。

もし本当にカーロが死んでいたら？　そう思っただけで運命を呪い、暴れまわりたい気分になる。もしサフルがカーロを殺したのなら、やつの要塞を素手で叩き壊してやる。

だが復讐《ふくしゅう》を誓ったところで、こうして知らせを待つあいだの吐き気がするほどの心配が和らぐわけではないし、体を引き裂く不安が軽くなるわけでもない。戦争が終わったとき、もうこれで誰かを失う恐怖や悲しみからは解放されたと思っていた。だが、カーロの無事をはっきりと確認するまでは、いつまでも悪夢に悩まされ続けるだろう。

そのあとも、二度と心の平和は得られないかもしれない。

さらに二回、朝が来ても、三人は戻ってこなかった。朝食は牛乳と蜂蜜をかけたクスクスで、ナツメヤシの実とアーモンドがたっぷり入っていたが、マックスには砂を嚙むような味にしか思えなかった。

鬱屈《うっくつ》した気分を紛らせようと馬に鞍をつけた。本当は疲労困憊《こんぱい》して感覚が麻痺するまで遠乗りをしたかったのだが、地元住民の不審は買いたくなかったため、野営地のまわりを延々とまわるだけで我慢した。

限られた空間に閉じこめられて精神的に限界まで来ており、檻に入れられた獣のような気分になっていた。野営地に戻ると、ちょうどイザベラが自分のテントに入る姿が見えた。二カ月間、とらわれの身となっているあいだ、彼女もこんなふうに感じていたのだろうかとマックスは思った。

ちょうど鞍を外し終えようというとき、イザベラが近づいてきたのに気づき、マックスは驚いた。彼女のことを考えていたせいで、幻が現れた気がしたからだ。

イザベラはアラブ人の女性が着るドレスを身にまとい、目だけを出して顔のすべてをスカーフで覆っていた。

「わたしを救出してくれたお礼を言いたかったの、ミスター・レイトン」印象的な黒い目がこちらの表情を探っていた。

マックスは顔をこわばらせた。イザベラと個人的に話をしたのはこれが初めてだ。無意識のうちに避けていたのだろう。いや、彼のほうが避けられていたのかもしれない。いずれにしても、感謝の言葉を受ける気にはなれなかった。あの作戦は完全な失敗だ。

「どうぞお気になさらずに」マックスは短く答え、紳士らしく振る舞うためだけに会釈をした。

彼が立ち去ろうとすると、イザベラが軽く腕に触れてきた。「わたしを責めているのだとしても、それは当然だと思うわ」

マックスは鋭い指摘に困惑した。そんなことはないと答えたかったが、いらだちで無慈悲になっている心の一部が、カーロはイザベラを助けるために危険に身をさらしたのだと訴えていた。

だが、怒りの矛先が間違っていることはわかっていた。ナポレオンがヨーロッパを侵略しようとしているのがぼくのせいではないように、海賊が誘拐行為をしているのもイザベラのせいではない。

マックスはゆっくりと息をついた。「あなたが悪いわけじゃありません。カーロが自分で決めたことです。彼女はあなたを放っておくことができませんでした。自分自身が耐えられなかったからです」

「どうか無事でいてと祈るばかりよ。カーロは娘も同然なの。わたしのせいであの子の身になにかあったらと思うと、わたしも耐えられない」

マックスは黙っていた。イザベラの気持ちはよくわかった。自責の念がどんなものかはよく知っている。だが、ここでそれを赤の他人に話さなければならない理由はどこにもない。いや、今はとても他人には思えなかった。イザベラは彼を理解しようとする目でこちらを見ている。

その視線が気になった。なぜ、ぼくのところに来たのだろう。自分の気持ちを楽にしたかったからか？　それともぼくを楽にしたかったのだろうか？　たぶん両方だろうと、マックスは洞察力の深さを感じさせる彼女の目を見ながら思った。

なにも語らずとも気持ちが通いあったとき、マックスはイザベラに一種の尊敬の念を覚えた。〈剣の騎士団〉が彼女を丁重に扱う理由がわかった気がする。

イザベラはマックスに好感を抱いたというふうな笑みを口元に浮かべた。そして、すぐにまじめな顔になった。

「明日の出発を延期したいの。わたしがもう少しここに残れるよう、ホークを説得してもらえないかしら」

マックスは首を振った。ホークの意見が正しかった。「あなたはキュレネ島へ戻るべきです。そうしないと、この作戦のすべてが無駄に終わることにもなりかねません」

言葉を続けようとしたとき、野営地の南端から歩哨の叫ぶ声が聞こえた。男たちはテントを飛びだした。

マックスもイザベラと一緒にあとを追った。遠くの丘で光が明滅している。歩哨がすぐに返信した。鏡を使って太陽光を反射させる。海軍が通信に用いるのと同じ方法だ。

それに対する返事が返ってくると、興奮のざわめきが起こった。

「ソーンからだ」ホークがほっとした声で言った。「だが、ひとりが怪我をしているらしい」

マックスの心臓が跳ねあがった。イザベラを見ると、安堵と不安が入りまじった顔をしている。自分もまた同じ表情をしているのだろう。ホークが次の返信を指示した。〝待っている。迎えに行く〟

「どうやって居場所を見つけだすつもりだ?」歩哨が通信するのを見ながら、マックスは尋ねた。

「場所は知っている。ソーンとふたりであのあたりの地形を偵察に行ったとき、身を隠すのにいい場所を見つけたんだ。きみも一緒に来るだろう？」

「もちろん」

「わたしも行かせて」イザベラが割って入った。

「だめです」ホークがきっぱりと断った。「どうか安全なこの場所で待っていてください。できるだけ早く彼らを連れて帰りますから」

イザベラはきれいな形の唇を引き結び、黒い目を光らせたが、それ以上は言わなかった。いつになく素直に従ったのは、自分のせいでこんな事態になったと責任を感じているからだろう。

すぐに五、六人の武装部隊が結成され、同胞の救助に向かった。


三人は日光を避け、イナゴマメの木の陰にいた。すぐそばで、わき水がちょろちょろと流れている。カーロとソーンは木にもたれて休んでいた。顔は汚れ、疲労が色濃く表れている。ライダーはうつぶせになり、眠っているように見えた。左の腿には間に合わせの包帯が巻かれ、それが血にまみれている。

げっそりとやつれて、いかにも命からがら逃げてきた逃亡者という格好だ。男ふたりは無精ひげが伸び、むさくるしい海賊のようだし、カーロはスカーフで結んでいる髪から後れ毛が落ち、難破船から脱出したばかりに見える。

馬は二頭しかおらず、今にも倒れそうなようすでうなだれていた。

部隊が到着すると、ソーンはふらふらと立ちあがり、カーロが立つのに手を貸した。マックスはカーロのほうばかり見ていた。見かけはぼろぼろだが、これ以上ないほど美しく輝いている。

ホークが馬からおり、カーロを抱きしめた。マックスは突き刺さる嫉妬に駆られ、自分にも今ここで彼女を抱きしめる権利が欲しいと痛切に願った。だが、とにかく無事でいてくれたのがうれしかった。

彼は涙がこみあげそうになり、声が詰まった。「大丈夫か？」

カーロはホークの肩を抱きしめたままマックスの目を見つめ、疲れた笑みを浮かべた。

「ええ、平気よ」

ほかの男どもはみんな消えてしまえばいいのに、とマックスは思った。そうすれば思う存分彼女を抱きしめ、キスを交わし、どこにも怪我がないのを確かめられる。

しかし、カーロが真っ先に友人の安否を尋ねたことに驚きはなかった。「イザベラは？」

彼女はホークに訊いた。

「無事だ。きみが帰ってくるのを心待ちにしている。これで全員そろってバーバリを発てるな」

「よかった」

「本当だよ」ホークがソーンの肩をぽんぽんと叩いた。「よく戻ってきたな。なにがあったんだ？」

けれどね」

「ライダーが腿を撃たれた。馬が倒れたときだ」ソーンが答える。「たいした怪我ではない

　その声が聞こえたのかライダーが目を覚まし、片肘をついて体を起こした。生気のない熱っぽい目をしている。「まだひどく痛むぞ」

　ソーンがにやりとした。「ぶつくさ言うな。どうせ体じゅうが怪我の跡だらけだ。さらにひとつ増えたところでどうってことはないだろう?」

　ソーンはホークへ顔を向けた。「こっちが撃ち返すと、サフルの部下たちはあっさりあきらめてくれた。だから谷を出たあとはとくに危険はなかったよ。ただ、ライダーの傷が化膿しないかどうかだけが心配だった。でもカーロがいい薬草を見つけてくれたから、やつは今はぴんぴんしているよ。問題は馬が二頭しかなくて、水と食べ物もほとんどなかった点だ。連中が追いかけてくるかもしれないと思うと、おちおち休んでもいられなかった。だから、今はくたくたで腹ぺこだよ。馬一頭でも食えそうだ」

「馬はだめよ」カーロが真剣に抗議し、三人をここまで無事に運んでくれた二頭の馬を指さした。「この何日か、この子たちは本当に頑張ってくれたのよ。一年分のオート麦をあげてもいいくらいだわ」

「わかった。じゃあ、ラクダにしておく」

「それなら目をつぶるわ」カーロは弱々しく笑った。「ああ、わたしはお風呂に入りたい。一年間ぐらいつかっていられそうよ」

陽気な会話を聞き、マックスのなかに別の感情がこみあげた。こんなときにどうしてカーロは冗談を言っていられるんだ？　ぼくもかつて軍人だったから、緊張を和らげるのにユーモアが大切なのは理解している。それにソーンの軽い調子はいつものことだ。だが、カーロの態度は受け入れがたい。彼女の生死もわからず、ぼくがどれほどつらい思いをしたかわかっているのか？

人の気も知らずに冗談を言っているかと思うと、カーロをきつく抱きしめたい気持ちと、首を絞めてやりたい気持ちに引き裂かれる。

だが、今はどちらもできない。

「すぐに食わせてやるよ」ホークが言った。「風呂は船に戻るまで待つしかないな。まだサフルが追ってくる可能性がある」

このひと言でソーンさえもがまじめな顔になり、一同から笑い声が消えた。

四時間後、待機していたビディック船長の船に〈剣の騎士団〉の全員が乗りこんだ。ライダーはボートから甲板へつりあげられ、そのまま狭い船室に運び入れられた。船が出発すると、カーロは積んであった医療用品を使ってライダーの傷を改めて手当てした。

そのあと、カーロは風呂に入るために別の一室を占領した。イザベラはみずから指示して銅製の浴槽に湯を入れさせ、そのまま船室に残った。

カーロは髪を洗ったあと、浴槽の縁に頭をのせ、船の揺れを感じながら湯につかった。イザベラは女性とのおしゃべりに飢えていた。長いあいだ英語もスペイン語も話していなかったからだ。

それに深く自分を責めていたらしく、二〇回ほども謝った。

「わたしのせいであなたを危険な目に遭わせてしまったことを、どれほど後悔したか」

カーロは顔をしかめて、首を振った。「立場が逆だったら、あなたも絶対に同じことをしてくれたはずよ」

「もちろんよ。そんなのは言うまでもないわ」

「だったら、もうこの話はよして。二度とごめんなさいはなしよ」

「でも、それではわたしの気持ちが――」

「終わりよ！」カーロはわざと怖い目でにらんでみせた。

「わかったわ」

イザベラの歌うような笑い声にカーロは魂まで癒やされ、また頭を浴槽の縁にのせてため息をついた。

ふいに疲れがこみあげてきた。久しぶりに警戒心を解いたからだろう。

カーロがまぶたを閉じたのを見て、イザベラが気を遣った。「まあ、あなたがこんなに疲れているのに、わたしったらぺちゃくちゃとおしゃべりをしてしまったわ。もう行くわね」

カーロは引き留めなかった。一年間でも眠り続けていられそうな気分だ。まともに体を拭《ふ》く元気もなく、濡れた髪のまま寝台にもぐりこんだ。

彼女は夜中に目を覚ました。イザベラが運んでくれたのか、パンとチーズとフルーツジュースが盆にのっていた。カーロはむさぼるようにして食べ、そのまま寝台に舞い戻った。翌朝、目を覚ますと、すでに明るい日差しが小窓から差しこんでいた。

カーロはドレスに着替え、患者を診に行った。

ライダーの船室にはマックスを含む一〇人ほどの仲間が集まり、ソーンの冗談に笑い声をあげていた。

一瞬、マックスの鋭い目と視線が合った。カーロはすぐに気を取り直し、ライダーの包帯を巻き直すからと言って全員を船室から追いだした。

ほっとしたことに傷は順調に治っていたし、体力は急速に回復していた。ひと晩ぐっすり眠ったせいか熱も引き、風呂に入って無精ひげを剃《そ》ったせいで、またいつものハンサムなライダーに戻っていた。それどころか、もう寝ているのに飽き飽きしているようすだった。普段は活動的な人だから、それも当然だろう。

カーロはライダーに上手に言いくるめられ、簡易ベッドを用意するという条件で甲板に出るのを許可した。ただし、翌朝キュレネ島へ戻るまでは絶対に脚を動かさないようよく注意しておいた。カーロは自室へ戻り、また寝台にもぐりこんだ。

日が暮れはじめたころ、ようやく半分ほど人間に戻った気分になった。船長に招待され、カーロは夕日が沈みかけた甲板へあがった。

ライダーは簡易ベッドの上で上半身を起こし、重ねたクッションにもたれかかっている。

まるで東洋の王様だ。仲間たちがまわりを取り囲み、マデイラをなみなみと注いだグラスで乾杯した。何度目かの祝杯のあとイザベラが心温まるスピーチを行い、〈剣の騎士団〉の同志たちとマックスに礼を述べた。

そのあいだマックスは、なにかを胸に秘めたような静かな表情でカーロを見ていた。行きの船で目にしたのと同じ、感情を押し殺している顔だ。

カーロはただ視線をそらすしかできなかった。今は自分の気持ちをどうにかするので精いっぱいだ。マックスは決断を下したのだろうか？　作戦が不首尾に終わったときの危険をこれほどまざまざと見せつけられたら、もう〈剣の騎士団〉に入る気は失せてしまったかもしれない。

イザベラに腕をまわされて左舷の手すりへ連れていかれたとき、カーロはこれで気を紛らせられると思いほっとした。

地中海の向こうに沈みかけたオレンジ色の太陽が、海面を銅色に輝かせている。命と希望と無限の自由を象徴する、息をのむほど美しい夕景色だ。

イザベラが深々と息を吸いこみ、その眺めを堪能しながら身震いをした。

「もうお礼は言わないと約束したけれど、こんな景色を見ていると、自分が失っていたかもしれないものの大きさがひしひしと感じられるわ。もう二度と海を見られないかもしれないし、愛する人たちにも会えないかと思っていた」

カーロはイザベラの腰に片腕をまわし、しっかりと体を寄せた。「もう終わった話よ。あとは早く忘れないと。大好きな人たちのもとへ戻れることが今はいちばん大事なんだから」

イザベラが懸命に涙をこらえながら笑顔を見せた。涙が乾くと、彼女は言った。「三人が行方不明になっているあいだ、ミスター・レイトンはあなたのことをひどく心配していたみたいよ」

カーロは少しためらってからうなずいた。「驚くことじゃないわ。マックスは相手が誰であれ、大切に思っている人たちに対して責任を感じる性格なの」

「あなたのことはとくに大切に思っているふうに見えたわ」

カーロはイザベラの視線を避け、きらきらと光る海を見つめた。自分が大切に思われているのはわかっている。問題は、それがどれほどかということだ。任務が終わってもキュレネ島に残りたいと思うほどだろうか？〈剣の騎士団〉での務めがわたしの天職だと理解し、自分もその一員になろうとするほどだろうか？

今はなんとか先のことを考えないようにしている。この数日間は生き延びるのに必死で、余計なことを悩む余裕もなかったからよかった。〈剣の騎士団〉の大義は、わたしの個人的な感情よりはるかに重要だ。それはわかっているのに、今は作戦の成功を心から喜べず、マックスとの関係がもうすぐ終わるかもしれないと考えて落ちこんでいる。わたしの友人を救出する目的は達成された。マックスが島に残る理由はもうなにもない。

だからわたしを避けているのだろう。再会したときに言葉を交わして以来、マックスは一度もわたしに話しかけようとしない。きっとわたしが願っていたような決断を下せなくて、落胆させたくないと思っているからだろう。

マックスは戦場から戻ってきたばかりの元軍人だ。心にあれだけ深い傷を負っていれば、〈剣の騎士団〉の大義に人生を捧げるのをためらう気持ちはよくわかる。組織の任務は危険が日常茶飯事で、ときには死が伴う。大事な人をいつ失ってもおかしくはないのだ。

〝あなたのことはとくに大切に思っているふうに見えたわ〟

本当かしら？　マックスはそういう感情を抱くのは避けようとしていたはずだ。それなのに、わたしをそういう存在として見てくれるようになったのだろうか。だから〈剣の騎士団〉に入るのをためらったの？

逃走中、わたしは命を失う可能性があった。わたしがまた同じような危険に身をさらすのを、マックスは見たくないだろう。今ここでふたりの関係を終わらせて英国へ戻ってしまえば、彼はわたしの死を見なくてもすむ。

胸が張り裂けそうだ。マックスはわたしにとってかけがえのない人であり、あれだけ他人を守ろうとする性格なら〈剣の騎士団〉にとっても理想的な人材だ。彼が入会を断る事態になればひどく残念だし、なによりマックスが島を去って永遠にわたしから離れてしまうと知ったら、どれほどつらい思いをするかわからない。

心に痛みが走り、カーロは鋭く息をのんだ。今のうちに覚悟を決めておくべきなのだろう。

これまでは避けられていることに安堵さえ覚えていた。たしかにマックスに触れることも、ふたりだけで話すこともできないのは寂しい。それでも決定的な言葉を聞かされるよりはましだと思っていた。

だけど結論を先延ばしにするよりも、ちゃんとマックスと話をしたほうがいいのかもしれない。待っていても苦しみが続くだけだ。それに、イザベラを助けてくれたお礼もまだちゃんと言っていない。彼がいなければ、今回の救出作戦は成功しえなかっただろう。

それがわかっていても、やはり悲しい現実には直面したくないと思ってしまう。臆病かもしれないが、真実を知る瞬間はできるかぎりあとに延ばしたい。

カーロが震えているのを見て、イザベラが母親のような表情になった。「大丈夫？　寒いの？」

太陽が沈みかけ、たしかに気温はさがっていた。一〇月の潮風は冷たく、鳥肌が立っている。

友人の見通すような視線を避けるため、カーロは寒さを言い訳にした。「ええ、少し。ショールを取りに行ってもいいかしら？」

「もちろんよ。それに少し休んだほうがいいかもしれない。顔色が悪いわ」

イザベラの言葉に甘え、カーロは自分の船室へ戻った。ショールを肩に巻いたが甲板へは戻らず、そのまま力なく寝台に倒れこんだ。心はまだこれからどうすべきか迷っている。

静かにドアをノックする音が聞こえ、カーロははっとした。イザベラだろうと思い、どうぞと声をかけた。ドアを開けたのはマックスだった。

突然のことに驚き、カーロはびくりとした。

マックスが船室に入り、ドアを閉めた。たくましい体に圧倒され、船室がいっそう狭く感じられる。青い瞳にじっと見つめられて、カーロの鼓動は速くなった。視線をそらすことさえできない。

「なんの……用かしら?」動揺が声に表れた。

「なんだと思う?」

マックスは思いの丈をぶつけるような目でカーロを見たあと、寝台のほうへ進み、彼女を腕に抱き寄せた。

やるせなさと怒りと優しさがないまぜになった表情を見て、カーロは胸が詰まった。

マックスは必死で自分を抑えているのか、しばらくは厳しい顔をしていたが、やがて我慢できないとばかりにののしりの言葉を吐き、顔を傾けた。

それは焼けつくような荒々しいキスだった。マックスは激しくカーロの唇をむさぼった。ほとばしる彼の息に刺激され、カーロのなかに生々しい衝動がこみあげてきた。深く差しこまれ熱く絡められた舌に、疑問も不安も苦悩もすべてが吹き飛んでしまった。何日間もこらえていた感情がいっきに噴きだし、興奮が無気力に取って代わった。マックスと肌を重ね、ぬくもりを感じたいという思いに体がうずく。彼も同じ気持ちでいるのはわかっていた。

カーロはマックスの頭をつかみ、さらに唇を求めて自分のほうへ引き寄せた。促す必要はなかった。マックスが濃厚なキスを交わしながら、両手で乳房を包みこんだ。カーロは一瞬で反応し、背中を弓なりにそらした。喉元を滑りおりる唇の感触にあえぎ声がもれる。

「きみを抱きたくて死にそうだった」喉にキスをしながら、マックスがかすれた声で言う。

カーロもまた同じ気持ちだった。彼と情熱を分かちあい、危険を乗り越えた勝利を祝い、命のすばらしさを味わいたい。

唇の感触に燃えあがりながらも、彼女は肌にひんやりとした空気を感じた。マックスがドレスを脱がせようとしているのだと気づき、体を少し離して隙間を作る。

ショールはとうに腕からずり落ちていた。マックスはドレスを肩から滑りおろし、胸をあらわにした。唇の愛撫を求めて、カーロは背中をのけぞらせた。

乳首を口に含まれ、甘い声がもれた。それに応えるように、マックスがカーロの体を押しやった。膝のうしろが寝台に触れ、カーロは力なく倒れこんだ。

マックスは膝でカーロの腿を押し広げながら覆いかぶさり、また熱く唇をむさぼった。

激しいキスにわれを忘れていたため、カーロはノックの音を聞き逃した。胸を刺激され、悩ましい声をもらしたとき――。

マックスが体をびくりと震わせ、その背後から低いののしりの声が聞こえた。

「レイトン、きさま」

ソーンの声だ。ショックを受けているのがわかる。

張りつめた沈黙が流れた。マックスがゆっくりと起きあがり、乱れた姿のカーロを背後に隠した。

カーロは自分の胸が丸見えなのに気づいた。慌ててシュミーズとドレスをたくしあげ、気をしっかり持とうと努めた。

　体を起こし、勇気を出してちらりと目をあげると、ソーンが戸口に立ち尽くしているのが見えた。

　ソーンは怒りをたぎらせ、カーロなど存在しないかのようにマックスだけをにらみつけている。

「いつからだ」ソーンが鋭い声で問いただした。「いつからカーロを自分のいいようにしていた？」

　マックスは硬い表情のまま黙っていた。

　ソーンが険しい顔で腕組みをした。「きみは名誉ある行動を取ると信じている。当然、結婚する気だろうな？」

　マックスは無表情になり、ちらりとカーロを見たあと、ソーンに視線を戻した。

「もちろんだ」その口調にはまったく抑揚がなかった。

# 19

「ソーン、こんなのおかしいわ！」カーロは抵抗した。「マックスはわたしをいいようにしたわけじゃない。わたしも望んだことよ。それに、わたしが誰とキスしようが、あなたには関係ないわ」

「キスをすることと、きみの人生を台無しにすることは話が別だ」ソーンは反論した。

「彼はわたしの人生を台無しになんか――」

「充分それに近いことをした。カーロ、ぼくはきみを妹のように思っている。たとえ相手がぼくの友人であったとしても、きみに手を出すのは許さない」

「ばかなことを言わないで。自分はどうなのよ？　いったい何人の女性をたぶらかしてきたの？」

「だからこそ、ぼくにはわかるんだ。いいか、ぼくのしてきたことと、マックスがしていることはまったく違う。ぼくはうぶな女性を相手にするのは避けてきた」

その表現にカーロは腹を立てた。「わたしはうぶとはほど遠いわ。もういい年だし、充分な経験もある。もっと自由が認められていいはずよ。社交界にデビューしたばかりの少女と一緒にしないで」

「ぼくはそうは思わない。男たるもの、良家の子女に手を出したからには、結婚するのがまっとうな責任の取り方だ」

「くだらない」カーロは吐き捨てた。

「ぼくはカーロと結婚することになんの不服もないぞ」マックスが口を挟んだ。

「わたしはごめんよ。そもそも、そういう考え方自体が根本的におかしいわ」

マックスはカーロの噛みつくような口調に顔をしかめ、ソーンに苦笑いをしてみせた。

「この件はふたりだけで話しあったほうがよさそうだ。ソーン、申し訳ないが席を外してもらえないか。ぼくからきちんと求婚したい」

「信じていいんだな？」

「ああ、大丈夫だ」

カーロはののしりたいのをこらえ、いらだちながら天を仰いだ。

ソーンが出ていき、ドアが閉まった。狭い船室に沈黙が流れた。カーロがちらりと目をあげると、マックスは落ち着かない表情で彼女を見ていた。

カーロは怒りがおさまらないまま、足早に寝台を離れた。愛しあいかけた名残をきれいに消し去ろうと、マックスに背を向けて身なりを整えた。

「あんなたわ言に耳を貸す必要はないわ。ここ数日の疲れで、ソーンは頭がどうかしているのよ」

「ぼくにはまともに見えるが？」

「ちっともまともじゃないわ！　あなただって、わたしに求婚したい理由なんかなにもないくせに」

「いや、ある」

カーロは振り向き、マックスをにらみつけた。「そんなわけがないわ。わたしが戻ってきてからは、ろくに口も利こうとしなかったでしょう」

マックスは苦笑し、体をうしろに倒して両肘をついた。「どうしてか知りたいかい？　きみがゆっくり休めるように、懸命に紳士らしく振る舞っていたんだよ。どれほど苦しい思いをしたか。さっきのぼくの行動がいい証拠だ。あれじゃきみを襲ったも同然だよ。今もきみが欲しくてたまらない」

カーロはちらりとマックスの下半身に目をやり、どうやら彼の言葉は真実らしいと察した。自分でも顔が赤くなるのがわかった。「それは男性なら当然の生理現象よ。しばらく間が空いたから、そうなるのもうなずけるわ。それに男性は勝利のあと、ある種の興奮を覚えるものよ。やっと危険がなくなって、旺盛な性欲が戻ってきただけ」

「さすが専門家の意見だな。では、ぼくの見解も述べさせてもらってかまわないかな？」

カーロは両手を腰にあてた。「ソーンに見られたことは結婚の理由にはならないわ」

「ぼくの求婚は、彼に目撃されたこととはなんの関係もない」

「たとえそうでも、あなたが立派に振る舞おうとしているのはたしかよ。きちんと償うのが名誉ある行動だと考えている。だけど、償わなくてはならないことはなにもないの。あなたはわたしの人生を台無しになんかしていない。わたしをだましたわけでもない。わたしはちゃんと結果を理解したうえで、自分から関係を求めたの。義務やら名誉やらを振りかざして結婚を申しこむのはよして。そんなのはまっぴらだわ」

「じゃあ、ぼくの求婚を拒絶する気かい？」

「当然よ。わたしたちはうまくいくわけがないもの。結婚なんて不可能だわ」

「なぜだ」

カーロは眉をひそめた。「結婚したらどうなるか、考えてみたことはないの？　まずは、どこで暮らすかといった簡単なことから問題になるのよ。わたしを英国に連れて帰るつもり？　そんなのは絶対に受け入れられない。英国社会は女性の行動を極端に制限する。わたしが〈剣の騎士団〉の活動を続けるのはひどく難しくなるわ。まして医術に携わるなんて絶対に無理よ。でも、わたしはどちらもあきらめたくない」

マックスの顔が暗くなった。「英国へ来いと言うつもりはない」

「じゃあ、あなたがキュレネ島に住むの？　それはつまり〈剣の騎士団〉に入るしかないということよ。それが島の決まりなのだから」

マックスは答えなかったが、重苦しい表情が多くを語っていた。

カーロは胸が痛み、息をするのさえ苦しくなった。

言ってはならないことを言ってしまった。それは彼にとって、生きていくうえでどうしても避けたいことにかかわる問題だ。〈剣の騎士団〉に入れと強要する権利はわたしにはない。一生、悪夢を見続けるかもしれない不安定な将来を押しつけるわけにはいかないのだ。

最初から結論はわかっていた。いくらみぞおちが空っぽに感じられようが、どれほど涙で喉が詰まりそうになろうが、マックスのためには自分の悲しみくらい平気だというふりを押し通すしかない。

ようやくカーロが口を開いたときには、不覚にも声がかすれて震えていた。「マックス、あなたは自分の能力を充分すぎるほど証明した。それでもあなたは〈剣の騎士団〉には向かないわ」

マックスは顔をあげ、ゆっくりと立ちあがった。「どうしてだ?」

「ひとつには、組織に入ったら、あなたは悪夢をふたたび体験するような人生を送るはめになる。わたしと結婚すれば、まさにわたしが悪夢の原因になるわ。そんな犠牲を強いることはできない」

マックスがカーロの目を見ながら近づいてきた。「犠牲ではないよ」

「そうかしら。それに〈剣の騎士団〉の大義を信奉できなければ、組織で活動してもむなしいだけよ」

返事はなかった。カーロは執拗な心の痛みを鎮めようと、ゆっくり息を吸いこんだ。「わたしのためだけに島に残ってほしくはないの」

長い沈黙のあと、マックスが口を開いた。「今もきみを求める気持ちに変わりはない。いや、これまで以上かもしれない」

カーロはほほえもうとした。「わかるわ。わたしも同じよ。きっと島の魔法のせいね」

マックスは首を振った。「そうじゃないのは、きみもよくわかっているはずだ。ここは島から遠く離れている。それに、あの要塞での一夜はどうだ？　ぼくの気持ちと島の伝説はなんの関係もない」

「あなたはわたしの体に惹かれているだけよ。わたしはあなたの妻にはふさわしくない。それに、もう忘れた？　わたしは結婚なんかしたくないの。男性に人生を支配されて、あれをしろとか、これをするなとか言われるのはごめんなのよ」

マックスが青い瞳でカーロを見つめた。「子供はいらないのか？　人生の伴侶《はんりょ》は？」

「どちらも欲しいとは思わない」彼女はかたくなに突っぱねた。

「嘘つきだな」マックスは静かな声で言った。

カーロは目をつぶった。そのとおりだ。わたしは嘘をついている。マックスのいない将来なんて考えられない。そんなのは空虚な人生だ。果てしなく続く寂しい歳月でしかない……。

背を向けようとしたが、マックスに手首を優しく、だが容赦なく握りしめられた。

「やめて。嘘なんかじゃない。わたしたちは合意のうえで、しばらく関係を楽しんだ。それだけよ」

「結婚を考えたら、関係を楽しめるのは悪い話じゃない」

「でも、ほかに考えなければならない大きな問題があるときに、それだけでは一緒になれないわ」

マックスが手の力を強めたが、カーロは彼の手を振り払った。「わたしは結婚しない」

「じゃあ、ぼくたちの関係はこれで終わりか？」

「そう、それがわたしの望みよ。キュレネ島に着いたら、さっさと英国に帰ってちょうだい。イザベラを無事に取り戻したんだから、もうあなたが島に残る理由はないわ」

マックスの顔に暗い怒りの色が浮かんだ。瞳がいつもよりさらに深い青に見える。なにか言い返すつもりなのだろう。

「本当にそれでいいのか？」マックスは冷たい口調で言った。カーロを引き寄せて両手で頬を包み、親指で唇をなぞる。「人肌が恋しくないのかい？」

「それとこれとは話が別よ」

「そうかな。きみがなにをあきらめようとしているのか、もう一度、確かめてみるといい」

マックスは今度はドレスを肩から滑りおろすのではなく、カーロの背中に手をまわしてホックを外した。

「やめて……」

彼女の抵抗の声をマックスが唇でふさいだ。奪いながらも与えるような自信に満ちたキスだった。

いけないと思いつつも、カーロはキスを受け入れていた。彼の求めを拒むことはどうしてもできない。

マックスは彼女の乳房をあらわにし、荒々しく舌を絡めながら硬くなった先端を指でさいなんだ。

両手を腹部から胸のほうへ滑らせ、挑発するように両方の乳房を高々と押しあげる。そして体をかがめ、片方の乳首を唇で刺激した。

カーロはなすすべもなく声をもらした。鋭い快感が体を走る。ドレスの布地を通して彼の下腹部の熱が伝わってきた。もうやめてと言う気力すらない。

どうしても最後にもう一度だけマックスに抱かれたかった。寂しい人生を支える思い出になるよう、彼の情熱を肌で感じておきたかった。

彼女が抵抗しなくなったのに気づいたのか、マックスがふいに唇を離して顔をあげた。厳しい表情でズボンの前を開け、待てないとばかりにドレスの裾をまくりあげる。

カーロももう我慢できなかった。感情が高ぶり、苦しいほどに彼を求めている。マックスが彼女の腿のあいだに手を入れ、潤っているのを確かめた。脚を差しこんで膝を開かせ、腰を持ちあげる。カーロもそれに従った。早くひとつになりたかった。

マックスはそれ以上の愛撫はせずに、カーロの体を貫いた。

カーロはその感覚に身を任せ、柔らかい息をこぼした。めまいがするほどの悦びに、思わず背中をそらす。マックスは両腕でしっかりと彼女の体を抱きしめ、自分に密着させた。

カーロの体は震え、下腹部に力が入った。マックスがカーロの髪に手を差し入れて頭を支え、舌を分け入れて唇をむさぼる。

猛々しいキスに刺激されて、ふたりのあいだに情熱がほとばしった。カーロは悩ましい息を吐きだし、マックスはうめき声をもらす。ふたりはともに熱く燃えあがった。

マックスはカーロとつながったまま寝台へ移動した。カーロの体をおろして覆いかぶさる。彼女の震える脚をみずからの体で大きく開かせ、深く身を沈めた。

熱い欲求に突きあげられ、カーロはすすり泣きの声をもらして身をよじった。この空虚感を埋めてくれるのは彼だけだ。マックスの背中に爪を食いこませ、筋肉質の腿の裏側にかかとを押しあて、さらに強く自分に引き寄せる。ただ無我夢中で彼を求めた。

カーロはせつない声をこぼし、ふさがれた唇でもっと激しく奪ってと懇願した。マックスもそれに応えた。

狂おしいまでのつながりに、ふたりの体は震えた。力強く生々しい絆だった。カーロは腰をあげてマックスを求め、マックスは粗暴なくらいに容赦なく深く力強く、思いの丈をぶつけた。そのとき爆発するような感覚に襲われ、カーロは背中を弓なりにそらした。

さらに重く速く突きあげられ、痙攣の最初の波が襲ってくる。

鋭いあえぎ声がクライマックスの叫び声に変わった。マックスが胸の奥深くからかすれたうめき声をもらし、頭をのけぞらせて体を震わせながらわが身を解放した。

苦しいほどに強烈な快感の波は少しずつおさまっていった。カーロはまだ震えたままマックスの肩に顔をうずめ、彼の体を抱きしめていた。ひとつにつながっていることをいとおしみ、マックスの体の重みをしっかりと受け止めた。

最後はこんなふうであってほしいと願っていた。見境もなくなるほど互いを求め、砕け散るほどの激しさで結びつきたかった。

マックスが体を離し、仰向けになってぐったりと枕に頭を預けた。息をしようと胸が上下している。

やがて、かすれた低い声で言った。「これが恋しくないと言われても、ぼくは信じない」

カーロは固く目をつぶり、こみあげる涙をのみこんだ。「恋しいとは思うわ。それでも結婚はしない」

翌朝、マックスは船の手すりにつかまりながら、絵のように美しいキュレネ島の岩海岸が近づくのを見ていた。気持ちのいい風が青海に白波を立たせ、船首に波が打ち寄せていたが、それは目に入らなかった。

昨晩は寝台で何度も寝返りを打ち、眠れない一夜を過ごした。珍しく悪夢のせいではなかった。カーロに結婚を申しこみ、かたくなに拒否されたことを考えて悶々としていたのだ。

たしかに求婚した理由のひとつは、それが名誉ある行動だからだ。紳士としての責任の取り方は心得ている。自分は不埒《ふらち》な振る舞いに及んだ現場を目撃された。カーロを誘惑しているところをソーンに見られてしまったのだ。だが、仮にそれが親友だったとしても、友人に責められたからといって結婚を決められるものではない。

ぼくは自分の意思で求婚したのだ。

だが、カーロは即座にはっきりと拒絶した。彼女があげた理由の多くは根拠がある。とりわけ、義務やら名誉やらのために結婚を申しこんでくれるなというのはうなずける。いちばんの問題は、ぼくが〈剣の騎士団〉の一員になるのをためらっていることだ。組織は戦術の専門家を必要としているようだし、彼らの任務に多い小規模な戦闘はぼくの得意とするところだ。だが、自分の才覚を〈剣の騎士団〉のために発揮する義理はあるだろうか？

彼らの大義は称賛に値するし、それに身を捧げる精神が立派なことは認める。〈剣の騎士団〉の活動は戦争ではない。人殺しを目的としているわけでもなく、自分たちが優位に立つために戦っているわけでもない。それどころか悪を正し、崇高な理想を守ろうとしているのだ。けれども彼らの気高い志によって、ぼくの身のまわりのことがなにか変わるのだろうか？

マックスは眼前に広がる紺碧の海にぼんやりと視線を向けた。突きつめれば悩みはひとつだ。カーロが任務から生きて帰れるかどうかもわからず、いつ死に別れるかもしれない恐怖を抱えながら、ぼくは生きていけるのかどうかということだ。

〈剣の騎士団〉に入らなくても、その地獄から逃れられるわけではない。たしかにキュレネ島を去れば悲劇は目のあたりにせずにすむが、カーロが死ぬかもしれないという不安が消えるわけではないからだ。組織に入れば、少なくとも彼女を守ろうとすることはできる。しかし、それでも運命をどうにもできないのに変わりはない。

マックスはののしりの言葉をつぶやき、荒々しく髪をすいた。結局のところ、カーロが

〈剣の騎士団〉に所属するかぎり、この悩みから解放されることはないわけだ。

ところが当の本人は〈剣の騎士団〉の務めを天職だと考えている。それを辞めさせるなど不可能だ。ぼくにそんな権利がないのはわかっているし、それを望んでいるわけでもない。

では、どうすればいい？　英国へ戻り、危険こそないが単調で退屈な日々に戻るのか？　そんな生き方のどこに意味がある？　それにカーロのいない人生に耐えられるとは思えない。

空っぽで意味のない一生を送るのはごめんだ。目的を持ち、日々未来を楽しみにしながら生きてゆきたい。友人と愛と家族も、そしてなにより喜びが欲しい。

長いあいだ、なんの楽しみもない人生を過ごしてきた。だがカーロに出会い、それが変わった。彼女こそがぼくの幸せそのものだ。

こんなふうにほかの女性を恋しく思う日がまた来るとはとても考えられない。カーロを思うとせつなくなり、カーロに触れられるとそれだけで胸が高鳴る。今、キュレネ島を去れば、永遠に彼女を失ってしまうだろう。きっと光の消えた人生になるはずだ。

ときおり島を訪ねるという道もある。けれども、たまに数時間を一緒に過ごすだけではとても満足できそうにない。カーロにはずっとぼくの恋人でいてほしいし、よき話し相手であってほしい。生涯の伴侶になってほしいのだ。

もしカーロを説得できて、結婚に漕ぎつけられたら？　そのときは、ありのままの彼女を受け入れるしかないだろう。カーロが死と背中合わせに生きている事実を甘受する以外にない。どれほどカーロを守りたかろうが、どれだけ無事を願おうが、真綿にくるんで置いておくわけにはいかない。

それに自分に正直になって考えてみれば、ぼくも彼女から輝きを奪うようなことはしたくないと思っている。あの度胸や精神力こそが、まさにカーロの本質だ。他人のために命を懸けようとする意志が彼女を特別な存在にしている。あの勇気をぼくはなによりも愛しているのだ。

マックスはどきりとした。愛している？　それがぼくの気持ちなのか？　そんな感情は今まで経験したことがないため、比較するものがない。だが、ふいに確信がわいてきた。そうだ、ぼくはカーロを愛している。

マックスは振り向き、甲板に視線を走らせた。カーロはほかの女性たちとともに船の後方にいた。こちらの視線を避け、落ち着かないようすで行ったり来たりしている。朝からずっとそうだ。

彼は頭がくらくらし、力なく手すりに背中をもたせかけた。自分の感情に気づき、愕然としていた。ぼくは心からカーロを愛している。彼女に対していつも深い欲求を覚えるからというだけではない。その勇気と道義心と精神力と内面の美しさゆえにそう思うのだ。

ぼくはカーロの虜だ。

彼女もぼくの虜にさせたい。どんな形でもいいから、カーロをつなぎ止めておきたい。

ベルベル人の要塞で過ごした一夜と、昨日のことが思い起こされる。どちらも魂が砕け散るほどの情熱を分かちあった。どちらのときも、ぼくには一瞬たりとも迷いがなかった。ただ彼女とひとつになって溶けあいたいという必死の思いがあっただけだ。けっして離れないように、強く深くつながりたかった。

だから、最後の瞬間に体を引き離すことができなかったのだろうか？　無意識のうちに子種を植えつけたいと思ったのかもしれない。カーロを妊娠させれば、カーロをつなぎ止めておける。子孫を残したいという男の本能に負けたのか？　それともカーロを自分の一部にしておくことが、あのときはなによりも大事だったのか？

ずっと子供など欲しくないと思っていた。かけがえのないものを二度と失いたくなかったからだ。だが、ぼくの子を身ごもっているカーロの姿を想像すると、身を焦がすほどの優しい気持ちがこみあげてくる。

彼女はぼくの子供を産みたいと思っているのだろうか？　そもそも子供が欲しいという気持ちはあるのか？　昨日、カーロはそれを否定した……。

マックスは激しくかぶりを振った。混乱した頭では理解しきれないほどの疑問がこみあげてくる。カーロが結婚を拒否したことなどどうでもよくなっていた。まずは、犠牲的な精神から求婚しているのではないことを彼女に理解させなければならない。それから、ぼくがカーロを愛していることを証明する必要がある。それになによりぼくは、自分が抱える悪魔と対決しなくてはならない。

マックスはまた手すりへ体を向け、海に目をやった。

やがて船は島の南端をまわり、港へ近づいた。家々の白い壁が日光を反射して輝いている。

ほんの数週間前、同じようにここを通ったときのことを思いだした。あのときもカーロに惹かれる気持ちはあった。だが、まさかここまで心と魂を奪われるとは思ってもみなかった。肩越しにちらりと振り返り、マックスは思いを告白すべきかどうか迷った。恐らく、ぼくの言葉をカーロは信じないだろう。彼女は自分に魅力がないと思いこんでいる。ふたりがこうなったのは島の魔法のせいだといまだに信じているほどだ。だが、島から遠く離れているあいだに、ぼくの気持ちと伝説とはなんの関係もないことが証明された。島からどれほどの距離を取ろうが、彼女への思いは変わらなかった。

カーロはぼくを燃えあがらせる情熱的な恋人だ。彼女が上流社会の女性に求められる女らしい資質をほとんど備えていないことは、まったく気にならない。社交界に適応できなかろうが、場違いな振る舞いをしようが、なんだというのだ。カーロは唯一無二の存在だ。だからこそぼくは彼女を愛している。

何世紀も昔なら、カーロは戦う王女だっただろう。彼女は今でも戦士だ。

マックスは目を閉じ、胸に痛みを覚えながら苦い記憶をよみがえらせた。カーロが勇猛なベルベル人と剣を交えている。さらに悪いことには、みずからの命も顧みず、落馬した同志を助けに向かっている。

マックスは身震いをした。ぼくは一生、そんな恐怖に耐えられるだろうか？

だからといって、カーロをあきらめることはできそうにない。

# 20

わたしは本当に臆病者なのかもしれない。船から港へ向かうボートのなかで、カーロはそう思った。わざと最初に下船する集団に入り、マックスには目もくれずにさっさと縄ばしごをおり、イザベラを屋敷まで送り届けること以外なにも考えないようにしている。

カーロは別れのときを引き延ばしてもしかたがないと自分に言い聞かせていた。湿っぽいさよならはごめんだし、昨日の口論を繰り返したくはない。けれども、本当の理由が別にあるのもわかっていた。もう一度顔を合わせれば、結婚はしたくないという前言を撤回して、行かないでくれと泣きついてしまいそうだ。

この瞬間も背中にマックスの視線を感じているが、彼のことは考えないでおこうと決めている。今はただ、つらい経験をしたイザベラが島の生活にすんなりと戻れるよう、できるだけのことをするまでだ。

イザベラが不在のあいだに島でどんな変わった出来事があったか、カーロはことさら熱心にしゃべってみせた。

ボートが岸に着くと、ガウェイン卿が出迎えに来ていた。べつに驚く話ではない。オルウェン城の塔に配置された見張り番が、船が帰ってこないかどうかずっと海を監視していたのだろう。そして船影を見つけるや主人に報告したに違いない。

ガウェイン卿はイザベラの手を取り、礼儀正しい求婚者のように一礼した。厳粛でありながらも、うれしそうな表情をしている。「おかえり、イザベラ。あなたがいなくて寂しかった」

イザベラが歌うような声で笑った。いつもの色香を振りまく調子に戻ったふうに見える。「わたしのほうこそ、ガウェイン卿にお会いできなくてどれほど心細かったか。今回のことは心から感謝申しあげますわ」

イザベラは背伸びをしながら親愛の情をこめてガウェイン卿を抱きしめ、しわの刻まれた頬にキスをした。ガウェイン卿は体をこわばらせ、少し顔を赤らめた。

ふたりはかつて恋人同士だったのだろうか、とカーロは何度か思案したことがあった。もしそうだとしたら、上手に隠し通したものだ。そんな噂はなにひとつ聞こえてこなかった。だが、ガウェイン卿の目を見ていると、イザベラの存在を強く意識し、心から称賛しているのがわかる。惹かれる気持ちがあるのは間違いないだろう。しかし、イザベラに近づいた男性がみなそうなるのも事実だった。

ガウェイン卿はカーロのほうを振り向き、ほっとした顔になった。「救出作戦はうまくいったんだね？」

「いくつか問題はありましたけれど、全部解決できました。ライダーが怪我をしましたが、ちゃんと治ります」

「ミスター・レイトンの活躍はどうだった？」

カーロは顔を赤らめた。「はい。ご覧になっていらしたら、きっと誇らしく思われたでしょう」

ガウェイン卿が重々しくうなずく。「期待どおりだな」そしてイザベラへ顔を向けた。「あなたが戻ったことを、島の人たちはあたり前に受け止めるはずだ。誘拐事件を知っている者はごくわずかしかいないからね。みんな、あなたがずっと外国旅行をしていたのだと思っている。組織が救出にかかわったことは内密にしてもらえるとありがたい」

「もちろんです」イザベラが請けあった。

「荷物がないのは、嵐で流されたせいだと言えばいい」

「まあ、悲しいこと」イザベラはほほえんだ。「パリで買ってきた流行の最先端の品々が、みんな海の底に沈んでしまったなんて残念ですわ」

イザベラの屋敷は島の南西部の内陸にある。ふたりはガウェイン卿が用意した幌《ほろ》つきの客馬車に乗りこんだ。一〇月の風は少し冷たかったが、イザベラは幌をあげるのをいやがった。馬車のなかではほとんどしゃべらず、日光を浴びたオリーブやブドウの果樹園や、実り豊かな畑などの景色を眺めていた。

「二度とキュレネ島に戻れないかもしれないと思ったとき、自分はこんなにここが好きなんだと初めて気づいたの」イザベラがぽつりと言った。

カーロにはその気持ちがよく理解できた。わたしもキュレネ島を心から愛している。イザベラと違うのは、この島こそが自分の居場所だと自覚していることだ。島はわたしの一部であり、もしここを離れてどこかよその地で暮らすことになったら、きっと手足をもがれたような気持ちになるだろう。

馬車が鉄門を抜けて広大な屋敷に近づくと、イザベラは目に涙を浮かべた。イザベラの三人目の夫はスペインの裕福な下級貴族で、さまざまなしきたりを無視し、頭の固い親戚筋の反対を押しきり、イザベラに莫大な財産を遺《のこ》した。そのせいでイザベラは、親類縁者からとんでもない妻だという烙印《らくいん》を押されてしまった。

「これからはすべてのことに感謝しながら生きていくわ」イザベラが切実な口調で言った。本心からの言葉なのだろう。

使用人たちと再会を喜びあうイザベラを見ていると、カーロは目頭が熱くなった。豪華な屋敷のなかを歩きまわり、懐かしむように手を触れたり、肖像画を見あげたりする姿にも涙を誘われた。やはり自分の家はいいものだし、大好きな人々に囲まれるのは大切なことだと、カーロはしみじみと思った。

だが、さすがイザベラらしく、にっこりして暗い気分を吹き飛ばすと、ベルを鳴らして執事を呼び、ベルベル人のミント入りの飲み物やコーヒーはうんざりだから、ちゃんとした英国の紅茶を持ってきてほしいと頼んだ。

また夕食に、これまたしばらくお目にかかっていない英国料理であるローストビーフを所望し、カーロにも同席するよう懇願した。

「もちろんそばにいてくれと言われれば、いつまでもお邪魔させてもらうわ。よかったら今夜、泊まっていきましょうか？」

「それは大丈夫よ。懐かしい料理をたらふく食べれば元気が出るわ。でも明日は、たとえドクター・アレンビーの手伝いで忙しくても、必ずここへ寄ると約束して。本当は診療所の仕事に没頭したいでしょうけど、わたしがもっと元気になるまでは、毎日一、二時間は顔を見せてほしいの。あなたがそばにいてくれるのがいちばんの薬なのよ」

カーロはほほえんだ。「約束するわ。あなたがいちばん大切な患者だもの」

夜になって自宅へ戻ると、こらえていた感情がいっきに噴きだした。眠ろうとしてもマックスのことが頭を離れない。つらくなるばかりなのに、さまざまな思い出が次々とよみがえってきた。

胸の痛みは耐えがたいまでに強まった。まだマックスが島を去っていないにもかかわらず、ひしひしと孤独を感じる。

嗚咽《おえつ》がもれそうになり、カーロは泣くまいと枕に突っ伏した。もし状況が違っていたらと考えてもしかたがない。どのみちふたりに将来はないのだから。

翌日、朝食をすませると、カーロはすぐに診療所へ向かった。ドクター・アレンビーはカーロの目の下にできたくまを見るなり、すぐにベッドへ戻れと命令した。

「大丈夫です。わたしは元気いっぱいですから」カーロは抵抗した。

「元気になど見えるものか。今度の仕事は思っていたより厳しかったらしいな」

「たしかに大変でしたけど、健康に問題はありません。食べて寝れば回復する程度です」

アレンビーはぶつぶつ言った。「全部、聞いとるぞ。おまえさんは死にかけたそうじゃないか」

「そういう先生はどうなんです？」カーロは話の矛先を変えた。「ご病気はすっかり治られたんですか？」

「だいたいはな」

「お疲れのように見えますよ」

「わしの問題は年を取ったことだけだ」

それは否定できなかった。たとえ病気が完治していたとしても、昔の精気は戻っていない。アレンビーには以前よりもいっそうカーロの手伝いが必要だった。「ちゃんと自分の務めに復帰するつもりで来ているんです。先生がいやだとおっしゃっても、お手伝いしますから」

「勝手にしろ。年寄りに盾突くくらい元気があるなら、仕事もできるだろう」

それからというもの、カーロはマックスを忘れるために診療所の仕事に没頭した。

イザベラには毎日会いに行った。元の生活に戻れるように、できるだけの手助けをするつもりだった。だがイザベラが本当にカーロの支援を必要としていたかというと、そうでもない。この陽気な未亡人は長い不在のあと以前にも増して社交界から歓迎され、彼女のために急な食事会や夜会がいくつも開かれた。

カーロはそれらの招待をすべて断り、社交界から遠ざかった。マックスとばったり会うのは避けたかった。また顔を合わせるのは耐えられない。そんなことになれば、彼との別れでできた生傷をまたもやえぐられてしまう。

同じ理由で友人も避けた。ライダーの怪我の治療はドクター・アレンビーに任せ、ソーンにはいっさい会わなかった。マックスはまだソーンの屋敷に滞在していると思われたからだ。それからの一週間、マックスを一度も見かけなかったし、噂もなにひとつ耳に入ってこなかった。カーロは、いつマックスが英国へ戻ったと聞かされてもいいように覚悟だけはしておいた。

彼が早くキュレネ島を去ってくれればいいのに。そうすれば、わたしは気持ちも新たにまた人生を歩みはじめられる。きっと苦悩も少しずつ和らぐだろう。今は朝起きるだけでも強い意志の力が必要とされる。

島の美しい景色を見ても心は慰められなかった。洞窟やローマの遺跡など、マックスを思いだしそうな場所へは足を運ばないようにした。もちろんオルウェン城にもだ。

カーロが姿を見せないため、ジョン・イェイツがニューハム兄妹の件を報告しに来た。イェイツの心の傷がすでに癒えているようすなのを見て、カーロはほっとした。

「あんなに簡単にだまされるなんて、ぼくは本当に愚か者でした」彼は悲しげにほほえんだ。

「あのきれいな顔にまいってしまったんですね。でも、ダニエレに〈剣の騎士団〉を探らせた英国人の男が誰なのかは絶対に突き止めてみせますから。イザベラが無事に戻ってきたので、これからは黒幕の調査に充分な人数を割けます。ガウェイン卿は数週間のうちにニューハム兄妹を釈放するとお決めになりました。泳がせて、尾行をつけるそうです」

カーロは、イェイツがプライドを傷つけられた程度ですんだらしいのはうれしく思ったが、ニューハム兄妹の陰謀に興味を感じるのは難しかった。

アレンビーの手伝いがないときは時間を持て余し、年老いた牝馬に乗ってゆっくりと島をめぐった。原野の丘を北へ進み、ビャクシンやゲッケイジュやギンバイカが絡まる低木の茂みのなかを通る。この季節、マキーはさまざまな色と香りに包まれていた。春ではなく秋に花をつけるイワツツジが鮮やかな色合いを添えている。

家に戻ると、話し相手が欲しくて長時間馬房で過ごす日が多くなった。胸のうちを安心して打ち明けられるのは馬だけだ。馬は余計なことを言わず、同情するように黙って耳を傾けてくれる。

カーロはたいていは、マックスの求婚を断ったのが正しい判断だった理由をぶつぶつと繰り返した。

「どうせわたしはひどい妻にしかなれないもの」うとうとしている牝馬にブラシをかけながら彼女は愚痴った。「だって想像してみて。急患で呼ばれて夜中に家を飛びだすなんてしょっちゅうだし、任務があれば何日も、いいえ、何週間も島を離れるのよ。そのあいだ、マックスはずっとわたしを心配して悪夢に悩まされる……。そんなのはだめ。やっぱり結婚を断ってよかったのよ。マックスには感謝してもらいたいくらいだわ。そんな不幸から救ってあげたんだから」

ふたりの運命を呪い、いっそ出会わなければよかったのに、と怒りを吐きだすこともあった。

わたしがこんなに苦しんでいるのは、すべてマックスのせいだ。彼と知りあったばかりに、わたしは自分に縁がなかったものを望むようになった。マックスが言ったように、なにをあきらめようとしているのかを悟ってしまったのだ。

これまでは自分の選択に満足していた。男性に支配されないすばらしい人生だと思ってきた。マックスと親しくなるまでは、自分が孤立しているのは気にならなかったし、ひとりで生きるのも苦ではなかった。

けれど、今はひどく孤独を感じる。あまりの寂しさに身を切り裂かれるようだ。マックスのいない虚《うつ》ろな人生を想像しただけで、あまりのやるせなさに涙が出そうになる。

ある日の午後まだ早い時刻、乗馬から戻ってきたカーロは本当に泣いた。わびしさに襲われ、馬の首筋に顔をうずめて心の痛みを吐露するように泣きじゃくった。ようやく涙も涸《か》れたときには感覚が麻痺していたが、それでも胸の痛みは消えなかった。

人はむなしさで死ぬことはあるのだろうか？　カーロはそう思いながら馬から離れ、馬房を出た。

驚いたことに家に入ると、レディ・イザベラが青の間でお待ちですと告げられた。慌てて顔をごしごしこすったけれども、涙の跡は隠せなかった。

「まあ、カーロ。あなた、泣いていたの？」イザベラは驚き、読みかけの本を脇に置いて長椅子から立ちあがった。

「目にごみが入っただけよ」

イザベラはその言葉を信じず、カーロの手を引いて長椅子に座らせた。「なにがあったのか話してちょうだい。バーバリから戻って以来、ずっとふさぎこんでいるじゃないの」

「そんなことはないわ」カーロは弱々しく答えた。われながら説得力のかけらさえ感じられなかった。

「ミスター・レイトンのことね」

カーロが顔をゆがめたのを見て、イザベラは沈痛な顔をした。「時間が解決してくれるわ。あれほど魅力的な男性を忘れるのは難しいものよ」

イザベラは言葉を切り、カーロをうかがい見た。「その時間を少し早める努力をしてみてはどう？　ほかの男性に目を向けるのよ。あなたさえその気になれば、喜んで気を引こうとする男性が五人や六人はいるわ。もちろん、会うときは人目を避ける必要があるけれど」

カーロは面食らった。まさか母親も同然に慕っている相手から、男性と密会しろと勧められるとは思ってもみなかった。「秘密の恋人を作れというの？」

「そうよ」

「イザベラ！」

「そんなに驚かないで。あなたはもう大人だし、自分では否定しようが、その年齢でそれだけ活気にあふれた女性なら体の欲求があるのは当然よ。わたしにはよくわかるわ。信じなさい。独り寝は寂しいものよ。あなたが今まで男の人に走らなかったのが不思議なくらいだわ」

カーロは短く首を振り、顔をそむけた。ほかの男性はいらない。マックスを知ってしまったのに、ほかの人で満足できるわけがない。一生、恋人を作る気にはならないだろう。

カーロの気持ちを察したのか、イザベラが考えこみながら続けた。「あなたをサフルの領地に置いていかざるをえなくなったとき、ミスター・レイトンはひどく動揺していたわ。あなたが無事に戻ってくるまでは、まるで檻に入れられたライオンみたいだった。あなたをずいぶん大切に思っているふうに見えたわよ」

「作戦を指揮する立場だったのにわたしを助けられなかったから、責任を感じていただけよ。戦争でつらい経験をして、もう二度と自分のせいで犠牲者を出したくないと思っているの」

「船のなかではずいぶん熱いまなざしをあなたに向けていたわよ。あれは間違いなくあなたに恋をしている目ね。あまりに真剣に見つめていたものだから、いっときの関係じゃなくてもいいのにと思ったくらいよ。たとえば結婚するとか」

「ええ、求婚されたわ」カーロは低い声で答えた。「でも、断ったの」

イザベラは片方の眉をつりあげたが、じっと次の言葉を待った。

「彼は名誉ある行動を取ろうとしただけなのよ。わたしに申し訳ないことをしたと思っている」

「どうしてそれで求婚を断るのよ」

「義務感で結婚してほしくなかったの。それに〈剣の騎士団〉に入らざるをえないように仕向けるのも避けたかった。以前はわたしも、マックスが同志になってくれるのを望んでいたわ。任務に同行すれば組織の意義を理解して、仲間になってくれるだろうと考えていた。でも今は、それが彼にとっていいことだとは思えない。無理やり島に引き留めるようなまねはしたくないのよ。ここでの人生はマックスにとってつらいだけだもの」

「だったら、なぜあなたが英国へ行かないの？　たしかにキュレネ島は故郷だし、あなたがこの島を大切に思っているのは知っているわ。だけど、大好きな人を失ってまでもここに残りたいの？」

いいえ、とカーロは心のなかで答えた。涙がこみあげてきそうだ。マックスと別れるくらいなら島を出てもいい。最近はそう思うようになった。

島での暮らしよりも、医術の仕事よりも、もっと言うなら〈剣の騎士団〉の任務よりもマックスのほうが大切だ。彼が望めば、どこへだってついていく。でも、はたしてマックスはそれを望んでくれるだろうか？

「彼のことをどう思っているの？　もしかして愛しているの？」

ええ、そうよ、と思い、カーロは絶望的な気分になった。自分でも怖いほど、マックスを深く愛していた。

ずっと自分の感情を否定し、厳然たる事実を認めまいとしてきた。けれども、もうずっと前から、マックスに心を奪われている。あの夢のような最初の夜から。

それは避けられない運命だったのかもしれない。あれだけの男性を愛するなというほうが無理だ。あの優しさや思いやりや情熱に心の殻を打ち砕かれ、いつのまにか彼にのめりこんでいた。

カーロは両手で顔を覆い、嗚咽をもらした。どうしてそんな過ちを犯してしまったのだろう。マックスは求婚のときも、結婚のことで口論したときも、愛という言葉を口にしなかった。もし彼がわたしを愛しているのなら、ちゃんとそう言ったはずだ。

あるいはわたしへの気持ちよりも、〈剣の騎士団〉に入りたくない思いのほうが強いのかもしれない。もしわたしが島を離れてもいいと言ったら？　そうしたら、マックスはもう一度求婚してくれるかしら？

期待と不安がこみあげた。彼がほんのわずかでもわたしを愛している可能性はあるだろうか？

カーロは手をおろした。「マックスを愛しているわ。苦しいくらい。でも、彼がわたしをどう思っているのかはわからない」

「彼にもあなたを愛させればいいのよ」さまざまな男性遍歴を重ねてきただけあって、イザベラはきっぱりとした口調で自信たっぷりに言った。

カーロは顔をあげ、疑わしい目でイザベラを見た。「そんなことが簡単にできるわけがないわ」

イザベラがほほえむ。「あら、たやすいことよ。ましてミスター・レイトンみたいに半分その気になっているならなおさらだわ。わたしがいくらでも指南してあげる」

「彼を追いかけろというの？　でも、マックスはそうされるのが大嫌いなのよ。島へ来た理由のひとつは、つきまとってくる女性たちから逃げたかったからなの」

「わたしが言いたいのは、愛しているのなら絶対に別れるなということよ。本当の愛をあきらめるなんてあまりにもったいないわ。カーロ、彼の心をつかみたいんでしょう？」

こみあげてきたせつなさが、その問いの答えだった。ああ、どれほどマックスに愛されたいと願っているか。

「ええ、マックスの心が欲しいわ」カーロはイザベラを見た。「だけど、彼がもう島にいなかったらどうすればいいの？　怖くて調べていないの。今ごろは英国かもしれない」

「だったら、英国まで追いかけなさい」

そうだ、イザベラの言うとおりだ。もしマックスがすでに帰ってしまっていたら、わたしのほうから会いに行けばいい。彼がどうしても〈剣の騎士団〉には入れないし、キュレネ島では暮らせないと言えば、わたしがついていけばいい。マックスのいない人生なんて耐えられないのだから。なんて単純な話だろう。彼に愛されるのなら、喜んでどんなことでもしてみせる。

そのとき使用人が銀の盆を持って入ってきた。「ソーン卿からお手紙でございます」

いったいなんの用だろうと思いながらカーロは封を開け、手紙に目を走らせた。半分も読まないうちに心臓が止まりそうになった。「大変だわ……」

「どうしたの？」イザベラが心配そうに尋ねる。「顔が真っ青よ」

「マックスが……」カーロは声がかすれてうまくしゃべれなかった。「重病らしいの。すぐに来るようにと書かれているわ」

虚ろな目でイザベラを見あげた。「危篤ですって」

# 21

イザベラはすぐに自分の馬車をまわすよう命じた。カーロはひどく取り乱し、とても自分で馬車を駆れるような精神状態ではなかった。不安で胃がねじれ、恐怖に心臓が早鐘を打っている。マックスが死んでしまったらと思うと怖くてたまらない。

ソーンの屋敷までの永遠とも思える道中、イザベラにずっと慰められていたが、それでも体の震えは止まらなかった。馬車が停まるや外に飛びだし、玄関先の石段を駆けのぼった。ノックもせずに、カーロはいきなりドアを開けた。玄関でブロンズの彫像を磨いていた従僕がびっくりした顔をしている。「彼はどこ?」強い調子で訊くと、従僕はぽかんとして頭がどうかした人を見るような目で見つめた。

すぐに廊下の先にある書斎からソーンが顔を出した。カーロを待っていたらしい。

「マックスはどこなの?」カーロは声を震わせた。

ソーンが考えこむように目を細めた。「二階にあがって右側の三番目の部屋だ。だが、カーロ――」

ソーンがマックスの容態についてカーロを安心させようとしたのか警告しようとしたのか

はわからなかった。ソーンの言葉の続きを聞く間ももどかしく、カーロは自分の目で確かめに行ったからだ。

転びそうになりながら階段を駆けあがり、廊下を急いだ。長年の経験から重病人には静かに近づかなくてはならないと思い直し、必死に平静を装って右手の三番目のドアを開けた。

最悪の事態を覚悟していたが、部屋のなかの状況を見て足を止めた。たしかにマックスは天蓋つきのベッドに横たわり、枕にもたれかかっていた。だがシーツの下ではなく上掛けの上にいるし、くつろいだようすで片膝を立て、本を手にしている。それにいかにも休日の紳士よろしく、上等な赤紫色の上着を着てブーツまで履いていた。とても重病人には見えない。

マックスが本から顔をあげ、青い目をこちらへ向けた。カーロはどきりとした。

彼は健康そのものにしか見えない、と混乱した頭で考え、まだ激しく打っている心臓を押さえつけるように胸に手をあてた。

カーロが凝視していると、マックスは口元にかすかな笑みを浮かべた。「こんなふうに飛んできてくれるなんて、正直言ってうれしいね」

「いったい……どういうことなの。ソーンの手紙には重病だとあったのに」

「そのとおりだ。ドクター・アレンビーにさじを投げられたよ。この病気を治せるのはきみしかいないらしい」

「危篤じゃなかったのね」カーロはふらふらと部屋へ入った。

「まあ、そういうことだ」マックスが本を置いた。「きみはぼくの求婚を断った。その理由を知りたかったんだ」

しばらくしてから、ようやくその言葉の意味がのみこめた。すっかりだまされていたことも理解できた。ほっとする一方で、激しい怒りがこみあげてくる。

カーロはドアを乱暴に閉め、怒りで目を細めた。「ひどいわ……こんなに心配させるなんて。死んでしまうんじゃないかと思ったのよ！」

マックスを叩きたくなり、こぶしを握りしめてつかつかとベッドに歩み寄った。肩を突こうとしたが、逆に両手首をつかまれてベッドに倒された。マックスが彼女の両手を頭の上で押さえつけ、のしかかってくる。

カーロはもがきながら、唾を飛ばさんばかりの勢いで怒りをぶちまけた。「人の気も知らないで。あなたを撃ってやりたいくらいだわ」

彼女を見おろすマックスの表情が真剣になった。「バーバリできみが殺されたんじゃないかと思ったとき、ぼくがどんな気持ちを味わったかわかったかい？」

カーロは両手を引き抜いた。「だからこんな卑怯なまねをしたの？」彼女はマックスを押しのけてベッドから飛びおりた。振り向くと、腰に両手をあててにらみつける。「仕返しのつもり？」

「まさか。弁解する機会が欲しかっただけだ」

「弁解って、なんの？」

「まあ、座ったらどうだ。ちゃんと話すから」マックスは安楽椅子を勧めた。すでにベッドのそばに寄せてある。

最初からこういう展開に持っていくつもりだったのだろう。カーロはまだ腹を立てていたが、最後まで話を聞かないかぎり彼が納得しないのはわかった。

「立っているほうがいいわ」彼女は腕を組んだ。「さあ、なに？」

マックスはカーロの挑戦的な体勢をしばらく見たあと、片手で髪をすいた。「最初に言っておくが、すべてが嘘なわけじゃない。本当にぼくは痛みに苦しんでいるし、治療を必要としている」

「どこが悪いのよ」カーロは怪しみ、きつい口調で尋ねた。

マックスは心臓のあたりを手で叩いた。「心が血を流しているんだよ。きみの人生から追いだされたから」

「くだらないわ」カーロは軽蔑のまなざしでマックスをにらみつけ、部屋から出ていこうと体の向きを変えた。だが彼の次のひと言を聞き、足を止めた。

「〈剣の騎士団〉に入った」

はっと息をのむ音が静かな部屋に響いた。カーロは凍りつき、やがてゆっくりと振り向いた。衝撃を受け、期待と警戒の入りまじった顔でマックスを見る。「本当なの？　そんな大切な話で冗談は聞きたくないわ」

「ぼくがこの件で冗談なんか言わないことは、きみもよくわかっているだろう？」

カーロは足から力が抜けて立っていられず、くずおれるように安楽椅子に腰をおろした。

本当だろうかと思いながら、マックスの表情をうかがう。事が重大なだけに、すぐには実感がわいてこない。

「どうして？」彼女はようやく訊いた。

マックスはベッドの端に脚をおろし、カーロと向きあった。

「バーバリから戻ったあと、ぼくは自分のことをよく考えてみたんだ」両手を膝にのせて前かがみになり、じっとカーロを見る。「きみの言うとおりだよ。ぼくには人生の目的が必要だ。なにか意義のあることが。もちろんこのまま英国へ帰るという道もある。そのうちおじの財産と爵位を受け継げば、なんの心配も危険もないのんびりした一生を送れる。でもそんな暮らしをしていたら底の浅さに耐えかねて、きっと何カ月もしないうちに頭がどうにかなってしまうと思ったんだ」

たしかにそうだろうと思い、カーロは無意識のうちにほほえんだ。「きっとそうね」

マックスも口元を緩めたが、彼女を見つめる真剣な表情は変わらなかった。「だからなにか仕事をするべきだという結論に達したんだ。〈剣の騎士団〉に入れば、ぼくは充分活躍できる。ぼくの専門能力は多くの任務で役に立つはずだ」

カーロはまじめな顔でうなずいた。「〈剣の騎士団〉が必要とするほどの能力を持っている人はそうそういないけれど、あなたは間違いなくそのひとりだわ。だけど……悪夢のことはどうするの？」

マックスは目を伏せた。「その問題はまだ解決していないし、一生どうにもならないかもしれない。でもこの長かった一週間で、ひとつわかったことがある」

「なんなの？」

「ぼくは大切な人との死別を恐れるあまり、自分の道を狭めていた」

カーロは黙っていた。こみあげる喜びを抑えられない。

「運命は変えられないし、すべてがうまくいく保証もない。やはりかけがえのない人を失う可能性があるのはわかっている。だけど努力してうまくいかないほうが、心を閉ざして幸せも知らずに生きていくよりましだと思うようになったんだ」

マックスはカーロの両手を握った。「ぼくの幸せはきみだ」

「そんな……」カーロは涙がこみあげ、声がかすれた。

マックスはしっかりと彼女の両手を握りしめたまま、優しい表情になった。「それがわかるまでに少し時間がかかってしまったけれどね。ぼくはずっときみのことを夢想してきた。ぼくの守護天使だと思っていたんだ。きみに見守られ、支えられて、戦争のいちばんきつかった最後の一年を乗りきった。だけど、そのあともきみが忘れられなかった。慰めを与えてくれた美しい女性の虜になっていたんだ。そんなとき、ロンドンできみと再会して……以前と変わらない絆を感じた」

マックスが片手を離し、カーロの頬に触れた。「自分の気持ちが本物かどうか確かめずにいられなくて、ぼくはキュレネ島に戻ってきた。きみとのあいだに感じた絆は、熱に浮かされた兵士が作りあげた幻ではないのか。あのすばらしい一夜は、島にかけられた魔法の仕業ではないのか。ぼくたちが分かちあった魂がばらばらになりそうな情熱は、本当にぼくの記憶どおりなのか。それを知りたかったんだ。答えは見つかったよ、カーロ。今のぼくは、以前にも増してきみに惹かれている」

激しい感情に打ちのめされ、カーロはきつく目をつぶった。恋しさが胸のうちでふくれあがる。

マックスが腰をあげ、カーロを立たせた。「きみはぼくが名誉のために求婚をしたと思っているんだろうが、それは違う。本当にきみを妻にしたいんだ」彼はカーロの頰を両手で包みこんだ。「心が血を流していると言ったのはそういう意味だ。きみはぼくを英国に追い返したがっている。だが、きみのそばを離れるくらいなら、ぼくはこの心臓を切り取ってしまいたい。カーロ、きみを愛している」

カーロは信じられなかった。やっとの思いで口を開く。「本当にわたしを……愛してくれているの？」

「自分でも怖くなるほどね」

カーロの目から大粒の涙がぽろぽろとこぼれ落ちた。それを見て、マックスは胸が締めつけられた。「おいおい、泣く必要はないよ」

「あるわ。まさか自分が愛されているなんて思っていなかったんだもの」

「おいで」

マックスに抱きしめられ、カーロは涙をこらえようと彼の肩に顔をうずめた。

彼はカーロの髪にキスをした。「きみを失うかもしれない恐怖に耐えられるかどうかは自信がないが、ひとつだけはっきりわかっていることがある。ぼくがきみなしでは生きていけないことだ。きみがいてくれるから、人生に喜びも意味も生まれる。きみはぼくの人生そのものだ。きみがいてこそ、ぼくは存在するんだよ」

カーロはこらえきれずにすすり泣いた。幸せの涙だった。

「たぶん遺跡での一夜からずっときみを愛していたんだと思う」

「わたしもよ。あの夜、わたしはあなたの虜になった」

マックスが顔を引き、カーロの顔をじっとのぞきこんだ。「本当かい？」

「ええ。マックス、愛しているわ」魂の奥底から、カーロはマックスを愛していた。

マックスが勝ち誇ったような、あるいは感謝の祈りを捧げるような声をもらした。そしてカーロを抱きあげ、ぐるぐるとまわった。あまりに強く抱きしめられて、カーロは胸が痛いほどだった。

ようやく床におろされたときはめまいがして息ができず、泣きながら笑っていた。

カーロを抱きしめたまま、マックスが鋭い目で問いただした。「じゃあなぜ、ぼくの求婚を拒絶したんだ？」

彼女は鼻をすすり、震えながら笑みを見せた。「あなたには自由に結婚相手を選んでほしかったの。あなたが義務感でわたしと結婚したり、〈剣の騎士団〉に入ったりするのは耐えられない。わたしのせいで苦しむ姿は見たくなかった。わたしが組織の一員である事実を受け入れられなければ、あなたはさらに悪夢を見るはめになるだけだもの」

「きみが〈剣の騎士団〉の一員だという事実はもう受け入れているよ」マックスは口を引き結んだ。「任務の際にきみを心配せずにいられるかと言われれば、それは自信がないけれどね。でも、せめて過保護に振る舞うのだけは我慢する」

「あなたを置いて行かなければならないときもあるのよ」

「わかっている」

カーロは震えながら大きく息を吐きだし、マックスの肩に顔をつけた。「あなたが同志だなんて信じられないわ」

「フィリップはきっと喜んでいると思う」マックスが静かに言った。

その寂しげな声を聞き、カーロは胸が締めつけられた。「きっとそうね。わたしはあなたが〈剣の騎士団〉に入るのをもうあきらめていたけれど」

「ガウェイン卿は違ったぞ。それでも、ぼくが入会すると答えると、本当にほっとした顔をされていた。島から追放しなければならないといった話をして、ぼくに圧力をかけるのは気が進まなかったんだろう」

「あなたのそばにいられるなら、英国で暮らしてもいいと思っていたの」

マックスがはっとした。「ぼくのためにそこまで？」

「ええ。だけど結局は、あなたが犠牲になってくれたのね」

「犠牲じゃない。きみが言うように、キュレネ島は楽園だ。そうでなくてもきみと一緒になれるなら、どこで暮らそうが幸せだよ。それに、きみに治療の仕事を辞めろなんて言えない。どれほどやりがいを感じているのか知っているからね。ただ、ドクター・アレンビーの代わりになる外科医をキュレネ島に引き抜いてこようとは思っている。そうすればきみがへとへとになるまで働かなくてすむ。わがままかもしれないが、少しはぼくのための時間も作ってほしいんだ」

カーロは笑みを浮かべてマックスを見た。「本当に外科医を島へ連れてこられると思っているの？」

「大丈夫だよ。ドクター・アレンビーの代わりが務まりそうなほど優秀な元軍医で、今は開業していない医師を何人か知っている。ひとりくらいは説得してみせるよ」

カーロはマックスに軽くキスをし、信じられない思いでかぶりを振った。「本当にわたしと結婚したいと思っているの？　わたしはきっとひどい妻になるわ。ドクター・アレンビーの助手をしていれば昼夜かまわず呼びだされるし、出かけたきり何時間も戻ってこないときもあるのよ」

「かまわないよ。ぼくは絶対にきみと結婚する。いやだとは言わせないぞ。もしまだぐずぐず言うつもりなら、きみが音をあげるまでつきまとうからな」

カーロは泣き笑いをしながら降参した。「じゃあ、さっさとあきらめるわ」

マックスのとびきりの笑顔を見て、カーロはまた目をつぶった。夢でないかどうか、自分の頬をつねって確かめたい気分だ。

マックスも同じことを考えているらしかった。「もう一度聞きたいんだ。ぼくをどう思っている？」

「愛しているわ、マックス・レイトン。今も、これからも、永遠に愛し続ける」カーロは彼のつややかな黒髪に手を伸ばした。「でも言葉じゃなくて、態度で教えてあげる」

カーロはふたたび唇を重ねた。今度はゆっくりとした官能的なキスだった。

マックスの胸に熱い思いがこみあげ、カーロをきつく抱きしめて唇をむさぼった。何週間も不安や心配にさらされたあとだけに、カーロという命の雨を乞《こ》い求める砂漠になった気分だ。

雨が恵みをもたらすように、カーロはマックスを熱くさせた。

マックスはうめき声をもらし、カーロは濃厚なキスに応えて甘い吐息をこぼした。だが彼は必死に自制心を発揮し、唇を離した。

荒々しく息をつき、恨みがましい目でカーロを見る。体の欲求を抑えこもうと歯を食いしばった。「もうやめてくれ」マックスの声はかすれていた。「これ以上続けていたら、ここできみを襲ってしまいそうだよ。抱きたいのはやまやまだが、正式に結婚するまではもう体の関係は持たないと決めたんだ」

マックスはカーロの腕から逃れてベッドに飛びのり、安全な距離を取ろうとマホガニーのヘッドボードまで退いた。

カーロは戸惑った顔でこちらを見ている。

「ジブラルタルの主教に頼めば結婚特別許可証を発行してもらえるらしい。そうすれば三週間もかけて結婚予告をせずにすむ。とはいっても四、五日は待たされるだろうけどね」

カーロは笑みを浮かべ、ベッドにのった。「船に乗ればビディック船長が結婚させてくれるわ」

「普通の結婚式をしたいんだ。きみがぼくのものだと世の中に知らしめたい」

カーロは両膝に体重をかけてマックスにすり寄った。「そんなに待たないとだめなの？」挑発するように彼の胸に指をあて、ベストのボタンをいじる。

マックスはその手をどかした。「行儀よくしてもらえると助かる。結婚もしていないのにまたきみに手を出したりしたら、今度こそソーンに目玉をくり抜かれてしまう。きみを呼びだす手紙を書いてもらうだけでも大変だったんだぞ」

カーロが顔をしかめる。「ソーンも一枚嚙んでいたの？　最低ね！　わたしがソーンの目玉をくり抜いてやるわ」

「そんなに怒らないでくれ。ぼくがもう一度求婚できるよう取りはからってくれただけなんだから。今も階下《した》で結果を待っているはずだ」

カーロは唇を引き結んだ。少しも納得していない顔だ。「イザベラにも報告しないと。それにあなたが危篤じゃないこともちゃんと話さなければならないわ。あなたを心配してついてきてくれたのよ」

「今ごろソーンが説明してくれているだろう」マックスは探りを入れた。「レディ・イザベラはぼくたちの結婚をどう思うかな？」

「大喜びするのは間違いないわ。ほんの一時間前は、あなたを忘れるために恋人を作れと言っていたけれど」

マックスは目を細めた。「本当かい？」

「わたしが悲しみに打ちひしがれていたからよ」

「彼女とは一度、真剣に話をする必要がありそうだな。ぼくの目の黒いうちは、きみがほかの男とつきあうなんて絶対に許さない」

カーロは優しくほほえんだ。「心配しなくても大丈夫よ。あなた以外の人は欲しいなんてちっとも思わないから」

「ぼくもきみだけだよ」マックスの声はかすれていたがよく響き、目には躍動感があふれていた。カーロはそこに魂を揺さぶられるような愛を見た。

彼女は手を伸ばしてマックスの頬をなでた。心は喜びにあふれていたが、最後にもう一度だけ確かめずにはいられなかった。

「本当に結婚していいの？　わたしは恋人のままでもかまわないのよ」

マックスはカーロのてのひらにキスをした。「ぼくはそれでは満足できない。きみを妻にしたいんだ。そしてぼくは夫になりたい。きみのたったひとりの恋しい人でいたいし、きみとともに年を取りたいんだ」

カーロはほほえみながらも自信なさげに見えた。自分がどれほど望まれているのか、まだわかっていないのだろう。

マックスは自制心を失う危険を冒し、カーロをきつく抱きしめた。彼女の髪に頬をあて、無言で思いを伝える。カーロの息が震えているのに気づき、激しい感情がこみあげてきた。

カーロを一日じゅうでも抱いていたいと思う。だが、それでも物足りなかった。愛されているとわかっても、それすら充分ではない。ぼくがカーロに魂を奪われているように、ぼくも彼女を虜にしたい。

一生、カーロのすべてを愛したい。そんな気持ちをこれから彼女に伝えていけるのかと思うと、楽しみでしかたがなかった。

# エピローグ

洞窟の壁にずらりと並んだたいまつが、マックスに剣の騎士の称号を授ける秘儀を照らしだしていた。

入会の儀式は短いものだったが、厳粛に執り行われた。マックスは祭壇の前に立ち、〈剣の騎士団〉の理想を守ると厳かに誓いの言葉を述べた。式をつかさどるガウェイン卿がマックスにひざまずくよう命じ、聖剣エクスカリバーを取りあげた。

柄に埋めこまれた宝石がきらりと輝き、マックスは初めてその聖剣を見たときと同じ畏怖の念を覚えた。重い鋼の刃が肩に触れたとき、熱い力が聖剣から体に流れこんでくるような感覚を味わった。マックスは自分が静かで穏やかな正義の力に満たされるのを感じた。

「これできみは〈剣の騎士団〉の一員だ」ガウェイン卿が重々しく宣言した。

マックスが立ちあがると、わずか四時間前に花嫁となったカーロが近づいた。その幸せに満ちたほほえみはたいまつの明かりに負けず劣らず輝いている。

カーロは夫を抱きしめるだけのつもりでいた。だがマックスは妻を腕のなかに引き入れ、濃厚なキスをした。カーロも初めのうちこそ驚きに体をこわばらせていたが、すぐに熱く応えた。互いに触れるのを我慢するのはつらかった。

あまりにキスが長いため、とうとうガウェイン卿が咳払いをした。カーロは頬を染め、マックスの腕から離れた。儀式に立ちあった男性たちが陽気に笑った。

ガウェイン卿のうしろで、ソーンが優しい兄のような表情をしていた。ジョン・イェイツがほほえみ、サントス・ヴェラは満面に笑みをたたえている。脚の怪我が治ったライダーと、ホークハースト伯爵の姿もあった。

「おいおい、レイトン」ホークが顔をしかめ、間延びした口調で訊いた。「儀式にキスは含まれていないと誰にも教わらなかったのか?」

マックスはカーロの体に腕をまわしたまま、にやりとした。悪いことをしたとは思っていない。結婚式が終わったというのに、ずっとキスもできなかったのだ。

正午になる少し前、ふたりは大広間で婚礼の儀を執り行った。ガウェイン卿が父親の代わりを務め、カーロの手をマックスに引き渡した。

それから午後いっぱいかけて盛大な披露宴が行われた。招待客たちは今もまだにぎやかに食事や談笑を楽しんでいる。〈剣の騎士団〉の同志たちは会場を抜けだして城の奥へ入り、地底湖をボートで進んで、伝説の剣が隠されている洞窟へやってきたのだ。

ガウェイン卿は慎重に聖剣を壁に戻した。仲間たちひとりひとりがマックスと心のこもった握手をし、彼の新妻を抱きしめた。

最後にガウェイン卿が目に涙を浮かべながら、カーロの頬にキスをした。「幸せになりなさい」

カーロはマックスの腕を取り、明るくほほえんだ。「はい。彼とならきっと大丈夫だと思っています」

「では、客人たちに怪しまれる前に、そろそろ会場へ戻ろう」

マックスは最後にもう一度まばゆいばかりに輝く聖剣に目をやり、カーロに続いて石段をおりた。一行は二艘のボートに分かれて乗りこんだ。新郎新婦を乗せた先のボートをソーンが漕ぎはじめた。

水路を戻り、すばらしい形状の石に囲まれてさまざまな色合いに満ちた巨大な鍾乳洞へ入り、さざ波の立つ地底湖を進んだ。その光景にマックスはふたたび魅了された。最初の洞窟へ戻って桟橋にボートを着けると、長い通路を進み、貯蔵庫と地下牢を抜けて大広間へ入った。

一行が戻ったのを見て、音楽がひときわ大きくなった。このあとは夕食として軽い食事が出され、そのあと夜中まで舞踏会が続く予定になっている。

「カーロ、あとで一曲踊ってくれよ」ソーンがからかうように言った。カーロがダンスを毛嫌いしていたのを知っての言葉だった。けれどもマックスからワルツを教わり、それも変わった。

カーロが答えようとすると、マックスが首を振った。「すまないが、それはまたの機会にしてくれ。ダンスが始まるころには、ぼくたちはもういない」

「無粋なやつだ」

「そんなに踊る相手が欲しければ、きみも早く結婚したらどうだ？」

ソーンはその考えを打ち消すように両手をあげた。「そんな縁起でもないことを言わないでくれ。きみは最高の女性とめぐりあえたからいいかもしれないが」

「それ以上だよ」マックスは穏やかに答え、カーロを見つめた。

熱い視線を向けられ、カーロは爪先まで赤くなった。抱き寄せられてさりげなく肩に置かれた腕の感触や、彼の体のぬくもりをしみじみと感じる。

そのとき人ごみのなかからドクター・アレンビーが姿を現し、ふたりのそばへやってきた。彼は正式な〈剣の騎士団〉のメンバーではないため儀式には参加しなかったが、どんなことが行われたのか想像できるほどには組織のことをよく知っている。

アレンビーはマックスと握手をし、祝福の言葉を述べたあと、愛情をこめてカーロの頬にキスをした。「今日のおまえさんはとりわけきれいだよ。この男をけなした言葉はすべて撤回しよう。そんなに悪いやつでもなかったみたいだからな」

「そうですよ」カーロは笑った。「すてきな人です。彼をこの地に迎え入れることができて、幸運だと思いませんか？」

アレンビーは不満そうにうなってみせた。

感慨深げに黙りこんだふたりに、マックスが声をかけた。「先生、ぼくたちはちょっと失礼します」

返事も待たずにカーロの手を引いて壁際へ連れていくと、なにごとかささやこうと彼女の耳元に顔を近づけた。マックスの温かい唇が耳たぶに触れ、カーロはどきりとした。「そろそろここを出ようか？」

マックスの熱を帯びた目を見て、カーロの鼓動が速まった。言わんとすることが伝わってくる。早く愛しあいたいのだ。

「イザベラにさよならを言ってこないと」カーロも気持ちが高揚してきた。

「わかった、手短に頼むよ。いつまで我慢できるか自信がなくなってきた。このままだと、きみを肩に担ぎあげて連れ去ってしまいそうだ」

イザベラは五、六人の男性に取り囲まれていたが、ふたりに気づくとすぐに近づいてきた。優しいほほえみを浮かべ、香水の香りがする腕のなかにカーロをそっと抱き寄せた。「あなたの幸せな顔を見ることができて、本当にうれしいわ」

「最高の気分よ。めまいがしそうなくらいだわ。ごめんなさい、わたしたちはもう帰りたいの。夫婦になって、やっと一緒に過ごせるときが来たんだもの」

「ええ、行きなさい」イザベラがからからと笑う。「ハンサムな夫を持つのがどんな気分か、わたしも昔を思いだすわ」

カーロとマックスはほとんど会話を交わさずに大広間を抜けだし、手に手を取って厩舎へ向かった。マックスはすでに逃避行の準備をすませていた。二頭の馬と数日分の必要なものが用意されている。

マックスはカーロを馬に乗せ、自分もそのうしろにまたがって新妻の体に両腕をまわした。一一月の午後はまだ太陽が輝いていて寒さの心配はないが、抱きしめずにはいられない気分だ。

城を出て、北へ向かった。秘密の洞窟へ寄り、そのあとローマの遺跡で初夜を過ごすつもりだった。道がのぼり坂になり、ギンバイカやマツのあいだを抜けるころには日没まであと三〇分ほどになり、夕日を受けて原野が金色に輝いた。

マックスは深い満足を覚えた。ここが自分の故郷だという気がして、キュレネ島の人間になったのだと思う。だが、カーロが腕のなかにいてくれれば、どこで暮らそうがそこをふるさとだと感じるのかもしれない。

たしかにここは天国だが、ぼくを守り、癒やしてくれるのはカーロだ。彼女のおかげで、また人生が美しく見えるようになった。

この島はまさしく恋人たちの楽園だけれども、魂の底からわきあがる喜びはこのすばらしい女性がいてくれるからこそだ。

カーロがため息をつき、彼にもたれかかってきた。待つばかりの日々が終わり、ようやく彼女を本当の妻にできるのだと思うとマックスはうれしかった。すでに心は蜜月のときへ飛んでいた。早くカーロを愛し、ひとつになりたい……。

〈剣の騎士団〉に入会したおかげで、組織の理想のほかにもうひとつ守るべきものができた。それはカーロだ。ぼくは彼女の心を守る。彼女がぼくの心を守ってくれているように。

マックスはカーロの髪に唇を押しあて、言葉に出さずに自分の気持ちを伝えた。

「なにを考えているの？」カーロが静かに訊いた。

「きみと一緒になれるなんて、ぼくはなんて幸せ者だろうと考えていたんだ」

カーロはもう一度うっとりとため息をつき、彼の肩に頭をもたせかけた。

秘密の洞窟へ着いたときには、沈みかけた太陽が赤みがかった金色の光を投げかけ、宝石のような湖は燃えたつ色になり、霧のかかる滝はさながら溶岩のごとく見えた。

あまりの絢爛《けんらん》さにふたりは思わず馬を停め、この世のものとも思えない絶景に見入った。やがて浮き世の欲求を思いだし、馬を進めた。

カーロは荷馬を世話した。一方、マックスは荷物を洞窟へ運び入れ、夜中に帰ってきたときのために火鉢に火を入れた。外へ出ると、カーロが洞窟の入り口に立ち尽くして夕日を見ていた。

「なんてきれいなのかしら」あがめているようにさえ聞こえる口調で言う。

本当にそのとおりだ。息をのむ美しさとはこういう景色を言うのだろう。だがマックスは首を振り、背後からカーロを抱きしめた。「きみほどじゃないよ」

カーロが小さく笑った。「ねえ、そんなに一生懸命に褒めてくれなくてもいいのよ。あなたがわたしを望んでいるのはよくわかっているから」

「でも、きみは自分に完璧な自信を持っているわけじゃない」マックスは彼女の体を包みこんだ。「ぼくのあとについて言ってごらん。〝わたしは男性が望みうるかぎりの魅力をたたえた最高の女性です。すばらしい夫に心の底から望まれ、大事にされ、そして愛されています〟」

カーロは静かな洞窟に響き渡るほどの大声で笑った。それでも言われたとおり、一語一語をそのまま繰り返した。

「だめだな。どこかまだ信じきっていないだろう」マックスはカーロを振り向かせた。「きみは本当にたぐいまれな女性だ」

彼女はほほえみ、マックスの首に両腕をまわした。「わたしが信じていなくても、あなたがそう信じてくれていれば幸せよ」

「もちろんだよ。それにぼくたちには特別な子供ができることも信じている」

カーロははっとしてマックスの顔をのぞきこんだ。「本当に子供が欲しいと思っているの？　あなたなら間違いなく愛情深くていい父親になると思うけれど、心の問題はどうするつもり？」

「わかっている。だが、もう決めたんだ。ぼくは自分の家族が欲しい」

マックスの興奮した顔を見て、カーロの胸は高鳴った。「じゃあ、わたしにあなたの赤ちゃんを授けて」

マックスが穏やかではあるものの力強いほほえみを浮かべた。カーロは心の底から感動を覚えた。マックスはカーロの手を取り、馬のほうへ引っ張っていった。

ローマ浴場の跡に着いたときは夜になっていたが、暗い水平線に月がかかり、足元はよく見えた。ふたりは遺跡のそばで立ち止まって、また趣の異なる景色の美しさに見とれた。岸壁の向こうにきらめく地中海が広がり、階段状になった浴槽の水面はきらきらと銀色に光っている。

前回来たのはもう一年以上も前になるが、そのときと美しさはなんら変わりなく見える。いや、もっと美しいかもしれない。今はマックスが夫であり、恋人なのだから。今夜、この場所の静謐さと同じくらい、彼女の心は穏やかだった。

マックスはカーロをエスコートして石段をのぼり、真ん中の浴槽のそばに何枚も毛布を敷いて仮の床を作った。ここはふたりが初めて愛しあった場所だ。湯から蒸気が立ちのぼり、気温は心地よい。早く一緒になりたくて、ふたりはためらうことなく服を脱いだ。

カーロは一糸まとわぬ姿になると毛布にもぐりこみ、期待に胸をふくらませてマックスが入ってくるのを待った。マックスはわたしを燃えあがらせる。わたしの渇きを癒やしてくれるのは彼しかいない。カーロは月明かりに照らされたマックスの美しくたくましい体を賛美し、彼が毛布に入ってくると、そのぬくもりを堪能した。

マックスは優しい目をして体重をかけてきた。両手で彼女の乳房を包みこみ、親指で先端を刺激し、頭をさげて乳首にキスをする。

カーロは背中をのけぞらせた。マックスは手と口と全身を使い、あらんかぎりの方法を駆使して新妻を愛した。カーロはあっというまに興奮の渦にのまれた。

「マックス、お願い……来て」彼女は懇願した。

「ぼくを包みこんでほしい……」

カーロは体を開き、マックスの腰に脚を絡めて自分のほうへ引き寄せた。マックスの目に宿る激しさと優しさに魅了されながら彼を受け入れ、体を貫く快感にさらなる衝動を覚えた。マックスもまた同じ悦びを感じていた。最初の一瞬、カーロの顔に浮かんだ悩ましい表情に満足を覚えたが、すぐに激情がこみあげてきて自制心を失った。

熱い手でカーロの腰を押さえ、荒々しく奪う。せわしない息の合間に、思いの丈を伝える言葉をささやく。ふたりは互いの体にしがみつきながら、同時に絶頂を迎えた。

やがて波が引いていった。まだカーロの体の奥は痙攣しており、全身が震えていた。マックスは体を離して仰向けになり、カーロを引き寄せた。彼女の頬が肩にのり、乱れた髪が胸にかかった。

マックスは大きく息をつきながら月夜を見あげた。これほど深く甘く愛しあったことはない。もしかすると今夜、子供ができたのではないだろうか？

彼はカーロを抱きしめた。

今夜がその夜であってもかまわない。きっとそうである気がする。カーロとふたりで新しい人生を、そして新しい家族を築いていくのだ。ずっと欲しくないと思っていた子供だが、今はできるだけの愛情を注ぎたいと感じている。ふたりは互いを守ると同時に、子供の守護天使にもなるのだ。

「やっぱりきみの言っていたことは間違いだ」マックスはカーロの汗に濡れたこめかみにキ

スをした。「この島はべつに呪文をかけられているわけじゃない。だが、特別な魅力を持っているのはたしかだよ」

カーロが笑ったのが感じられた。そして、わたしもそう思うわというつぶやきが聞こえた。

# 訳者あとがき

お待たせしました。ヒストリカル・ロマンスの大御所、ニコール・ジョーダンの〝危険な香りの男たち〟に続く新シリーズ〝パラダイス・シリーズ〟の登場です。

前シリーズのヒーローたちは放蕩者のクラブ、ヘルファイア・リーグのメンバーでしたが、今シリーズの主人公たちは秘密結社〈剣の騎士団〉の同志です。この秘密結社は、ある有名な王の伝説に端を発する組織なのですが……。その秘密は本作で明らかにされます。

第一作の舞台となるのは地中海に浮かぶ架空の島、キュレネ島です。ギリシア神話に登場するアポロン神が、愛した女性キュレネを監禁したという逸話の残る島です。

マックス・レイトン少佐は半島戦争（一八〇八―一八一四年）でナポレオン軍を相手に戦っています。ところがあるとき、自分をかばって部下のひとりが大怪我をします。マックスは瀕死の部下を彼の故郷であるキュレネ島へ連れ帰ります。

島には腕の立つ年老いた医師のほかに、その助手をしている女性の治療師がいました。本格的な外科手術を行う技能こそ持っていないものの、医師の指導のもとで執刀の一部を担当するし、往診も行えば薬も調合し、必要とあれば四肢の切断も行うと豪語する女性です。

それが本作品のヒロイン、カーロ・エヴァーズです。カーロは〈剣の騎士団〉の一員でもあります。社交界になじめず、自分の生きる道は治療師の仕事と騎士団の任務しかないと考え、一生、独身を通そうと心に決めています。結婚などしようものなら、夫に仕事を辞めさせられるのは必至だと思っているからです。

カーロはマックスとともに危篤の患者を看護し、彼の部下を思いやる心や、いちずに世話をする姿に魅せられます。また、ときおり見せる暗い表情から、戦争によって心に傷を負っていることも感じ取ります。マックスに惹かれる気持ちや、彼の苦しんでいる心を慰めたい思いから、ふたりは一夜かぎりの関係を持ちます。ところがそれ以来、カーロはマックスのことが忘れられなくなります。

マックスにとってもカーロは、疲れきった魂を癒やしてくれた女性として特別な存在になります。マックスはカーロを自分の守護天使だと思い定め、彼女の記憶にすがりつき、戦場でのもっともつらかった最後の一年を乗りきります。

そのふたりが偶然、再会するのですが……。

本書では二作目の主人公となるクリストファー・ソーンや、四作目の主人公アレックス・ライダーも活躍します。本シリーズは米国で二〇〇四年に一作目が出版されましたが、このあと二作目“Lord of Seduction”もライムブックスから刊行予定です。そちらのほうも楽しみにしていただければ幸いです。

ニコール・ジョーダンは、恋と官能に満ちた魅力的な物語を次々と発表している、ニューヨーク・タイムズのベストセラー・リスト常連作家です。これまでに約三〇冊に及ぶヒストリカル・ロマンスを執筆し、発行部数は累計五〇〇万部に達しています。RITA賞の最終選考作品に残ったほか、米国ロマンス作家協会の年間人気作品賞、ヒストリカル・ロマンス部門功労賞、ドロシー・パーカー優秀賞なども受賞している実力派です。

そんなニコール・ジョーダンがお送りする愛と官能の物語をどうぞ心ゆくまでお楽しみください。

二〇一一年二月

ライムブックス

愛《あい》の輝《かがや》く楽園《らくえん》

著　者　ニコール・ジョーダン
訳　者　水野凜《みずのりん》

2011年3月20日　初版第一刷発行

発行人　成瀬雅人
発行所　株式会社原書房
〒160-0022東京都新宿区新宿1-25-13
電話・代表03-3354-0685　http://www.harashobo.co.jp
振替・00150-6-151594
ブックデザイン　川島進（スタジオ・ギブ）
印刷所　中央精版印刷株式会社

落丁・乱丁本はお取り替えいたします。
定価は、カバーに表示してあります。
 ISBN978-4-562-04405-4　Printed in Japan